FRANCESCA

Lina Bengtsdotter a grandi à Gullspång, en Suède. Après avoir vécu au Royaume-Uni et en Italie, elle réside aujourd'hui avec sa famille près de Stockholm, où elle enseigne le suédois et la psychologie. *Annabelle*, son premier roman, est un best-seller notamment en Suède et en Allemagne ; ses droits ont été cédés dans plus de vingt pays.

Paru au Livre de Poche :

Annabelle

LINA BENGTSDOTTER

Francesca

TRADUIT DU SUÉDOIS PAR ANNA GIBSON

MARABOUT

Titre original :
FRANCESCA
Publié pour la première fois par Bokförlaget Forum, Stockholm, Suède.
Publié en français en accord avec Bonnier Rights, Stockholm, Suède
et Nordik Literary Agency, France.

ISBN : 978-2-253-07933-0 – 1re publication LGF

À mes sœurs,
celles qui marchent à côté
et celles qui ont marché devant

C'est étrange d'être un enfant que nul ne peut aimer.
On est malheureux, mais libre aussi.

Johanne Lykke Holm,
Natten som föregick denna dag
(« La nuit qui précéda ce jour »)

Prologue

Les garçons faisaient cercle derrière la chapelle. J'arrivais du lac, alors ils ne m'ont repérée qu'au dernier moment, quand j'étais presque devant eux. Dans l'obscurité, leurs visages étaient bizarrement blafards, contrastant avec le noir des smokings. C'était la petite bande que je haïssais, les garçons qui portaient des noms de rois, Erik, Gustav, Magnus et Henrik – Henrik Stiernberg, l'arrogant petit ami de ma sœur. C'est lui qui m'a vue le premier, et j'ai dû lui faire peur, car il a eu l'air paniqué. Il m'a demandé ce que je foutais là. Je l'ai toisé et je me suis mise à rire. Ça l'a énervé.

— Qu'est-ce qui te fait rire ? T'es malade ?

Je n'ai pas répondu. Je ne savais pas pourquoi je riais, ni si j'étais malade ou pas.

Erik s'en est mêlé.

— Retourne danser, débilos ! Va faire un tour de valse.

— Je ne peux pas. Mon cavalier a disparu.

À l'instant où j'ai prononcé ces mots, mon humeur s'est transformée. J'étais au bord des larmes. Paul s'était volatilisé depuis une éternité, et ça n'avait aucun sens d'être là et de participer à ce bal d'automne sans lui. Il m'avait promis la première danse et la dernière, et là-bas, dans la salle de gym, l'orchestre n'allait pas tarder à attaquer le morceau final. Ils l'avaient peut-être même déjà terminé. Je ne sais pas pourquoi ça m'attristait tant, car je n'étais pas du genre à m'intéresser à ça, savoir avec qui je dansais, ou danser tout court d'ailleurs. Mais là, il s'agissait de Paul.

— Va voir dans sa chambre. Il était sans doute trop bourré pour continuer.

J'ai dit que Paul n'était pas dans sa chambre.

— En tout cas, il n'est pas ici, alors cherche ailleurs.

Je suis restée plantée là, car je n'avais pas idée d'un autre endroit où chercher. Le lac et le saule pleureur, j'y étais déjà allée, et au foyer de la Pointe aux pins, il n'y avait personne. Ce banc, derrière la chapelle, à côté des caveaux de famille, était mon dernier espoir.

— Qu'est-ce qui te prend ? a fait Henrik en me voyant vaciller.

— Rien.

J'ai tendu une main vers une pierre tombale pour contrebalancer le vertige, mais j'ai mal calculé la distance et je me suis effondrée. C'est là, par terre, que j'ai vu la rose, celle qui avait la même couleur que ma robe et que Paul avait fixée à la poche de poitrine de son smoking au début de la soirée. Je l'ai ramassée et je la leur ai montrée.

— Regardez ! Paul a dû venir ici.

Henrik m'a regardée avec mépris.

— N'importe quoi… Ton petit chéri, on ne l'a pas vu.

Et c'est à peu près là que nos versions ont commencé à diverger.

1

Charlie essayait de trouver une position confortable dans le fauteuil incliné. Assise un peu en biais sur sa gauche se tenait Eva, la psychologue.

Eva venait de détailler le cadre de leurs entretiens. Il était important de respecter l'heure de début et de fin des séances, important de ne réprimer aucune critique éventuelle ni sentiment de malaise, important de savoir que tout ce qui se dirait dans cette pièce n'en sortirait pas, bien entendu.

Elle parlait sur un ton aimable, mais à voir son regard, il était clair qu'elle savait se montrer sévère au besoin. Charlie avait fait une recherche sur le Net : Eva était membre de la Fédération suédoise des psychologues et avait quinze ans d'expérience. C'était la première exigence qu'avait formulée Charlie quand Challe lui avait imposé d'entreprendre une thérapie : elle voulait avoir affaire à une personne correctement formée. Pas à quelqu'un qui s'estimait à la hauteur de la tâche après seulement huit semaines de développement personnel. Elle refusait de perdre son temps avec un individu ânonnant des platitudes ou déblatérant sur sa propre vie. En réalité, elle aurait préféré éviter l'ensemble de la procédure, raison pour laquelle elle avait repoussé le plus longtemps possible ce premier rendez-vous avec la psy en s'efforçant de montrer à Challe qu'elle allait bien et qu'elle était tout à fait capable de s'occuper d'elle et de son boulot. Mais suite aux événements de l'été dernier, elle ne jouissait plus vraiment de la pleine confiance de son chef.

Bref, voilà comment elle se retrouvait installée sur ce fauteuil bizarrement conçu dans le cabinet de cette Eva. Dehors, elle apercevait les feuilles orange et or d'un énorme chêne, et la pluie qui dégoulinait le long de la vitre.

— Je t'écoute[1], Charline, commença Eva. Qu'est-ce qui t'amène ?

— Tu peux m'appeler Charlie.

— Qu'est-ce qui t'amène, Charlie ?

— Mon chef m'a posé un ultimatum. Il pense que j'ai besoin d'aide.

— Ah.

Eva la dévisageait d'un œil inquisiteur, et Charlie imagina qu'elle prenait note mentalement : *éventuelle absence de lucidité de la patiente quant à son état.*

— Es-tu d'accord avec lui ?

— Sur le fait que j'ai besoin d'aide ?

— Oui.

— Je dirais que oui, mais je ne serais peut-être pas venue si je ne risquais pas de perdre mon travail.

— Peux-tu m'en dire un peu plus sur toi ? Dans les grandes lignes. Je sais ce que tu fais comme métier, mais c'est à peu près tout.

— Que veux-tu savoir ?

Eva sourit et expliqua qu'une personne ne se réduisait

1. Bien que le vouvoiement soit encore utilisé dans certains cas en Suède, la pratique du tutoiement est généralisée depuis la fin des années 1960, dans un souci égalitaire (NdT).

pas à son travail. Charlie pouvait peut-être se décrire un peu, dire qui elle était, de façon plus générale.

— Bien sûr. J'aime bien…

Elle se tut. Qu'aimait-elle, en vrai ? Lire, boire, être seule. Voilà. Là, tout de suite, il ne lui venait rien à l'esprit qui ne rende pas un son déprimant.

— J'aime bien lire, dit-elle.

Eva eut l'air d'attendre une suite. Charlie faillit ajouter qu'elle adorait le fitness, mais pourquoi mentir sur un sujet pareil ?

Le silence se prolongea.

— As-tu déjà consulté, auparavant ? demanda enfin Eva.

— Oui, j'ai eu quelques entretiens à l'âge adulte et j'ai suivi une thérapie plus longue à l'adolescence. Ma mère est morte quand j'avais quatorze ans.

— C'est un âge critique pour perdre un parent.

Charlie opina.

— Et ton père ?

— Inconnu.

— Je comprends. Quelle relation avais-tu avec ta mère ?

— C'était…

Charlie ne savait comment poursuivre. Compliqué ?

— Ma mère était quelqu'un de spécial, finit-elle par dire.

— De quelle façon ?

— Elle n'était pas comme les autres mères. Je fais sans doute pas mal d'efforts pour ne pas devenir comme elle.

— C'est naturel, non ? On essaie de ne pas reproduire les erreurs de ses parents. Mais chercher à ne pas lui ressembler, c'est encore la garder pour référence. Tu te sentiras plus libre si tu commences à agir indépendamment de qui elle était.

— Oui, oui.

— On y reviendra. Mais d'abord, peux-tu me raconter pourquoi ton chef t'a posé cet ultimatum ?

La voix de Betty bourdonnait dans la tête de Charlie. La voix de Betty quand elle traversait une mauvaise période et qu'elle disait : *J'ai l'impression que les courants m'aspirent vers le bas. Si je m'arrête, si je réfléchis, je coule. Le mieux, c'est de ne pas réfléchir, de ne pas parler. Sinon, c'est pire.*

— C'est l'alcool, je crois. Il m'arrive de boire un peu trop. La raison pour laquelle je suis ici, c'est qu'avant, je parvenais à me contrôler. Je ne bois que quand je suis en congé, et encore, jamais la veille d'un jour où je dois travailler, ou pas beaucoup. Mais ces derniers temps, j'ai bu quelques coups alors que j'étais de service le lendemain, et je devais sentir un peu l'alcool, j'imagine. Challe, mon chef, a un odorat très développé.

— C'est peut-être une chance. Je veux dire, ça t'a permis de te faire aider à temps.

Charlie ne put s'empêcher de réagir :

— Comment le sais-tu ? Que c'est à temps ?

— Tu es consciente du problème et tu en parles facilement. C'est plutôt un bon point de départ.

— J'en suis consciente depuis longtemps, mais je n'ai rien pu y faire, alors je ne sais pas ce que ça vaut.

— Il m'a semblé t'entendre dire il y a une minute que, jusqu'à ces derniers temps au moins, tu maîtrisais la situation.

— Il m'est déjà arrivé de perdre le contrôle. Ce n'était pas la première fois cet été.

— En tout cas, tu es ici maintenant.

— Oui.

Quelques minutes de paroles superficielles suivirent, puis il y eut un silence. Charlie en profita pour observer les tableaux accrochés au mur, derrière Eva. Des gouaches encadrées… qui étaient en fait des tests de Rorschach, constata-t-elle. Elle tenta d'interpréter les motifs pour se faire une idée de sa santé mentale, mais elle fut interrompue par Eva qui voulait en savoir plus sur ses attributions professionnelles.

Charlie évoqua ses fonctions au sein de la Section opérationnelle nationale. Ses collègues et elle étaient envoyés aux quatre coins du pays pour aider la police locale dans les enquêtes difficiles, quand un crime grave avait été commis.

— À quoi ressemble ta vie en dehors du travail ?

— Célibataire, sans enfant.

— Revenons-en au sujet de l'alcool, enchaîna Eva sans émettre le moindre commentaire. Depuis combien de temps est-ce un problème ?

— Je ne sais pas. Je suppose que ça dépend de la personne à qui tu poses la question.

— Je te la pose à toi.

— Dès l'instant où j'ai commencé à boire, j'ai beaucoup aimé ça et j'ai toujours eu tendance à boire plus que les autres. Je n'ai jamais vraiment compris ce truc de se limiter à un verre. Mais je ne me qualifierais pas d'alcoolique. On peut dire que c'est par périodes, parce qu'il y a aussi des moments plus calmes.

— Arrêtons-nous sur la période qui est à l'origine de notre entrevue aujourd'hui : quand a-t-elle débuté ?

— Je ne me souviens pas très bien, mais il y a quelques mois, je suis retournée à Gullspång, l'endroit où j'ai grandi. C'est dans le Västergötland, ajouta-t-elle en voyant que le nom ne disait rien à Eva. J'y ai vécu jusqu'à la mort de ma mère. C'est à ce moment-là que j'ai déménagé à Stockholm.

— Pourquoi ? Tu avais de la famille ici ?

— Non, je me suis retrouvée dans une famille d'accueil.

— Comment était-ce ?

Charlie ne sut quoi répondre. Au fond, y avait-il quoi que ce soit d'intéressant à raconter sur la vie qu'elle avait menée dans cette banlieue de Huddinge ? Elle revoyait le lotissement, la rangée de petites maisons accolées, l'allée bien ratissée, les plates-bandes où tout poussait en ligne droite et le petit pommier qui ne donnait jamais de fruits, la première entrevue avec les parents d'accueil, Bengt et Lena, et leur fille, Lisen. Ils l'avaient accueillie, raides comme des piquets, dans leur foyer chimiquement propre. En surface, la nouvelle famille était la copie conforme de celles dont elle avait rêvé chaque fois que Betty pétait les plombs : une famille calme, ordonnée, où l'on se couchait à heure fixe, où l'on mangeait ensemble, où la mère préparait le sac de sport pour l'école et cuisinait des plats traditionnels sans faire de crises de nerfs. Il n'arrivait jamais à Lena de s'allonger sur le canapé en exigeant qu'on lui épargne tout bruit et toute lumière. Il ne lui serait jamais venu à l'esprit d'organiser des fêtes à tout casser en invitant une foule d'inconnus. Charlie revoyait sa petite chambre dans la maison de Huddinge, les draps propres, une odeur de savon noir et de rose. *Sois la bienvenue*, avait déclaré Lena le premier soir. *J'espère vraiment que tu vas te sentir comme chez toi ici, Charline, et que Lisen et toi serez comme des sœurs l'une pour l'autre.*

Mais Charlie ne s'était jamais sentie chez elle, et Lisen et elle n'étaient jamais devenues sœurs.

Eva s'éclaircit la voix.

— Ça fonctionnait, répondit Charlie. Dans la famille d'accueil. C'était bien organisé, et j'ai pu me concentrer sur l'école.

— Tant mieux. Revenons, si tu veux bien, au moment où cette « période » a commencé. Tu t'es rendue à Gullspång au début de l'été. Pourquoi ?

— Pour le travail. Une jeune fille avait disparu. Annabelle Roos. Tu en as peut-être entendu parler, l'affaire a pas mal mobilisé les médias.

— En effet.

— Nous y sommes allés pour aider la police locale. Ça s'est révélé assez dur, en fait, de retourner là-bas. Beaucoup plus difficile que je ne le pensais.

— De quelle façon ?

— Ça a réveillé un tas de souvenirs chez moi et j'ai été…

Charlie revit le corps menu d'Annabelle quand on l'avait tiré des eaux noires du fleuve ; elle vit le petit ami de Betty, Mattias, s'enfoncer vingt ans plus tôt dans la même noirceur sans fond ; elle vit deux filles tenant entre elles un petit garçon en larmes, bien plus loin encore dans le temps, longtemps avant sa naissance.

Eva s'inclina vers Charlie, faisant grincer son fauteuil.

— Oui ? Tu as été… ?

— J'ai été sans doute happée par le travail d'une manière un peu… disons, personnelle. Et puis j'ai commis une erreur, là-bas, et j'ai été exclue de l'enquête. Ça aussi, ça m'a pas mal ébranlée, bien sûr. En revenant à Stockholm, je croyais que tout allait redevenir comme avant, mais ce n'est pas ce qui s'est produit. Au contraire, ça s'est aggravé.

— Quoi donc ?

— L'angoisse, le sentiment d'absurdité, les problèmes de sommeil. Je dors mal, et quand je dors, je fais des rêves désagréables.

— Décris-les-moi.

— Les rêves ?

— Oui.

— Ça a commencé à mon retour de Gullspång. Après, ça s'est calmé un peu. Mais en ce moment, je travaille sur une enquête qui m'affecte plus que je ne le voudrais.

Eva voulut savoir de quel type d'enquête il s'agissait, et Charlie lui parla des deux jeunes femmes estoniennes assassinées et abandonnées dans un bois de la banlieue de Stockholm. L'une d'elles avait une petite fille de trois ans, qui était restée seule dans un appartement pendant au moins quarante-huit heures. Ils l'avaient trouvée affamée, les yeux cernés, le regard vide. Cela faisait deux semaines maintenant, et la gamine n'avait toujours pas prononcé un mot.

Eva expliqua que ce n'était sans doute pas si étrange que Charlie en soit affectée. L'immense majorité des gens l'aurait été de la même façon en présence d'une enfant abandonnée. Mais la petite s'en était sortie, n'est-ce pas ?

— Elle est en vie, répondit Charlie. C'est à peu près tout. Cette nuit, j'ai rêvé qu'elle était à moi, que j'étais sa mère. Je voulais courir, rentrer chez moi pour la sauver, mais c'était impossible parce que j'étais morte. Dans le rêve suivant, j'étais moi-même la petite. Bon, inutile de te faire un dessin…

— Prends-tu des médicaments ? demanda Eva sans commenter les deux rêves.

— Sertraline, cent milligrammes.

Elle passa sous silence le fait qu'elle complétait parfois avec un Xanax ou un somnifère, voire les deux.

— Rien de plus ?

Charlie secoua la tête.

— Tu sais peut-être que les cauchemars sont un effet secondaire fréquent de la sertraline ?

Charlie acquiesça. Elle le savait, mais elle en prenait depuis des années, alors c'était probablement sans rapport.

Eva croisa les mains sur ses genoux.

— Cette erreur que tu évoquais tout à l'heure, reprit-elle. J'aimerais qu'on revienne un peu là-dessus.

Charlie repensa à la fameuse soirée au pub et à la nuit qui avait suivi. Les *shots* à la réglisse servis dans des verres à eau, le vin, la bière, Johan. Elle avait eu tort de fouiner dans la vie de Johan après son retour à Stockholm. Si on veut avancer, il faut rester tranquille et penser à autre chose. Elle le savait pertinemment. Et pourtant, qu'avait-elle fait ? L'inverse. Pour commencer, elle avait voulu savoir où il habitait, vérifier qu'il était bien célibataire et qu'il était réellement celui qu'il prétendait être, à savoir le fils de Mattias, l'ancien compagnon de Betty. Tout avait l'air de coller.

— Charlie ?

Eva la dévisageait.

— Pardon, que disais-tu ?

— Je te demandais de me parler un peu de cette erreur que tu as mentionnée tout à l'heure.

— C'est ça. Je ne me souviens pas de tout, à vrai dire, mais j'avais trop bu et j'ai amené un journaliste dans ma chambre. Le lendemain, une information confidentielle liée à l'enquête a fuité dans la presse. Ce n'était pas moi – même si, sur le moment, tout le monde l'a cru, bien évidemment. Et bon… ça a fait du grabuge.

Eva resta silencieuse, comme si elle attendait que Charlie ajoute quelque chose. Puis elle reprit :

— Aurais-tu passé la nuit avec cet homme si tu n'avais pas bu ?

— Bon Dieu, non !

— Pourquoi ?

Charlie ne savait pas trop quoi répondre, alors elle dit la vérité : elle ne se souvenait pas de la dernière fois où elle avait été sobre avec un homme dans un lit. Était-ce répréhensible ?

— À ton avis ? fit Eva. Qu'en penses-tu ?

— J'en pense que c'était idiot, bien sûr. Mais le reste du temps ? Quand je ne suis pas de service ? Tu trouves que c'est mal d'avoir des liaisons passagères ?

— Est-ce important pour toi, ce que j'en pense ?

Charlie répondit que non, mais ce n'était pas vrai, car s'il y avait une chose qu'elle supportait mal, c'était les gens qui jugeaient les autres.

— Il m'est difficile de répondre à ta question, poursuivit Eva. Toutefois, se servir de la sexualité pour éviter de se demander comment on va, ce n'est peut-être pas très constructif.

— C'est quand même mieux que l'alcool, non ?

— D'après ce que j'ai cru comprendre, tu associes les deux.

Charlie soupira, se tourna vers la fenêtre et suivit du regard un merle qui passait par là. Eva poursuivit :

— Je ne dis pas que c'est mal de coucher avec des inconnus. Je dis seulement que tu dois t'interroger sur les raisons qui te poussent à le faire. Quelles sont tes motivations ?

— Ça me fait du bien. N'est-ce pas une raison suffisante ? Est-ce qu'il faut absolument un motif plus profond ? Pourquoi ne peut-on pas juste se faire du bien ?

— Bien sûr qu'on le peut. Mais ce qui te fait du bien sur le moment n'est peut-être pas ce qui te fait du bien à plus long terme.

Charlie hocha la tête. C'était regrettable, mais vrai.

— Par exemple, un toxicomane dira que ça lui fait du bien de se droguer, mais ce n'est pas pour autant que…

— J'ai compris.

Charlie regrettait de plus en plus d'avoir demandé à rencontrer une psychologue qualifiée. Il aurait été plus simple de se retrouver face à un coach optimiste qui l'aurait mise au fait des dernières tendances dans le domaine du yoga et de la méditation. Si elle voulait se faire aider pour de bon, elle allait devoir creuser loin, et elle ne savait pas si elle en avait la force. Elle était tellement fatiguée !

— Revenons-en à ta mère, reprit Eva. Comment était-elle ?

— Elle était… différente.

Charlie regarda sa montre, mais le nombre de minutes ne changeait rien à l'affaire. Elle aurait été incapable de décrire Betty même si elle avait eu une vie entière à sa disposition. Car Betty était pleine de contradictions et de contrastes, de noirceur et de lumière, de force et d'impuissance. À l'époque où Charlie étudiait encore la psychologie à la fac, elle avait cherché quel diagnostic aurait pu correspondre au cas de sa mère, mais aucun ne semblait tout à fait adéquat. C'était comme si tous les cadres devenaient trop étroits dès lors qu'il s'agissait de Betty Lager.

2

Encore une demi-heure avant la réunion du matin. Inutile donc de se dépêcher en sortant de chez la psy.

La pluie avait cessé, et l'air était frais, léger. Pour Charlie, l'automne avait toujours été la meilleure saison. *La saison de la pourriture*, disait Betty, qui était prise d'angoisse bien avant la Saint-Jean, quand les fleurs des cerisiers commençaient à perdre leurs pétales. Mais pour Charlie, l'automne était une renaissance, une promesse d'ordre et de discipline. Elle adorait l'odeur des baies d'églantier et des livres neufs qui annonçaient la reprise de l'école après l'interminable et imprévisible coupure qui avait pour nom vacances d'été. Toutefois, cet automne était différent. C'était comme si elle se contentait de feindre. Feindre de s'intéresser à son entourage, feindre de travailler, feindre de participer aux conversations, feindre de vivre, alors qu'en même temps, paradoxalement, tout lui paraissait énorme et effrayant. L'autre jour, elle avait failli clouer une couverture sur la fenêtre pour occulter la lumière filtrant par les interstices du store. Le simple fait d'avoir eu ce désir l'affolait. Hors de question de devenir comme Betty ! Tout, mais pas ça.

Charlie ramassa son téléphone pour voir si Susanne l'avait rappelée. Non. Après la fin de l'enquête, juste avant son départ de Gullspång, elles s'étaient promis de rester en contact et de se revoir bientôt. Les premières semaines, Susanne lui avait téléphoné presque tous les soirs en promenant son chien. Elles avaient parlé du mari de Susanne – la situation était pire que jamais – et de tout ce qui n'avait pas tourné comme elles l'imaginaient quand elles étaient ados. Mais depuis quelque temps, Susanne ne décrochait plus. Aux questions de Charlie qui souhaitait savoir s'il s'était passé quelque chose, elle se contentait de répondre par de brefs messages disant que tout allait bien et qu'elle était simplement débordée.

Charlie laissa sonner le téléphone, puis raccrocha en entendant la messagerie. Si Susanne voulait être tranquille, après tout, il fallait peut-être respecter sa volonté.

Kristina, à l'accueil, était de retour au commissariat après des vacances à l'étranger. Elle n'avait cessé de parler de ce voyage durant les semaines qui avaient précédé son départ. Pourtant, Charlie ne se rappelait plus quelle en était la destination. Elle trouva Kristina debout à côté de la cafetière électrique dans la cuisine qui jouxtait la salle de réunion, occupée à commenter sur un ton extasié tout ce qu'elle avait vécu là-bas, à commencer par la merveilleuse chaleur qui était partout, dans l'air, dans la piscine et même dans la mer. C'était un pur réflexe de survie qui l'avait poussée à partir, expliquait-elle, car en Suède, on n'avait pas eu d'été, à part les quelques semaines de canicule en juin, mais à ce moment-là, bien sûr, elle travaillait, alors elle n'en avait pas profité, et ensuite, ensuite, eh bien, l'été n'avait jamais démarré, en fait.

Charlie essaya de se souvenir de l'été écoulé. Elle

était incapable de dire quel temps il avait fait. Les rares jours où elle avait été en congé à son retour de Gullspång, elle n'avait fait que dormir.

Kristina ajouta qu'elle se languissait déjà de l'été prochain.

— Pas moi, fit Charlie en attrapant une brioche sur un plateau.

— Tu plaisantes ?

— Non. Je n'aime ni l'été, ni les vacances, ni les jours fériés, ni le reste. Je n'aime même pas voyager.

Elle le regretta aussitôt. Pourquoi évoquer ses petites excentricités devant Kristina ? C'était un pur gaspillage de salive, et elle le savait. N'apprendrait-elle jamais à se taire ? Combien de fois ne s'était-elle pas retrouvée coincée dans d'interminables discussions sur les sujets les plus débiles pour l'unique raison qu'un détail l'avait irritée ou assommée d'ennui ? Avec Kristina, il fallait parler recettes, météo et prix de l'immobilier. Des choses concrètes, simples et normales.

— Ah ? C'est un peu désolant, je trouve, de ne pas aimer l'été…

— Qu'est-ce que ça a de désolant ? L'été n'est pas la seule saison, si ? Alors c'est encore plus désolant de ne vivre que pour celle-là. Et si l'on doit être affligé dès qu'il n'y a pas de soleil, combien reste-t-il de jours où l'on peut encore se réjouir, si tant est que ce soit l'objectif ?

Kristina la dévisagea d'un regard vide.

— C'est dingue de te mettre dans des états pareils alors que je dis juste que je suis un peu déçue par l'été qu'on a eu en Suède.

— Je ne me mets pas « dans des états ». Je réagis juste au fait que tu me traites de désolante.

— Je n'ai jamais dit ça, enfin !

Kristina se détourna, et s'illumina en voyant Hugo entrer dans la cuisine.

Celui-ci adressa un sourire à Kristina et un bref signe de tête à Charlie.

— Tu as pris le soleil, ma parole ! s'exclama-t-il.

Kristina oublia la présence de Charlie et se mit à s'extasier derechef sur la chaleur, les excursions, les paysages. Soudain, elle s'interrompit et déclara qu'un petit oiseau avait murmuré à son oreille.

— Félicitations ! ajouta-t-elle.

— Merci, répondit Hugo en jetant un coup d'œil à Charlie. C'est vrai que je suis hyper-content.

Kristina se tourna vers elle.

— Tu étais au courant, Charlie ? Que quelqu'un ici va devenir papa ?

— Non, mais maintenant oui.

Charlie tenta de décocher un sourire.

— Quelle merveilleuse nouvelle ! Quelle joie pour vous deux…

— Merci, dit Hugo.

Un léger rougissement colora ses joues. Il a au moins la décence d'avoir honte, pensa Charlie.

— Alors, comment va Anna ? poursuivit Kristina, qui n'avait rien perçu du changement dans l'atmosphère.

— Elle a eu quelques soucis, à vrai dire. Mais maintenant, tout va bien, Dieu soit loué.

— Tu n'assistes pas à la réunion ? cria Kristina à Charlie, qui s'était levée et se dirigeait vers la porte.

— Si, mais il reste encore trois minutes.

Charlie se rendit aux toilettes et présenta ses poignets sous le robinet d'eau glacée. Un truc que lui avait enseigné Betty. *Quand le sang bout et la cervelle brûle, rien ne vaut l'eau froide. Tiens tes poignets comme ça, non, ne les retire pas. Bientôt, tu ne sentiras plus rien, tu seras anesthésiée. Reste, ma chérie, ne bouge pas. Tiens le choc. Voilà... Alors tu sens ? Tu sens comment tout disparaît d'un coup ?*

Charlie ferma les yeux, essaya de faire tout disparaître, de ne penser à rien. Juste une pièce blanche, sol blanc, plafond blanc, murs blancs, pas de fenêtre. Mais la femme de Hugo lui apparaissait sans cesse, les mains posées sur son ventre, le bras protecteur de Hugo autour de ses épaules, la joie procurée par cet enfant à naître.

Charlie avait encore couché avec lui le mois dernier. Hugo s'était matérialisé devant elle un soir alors qu'elle traînait au comptoir de son bar habituel. Il avait affiché un sourire idiot, comme si sa présence relevait d'une pure coïncidence, et lui avait proposé un verre. Elle avait refusé. Elle ne voulait plus le fréquenter en dehors du travail, mais il avait insisté. Juste un verre, le temps de parler de ce qui s'était passé entre eux. Charlie avait fini par accepter. Juste le verre, avait-elle précisé, pas le reste, car elle n'avait aucune envie de ruminer leur histoire. Elle savait déjà tout ce qu'elle avait besoin de savoir : Hugo était un lâche et un faux jeton qui se faisait une haute idée de lui-même. Elle le savait, mais une partie d'elle s'en fichait. Charlie passait pour quelqu'un de rationnel, mais quand il s'agissait de Hugo, l'intellect n'avait aucune chance. Tout ce qu'elle voulait, tandis qu'ils sirotaient leur Long Island Iced Tea, c'était le ramener chez elle et faire l'amour avec lui jusqu'au petit matin. Voilà pourquoi, après le troisième verre, elle avait cédé à la pulsion et avait précisément agi ainsi.

Estime-toi heureuse qu'il ne t'appartienne pas, Charline. Non, mais réfléchis. À quoi te servirait un type sans scrupules ? Pourquoi soupirer pour un homme qui n'a aucune conscience ?

Charlie ouvrit les yeux. Elle ne voulait pas de lui.

Elle avait cru que si, parce qu'elle s'était persuadée qu'il était différent, qu'il y avait une profondeur chez lui, mais il était juste…

Juste un homme comme les autres, ma chérie. Ne perds pas ton temps.

Quelqu'un abaissa la poignée de la porte, puis elle entendit la voix d'Anders.

— Pardon ! Je n'avais pas vu que c'était occupé.

Charlie ferma le robinet, tapota ses paupières du bout des doigts, s'essuya les mains et sortit.

— Tout va bien ? demanda Anders en la voyant.

— Oui. Un peu enrhumée, c'est tout.

— Et si on se faisait un *after work* aujourd'hui ? Ça fait une éternité qu'on n'est pas allés prendre un verre.

— Huit mois.

— Si longtemps que ça ? Tu es sûre ?

Anders réfléchit en plissant le front, comme s'il ne pouvait se résoudre à la croire.

— Mais oui, tu as raison. Le dernier mois avant la naissance de Sam, j'étais à la maison et après… Après, je ne suis pas sorti une seule fois.

— Maria ne sera pas d'accord, ajouta Charlie en souriant.

— Crois-le ou non, mais j'ai un libre arbitre.

— Ah ? Eh bien, allons-y, dans ce cas.

— Je vais juste appeler Maria pour être sûr que c'est OK.

— Parfait, dit Charlie. On se le note en pointillé, alors.

3

Après la réunion, Challe demanda à Charlie si elle avait une minute. Il voulait échanger quelques mots avec elle dans son bureau. Elle le suivit et referma la porte.

— J'ai vérifié les jours de congé et les heures sup de l'ensemble du personnel, annonça-t-il une fois assis.

— Et alors ?

— Et alors je n'ai pas été surpris de constater que c'est toi qui as le plus de congés à rattraper.

— Ah.

— Tu as l'intention de le faire ?

— J'ai pris deux semaines en juillet.

— Tu as pris dix jours. Et même pas une semaine l'été d'avant.

— Oui, mais là, tout de suite, je suis sur une affaire importante.

— Elles le sont toutes, objecta Challe. On a toujours du pain sur la planche.

Charlie savait parfaitement où il voulait en venir. Bientôt, il lui dirait qu'elle prenait cette enquête trop à cœur. Il avait repéré le schéma, lui avait-il expliqué lors de leur dernier entretien. Elle s'impliquait trop personnellement dans les affaires qui concernaient des femmes jeunes et vulnérables. Elle risquait de se brûler les ailes, et ce ne serait bien pour personne, ni pour les victimes, ni pour leurs proches, ni pour Charlie elle-même.

Charlie revoyait les photos des deux corps dénudés. Et le regard de la petite fille restée dans l'appartement. Comment était-il possible de ne pas s'impliquer personnellement ?

— Je ne te dis pas de prendre tous tes congés immédiatement, poursuivit Challe. Je pense juste que tu as besoin, comme tout un chacun, d'une vraie période pour souffler de temps à autre.

Charlie admit que c'était vrai, mais que tout le monde n'avait peut-être pas besoin de récupérer de la même manière.

Challe hocha la tête. Certes, convint-il, mais il relevait aussi de sa responsabilité de mettre le holà quand il estimait que le personnel était à bout. Nul n'était irremplaçable ; les cimetières en étaient la preuve.

Charlie n'esquissa pas même un sourire. Au lieu de commenter son image idiote, elle lui demanda si leur entretien avait un lien quelconque avec les événements de l'été.

— Il est lié à beaucoup de choses : ce qui s'est passé dans le Västergötland, ton penchant pour la fête et le fait que tu m'as l'air extrêmement fatiguée. J'ai vu trop de flics ambitieux se casser la gueule et je n'ai pas les moyens de te perdre.

— Tu ne me perdras pas, dit Charlie en évitant d'ajouter : *C'est quoi, cette logique ? Ce n'est pas toi qui disais à l'instant que nul n'est irremplaçable ?*

— Tu n'en sais rien. Personne ne peut décider qu'il ou elle ne fera pas un *burn-out*. Tu es bien placée pour le savoir.

— Oui, mais si c'était ça, j'en aurais déjà fait un à

l'heure qu'il est. Et puis, j'ai entamé une thérapie. Je fais exactement tout ce que tu m'as demandé de faire.

— C'est très bien, mais je pense quand même que tu devrais prendre quelques semaines de congé. Peut-être après la fin de cette enquête ?

Devant le regard de Charlie, il ajouta :

— Je ne compte pas te forcer la main, mais réfléchis-y.

— Bien sûr. Je vais y réfléchir.

Charlie quitta le bureau de Challe avec une légère sensation d'étouffement. Elle l'appréciait bien plus dans son rôle de chef sans concession que lorsqu'il empruntait ce ton paternaliste.

S'il savait aussi bien ce qui était bon ou non pour elle, il devrait être conscient que, dans l'état où elle était, un long congé serait une catastrophe. Que ferait-elle de ses journées ? Lire ? Et après ? Le risque était qu'elle sorte boire une bière, puis une autre, puis encore une, et le jour où elle reprendrait le travail, elle aurait plus que jamais besoin de récupérer.

De retour dans son bureau, Charlie se remit à la tâche ardue qui consistait à mettre la main sur l'entourage des deux Estoniennes. C'était un méli-mélo de surnoms sirupeux, de téléphones à carte et de fausses pistes. L'enquête n'avançait pas, et ça la stressait. L'ADN des deux femmes ne figurait pas dans le fichier, et les quelques indications fournies dans le cadre de l'appel à témoins n'avaient rien donné.

Au bout de deux heures, elle décida de faire une pause. Pour dissiper les pensées liées à l'enquête, elle alla sur Internet et pianota le nom de Johan Ro. Elle ne l'avait pas fait depuis un certain temps. Un nouvel article inconnu apparut dans les résultats de recherche.

Qu'est-il arrivé à Francesca Mild? Charlie cliqua sur le lien. *Francesca Mild, seize ans, lycéenne à l'internat d'Adamsberg, a disparu de la propriété familiale de Gudhammar, près de Gullspång, dans le Västergötland, dans la nuit du 7 au 8 octobre 1989.*

Elle interrompit sa lecture et relut le début. Gullspång, dans le Västergötland. Et l'année: 1989. Pourquoi n'avait-elle pas entendu parler de cette fille lorsqu'ils cherchaient Annabelle? Elle secoua la tête et poursuivit. Ce soir-là, les parents Mild étaient à une réception. Francesca et sa sœur aînée étaient seules à la maison. La sœur s'était couchée de bonne heure, et l'absence de Francesca n'avait été remarquée que le lendemain matin.

Cela fait maintenant vingt-sept ans que Francesca Mild s'est volatilisée sans laisser de trace. On ignore encore aujourd'hui ce qui lui est arrivé. Les hypothèses n'ont pas manqué. Son passeport n'ayant pas été retrouvé, on a d'abord privilégié la thèse de la disparition volontaire.

Charlie parcourut la suite: soupçon de suicide, dragage du lac, entretiens avec les camarades de classe, les amis, la famille. Rien. Aucun résultat. Une photo était jointe à l'article: la famille Mild au complet sur les marches d'un vaste escalier de pierre, devant la propriété familiale. Un homme et une femme debout derrière deux adolescentes, qui paraissaient avoir le même âge. Sourires figés chez tous, sauf chez l'une des filles, qui se contentait de fixer l'appareil avec un air à la fois résigné et plein de défi. *Francesca Mild.*

Plus bas, une photo de classe. Prise à l'internat royal d'Adamsberg. Élèves en uniforme bleu marine, les garçons en pantalon, les filles en jupe plissée. Une version plus jeune de Francesca Mild, au premier rang, bras croisés, seule fille parmi les garçons.

Que lui était-il arrivé ?

Le regard de Charlie s'arrêta sur le nom de Johan au bas de l'article. Allait-elle prendre contact avec lui ? Bien sûr que non ! Pour quoi faire ?

Francesca

La lumière m'a aveuglée en sortant de l'hôpital. Après plus d'une semaine au lit, je me sentais bizarre et fragile. Comme si le monde s'était transformé, était devenu autre. Je ne sais pas à quoi ça tenait, les couleurs, les sons, l'air, mais quelque chose ne tournait pas rond. J'ai pris le bras de papa et je me suis laissée conduire jusqu'à la voiture comme une aveugle.

— Pourquoi fermes-tu les yeux, Francesca ?

Voix de maman.

— C'est la lumière. Elle me fait mal.

Papa a ôté ma main de sa manche, mais j'ai continué à avancer à tâtons, bras tendus. En entrouvrant les yeux, j'ai vu maman qui regardait papa en secouant la tête. S'il y avait un truc qu'elle ne supportait pas, c'était que je fasse la dingue.

— Où on va ?

C'est la question qui m'est venue une fois recroquevillée à l'arrière de la voiture de sport. Avec les jambes que j'ai, on aurait pu penser qu'ils me proposeraient de monter à l'avant, mais la vérité, c'est qu'aucune tragédie au monde ne pourrait reléguer ma mère sur la banquette arrière.

Papa a annoncé qu'on allait à Gudhammar. Il avait reporté toutes ses réunions en Suisse pour une durée indéterminée. C'est alors que j'ai compris la gravité de la situation. Il ne lui était encore jamais arrivé de reporter une réunion. Un rendez-vous est un rendez-vous, une date une date, un accord un accord. Et Gudhammar, on n'y allait que pour les fêtes et les vacances.

— On va faire quoi là-bas ?

— Parler… Parler de la manière dont nous allons t'aider. Tranquillement, au calme, avant de décider ce que nous allons faire, pour tout.

— Pourquoi est-ce que je ne retourne pas à Adamsberg ?

— Tu comprends sûrement toi-même la raison.

J'ai dit que je ne comprenais rien et que si quelqu'un devait quitter l'internat, ce n'était pas moi mais Henrik Stiernberg et ses amis.

— Ne parlons plus de Henrik Stiernberg. Ce chapitre est clos.

J'ai pensé que le chapitre Henrik Stiernberg ne serait jamais clos. Je continuerais de parler de lui et de réfléchir à une punition adéquate. Car, même si ce que la bande des roitelets affirmait était vrai, même s'ils n'avaient pas croisé Paul le soir du bal, ils étaient tous responsables de sa mort. Depuis le jour de son arrivée à Adamsberg, ils n'avaient cessé de le tourmenter. Pour tout, pour sa manière de s'habiller, pour sa façon de gesticuler en parlant, pour son accent. Ils s'étaient moqués de sa passion pour la lecture, de ses digressions philosophiques pendant les cours, de son intérêt pour le cerveau, le corps, la vie, la mort. Même ses blagues n'avaient jamais réussi à les faire rire ; pourtant Paul était le plus vif, le plus spirituel, le plus drôle d'entre nous. Et il n'y avait pas que le harcèlement moral : il leur arrivait aussi de lui foncer dessus dans les couloirs et de le bousculer brutalement comme s'il était invisible.

Je suis un cygne, disait-il quand je lui demandais comment il faisait pour ne pas les frapper. *Ça me glisse sur les plumes, voilà tout.* Un jour, je l'ai corrigé : ce sont les canards, dont on dit que ça leur glisse sur les plumes. Et Paul a ri en répliquant que c'était pareil pour les cygnes, le froid ne parvenait jamais jusqu'à leur épiderme. J'ai dit que je ne connaissais pas les détails de ce mécanisme chez les palmipèdes mais que si on parlait de canard, et pas de cygne, il y avait peut-être une raison. Car les canards étaient bêtes, aussi bêtes que les oies.

Paul m'a expliqué qu'il n'était pas bête ; c'était juste qu'il n'en avait rien à faire. Il n'en avait rien à faire de l'opinion qu'une bande de têtes de nœud pouvait avoir de lui.

L'ai-je cru ? Je me souviens de m'être dit que c'était peut-être le mieux : laisser les insultes lui glisser dessus. Après coup, j'ai compris que ça ne fonctionnait pas et que le froid avait dû non seulement atteindre son épiderme mais aussi traverser toutes les couches de son être jusqu'à son âme. Et au beau milieu de tout ça, ma sœur avait eu l'idée de sortir avec Henrik Stiernberg, le plus venimeux de la bande.

Elle ne l'avait pas quitté, même après la mort de Paul. Quand je lui ai demandé pourquoi, elle s'est contentée de me présenter ses condoléances comme à une vague connaissance. *Je suis vraiment désolée pour la mort de ton ami, Francesca.* Et l'instant d'après, elle a ajouté qu'elle avait toute confiance en Henrik, qu'elle l'aimait et qu'un suicide ne pouvait jamais être imputé à un tiers.

J'ai pensé un moment à ma sœur. Elle m'avait rendu visite deux fois à l'hôpital. La première, elle pleurait comme si j'étais déjà morte. La seconde, quand elle a compris que je survivrais, elle a pleuré parce que je répandais des mensonges affreux sur son petit ami. D'ailleurs, j'étais coutumière du fait, a-t-elle rappelé. Et elle a débité l'histoire des accusations que j'avais portées contre le grand frère d'Erik Vendt. Je n'ai même pas eu la force de protester.

— Et Cécile ? Que va-t-il lui arriver ?

Papa, qui venait de s'engager sur l'autoroute, a croisé mon regard dans le rétroviseur et a répondu qu'il n'allait rien lui arriver, pourquoi ?

— Je ne comprends pas comment vous pouvez la laisser à Adamsberg.

— Tu fixes ton attention au mauvais endroit, Francesca, est intervenue maman. Tu dois te concentrer sur une seule chose maintenant : guérir.

J'ai dit que j'étais en parfaite santé et que la seule chose qui me paraissait malade, c'était de laisser sa fille poursuivre sa scolarité dans une école qui…

— Nous n'allons pas aborder ce sujet, m'a coupée papa. Parlons d'autre chose.

Je n'avais pas envie de parler d'autre chose. J'étais désespérément fatiguée de l'entendre décider par avance des sujets dont on avait le droit de discuter, alors j'ai fermé les yeux, j'ai fait semblant de dormir et j'ai laissé le soulagement de n'avoir pas, au moins, à retourner à Adamsberg se répandre dans tout mon corps.

Mais il fallait malgré tout repasser par l'internat pour récupérer mes affaires.

— Allez, viens, a dit maman sur le parking. Tu peux au moins venir saluer ta sœur.

J'ai secoué la tête. Je ne voulais pas saluer Cécile, et je ne voulais pas risquer de croiser Henrik Stiernberg ou un autre membre de la bande. J'étais capable de déclencher une scène. C'était l'un de mes nombreux problèmes : je ne contrôlais pas tout à fait mes impulsions.

Mes parents se sont éloignés. Je me suis installée à la place du passager et j'ai contemplé le bâtiment principal d'Adamsberg, qui se dressait face à moi dans toute son imposante blancheur. Le domaine entier respirait une froideur inhospitalière. J'ai pensé qu'il était incroyable, vraiment, que j'aie réussi à tenir le coup aussi longtemps dans cet endroit. Pendant cinq ans, j'avais fait ma prière avant chaque repas, j'avais chanté des chansons idiotes à la gloire de l'école, j'avais porté leur veste d'uniforme mal coupée avec l'aigle à grand bec cousu sur la poitrine, j'avais fait de mon mieux pour prendre ma place dans le rang, me montrer bonne camarade et tout ça, mais la vérité était que j'avais tout détesté en bloc dès le premier instant.

Le bâtiment principal était entouré par les divers foyers des élèves : le Major, la Pointe aux pins, l'Aile nord et puis Högsäter, où j'avais vécu depuis mon arrivée. Une devise était gravée au-dessus de la porte. *Esse non videri*. « Être sans être vu », m'avait expliqué papa le premier jour. Il me l'avait dit comme si c'était beau et pas du tout désagréable.

Je n'avais que onze ans quand j'étais arrivée là-bas. J'étais la plus jeune élève d'Adamsberg. Cécile et moi allions entamer la dernière année d'école élémentaire en même temps, mais nous étions inscrites dans des classes différentes et ne devions pas partager le même foyer. C'était pour nous donner un nouveau départ, avait dit maman. *C'est le moment de prendre un nouveau départ, les filles.* Le premier jour, quand papa avait porté mes valises jusqu'au bâtiment en haut de la colline, j'avais eu du mal à retenir mes larmes. Je ne voulais pas dormir avec des inconnues. Ne pouvais-je pas au moins être dans le même foyer que Cécile ? Papa m'a tapoté le crâne en disant que j'allais bientôt connaître la période la plus heureuse de ma vie. Il le savait, car il était lui-même passé par là.

Mais je n'étais pas comme mon père, ni comme ma mère, ni comme Cécile. J'étais étrangère au monde, étrangère à ma propre famille.

Décris-les, m'avait demandé Paul un jour, alors que je me plaignais d'eux. *Décris-moi ta famille.*

Je lui avais fait la version courte, expliquant que ma sœur était une faux-cul, mon père un menteur invétéré et ma mère… Ma mère était une poupée en carton qui flottait au vent.

Papa a dû prendre ça comme un terrible échec, que sa fille ait été renvoyée de l'école qu'il décrivait lui-même comme *le socle de sa carrière*. Rikard Mild avait vraiment exploité au mieux son passage dans l'internat le plus snob de Suède. Son portrait figurait sur le mur à l'extérieur du réfectoire, au milieu de tous ceux qui avaient obtenu les meilleures notes dans toutes les matières.

Il avait l'air idiot sur cette photo : la raie peignée à l'eau, les cheveux plaqués sur le crâne, les dents de travers.

Bizarre qu'il ait réussi à séduire maman, avait un jour déclaré Cécile alors que nous regardions ensemble sa trombine. *Bizarre qu'il ait réussi à rafler la plus belle fille de Stockholm avec la dégaine qu'il avait.*

Je lui ai demandé comment elle savait que notre mère était la plus belle fille de Stockholm, et Cécile a répondu qu'elle tenait ça de notre père.

J'ai fait remarquer qu'il n'était pas une source fiable lorsqu'il s'agissait de notre mère. D'après lui, elle était la personne la plus accomplie au monde, or n'importe qui pouvait constater au bout de deux minutes de conversation que maman souffrait de plusieurs tares. Papa, par ailleurs si lucide, était absolument aveugle sur ce sujet.

Cécile a répliqué que c'était bien le sens même de l'amour : voir ce qu'il y avait de beau chez l'autre. Pour sa part, quand elle se marierait, ce serait avec un homme capable de voir ce qu'elle avait de plus beau en elle.

J'ai rétorqué que si, contre toute attente, je devais me marier, ce serait avec un homme capable de me faire rire et qui ne coucherait pas avec d'autres femmes. Quel intérêt de s'entendre dire qu'on est la plus belle et la meilleure par quelqu'un qui vous trompe ?

Cécile a dit que je ne devais pas parler de choses dont je n'avais aucune idée.

Je lui ai rappelé les disputes de nos parents, précisément sur ce thème, quand nous écoutions derrière la porte, la nuit, et que maman pleurait et que papa protestait en clamant que c'était un tissu de mensonges. J'avais assez vu les regards et les mains de mon père sur d'autres femmes pour comprendre que les accusations de ma mère n'étaient pas sans fondement.

Ils tardaient à revenir. J'ai fini par sortir de la voiture. Il restait une cigarette dans le paquet au fond de mon sac. Je l'ai fumée sans me cacher, avec défi. J'espérais presque qu'un prof ou un élève de dernière année me voie. C'était tellement agréable de savoir que leurs menaces ne pouvaient plus m'atteindre ! J'étais suspendue, provisoirement exclue, seule. Il n'y avait rien à craindre, ma situation ne pouvait pas devenir pire qu'elle ne l'était déjà. J'ai longé l'allée jusqu'au portail, je me suis plantée devant la plaque en fer qui maintenait les grilles fermées et j'ai lu les mots latins gravés en lettres d'or (à Adamsberg, le latin était encore considéré comme une langue internationale) : *Non est ad astra mollis e terris via.* J'avais oublié ce que ça voulait dire, mais je me rappelais que la fois où je me l'étais fait expliquer, ça m'avait fait peur.

Mes parents ne revenaient toujours pas. Sûrement coincés dans une conversation obséquieuse avec un prof. Sans vraiment savoir pourquoi, je suis montée jusqu'à la chapelle. La maison de Dieu était toujours ouverte, alors je suis entrée. Lentement, j'ai remonté l'allée centrale jusqu'à la place où nous nous installions toujours, Paul et moi, pendant le service. Je me suis assise. J'ai levé les yeux vers Jésus sur la croix. Combien de fois m'étais-je tenue là en étant, en pensée, complètement ailleurs ? J'ai cherché à tâtons les lettres que Paul avait gravées sur la tablette du livre de psaumes. *Dieu est m.* Il n'avait pas eu le temps d'aller plus loin. Mlle Asp l'avait surpris et avait veillé à ce qu'il écope d'un blâme. J'ai cherché un objet tranchant dans mes poches. À l'hôpital, ils m'avaient enlevé tout ce qui pouvait blesser, mais à ma sortie, ils m'avaient tout de même rendu mon trousseau de clés. J'ai complété la citation de Paul : *Dieu est mort.* Puis je suis retournée à la voiture.

Vingt minutes plus tard, mes parents sont revenus avec une valise.

— Cécile te passe le bonjour, a déclaré maman après m'avoir demandé de descendre et de reprendre place à l'arrière.

J'ai voulu savoir pourquoi elle n'était pas venue le faire en personne. Maman a répondu que Cécile devait se préparer pour le test national d'anglais.

J'ai rappelé que les tests nationaux avaient lieu au printemps.

Maman a soupiré. Elle avait peut-être mal compris. Quoi qu'il en soit, ça n'avait aucune importance puisque de toute façon je ne parlais pas à ma sœur. Ce n'est pas très agréable de saluer quelqu'un qui fait semblant de ne pas vous voir.

J'ai failli répliquer que je reparlerais à Cécile le jour où elle choisirait de faire confiance à sa propre sœur plutôt qu'à son abruti de petit ami. Mais ça ne servait à rien. Papa et maman se fiaient toujours à la version de Cécile. Avec moi, ils partaient du principe que j'étais coupable jusqu'à preuve du contraire. Ils ne s'en cachaient pas et se justifiaient en disant que c'était ma faute, vu que je mentais si souvent. Je répliquais que ce comportement pouvait aussi être attribué au fait de n'être jamais crue. Pour reprendre la formule de papa, difficile de savoir ce qui vient en premier, la poule ou l'œuf.

— Nous avons trouvé ça dans le tiroir de ton bureau, a ajouté maman en me tendant une enveloppe.

Je l'ai prise. Mon nom était inscrit dessus, de la belle écriture sinueuse de Paul. J'étais en pleine confusion. Avait-il rédigé une lettre d'adieu, tout compte fait ?

— C'est de *lui* ? a demandé maman.

J'ai fait oui de la tête.

— Alors ouvre-la, qu'est-ce que tu attends ?

— Plus tard.

4

Il était un peu plus de dix-sept heures quand Anders frappa à la porte du bureau de Charlie et lui demanda si elle avait bientôt fini. Elle mit un moment à se rappeler leur projet d'aller boire un verre.

— Tu as obtenu la permission ? ne put-elle s'empêcher de l'interroger.

Elle n'avait pas cru que ça marcherait. En soi, elle aurait préféré continuer à travailler pendant que l'obscurité tombait lentement de l'autre côté de la fenêtre. Mais elle savait que les angles d'approche et les idées neuves lui venaient quand elle s'autorisait à faire une pause et à penser à autre chose.

— Je ne suis tout de même pas son esclave ! protesta Anders.

Cette fois-ci, Charlie résista à l'impulsion de dire qu'à son avis, il n'en était pas loin.

— On va où ? Vers chez toi ou vers chez moi ?

Anders feignit de ne pas saisir le sous-entendu, mais s'illumina quand elle proposa le café Riche.

L'endroit était bondé, bien qu'il ne fût même pas dix-huit heures. Anders réussit à attirer l'attention d'un serveur, qui leur dénicha une petite table au fond.

— Tu as faim, j'espère…

Charlie acquiesça.

— Qu'est-ce que tu veux ?

— N'importe quoi. J'ai tellement faim que je n'ai pas l'énergie de regarder la carte.

Anders fit signe au serveur. Il commanda deux carpaccios de bœuf et deux verres d'un vin rouge dont Charlie n'eut pas le temps de comprendre le nom. Anders s'interrompit soudain et lui demanda si elle préférait un autre vin. Elle répondit qu'elle s'en remettait à lui. Cela faisait-il donc si longtemps qu'ils n'étaient pas allés boire un verre qu'il avait oublié qu'elle s'en fichait ? Elle ne faisait pas la différence. D'ailleurs, elle préférait la bière mais jugea superflu de lui rappeler ce détail.

Le téléphone d'Anders émit un son de clochette. Il regarda l'écran et se fendit d'un sourire.

— Qu'est-ce qu'il y a ?

— C'est Sam.

Anders tourna l'écran vers elle et lui montra un bout de vidéo où l'on voyait son fils assis sur une couverture. Un filet de bave coulait sur son petit menton.

— Il tient assis tout seul !

— Quelle précocité…

Charlie ne connaissait rien au développement des enfants.

— Je crois qu'il est dans la norme, mais pour nous, c'est quand même un miracle.

Il réappuya sur *play*. Charlie essaya de tromper son ennui en lui prenant le téléphone des mains et en regardant attentivement la vidéo.

— Il est beau, dit-elle en le lui rendant.

— Bon Dieu, qu'est-ce que j'ai la dalle ! Je crois que c'est le manque de sommeil. Je passe mon temps à grignoter.

— *Idem*, dit Charlie. Quand je manque de sommeil, je mange tout le temps.

— Tu manques de sommeil, toi ?
— Oui.
— Pourquoi ? Qu'est-ce qui te tient éveillée ?
— Je ne sais pas. Les pensées qui tournent.
— Quel genre de pensées ?
— Eh bien, on travaille quand même sur une affaire assez ignoble.
— Ah, c'est tout ?

Pourquoi avoir orienté leur échange dans cette direction ? Maintenant Anders ne la lâcherait pas, il la harcèlerait de questions. Elle l'avait toujours intéressé. Il voulait tout savoir : qui elle était, ce qu'elle ressentait... Mais depuis leur mission à Gullspång, c'était encore pire : il ne cessait de l'interroger, sur son passé, sur ses émotions... Elle ne savait pas si c'était de la sollicitude ou de la curiosité, peut-être un peu les deux.

— Écoute, c'est juste une banale difficulté à s'endormir. Tu sais bien, le cercle vicieux. Je me dis que je dois dormir, donc je ne dors pas, donc... Tu vois le topo.
— Je vois. C'est peut-être pour ça que tu es un peu déprimée. Le manque de sommeil a cette...
— Je vais bien.
— Tu ne vas pas bien, Lager. Depuis qu'on est rentrés du Västergötland, et même avant. À la réflexion, je me demande si ça t'est déjà arrivé d'aller vraiment bien.

Charlie sentit monter l'irritation. Anders était sans conteste le collègue avec lequel elle s'entendait le mieux. Malgré leur différence d'origine et de mode de vie, ils s'étaient accordés sans problème. Ils étaient rarement du même avis, se chamaillaient souvent, rigolaient d'autant plus. Mais quelque chose avait changé. Elle n'oubliait pas la manière dont il l'avait livrée à Challe après l'erreur fatidique à Gullspång. Elle aurait peut-être fait pareil à sa place. N'empêche : ça faisait encore mal.

— J'ai commencé une thérapie. J'essaie de faire le ménage.

— Que s'est-il passé, Charlie ?

Anders la regarda en face et répéta sa question.

— Que s'est-il passé exactement à Gullspång, cet été ?

— Une fille de dix-sept ans a disparu et a été retrouvée morte en contrebas du barrage. Elle s'appelait Annabelle Roos. Tu étais présent, il me semble.

— Je ne parle pas de ça. Tu crois que je ne capte rien ? Tu n'étais plus toi-même.

Les carpaccios arrivèrent. Charlie était affamée. Elle avala une bouchée de bœuf, roquette et pignons. Divin.

— C'est sympa d'être ici avec toi, dit-elle. Ça faisait longtemps. Contente de te revoir d'attaque.

— Je ne suis pas d'attaque.

— Comment ça ?

Anders rajouta un peu d'huile d'olive, de poivre et de sel en paillettes sur son carpaccio.

— C'est Maria. Je crois que nous traversons notre première vraie crise.

Charlie posa ses couverts.

— Qu'entends-tu par « crise » ?

Dans sa vision des choses, la relation d'Anders et de Maria n'était qu'une crise sans fin.

— Des disputes à propos de tout et n'importe quoi. Il y a quelques jours, elle a déclaré qu'elle n'était pas sûre de savoir ce qu'elle ressentait pour moi. Bon, elle était en colère, bien sûr, mais tout de même. Je n'arrête pas d'y penser. « C'est tout ? a-t-elle demandé. Il n'y a rien d'autre ? Le reste de la vie va ressembler à ça ? » Comme si elle vivait un enfer.

— Vous avez peut-être besoin de vous éloigner un peu. Respirer un coup, réfléchir…

— Je ne veux pas. Sincèrement, je ne veux pas vivre sans elle.

— Je comprends, dit Charlie, qui ne comprenait rien. Elle avait rencontré Maria à quelques rares occasions. L'antipathie avait été immédiate et réciproque. Ça ne s'était pas arrangé quand Maria avait appris la liaison de Charlie et de Hugo. Elle connaissait la femme de Hugo. Une fois le pot aux roses dévoilé, elle avait interdit à Anders de travailler seul avec Charlie. Même alors, Anders n'avait pas protesté. Il avait continué à bosser avec elle en s'arrangeant pour le cacher à sa femme. C'était dingue, au fond, de supporter quelqu'un comme Maria et de vouloir en plus rester avec elle.

— Elle n'est pas heureuse, poursuivit Anders. Elle ne va pas bien.

— Et toi, alors ? Tu es heureux ?

— Oui, je crois. Enfin, je veux dire, je ne passe pas mon temps à bondir de joie, mais… Je ne vois pas le divorce comme une solution.

— Pourquoi pas ?

— Parce que dans mon monde – je veux dire le monde d'où nous venons, Maria et moi –, le divorce est considéré comme… Comme un putain d'échec, ni plus ni moins.

Et dans le monde d'où je viens, c'est un putain d'échec de se coucher devant quelqu'un et de ne pas défendre sa dignité, pensa Charlie. Apparemment, il n'était pas forcément facile d'avoir grandi chez les riches.

— Mais tu as peut-être raison, poursuivit Anders. Nous avons besoin de réfléchir chacun de notre côté. J'ai juste peur que ça nous mène au constat que ça ne fonctionne plus entre nous et qu'il faut nous séparer. L'idée de me retrouver seul… m'effraie.

— Pourquoi ?

— La question est plutôt de savoir pourquoi elle ne t'effraie pas.

— Je n'ai jamais dit ça. C'est juste que le culte du couple, le fait de croire qu'on appartient à quelqu'un, qu'on peut s'immuniser contre la solitude à coups de promesses, de bagues ou d'enfants, cette idée-là m'effraie encore plus.

— Mais es-tu heureuse ?

Charlie se demanda s'il était ironique.

— Que veux-tu dire ?

— Bah, heureuse, quoi. Tu vois bien.

— Ce mot-là peut avoir plein de sens différents selon les personnes.

— Qu'en est-il pour toi ?

— Je ne sais pas. Si on entend par bonheur cette sensation pétillante, chavirante, enivrante, je ne pense pas que ce soit très durable. Pour moi, il s'agit surtout d'échapper à l'angoisse. Parmi toutes les sensations que je peux connaître, je crois que l'absence d'angoisse est celle que j'apprécie le plus. Ne pas éprouver d'angoisse, c'est ça, le bonheur, pour moi.

— Mais c'est terrible !

— Pourquoi ?

— Réduire le bonheur à l'absence d'angoisse… Il faut être plutôt malheureux pour s'exprimer ainsi.

Et il faut n'avoir jamais connu la véritable angoisse pour s'exprimer comme tu le fais, pensa Charlie.

Ils commandèrent une bouteille du vin dont ils venaient de boire un verre chacun. Le téléphone d'Anders sonna. Maria. Il activa le mode silencieux.

— Ce n'est pas comme si elle ne savait pas que je suis en train de boire un verre après le boulot. Mais je n'ai pas la force de mentir en disant que je ne suis pas avec toi. Laisse-moi juste envoyer un SMS pour vérifier que Sam va bien.

Fais ce que tu veux, pensa Charlie.

— Ne te tourne pas vers la droite, poursuivit Anders, mais il y a un type au comptoir qui n'arrête pas de te regarder.

Charlie se retourna aussitôt. Le type accoudé au bar croisa son regard. Elle le reconnut immédiatement : Johan Ro. Non, se dit-elle. Pas maintenant.

Failles temporelles

Alors ça veut dire que tu as déjà vu un cadavre ?

Paul hoche la tête. Il vient de m'apprendre que son père gérait une entreprise de pompes funèbres. Nous ne nous connaissons que depuis une semaine, mais il m'a suffi de le voir pour comprendre qu'il n'était pas comme les autres.

Bien sûr, dit Paul. J'ai dû en voir plus de cent. Avec mon frère, on donne un coup de main pendant les vacances.

Ça m'a l'air d'être un travail intéressant.

La plupart des gens trouveraient ça dégueu. Ils font comme si la mort n'existait pas. Ils préfèrent ne pas y penser.

Moi, je pense à la mort tous les jours. Je crois que c'est comme ça depuis l'instant où j'ai été capable de réfléchir.

Paul me sourit.

Faut dire que tu n'as pas l'air banal…

Je lui demande de me raconter ce qu'il fait quand il travaille. A-t-il le droit de… palper les morts ?

Oui. Il les prépare pour le cercueil, il les peigne, il leur met les vêtements que les proches ont choisis pour eux et il dispose joliment leurs mains par-dessus.

Tu pourrais me préparer, moi ?

Que veux-tu dire ?

Comme une morte ?

Pourquoi ?

Je ne sais pas, ce serait… une aventure.

Bien sûr, répond Paul. Bien sûr que je pourrais le faire, mais ce serait bizarre.

Comment sont-ils ?

Pardon ?

Les macchabées. Ils ont l'air de quoi ? Ça fait quoi, de les toucher ?

La plupart n'ont pas l'air de dormir en tout cas. Ils sont raides, froids. Ils ont des taches cadavériques. Bref, ils ont l'air mort. Toutefois, le plus frappant, c'est l'odeur.

Je lui demande de la décrire, mais Paul secoue la tête et dit que c'est impossible. C'est une odeur indescriptible. Une fois qu'on l'a sentie, on ne l'oublie plus. Parfois, l'été, quand il fait chaud, il a l'impression qu'elle envahit toute la maison.

Et les vers ? D'où viennent-ils ? Je ne comprends pas comment ils peuvent surgir de nulle part.

Ils ne surgissent pas de nulle part, explique Paul en souriant. Les cadavres attirent les mouches, qui pondent des œufs, qui deviennent des larves.

J'ai toujours cru qu'ils venaient de nulle part, ces vers.

Rien ne vient de nulle part.

5

Charlie avala une rasade de vin.

— Qui est-ce ? demanda Anders.

— Arrête de le fixer comme ça ! Tu ne le reconnais pas ?

— Sa tête me dit quelque chose, mais je ne suis pas physionomiste.

— Johan Ro. Le journaliste de cet été.

Anders s'illumina.

— Ah, mais bien sûr !

Charlie s'irrita de son air satisfait. Avait-il oublié les circonstances de leur rencontre, et ses conséquences ?

— C'est à cause de lui que j'ai été exclue, rappela-t-elle.

— Pour parler franchement, tu t'es exclue toute seule. Car je suppose qu'il ne t'a pas soutiré des informations de force après t'avoir violée ?

Charlie avait oublié à quel point Anders pouvait être insupportable quand il buvait.

— Je ne lui ai fourni aucune information.

— Pourtant elle était dans tous les journaux dès le lendemain. Ce n'est pas toi qui ne crois pas aux coïncidences ?

— Bien sûr que je crois aux coïncidences !

— Pourquoi tu t'énerves ? Je pensais que tu n'en étais plus là…

— Anders, murmura Charlie en se penchant vers lui. Écoute-moi bien, je n'ai jamais divulgué la moindre information concernant cette enquête.

— Alors ? Où se l'est-il procurée ?

Anders souriait toujours, comme si cet échange le divertissait.

— On devrait lui poser la question, ajouta-t-il en se levant.

— Arrête, merde ! Rassieds-toi.

— Du calme. Je vais juste aux toilettes. Mais tu devrais peut-être aller le saluer.

— Pourquoi ?

— Pourquoi pas ? Il cherche clairement le contact. Là tout de suite, il admire ton profil dans le reflet du miroir.

Ne t'approche pas, pensa Charlie après le départ d'Anders. Ce n'est pas le moment de venir remuer un tas de trucs. Mais Johan se dirigeait déjà vers elle.

— Salut, dit-il. Il me semblait bien que c'était toi.

Charlie essaya de prendre un air heureusement surpris.

— Salut ! Ça fait plaisir de te voir. Tout va bien ?

— Mais oui, et toi ?

Ce sourire. Elle avait oublié l'effet qu'il lui faisait. Refoulé plutôt.

— Bien, répondit-elle.

— Je t'ai appelée.

— Ah ?

Charlie eut honte en entendant comme sa voix sonnait faux.

Au début, ça lui avait fait plaisir. Par la suite, non. C'était un pur réflexe de survie, car après les jours passés à Gullspång, la dernière chose qu'il lui fallait, c'était quelqu'un qui lui rappelle ce qui s'était produit, quelqu'un qui connaissait intimement son histoire familiale. Johan, le fils perdu de Mattias.

— Oui, je t'ai appelée plusieurs fois. J'ai même laissé un message, mais comme tu ne me rappelais pas, j'ai compris. Je n'ai pas insisté.

— Les choses se sont un peu bousculées, je…

— Pas de problème, fit Johan. Je comprends.

Quelque chose dans son regard la convainquit que c'était vrai. Il comprenait précisément. Charlie se souvint de ce que Betty avait l'habitude de dire à propos de son père. *Il est le seul qui sait tout sur moi et qui m'aime bien quand même.*

Était-ce possible ? Que Johan ait la même empathie que Mattias pour les âmes égarées ?

La seconde d'après, elle pensa qu'il ne fallait pas y compter. Vraiment pas. Johan connaissait peut-être ses secrets, mais il ne la connaissait pas, elle. Ils ne se connaissaient pas, et il valait mieux en rester là.

— Tu veux t'asseoir ?

D'où était-ce sorti ? Trop tard. Elle l'avait dit.

Anders revint et salua gaiement Johan. Il était assez éméché, constata Charlie.

— Je viens de croiser une copine de classe, et elle m'a proposé de me payer un verre au bar. Est-ce que ça…

— Bien sûr, le coupa Charlie. De toute façon, je ne vais pas tarder.

Anders disparut, et elle se retrouva seule avec Johan.

— Tu veux du vin ?

Johan accepta. Elle remplit le verre d'Anders et le lui tendit. Ils observèrent le local en silence. La musique était bruyante et sans intérêt. Charlie aperçut Anders qui discutait avec son amie au comptoir. Leurs têtes se touchaient presque. Sans doute pour mieux s'entendre, pensa-t-elle, car Anders n'était pas du genre à chercher la proximité physique avec des femmes qui n'étaient pas la sienne. Ou bien ? Si la vie lui avait appris une chose, c'était bien ça : ne jamais se laisser aller à penser qu'on connaissait son prochain. Même les gens les plus simples et les plus prévisibles étaient capables de choses surprenantes, en parfait désaccord avec ce qu'on croyait savoir de leur personnalité. Pour sa part, elle avait le sentiment de se contrôler, de façon générale, mais rien n'était moins sûr. Maintenant, par exemple. Dans ce bar, avec cet homme. Elle aurait dû se lever, lui serrer la main poliment, merci, au revoir. Au lieu de cela, elle leva son verre, dit qu'elle était contente de le revoir et qu'elle avait pas mal pensé à lui depuis l'été.

— Ah ? fit Johan en souriant de nouveau.

— Pourquoi pas ? Ce n'est pas tous les jours qu'on tombe sur un frère perdu.

— Je préférerais que tu ne me voies pas comme ton frère.

— Pourquoi ?

Charlie sentit une chaleur se répandre dans sa poitrine quand Johan répondit que leurs échanges pendant l'été ne ressemblaient pas franchement à de l'amour fraternel.

Elle reposa son verre : vu sa tendance à bavasser à tort et à travers, elle avait intérêt à se calmer côté alcool.

— C'était quoi, alors ? demanda-t-elle.

— *You tell me*.

Elle reprit son verre.

— Pulsion sexuelle ? Confusion passagère ? Les rejetons abandonnés de deux dingues se consolant dans les bras l'un de l'autre ?

— Ou peut-être juste deux adultes sans lien de parenté et une attirance ? proposa Johan.

— Évidemment, dit comme ça, c'est plus sympa.

Charlie but une gorgée en pensant à l'article qu'il avait écrit et qui ne lui sortait pas de l'esprit.

— Au fait, j'ai lu ton papier sur cette adolescente, Francesca Mild. Est-ce que tu en sais plus ? Que ce que tu as mis dans l'article, je veux dire ?

— Pas vraiment. J'ai eu du mal à faire parler les gens. À croire qu'ils avaient peur. Pourquoi cette question ?

Charlie haussa les épaules.

— Je trouve curieux que personne ne nous ait parlé d'elle à Gullspång alors que tout le monde cherchait Annabelle. Ç'aurait pourtant été naturel, non ? De mentionner le fait qu'une autre fille du coin avait déjà disparu ?

— Peut-être. Mais c'était il y a longtemps. Les gens oublient.

— Dans un patelin comme Gullspång ? Les gens n'oublient rien, crois-moi.

Charlie revoyait les images de Francesca, les bras croisés, sur la photo de classe, son expression de défi.

Ils finirent la bouteille de vin. Anders traînait toujours avec son amie au comptoir.

— On y va ? proposa Charlie.

— Où ?

— Chez moi.

Répétition, pensa Charlie pendant qu'ils récupéraient leurs vestes et quittaient le bar. La vie n'est-elle donc qu'une interminable suite de répétitions ?

6

Johan parcourut le séjour du regard. Charlie le vit s'attarder sur les livres qui s'amoncelaient sur le sol et sur le rebord des fenêtres.

Elle se dit que c'était l'une des raisons pour lesquelles elle préférait aller chez les autres. Elle n'aimait pas être jugée sur son intérieur.

— Pourquoi n'as-tu pas d'étagères pour les livres ? l'interrogea Johan.

— Parce que les murs sont en béton. Tout tombe.

— Il faut prendre de bonnes chevilles.

— Peut-être, mais je n'ai pas la force de m'en occuper.

— On a l'impression que tu viens d'emménager.

— Non. Seulement, ça ne m'intéresse pas d'accumuler des objets et de décorer ma maison. Viens !

Charlie l'entraîna dans la cuisine. Johan remarqua aussitôt les gamelles de Lilith qui traînaient encore sur le sol.

— Tu as un chat ?

— J'avais. Une vieille chatte consanguine de Lyckebo que j'ai ramenée cet été.

— Et alors ?

— Elle est morte.

— Accident ?

— Non. Je ne la laissais pas sortir, j'avais peur qu'elle ne survive pas en ville. Elle est tombée malade.

Les premières semaines, la chatte avait eu l'air d'aller bien. Charlie l'avait vermifugée. Sa fourrure était devenue douce et brillante, le contour saillant des côtes s'était estompé peu à peu, puis soudain elle avait refusé de se nourrir. Charlie avait remplacé les croquettes par des conserves de luxe, sans résultat. En désespoir de cause, elle l'avait emmenée chez le vétérinaire. C'était grave. La chatte était en train de mourir. Charlie avait fondu en larmes. Tout était sa faute, elle avait arraché cet animal à son milieu naturel. Pas du tout, avait répliqué le vétérinaire. Mais si elle voulait l'aider, le mieux qu'elle puisse faire était de la laisser s'endormir tranquille.

Charlie l'avait supplié de la sauver. Peu importe le prix, peu importe si les chances étaient infimes. Elle était pathétique, et elle s'en fichait. *Sauve-la*, avait-elle imploré le vétérinaire. *Fais tout ce qui est en ton pouvoir*. Mais le vétérinaire avait répliqué que tout ce qu'il pourrait faire prolongerait inutilement ses souffrances. Pour finir, Charlie avait renoncé. Elle l'avait autorisé à piquer Lilith. Elle était assise, le petit corps chaud posé sur ses genoux. Juste avant de fermer les yeux, Lilith avait levé la tête vers Charlie avec un regard triste, l'air de dire : *Merci quand même d'avoir essayé*.

— Qu'est-ce que tu veux boire ? demanda-t-elle à Johan.

— Un thé, peut-être ?

— Thé noir, thé blanc, thé rouge ou tisane maison ?

— Tu plaisantes ?

— Oui.

— Moi aussi, je plaisantais. Alors qu'est-ce que tu as ? Whisky ?

— Il n'y en a plus. Mais j'ai de la bière.

Elle ouvrit le frigo, et Johan éclata de rire.

— Pardon, dit-il. C'est juste surprenant qu'une femme puisse avoir un frigo qui ressemble à ça. J'avais oublié que tu étais imprévisible.

Charlie sourit. Ils avaient plaisanté là-dessus pendant l'été. Elle lui tendit une bière et en prit une pour elle. Ils retournèrent dans le séjour.

— Comment t'est venue l'idée d'écrire sur Francesca Mild ?

— C'est en revenant de Gullspång, cet été. Je croyais que ça m'aurait apaisé de voir l'endroit où papa s'est noyé, de découvrir la maison de Lyckebo et de parler avec toi, mais c'est le contraire qui s'est produit. Je voulais en savoir toujours plus. Impossible de me calmer.

— Bienvenue au club.

— Et toi ? Pourquoi t'intéresse-t-elle ?

— Le lieu, expliqua Charlie. Et…

— Quoi ?

— Annabelle, peut-être. Le fait qu'une autre fille du même âge a disparu à Gullspång.

— Ça remonte à près de trente ans.

— Tout de même.

Charlie but une gorgée au goulot en pensant qu'il y avait une autre raison pour laquelle Francesca ne lui sortait pas de l'esprit. Mais impossible de la formuler en termes clairs, ni en pensée ni en parole.

— J'ai découvert cette affaire par hasard et je me suis mis à enquêter, poursuivit Johan. J'ai découvert que ce n'était pas simple, car il n'y avait presque rien sur Internet. Ça a aiguisé ma curiosité. J'ai commencé à interroger les gens. Plus ils étaient réticents à me parler, plus je voulais des réponses. J'ai contacté l'internat pour en apprendre plus sur ses camarades de classe. Ils ne se sont pas montrés franchement coopératifs. C'est peut-être lié au souci qu'ils ont de leur réputation, mais ça m'a surpris malgré tout.

Charlie hocha la tête. Cela suffit à lui donner le tournis. Elle essaya de fixer son regard sur les livres entassés au pied du mur, mais tout se brouillait. Impossible de se concentrer.

— Quand, enfin, j'ai réussi à mettre la main sur quelques anciens élèves, ils n'ont rien voulu me dire.

— Ça t'étonne ? Tu n'as jamais entendu parler de la culture du silence qui règne dans ce genre d'établissement ?

— Si. Mais c'était il y a longtemps. Je ne pensais pas que ce serait encore considéré comme une affaire sensible.

— Ils sont dressés ainsi, de génération en génération.

Johan sourit.

— Ben dis donc, tu en sais des choses sur les élèves des internats huppés !

— De Gullspång à Adamsberg, il n'y a que vingt kilomètres. Les élèves venaient parfois au village et… ils se moquaient.

Charlie s'en souvenait encore. Les jeunes gens bien habillés qui déboulaient en bande dans la supérette en réclamant certains produits et levaient les yeux au ciel quand la caissière se révélait incapable de les satisfaire.

— De quoi se moquaient-ils ?

— De tout ce qui n'existait pas chez nous, ou de tout ce qui y existait, au contraire. Ils nous appelaient…

— Oui ?

— Je ne me rappelle plus. C'est la vérité. Je ne m'en souviens plus, mais je peux te garantir que c'était condescendant.

— Ils n'avaient pas peur, dis donc.

— Pas peur de quoi ? De venir à plusieurs pour se

moquer de jeunes de leur âge qui n'avaient pas les mêmes chances qu'eux ?

— Moi, par exemple, je n'aurais jamais osé me moquer de toi.

— La question est plutôt de savoir si tu en aurais eu envie. D'ailleurs, j'étais moins costaude que maintenant.

— Ça m'étonnerait.

Charlie ouvrit la bouche pour dire qu'il se trompait, mais au même instant Johan se pencha vers elle et l'embrassa.

— Attends, marmonna-t-elle.

— Pardon. Je croyais que tu en avais envie.

Elle se rapprocha de lui.

— J'en ai envie. C'est juste que je voudrais…

— Quoi ?

— Rien, répondit-elle en l'embrassant.

Après, Johan se rhabilla assez vite. Charlie se sentait un peu bousculée. Ils s'étaient agrippés l'un à l'autre comme si le mélange de leurs corps représentait leur seule chance de survie. Et maintenant, il s'apprêtait à partir.

— Je me lève tôt demain, expliqua-t-il.

— Bien sûr.

Qu'est-ce qui me prend ? pensa-t-elle. Je déteste dormir avec quelqu'un. C'est un soulagement qu'il ne m'oblige pas à le mettre dehors. Pourtant, elle éprouva de la déception lorsqu'il déposa un léger baiser sur ses lèvres.

— Je ne suis pas venu que pour ça.

— Ah ! Tu es venu pour quoi alors ?

Elle se couvrit avec la couverture qui traînait sur le canapé.

— J'avais envie de parler avec toi.
Charlie ricana.
— Non, sérieusement, dit Johan.
— Pardon, mais ça sonnait vraiment comme une réplique pourrie. Moi aussi, j'aime bien parler avec toi.

Charlie s'endormit et rêva de Betty. Les mains de Betty dans ses cheveux, les tresses si serrées qu'elles lui font mal au crâne. Betty met son rouge à lèvres écarlate, se penche, pose sa joue contre celle de Charlie. Leurs yeux se croisent dans le miroir. *On est assez belles, maintenant ? Ça va ?*

Et puis, une allée, le visage pâle de Betty dans le clair de lune, elles avancent dans un brouillard blanc. Sont-elles sur terre ou au ciel ?

Où on va, maman ?

Chez une connaissance.

Qui c'est ?

Pas de réponse.

Charlie fut réveillée par le téléphone qui vibrait sur la table basse. Le nom de Susanne était affiché sur l'écran.
— Susanne ? fit Charlie d'une voix enrouée. Comment ça va ?
— C'est l'enfer.
— Que se passe-t-il ?
— Deux choses. Isak a déménagé, et maman s'est remise à boire.
— Merde !
— Je sais que ce n'est pas une heure pour t'appeler, mais je suis en train de m'effondrer. Je m'effondre, Charlie.

La voix de Susanne n'était plus qu'un chuchotement.
— Tu vas y arriver.

— Je n'en suis pas sûre.
— Tu veux que je vienne ?
Silence, puis :
— Tu pourrais ?
— Dès que mon enquête est bouclée, j'arrive.

Charlie fut incapable de se rendormir après avoir raccroché. Les yeux au plafond, elle pensait à Susanne, aux fêtes qu'elles avaient supportées ensemble, là-bas, à Lyckebo, les rires, les cris, les bagarres d'ivrognes, les parents qui redevenaient des enfants. *Nous sommes les seules adultes ici, Charlie.*

Puis elle se rappela les images du rêve : Betty, le clair de lune, les arbres au bord de la route, l'allée. Tout semblait étrangement familier. Son cerveau mit encore quelques minutes à rassembler les bribes d'information. Elle se leva, alla chercher son ordinateur dans la cuisine, récupéra l'article sur Francesca et la photo de la propriété familiale de Gudhammar.

Vestiges de la journée écoulée, pensa-t-elle. D'après ses vagues souvenirs des théories du rêve qu'elle avait étudiées, le cerveau s'appliquait simplement à mettre en forme les réminiscences du jour. Elle ne croyait pas à l'interprétation qui faisait du rêve la porte d'entrée secrète de la psyché, le messager de peurs et de désirs inconscients. Elle avait contemplé cette photo et pensé à Betty, et les deux éléments s'étaient combinés dans un rêve.

Elle referma l'ordinateur et essaya de se rendormir. Impossible. Elle finit par se lever et fit les cent pas dans l'appartement. Je marche un peu, se dit-elle. Pas besoin de benzo pour m'endormir. D'ailleurs, j'ai bu et… Elle n'eut pas le temps d'achever sa pensée qu'elle était dans la salle de bains en train d'avaler deux Xanax. Juste cette nuit, se promit-elle. Après, j'arrête.

Dans le rêve, Betty est de nouveau là. Elle est assise devant sa coiffeuse à Lyckebo. La fenêtre de sa chambre est ouverte, la brise d'été soulève le fin rideau de dentelle. *Viens, ma chérie. Aide-moi à boutonner ma robe.* Betty soulève sa chevelure tandis que Charlie traverse la pièce. Soudain, elle s'immobilise, car le dos de Betty est creux comme le tronc d'un vieil arbre.

Qu'y a-t-il ? Betty penche la tête de côté et la regarde tristement dans le miroir. *Qu'est-ce qu'il y a encore ?*

Francesca

Gudhammar. Maman disait toujours que l'isolement la rendait dingue, mais moi, ça ne me dérangeait pas d'être loin du village. J'adorais regarder par la fenêtre et ne voir à l'infini que des prés, des arbres, de l'eau. J'adorais même le village. Maman et Cécile se plaignaient en disant qu'il manquait de tout et qu'il était incompréhensible que des gens puissent vivre de leur plein gré dans un coin aussi paumé. Elles n'avaient pas beaucoup de considération pour les villageois. Cécile pouffait de rire chaque fois qu'elle avait affaire à eux. Leur méconnaissance des usages, par exemple l'habitude qu'ils avaient de nous saluer alors qu'ils ne nous connaissaient pas. Ça, disait-elle, combiné à leur vilain dialecte, faisait qu'elle avait du mal à garder son sérieux. Moi, j'aimais assez leur dialecte, je le trouvais bienveillant, et j'aimais bien le fait d'être saluée par des inconnus. Je bavardais avec les femmes dans les allées de la supérette et j'achetais des billets de loterie au type bizarre qui était toujours assis à l'entrée, sur son tabouret.

Papa n'appréciait pas que je parle aux gens du village. Une propriété comme Gudhammar, avec en plus l'argent que possédait la famille depuis des générations, avait le don d'attirer les dingues, disait-il.

On a franchi le portail. En passant devant la maison du gardien, j'ai presque cru voir le vieux Vilhelm dans sa cuisine, éclairé par la lampe à pétrole. Il était mort depuis presque trois ans. Il avait beau être vieux et malade, ç'avait été un choc. Il avait toujours été là, et j'avais passé beaucoup d'heures dans sa cuisine à jouer aux cartes avec lui. J'adorais ses vieilles histoires de l'époque où mes grands-parents vivaient encore et qu'il y avait des bêtes à Gudhammar. Je n'avais pas connu cette période, mais j'en avais la nostalgie. Ivan, le fils, avait pris la relève quand son père n'avait plus eu la force de travailler, mais, depuis la mort de Vilhelm, il ne venait pratiquement plus. C'était un soulagement, car il n'était pas du tout comme son père. Ivan était un type amer, désagréable, et sa présence me mettait mal à l'aise.

— Le rhododendron est encore là, a constaté maman en indiquant un massif du côté de l'aile nord. J'ai pourtant dit à Adam de l'enlever.

— Je lui ai dit de le laisser, a réagi papa.

— Pourquoi ?

— Parce que. Je veux le garder.

Ils ont commencé à se chamailler à propos du rhododendron. Les fleurs étaient belles, disait papa. Maman n'était pas d'accord. Elle n'aimait pas leur couleur et, d'ailleurs, elles ne fleurissaient qu'une semaine par an, et encore.

J'ai poussé un soupir démonstratif. Je me suis juré de ne jamais devenir quelqu'un qui se soucie de l'emplacement des arbustes.

Papa a freiné devant le grand perron. J'ai écarquillé les yeux.

— Qu'est-ce que c'est que ça ?

— Des lions, a répondu maman. Ça ne se voit pas ?

— Que font-ils là ?

— Ils nous souhaitent la bienvenue, voyons.

Elle avait déniché ces deux lions en pierre lors d'une vente aux enchères en Suisse. Ils pesaient plus de cent kilos chacun, et elle avait dû faire appel à une entreprise spécialisée pour assurer leur déménagement jusqu'à Gudhammar. Les lions ne me faisaient pas l'effet d'animaux spécialement accueillants, mais maman était capable de se fâcher net quand on critiquait ses achats. Je me suis donc approchée de l'un d'eux, j'ai glissé une main dans sa gueule ouverte et j'ai dit qu'on sentait que c'était vraiment du matériau de qualité.

— Adam ! a crié maman à l'intention d'une silhouette qui s'activait plus loin dans le jardin. Quelle chance que tu sois là !

J'ai tourné la tête vers celui que papa n'appelait jamais que « l'aide-jardinier ». J'étais d'accord avec ma mère, car Adam était capable d'alléger les ambiances les plus tendues par sa simple présence. En un mot, c'était quelqu'un d'agréable. Cécile l'appréciait aussi. Elle me l'avait avoué un soir quand on avait aperçu Adam en short de bain sur le ponton du lac. Mais ce n'était pas un garçon pour elle. Ça tenait à son côté simple. Il manquait de profondeur, avait-elle dit. J'avais rigolé, car les garçons qui retenaient l'intérêt de Cécile avaient un point commun : ils étaient profonds comme des flaques. Adam, au moins, n'était pas bouffi d'orgueil et il arrivait parfois à me faire rire. Peu de garçons pouvaient en dire autant.

— Salut, Francesca !

Adam souriait.

— Salut toi-même !

Je me suis demandé ce qu'il savait des événements de ces derniers temps.

Mes parents ne se confiaient jamais au personnel, mais Adam devait se douter que ça n'allait pas du tout, vu qu'on débarquait au beau milieu du trimestre et que j'avais encore le sparadrap de la perf bien visible sur le dos de ma main.

— J'ai fait du feu dans la cheminée, a-t-il annoncé.

— Merci, c'est gentil, a répondu maman.

— Tu as fini le petit bois ? a demandé papa.

Adam a secoué la tête. Il n'en avait pas utilisé.

— Il faudra que je te parle, a dit maman. Au sujet du rhododendron. Peut-être demain ?

La première chose qu'on voyait en entrant dans la maison à Gudhammar, c'était la broderie faite par ma grand-mère. Une broderie tout ce qu'il y a de traditionnel : une pensée édifiante, encadrée comme un tableau, et dont les lettres formaient des arabesques compliquées entourées de papillons bleus et de guirlandes de muguet.

Belles paroles
Belles pensées
Répandent partout joie et bonté

Je me sentais toujours coupable en la voyant, et mes pensées habituelles revenaient à la charge. *Je suis une étrangère. Je suis une étrangère dans cette famille.*

Aux toilettes, j'ai sorti la lettre de Paul. Si c'était une lettre d'adieu, je m'attendais à ce qu'elle soit belle ou qu'elle m'explique peut-être comment il avait pu me laisser seule dans un endroit qui m'était totalement insupportable sans lui. Je m'attendais peut-être à ce qu'il me demande pardon. Par-dessus tout, je voulais savoir pourquoi il ne m'avait pas emmenée avec lui. Mais la lettre ne contenait rien de tout ça.

Un Suédois, un Français et un Russe, en mission d'exploration dans la jungle, se font capturer par des cannibales qui les plongent dans une marmite d'eau bouillante. Le Suédois se met à rire.

— Qu'est-ce qu'il y a ? demande le Russe. On se fait cuire vivants, et toi, tu rigoles ?

— Oui, dit le Suédois, parce que j'ai pissé dans la soupe.

Papa et maman étaient au salon. J'avais faim. Je suis allée dans la cuisine. Sur le panneau d'affichage à côté du frigo, se trouvait la liste de toutes les personnes qui nous assistaient d'une façon ou d'une autre pour l'entretien de la propriété. Il y avait au moins une cinquantaine de noms. Certains avaient été biffés et remplacés par d'autres. Pourquoi étions-nous incapables de faire quoi que ce soit par nous-mêmes, y compris quand nous étions sur place ? Pourquoi ne pouvions-nous pas nettoyer nos gouttières, dégivrer notre congélateur et imperméabiliser nos meubles de jardin comme les gens normaux ? Si un jour on m'accusait de ne pas avoir d'ancrage dans le réel, voilà précisément le genre de chose que j'invoquerais pour ma défense. Avant de monter dans ma chambre, j'ai pris la feuille et je l'ai jetée à la poubelle.

La chambre côté nord m'avait été attribuée depuis le jour où Cécile et moi avions quitté la nursery voisine de la chambre des parents. On voulait toutes les deux la chambre qui donnait au sud, alors on l'a tirée à la courte paille. Papa tenait les pailles, et c'est évidemment Cécile qui a gagné. J'ai exigé qu'on recommence parce qu'on ne l'avait pas fait dans les règles. Papa a rigolé en disant que j'étais mauvaise perdante. D'ailleurs, selon lui, ça ne changeait rien car les chambres étaient presque identiques. La seule chose qui les différenciait, c'était le balcon.

J'ai protesté en disant que ce n'était pas seulement le balcon. C'était aussi la penderie, qui était comme une vraie pièce dans laquelle on pouvait entrer. C'étaient les fleurs qui escaladaient la façade, la lumière du soleil et la vue sur le lac. J'aurais voulu passer mes soirées d'été sur ce balcon, regarder le soleil se coucher et la brume se répandre sur l'eau. Dans la chambre côté nord, la vue était bouchée par un énorme chêne. Mais voilà, Cécile avait tiré la bonne paille. Elle avait eu de la chance et pas moi. La justice était sauve.

J'ai posé mes bagages et je suis entrée dans la chambre de Cécile. Je suis restée plantée un long moment au milieu de la pièce, à regarder autour de moi. Puis je me suis approchée du lit qui était fait à la perfection et j'ai fouillé un peu. Sous l'oreiller, j'ai trouvé l'une de ses chemises de nuit soyeuses. Je me suis déshabillée, je l'ai enfilée, je me suis regardée dans la psyché. Avec ma pâleur et mes bandages aux avant-bras, je ressemblais à un fantôme. Je suis allée m'asseoir dans le fauteuil pivotant, devant l'antique bureau, et j'ai contemplé le pêle-mêle. Il y avait un milliard de photos. Cécile à tous âges, entourant les épaules de copines presque aussi jolies qu'elle. Cécile en bikini jaune sur le ponton. Cécile, grand sourire, à côté du poney du Connemara qu'elle avait reçu en cadeau un été. Et partout, ses amies. Je ne comprenais pas comment elle supportait de les avoir autour d'elle en permanence, toutes ces personnes à qui il fallait faire la conversation, qui ne pouvaient pas se contenter de rester assises en silence pendant qu'on faisait ce qu'on avait à faire, lire, dessiner, réfléchir. Une vague de chagrin m'a submergée à la pensée que je n'aurais plus jamais un ami comme Paul. J'étais convaincue que personne d'autre ne me correspondait aussi bien ; personne n'avait cette intelligence, cet humour. En plus, il tenait vraiment à moi. J'ai pensé au mot qu'il m'avait laissé. Il faisait souvent ça. Je les trouvais sous mon oreiller ou dans mon livre de mathématiques. Ça allait des petites blagues complices pleines d'ironie aux citations de philosophes qu'il venait de lire. S'il avait, contre toute attente, choisi de mettre fin à ses jours, il m'aurait écrit une vraie lettre. J'étais assez sûre de moi sur ce point.

J'ai pris une photo de Cécile et je l'ai regardée de plus près. Bal de printemps, dernière année de collège. Une robe en deux parties, rose pâle, une camarade rieuse sous chaque bras. Au bord de l'image, un bout de tissu vert : ma robe à moi. Sans réfléchir, je l'ai déchirée et je l'ai jeté dans la corbeille à papier sous le bureau avant de quitter la chambre. Cécile verrait bien entendu que j'étais passée (comme si elle flairait mon odeur, elle savait que j'étais entrée dans sa chambre même quand je n'avais pas touché le moindre objet), puis elle découvrirait la photo manquante et irait se plaindre à maman, qui me débiterait sa tirade habituelle sur l'importance de respecter la sphère privée d'autrui et quand donc cesserais-je d'outrepasser les limites de ce qui était socialement acceptable ?

Je suis allée dans ma chambre. J'ai ouvert ma valise. Mes affaires étaient bien pliées. J'ai eu le temps d'en ranger trois dans l'armoire avant de perdre courage. Après ça, je n'ai plus trop su quoi faire. J'étais fatiguée mais beaucoup trop agitée pour m'allonger sur le lit.

C'était comme s'il me manquait quelque chose à l'intérieur, et j'ai mis un moment à comprendre que j'avais besoin de fumer. À ma grande joie, j'ai découvert un paquet de Blend dans le tiroir de la table de chevet. Il en restait à peu près la moitié. J'ai ouvert la fenêtre, je me suis assise sur le rebord et j'ai allumé une cigarette. Gudhammar avait une odeur caractéristique. Quand on y était depuis un moment, on ne la sentait plus, mais là, je la percevais bien : un mélange indéfinissable de bois, de terre et de gravier.

Entre les branches du chêne, je distinguais le ponton. Quand nous étions petites, avec Cécile, nous jouions à celle qui resterait sous l'eau le plus longtemps. C'était toujours moi. Mais peu importe, maman disait qu'on était aussi fortes l'une que l'autre.

Je pourrais rester sous l'eau plus longtemps, avait un jour répliqué Cécile, quand je m'étais moquée d'elle parce qu'elle abandonnait si vite. *Je pourrais rester aussi longtemps que toi, c'est juste que je n'arrête pas de remonter à la surface sans le faire exprès.*

Je lui ai proposé mes services. Je lui ai enfoncé la tête sous l'eau. Ce n'était pas que je voulais noyer ma propre sœur, comme maman l'a hurlé un peu plus tard à papa, qui arrivait en courant de la maison. Bon sang de bonsoir, je voulais juste l'aider à battre le record !

— Francesca !

Maman a toujours eu la faculté désagréable d'apparaître sans qu'on l'entende venir. J'ai lâché ma cigarette.

— Combien de fois t'ai-je dit de ne pas t'asseoir comme ça sur l'appui de la fenêtre ? Tu sais combien de mètres il y a jusqu'au sol ?

J'ai regardé ma cigarette qui se consumait en bas et j'ai répondu qu'il pouvait y avoir dans les six, sept mètres.

— Plus de dix mètres !

— Tu voulais quelque chose ?

— Tu as fumé ?

J'ai fait non de la tête.

— Tu comprends maintenant ? m'a-t-elle demandé en s'approchant et en passant un doigt sur un peu de cendre qui était tombée sur le rebord. Comment veux-tu que nous ayons confiance en toi quand tu ne fais que mentir ?

— Vous ne m'avez jamais fait confiance, alors ça ne change rien.

— Et pourquoi en est-il ainsi, à ton avis ?

Elle s'est assise sur le lit, l'air malheureux.

— Pourquoi penses-tu que nous ne te faisons pas confiance ? C'est l'histoire de Pierre et le loup, a-t-elle enchaîné sans attendre ma réponse. Ni plus ni moins l'histoire de Pierre et le loup.

— De quoi parles-tu ?

— Tu ne t'en souviens pas ? On te racontait souvent cette histoire, petite, mais apparemment il ne t'en est rien resté. Tu veux que je recommence ?

— Non merci, ai-je répondu, car en réalité je connaissais par cœur ce conte débile.

— Pierre était un jeune berger…

— Pas maintenant, maman. Je n'ai pas la force de l'entendre. Je ne vais pas très bien, en fait.

— Tu crois que je ne m'en étais pas aperçue ?

Elle s'est levée d'un mouvement brusque.

— Tu ne te rends pas compte que c'est le pire qui puisse arriver à des parents ? Ce à quoi tu nous as exposés, papa et moi ?

— Euh, le pire n'est pas arrivé, justement, il me semble.

— Mais il serait arrivé si seulement…

Maman a étouffé un sanglot.

— Ce n'est pas comme si j'avais eu dans l'idée de me suicider.

Elle a répliqué que, dans ce cas, c'était vraiment extrêmement étrange de m'être tailladé les bras. Ce n'était pas le comportement de quelqu'un qui avait envie de vivre.

— Mais je ne voulais pas mourir. J'avais juste beaucoup d'angoisse. J'étais triste à cause de Paul. J'imagine que je voulais amortir la douleur. Ce n'était pas une tentative de suicide.

— Je sais, a-t-elle dit en retirant une feuille flétrie d'une plante en pot sur l'appui de la fenêtre. C'était juste un appel au secours.

— Tu voulais autre chose ?

— Je pense à la question de l'école. Je comprends que tu sois triste, Francesca, mais…

Et là-dessus, sans me laisser le temps de répliquer que l'école était le cadet de mes soucis et de mes sujets de tristesse, elle est partie dans un long développement sur le thème du bac. Ça ne faisait rien si je le passais l'année suivante, car j'avais un an d'avance de toute façon, puisque j'avais sauté une classe. Et quand cette situation, enfin, quand j'irais un peu mieux, alors… Alors je pourrais reprendre mes études. Je n'avais pas été renvoyée de façon définitive, après tout. Le directeur avait même dit que je serais la bienvenue quand je me sentirais mieux.

— Peut-être…

Allait-elle s'en aller un jour ? Ou bien…

— Francesca, ce n'est pas parce qu'il s'est passé une chose triste dans ta vie que tu dois…

— Mon meilleur ami est mort.

— Oui, c'est ce que j'étais en train de dire.

— Non, tu as dit qu'il s'était passé une chose triste dans ma vie.

— OK. – Elle s'est mordu la lèvre. – Mais écoute-moi : on n'a pas un nombre illimité de chances, dans la vie.

— Ah.

— Sérieusement, Francesca. On ne peut pas se permettre d'accumuler les mauvaises décisions en comptant sur le fait qu'on pourra toujours se rattraper et bénéficier d'une seconde chance. Je ne dis pas ça pour aggraver ton état actuel, c'est bien la dernière chose que je souhaite, mais en tant que mère, je dois malgré tout être claire et te dire la vérité. Si l'on refuse trop d'opportunités, il faut savoir qu'il y a des portes qui se ferment.

Elle me regardait avec une expression mélancolique.

— Réponds-moi, Francesca.

Je ne savais pas quoi dire, puisque je n'avais entendu aucune question.

— Quand le Seigneur ferme une porte, je suppose qu'il ouvre une fenêtre…

Pile à ce moment-là, un coup de vent s'est engouffré dans la chambre, faisant claquer la fenêtre.

— Je choisis de ne pas y voir un symbole, ai-je ajouté.

Elle m'a souri.

— Pourtant, tu devrais peut-être.

— On a fini ?

— Cécile n'aime pas que tu ailles dans sa chambre.

— Je ne suis pas allée dans sa chambre.

— Comment se fait-il, dans ce cas, que tu portes sa chemise de nuit ?

7

En ouvrant les yeux, Charlie sentit tout de suite que ça n'allait pas. Un rapide coup d'œil au réveil la fit bondir hors du lit. Il était treize heures. Treize heures ! Avait-elle oublié de mettre l'alarme ? Elle attrapa son portable et jura en voyant la longue liste d'appels manqués de Challe. Et un SMS d'Anders : *appelle-moi si tu ne veux pas voir débarquer la patrouille. Challe croit que tu es morte.*

Elle téléphona à son chef. Il décrocha à la première sonnerie.

— Je ne suis pas morte, déclara Charlie.

— Dommage, ç'aurait été la seule excuse recevable.

— Je suis désolée.

— Viens. Il faut qu'on parle.

Aucun des prétextes qu'elle échafauda dans le taxi qui l'emmenait au travail n'aurait résisté à l'analyse de Challe. Dire qu'elle ne s'était pas réveillée, c'était hors de question. Aucune personne normale ne dort jusqu'à treize heures. Elle renonça à inventer un mensonge et repensa à sa conversation avec Susanne au cours de la nuit. Susanne était forte, c'était même l'une des personnes les plus fortes qu'elle connaisse. Du moins du temps de leur jeunesse. La Susanne qu'elle avait revue pendant l'été avait été durement entamée par la vie et par les circonstances, et maintenant c'était encore pire. *Je m'effondre, Charlie. Je suis en train de m'effondrer.*

À son arrivée au commissariat, on lui annonça que Challe était en rendez-vous. Elle se dirigea vers la cuisine.

La gueule de bois et les benzos lui martelaient la cervelle. Elle avait besoin d'un café. Kristina était plantée devant le plan de travail, en train de monologuer sur l'un de ses sujets préférés : les femmes feraient mieux de se soutenir au lieu de se démolir entre elles. Hugo, assis à la table, hochait la tête avec complaisance.

— Tiens, te voilà ! s'écria Kristina en apercevant Charlie. Challe a…

— Je sais, la coupa Charlie. Je sais.

Elle sentit les yeux de Hugo dans son dos pendant qu'elle s'approchait de la cafetière électrique.

— Je suis d'accord avec toi, reprit-il à l'intention de Kristina. Les femmes sont les pires ennemies des femmes.

Charlie éclata de rire et s'assit. Il se tourna vers elle.

— Quoi ? Qu'est-ce qu'il y a ?

— Je ne comprends pas, dit Charlie. Existe-t-il des études scientifiques qui le démontrent ?

— Qui démontrent quoi ? fit Kristina.

— Que les pires ennemis des femmes sont les autres femmes.

— Mais enfin, tout le monde le sait, soupira Kristina en levant les yeux au ciel.

Charlie faillit leur dire que l'argument ne tenait pas la route, mais elle savait qu'elle perdait son temps. Kristina n'était pas réceptive aux données objectives. Sa propre conviction inébranlable lui suffisait. Quant à Hugo…

— Mettons que vous ayez raison et que les femmes aient plus tendance à se débiner entre elles que les hommes entre eux, cela peut éventuellement s'expliquer par certains facteurs historiques.

Hugo sourit.

— Je ne vois pas pourquoi tu t'énerves. Ce n'est pas comme si Kristina et moi étions les seuls à penser ça.

— Affirmer qu'on est nombreux à avoir tort ne constitue pas un argument valable.

Elle se demanda une nouvelle fois où était passé l'homme qu'elle avait cru connaître et parvint à la même triste conclusion que précédemment : cet homme-là n'avait jamais existé.

La bêtise de Kristina la mettait moins en colère. Elle n'était jamais allée sur le terrain, n'avait pas eu l'occasion de constater de quoi les hommes étaient capables. Elle n'était pas comme Hugo en train d'enquêter sur deux jeunes femmes qui avaient été balancées comme des déchets dans un bois. Elle n'avait jamais interrogé une victime de viol, elle n'avait jamais pris en charge des enfants dont le père venait de tuer leur mère sous leurs yeux. Kristina était juste quelqu'un qui manquait d'esprit d'analyse et qui refusait d'admettre les faits.

— J'espère que nous sommes d'accord au moins sur un point, ajouta Charlie. La maltraitance, le viol et le meurtre, c'est pire que les commérages.

Kristina répondit qu'ils étaient bien évidemment d'accord là-dessus.

— Dans ce cas, vous admettrez aussi que les femmes, en général, ne frappent pas, ne violent pas et ne tuent pas. Ça, c'est ce que les hommes font aux femmes.

— Ce n'est pas ce que nous voulions dire, intervint Hugo.

— Ah ! Alors j'ai peut-être mal compris. Je croyais

que vous disiez que les pires ennemis des femmes étaient les femmes.

— C'est impossible de discuter de ce genre de sujet avec toi, soupira Hugo.

— Je confirme, dit Charlie. D'ailleurs, je ne crois pas du tout que les femmes répandent plus de ragots que les hommes. J'ai rencontré suffisamment d'hommes pour savoir que la plupart sont de vraies langues de pute.

Elle se leva, prit sa tasse et sortit de la cuisine.

— J'ai fini, déclara Challe quand elle passa devant son bureau. Tu peux entrer.

Charlie se carra dans le fauteuil, face à lui. Elle s'y était assise bien des fois, pour de bons entretiens. Elle y avait reçu des compliments, des promotions, des augmentations. Pourtant, c'étaient les conversations désagréables qui restaient gravées dans sa mémoire. Celle sur sa consommation d'alcool, après la fameuse fête du personnel, celle sur son manque de professionnalisme dans l'affaire Annabelle et, la dernière en date, sur les congés en retard qu'elle était censée prendre. Soudain, elle sentit qu'elle n'en pouvait plus. Elle n'avait pas la force de se défendre, pas l'énergie d'implorer Challe de la laisser continuer à travailler, de le convaincre que tout allait bien. Ce n'était pas vrai. Elle n'allait pas bien. Avant même qu'il ait pu ouvrir la bouche, elle déclara qu'elle avait réfléchi. Challe ouvrit les bras et dit qu'il était tout ouïe. Que voulait-elle lui annoncer ?

— Les jours de congé, dit Charlie. Je crois que j'en ai besoin.

— Tu ne voulais pas boucler ton enquête d'abord ?

— Si. Mais j'ai une amie d'enfance qui a besoin de moi. Je pensais aller la voir.

— Où habite-t-elle ?

— C'est important ?

— Non, simple curiosité.
— Dans le Västergötland.
— À Gullspång ?
— Oui. Il y a un problème ?
— Je ne sais pas. Je veux dire, tu n'étais pas franchement en pleine forme quand tu es rentrée de Gullspång la dernière fois.
— Qui a dit que ça avait à voir avec le lieu ?
— Personne. C'est juste qu'Anders a mentionné que tu avais passé ton enfance là-bas. Je pensais…
— Quoi ?
— Que ce n'est peut-être pas une très bonne idée d'y retourner.
— Il ne s'agit pas de ça. Il s'agit du fait que ma copine a besoin de moi.
Challe se leva et s'approcha de la fenêtre. Il garda le silence un moment avant de se retourner.
— Je comprends, dit-il. Mais ta thérapie, alors ? Maintenant que tu as enfin franchi le pas, il faut que tu continues. C'est important.
— C'est sûr. Je ne vais pas arrêter. Ce n'est que partie remise. Une brève interruption.
— Quand comptes-tu y aller ?
— Aujourd'hui.
— Ah bon ?
Challe se gratta la tête.
— Ah bon. D'accord, alors.
— Bien.
— Et… Charlie ?
Elle se dirigeait déjà vers la porte.
— Fais attention à toi, d'accord ?

8

Après dix minutes, Charlie s'arrêta à une station-service et appela Susanne pour l'informer qu'elle était en route. Ce fut Melker, le fils aîné de Susanne, qui décrocha.

Charlie se présenta et demanda à parler à sa mère.

— Elle dort. On a le droit de la réveiller seulement si c'est une question de vie ou de mort. Tu veux que je lui laisse un message ?

— Dis-lui que je serai chez vous dans trois heures.

— Elle a prévenu que tu devais venir, mais pas aujourd'hui.

— Il y a eu un changement de programme.

— Je vais le lui dire.

Après avoir raccroché, Charlie essaya de se rappeler l'âge des garçons. Les jumeaux avaient six ans et Nils quelques années de plus. Mais Melker ? Onze ans ? Qui s'occupait d'eux pendant que leur mère dormait ? Elle arriva à la conclusion qu'ils se débrouillaient sûrement très bien. Elle-même était plus jeune que Melker quand elle avait pris en charge la cuisine, les devoirs et le coucher sans intervention de la part de Betty.

Une heure plus tard, elle s'arrêta devant un 7-Eleven, fit le plein d'essence et commanda un grand *latte* à emporter. Le crépuscule tombait déjà. Ça lui faisait du bien. L'obscurité avait décidément un effet très différent sur elle et sur tous ces gens qui n'aspiraient qu'à la lumière.

De nouveau sur l'autoroute, le visage de Francesca Mild lui revint en mémoire. Qu'avait-elle vu, cette fille ? Quels mensonges avait-elle découverts ? Comment se faisait-il qu'aucun habitant du coin n'ait mentionné sa disparition ? Était-ce parce que Francesca n'était pas de Gullspång ? Ou parce qu'elle était une gosse de riche, une élève de l'internat qui ne faisait son apparition au village que durant quelques semaines l'été ?

Plusieurs lampadaires étaient cassés, si bien que la grand-rue de Gullspång baignait dans une obscurité relative. Peut-être les ados désœuvrés s'amusaient-ils encore à bourrer les lampadaires de coup de pied. Susanne et elle l'avaient fait. Elles avaient appris la technique d'une bande de garçons plus âgés. Il fallait frapper fort, avec le talon, à un mètre du sol. Il leur avait fallu beaucoup de temps et de frappes mal ajustées avant que leur première lampe s'éteigne en grésillant.

Le pub était éclairé ; des gens étaient attablés à l'intérieur. Elle se demanda à quoi ressemblait l'ambiance, si les habitués étaient sur place et déjà ivres. Devant le pub, un panneau « fête des Moissons » oscillait au bord de la chaussée, avec les dates du week-end à venir. Les deux traditions locales, pensa Charlie : le jour des Chutes et la fête des Moissons. Depuis combien de temps existaient-elles ? Betty avait adoré ces soirées, les tentes à bière qu'on montait sur le pré au bord du fleuve, les groupes de musiciens qui se déplaçaient jusqu'à Gullspång pour l'occasion, et qui savaient jouer juste et tenir un tempo. S'il y avait une chose qui rendait Betty heureuse, c'était de pouvoir danser au rythme d'un véritable orchestre.

L'image de Betty dans le rêve, de nouveau. Les

mains de Betty dans ses cheveux, les tresses, le gravier, le clair de lune.

Où on va, maman ?

Chez une connaissance.

Qui c'est ?

Pas de réponse.

La route qui menait chez Susanne manquait d'éclairage. L'obscurité était compacte. Elle dépassa la bicoque où vivaient autrefois une vieille femme et son fils adulte. Ils étaient de la famille, lui avait avoué Susanne un jour. Famille éloignée, mais quand même. Ce n'était pas marrant d'être cousins avec des dingues. Le fils vendait des billets de loterie devant la supérette, il faisait du bruit et effrayait les gens qui n'étaient pas du coin. C'était quoi, le problème de ce garçon, avait demandé Charlie un jour à Lola, la mère de Susanne. Lola l'avait dévisagée comme si elle ne comprenait pas la question. Il n'avait aucun problème. Il était juste un peu nerveux, voilà tout. Quand il ne vendait pas des billets de loterie il se tenait au carrefour avec un bâton de signalisation orange qu'il brandissait au passage des voitures en guise de salut. Selon Lola, il faisait ça pour se calmer les nerfs. Un jour, Charlie et Susanne, enhardies par la quantité de bière forte qu'elles venaient d'avaler, s'étaient glissées dans la bicoque pour lui voler son bâton et étaient ensuite allées le jeter dans la forêt. Pourquoi ? Charlie n'en avait aucune idée.

Perdue dans ses réflexions, elle faillit rater le petit chemin qui conduisait à la grande villa en bois où vivait Susanne. Elle fut soulagée d'apercevoir de la lumière aux fenêtres.

Elle allait frapper quand la porte s'ouvrit à la volée et elle se retrouva nez à nez avec l'un des jumeaux vêtu d'un pantalon trop court pour lui, d'un bas de jogging dans une sorte de matière polaire et d'un pull plein de taches, dont les manches pendaient plus bas que ses mains.

— Papa a déménagé, annonça-t-il sans la saluer.

— J'ai entendu ça, répliqua Charlie en essayant de savoir si elle avait affaire à Tim ou à Tom.

— Maman est encore triste, alors que ça fait déjà plein de jours, ajouta-t-il en repoussant d'un pied expert le teckel qui essayait de se faufiler dehors. Reste là, Hibben.

— Tu te souviens de moi ? demanda Charlie.

— Bien sûr. Tu es Charlie, la meilleure copine de maman.

— Et toi, tu es Tim, ou bien ?

— Tom.

— Ce n'est pas facile de vous distinguer.

— Je sais.

— Et ta mère alors ? Elle est où ?

— Là-haut, dans sa chambre. J'ose pas aller voir si elle est réveillée, parce que ça la fout en rogne.

Charlie réprima un sourire.

— Je comprends. Et tes frères ?

— Nils et Melker sont là-haut, Tim est en bas.

La maison n'était qu'un immense chaos, constata Charlie en franchissant le seuil. L'entrée était jonchée de chaussures, la cuisine débordait de vaisselle sale, et partout flottait une odeur de restes de nourriture et de litière de chat.

Tim était dans le canapé et mangeait des gaufrettes au chocolat devant un film violent. Il ne parut même pas enregistrer la présence de Charlie. Son regard était rivé sur l'écran, où un homme armé d'un couteau pourchassait une femme hurlante à travers une forêt. Charlie le salua et n'obtint en retour qu'un vague hochement de tête. Attrapant la télécommande sur la table, elle enfonça le bouton rouge. Aucun résultat. Elle regarda autour d'elle à la recherche d'une autre télécommande et comprit à la mine satisfaite de Tim qu'il en avait le contrôle.

— Salut, dit-elle de nouveau.

— Salut, salut, répondit Tim en agitant une main. Tu me gênes, c'est la meilleure séquence.

— Je ne pense pas que ce soit un bon film pour toi.

— Je l'ai vu un millier de fois. Maman est OK.

Charlie renonça. Il y avait d'autres priorités dans l'immédiat que de réglementer le choix du programme. Elle se dirigea vers l'escalier.

— Ne réveille pas maman, dit Tim dans son dos.

La chambre était plongée dans le noir, et Susanne était entièrement dissimulée sous la couette. C'était comme une scène empruntée à l'enfance de Charlie. Elle était la gamine qui entrait sur la pointe des pieds. Susanne était Betty, qui avait démissionné de son rôle de parent et du monde au sens large.

— Arrête, chuchota Susanne quand Charlie alluma le plafonnier. Laisse-moi dormir encore un peu.

Charlie s'approcha de la table de chevet et retourna les plaquettes de comprimés qui l'encombraient : Phenergan, Xanax, Zoloft.

— Susanne, fit-elle en soulevant la couette. Les garçons sont en bas.

— Je sais. Ne m'en dis pas plus, je sais déjà que je suis une pourriture qui ne vaut pas un clou. Je n'ai pas le courage.

Charlie eut envie de lui arracher la couette et de lui dire que, courage ou pas, elle n'avait pas le choix. Mais c'était impossible, car dans une situation de crise, elle aurait fait exactement pareil.

— Écoute, je ne te juge pas. Je suis venue pour t'aider.

Susanne se hissa en position demi-assise.

— Merci, Charlie. Je suis vraiment super-contente que tu sois là.

Puis elle fondit en larmes.

Francesca

Maman a fini par quitter ma chambre. Je suis allée sur le palier, là où se trouve le téléphone du premier étage, et j'ai appelé le foyer de ma sœur à l'internat. Une fille a décroché ; c'était une des petites. J'ai attendu longtemps avant d'entendre la voix de Cécile.

— Francesca ?

— Oui.

— Tu es à Gudhammar ?

— Oui.

Silence.

— Tu voulais quelque chose ?

— Comment s'est passé ton test ?

— Quel test ?

— Le test national d'anglais.

Cécile n'a pas répondu. On entendait des rires et des conversations animées à l'arrière-plan. J'ai insisté :

— Pourquoi as-tu menti ?

— Faut croire que je ne voulais pas t'entendre hurler et t'énerver une fois de plus.

— C'est normal de s'énerver quand sa propre sœur sort avec un assassin.

— Je ne veux plus parler de ça.

— Cécile, je suis sûre qu'ils ont fait un sale coup à Paul. Tu sais que Henrik, Erik et…

— Je ne sais pas où tu vas chercher toutes tes salades. Il l'a fait lui-même, Francesca. Paul était une loque humaine. Tout le monde a l'air de l'avoir compris, sauf toi.

J'ai raccroché.

Maman voulait à tout prix dormir dans ma chambre. J'ai dit que ce n'était vraiment pas la peine et qu'après une semaine à l'hôpital, où tout le monde n'arrêtait pas d'entrer dans ma chambre, j'avais besoin d'être seule. Elle a insisté. Compte tenu de la situation, a-t-elle dit, elle ne comptait pas prendre de risques inutiles. Elle dormirait sur le canapé-lit, et si ça me dérangeait, je n'avais qu'à imaginer qu'elle n'était pas là. Elle se ferait aussi discrète qu'une souris. J'ai répondu qu'elle était peut-être capable de nier la présence d'un autre être humain par l'unique force de son imagination, mais moi non. En plus, mes insomnies s'aggravaient quand je n'étais pas seule.

— Depuis combien de temps as-tu des insomnies ?

— Ça a commencé à Adamsberg, quand j'ai dû partager ma chambre avec des inconnues.

Ce n'était pas vrai. Ça avait débuté bien avant, mais je ne voulais pas rater cette occasion de la culpabiliser.

— La gouvernante de ton foyer évoque toujours ce point lors de nos entretiens. Elle pense que les insomnies sont la cause de tes problèmes.

— La gouvernante de mon foyer est une imbécile.

— Pourquoi ? a demandé maman sans me reprendre sur le choix des mots.

— C'est une imbécile, point barre.

Une fois maman endormie, j'ai soulevé un bandage de mon avant-bras, pour voir. Les entailles étaient vraiment profondes. Le médecin qui se trouvait dans la chambre à mon réveil avait dit que je devais avoir un ange gardien : quelques minutes de plus et il aurait été trop tard. J'ai pensé un moment à ce qui se serait passé si la gouvernante de mon foyer n'avait pas donné l'alerte, si elle avait été plongée dans l'une de ses longues conversations du soir avec sa sœur en laissant passer l'heure du couvre-feu. Tout aurait été différent. J'ai imaginé mes funérailles, les faux-jetons d'Adamsberg au grand complet dans leur uniforme, les garçons tête basse, les cheveux bien lissés et peignés en arrière, les filles faisant semblant de pleurer avec leur mascara *waterproof* – comme elles l'avaient fait à la cérémonie en mémoire de Paul. Je les voyais serrer la main de mes parents, courbette pour les garçons, révérence pour les filles, en leur présentant leurs condoléances, j'avais été une personne fantastique, tellement joyeuse et haute en couleurs (Adamsberg grouillait littéralement de faux-culs). Ensuite, le directeur entonnerait son refrain, une fille si pleine de talents et de rêves, impossible de comprendre, encore moins d'admettre qu'un être si jeune, si plein de vie, ait pu disparaître de la sorte.

Voilà à peu près ce qu'ils avaient raconté pour Paul. La cérémonie avait eu lieu une semaine après sa mort. À ce moment-là, je n'avais pas encore le courage ni la présence d'esprit d'analyser mes impressions de la soirée du bal mais, plus le temps passait, plus mes souvenirs s'étaient précisés. J'avais essayé d'en parler à l'hôpital. La pauvre aide-soignante avait poussé un cri – elle devait me croire endormie, et c'est clair qu'elle a eu peur en se faisant agripper le bras par une dingue qui la fixait en bafouillant des phrases incompréhensibles du genre : « Le bas de son pantalon ! » en pleine nuit. Elle a disparu dans le couloir pendant que je criais dans son dos : « Le bas de son pantalon était mouillé ! Et même, il dégoulinait ! »

Le lendemain matin, j'ai voulu appeler Cécile, mais on me l'a interdit. Je n'avais pas le droit de téléphoner à qui que ce soit. Le personnel hospitalier ne m'a pas donné d'explication, sinon que je devais me reposer car, quand on était dans mon état, il était important de rester calme et d'avoir aussi peu de contact que possible avec le monde extérieur.

J'ai essayé d'expliquer l'affaire à un jeune interne : la rose, l'eau, l'énervement des garçons.

Le médecin a dit qu'il ne voulait en aucune façon minimiser mon ressenti mais qu'il me conseillait malgré tout de laisser décanter un peu tout ça. J'avais pris des médicaments qui provoquaient des hallucinations et ingurgité une grande quantité d'alcool, et la combinaison des deux était connue pour occasionner de sérieux trous de mémoire. Autrement dit : je ne pouvais pas me fier aux souvenirs que je croyais avoir. Mon cerveau avait été empoisonné. Il n'avait pas fonctionné normalement cette nuit-là.

Je m'étais dit qu'il avait peut-être raison, et les autres aussi : le mieux était de me reposer et de ne pas m'énerver. Mais je n'y parvenais pas.

Je ne cessais de me retourner dans mon lit, dans ma chambre de Gudhammar. Maman respirait trop fort. Une fois qu'on le remarquait, on ne pouvait plus en faire abstraction. Pourquoi ne me laissait-on pas tranquille ? Comment pourrais-je redevenir normale si on ne me permettait pas de dormir ?

En fermant les yeux, je me suis souvenu d'une chose que Paul m'avait dite avant qu'on aille se préparer pour le bal : *Je crois que j'ai rencontré quelqu'un. Je crois que je suis amoureux, Francesca.*

À présent, je criais en mon for intérieur : Qui ? De qui étais-tu amoureux ? Mais rien ne me venait. Tout était noir.

Je me suis redressée. Qui ? Qui était cette personne qu'il avait « rencontrée » ? Ce devait être quelqu'un de l'école, car chez lui, il ne fréquentait que son père, son frère et sa grand-mère. Et il n'était pas de ceux qui faisaient le mur et se faufilaient en cachette jusqu'à l'hôtel-restaurant de la ville voisine pour faire la fête. Je suis allée chercher un ancien annuaire d'Adamsberg et j'ai commencé à le feuilleter. Il y avait de belles filles dans toutes les classes ou presque, mais aucune, à ma connaissance, ne pouvait se mesurer à Paul en termes d'intelligence et de vivacité. Toutefois, l'amour n'est pas qu'une question d'affinités. Paul lui-même ne m'avait-il pas dit un jour que la chose la plus étrange, concernant l'amour, était son caractère irrationnel. On ne pouvait pas le maîtriser par la volonté.

9

Il était dix-neuf heures, mais vu le chaos qui régnait dans la cuisine et l'état de Susanne dans son lit, Charlie avait la quasi-certitude que le dernier repas chaud partagé dans cette maison remontait à un certain temps déjà.

— Vous avez faim ? demanda-t-elle aux garçons.

Entre-temps, Melker et Nils étaient descendus pour lui dire bonjour, l'air un peu gêné. Charlie eut envie de leur dire qu'ils n'avaient pas à avoir honte, qu'elle était la dernière personne au monde devant laquelle ils devaient se sentir honteux.

Les quatre garçons répondirent qu'ils avaient faim.

— Pizza ?

Tim et Tom poussèrent un cri de joie et commencèrent aussitôt à passer commande.

— On peut aussi prendre un coca ? s'enquit Tim.

Nils lui donna un coup de coude.

— Arrête ! cria Tim.

— Une pizza, c'est déjà bien assez.

Ils proposèrent d'accompagner Charlie à la pizzéria. Melker choisit de rester à la maison au cas où Susanne aurait besoin de quelque chose.

— C'est marrant d'être flic ? demanda Tim quand ils furent entassés dans la voiture.

— La plupart du temps, oui.

— Pourquoi pas tout le temps ?

— Aucun travail n'est marrant tout le temps. Et parfois on est confronté à des choses pas très agréables.

— Tu as déjà tué quelqu'un ?

Un silence suivit la question de Nils. Images du lac, des mains de Mattias s'agitant à la surface de l'eau. L'immobilité, après, une fois dissipés les cercles concentriques.

— Alors ? insista Tim. Tu as tué quelqu'un, Charlie ?

— Non.

Elle quitta la route principale et freina devant la vitrine de la pizzéria *Le Gai pinson*. Tim indiqua du doigt la ruine calcinée qui se dressait en face, à l'emplacement de l'ancienne pizzéria, et déclara qu'elle avait été brûlée.

— Incendiée, corrigea Nils. Elle *a* brûlé, ou elle *a été* incendiée.

— C'est ce que j'ai dit.

— *Car de toute la grande maison, croyez-le ou non, il ne restait plus que le fourneau et une cheminée*, récita Charlie.

Tim se mit à rire.

— T'as dit quoi ?

— Rien. C'est juste un vieux conte.

À l'intérieur, seuls deux clients étaient installés devant des bornes de jeu. Charlie demanda aux garçons de choisir six canettes dans le présentoir réfrigéré pendant qu'elle payait les pizzas.

— Ça ne va pas faire trop cher ? s'inquiéta Nils. Sinon je peux aller chercher une grande bouteille au supermarché.

— Non, on a beaucoup trop faim pour ça. Mais merci de ta proposition.

Le manque d'argent. L'inquiétude permanente de ne pas y arriver. Charlie la ressentait encore par moments, alors qu'elle gagnait pourtant correctement sa vie. Quand on avait vécu en marge, on ne s'en remettait sans doute jamais tout à fait. On restait marqué, quoi qu'on fasse.

— Tiens donc, dit soudain l'un des joueurs. La fille de Betty est de retour…

Charlie le reconnut. C'était Svenka. Il tenait une bouteille de bière à la main.

— Salut, dit-elle. Comment va ?

— Super. Ça fait du bien de ne plus avoir à supporter les journalistes et tous ces étrangers qui avaient envahi le village. À moins qu'il y ait du nouveau ? Encore un meurtre ?

— Comment ça, encore un meurtre ? Tu n'as pas suivi l'affaire ? Il n'a pas été possible de prouver quoi que ce soit, pour Annabelle.

— Ça ne veut rien dire. C'était peut-être quand même un meurtre.

— Saurais-tu quelque chose que j'ignore ?

— Non.

— Alors je ne comprends pas pourquoi tu…

— Je n'ai pas confiance, c'est tout. Je ne suis pas certain que vous fassiez bien votre boulot. J'ai de mauvaises expériences avec la police.

— Je comprends, dit Charlie. Alors ? Ça rapporte ? ajouta-t-elle en indiquant la machine d'un signe de tête.

— Oui, sauf qu'après je perds, mais j'imagine que c'est le but du jeu.

Charlie l'observa. Le teint grisâtre, le regard plus opaque qu'il ne l'avait été au cours de l'été.

— Je peux te poser une question ? demanda-t-elle.

Svenka leva les mains.

— Je ne suis pas venu en voiture. Je n'ai pas conduit un mètre depuis mon retrait de permis.

— Je te crois. Je ne suis pas là à titre professionnel.

— À quel titre, alors ?

— Je suis là en tant qu'amie.

— C'était quoi, ta question ?

— Sais-tu quelque chose au sujet de Gudhammar ?

— Quoi, la propriété ?

Charlie acquiesça, et Svenka avala une gorgée de bière.

— C'est dégueulasse.

— Quoi ?

— Laisser une belle maison comme celle-là tomber en ruine. Et on ne peut rien y faire, vu que les propriétaires ne veulent ni s'en occuper ni la vendre.

— Qui sont les propriétaires ?

— Les Mild. Mais ils ne sont pas revenus depuis que la fille a fugué.

— Fugué ?

— Oui, du moins c'est ce qu'on a pensé sur le moment. C'est vieux, tout ça.

— Pourquoi ne veulent-ils pas vendre ?

Svenka haussa les épaules.

— Aucune idée. J'imagine qu'ils ont les moyens de ne pas le faire. Qui sait, un jour ils vont peut-être revenir et tout remettre en état.

— Tu connaissais la famille ?

— Si je les connaissais ? – Svenka éclata de rire. – Ils ne fréquentaient pas franchement le commun des mortels.

— Et la fille ? Celle qui a disparu ? Sais-tu quelque chose à son sujet ?

— Elle avait la réputation de ne pas être aussi prétentieuse et cul serré que le reste de la famille, c'est tout ce que je sais. C'est peut-être pour ça qu'elle s'est barrée.

— Tu es certain qu'elle s'est barrée ?

— C'est-à-dire ?

— *A priori*, personne ne sait ce qui lui est arrivé.

Svenka sourit comme s'il venait de dévoiler un grand secret.

— Alors c'est pour ça que tu es là ?

— J'en ai entendu parler, et ça a éveillé ma curiosité, voilà tout.

— Tu es une grande curieuse, toi. Comme ta mère…

Il jeta un coup d'œil vers l'entrée.

— Ça par exemple ! Qui voilà…

Charlie mit un moment à reconnaître Sara, la fille de Svenka. Elle avait une nouvelle couleur de cheveux. Ses yeux étaient cernés de deux épais traits de khôl. C'était une version plus dure de la fille avec laquelle Charlie avait discuté en haut de la tour de plongée du lac pendant l'été.

— Bonsoir, Sara.

Sara la dévisagea.

— Salut, répondit-elle. Qu'est-ce que tu fais ici ? Je veux dire…

Elle sourit, l'air désemparé.

— Je rends visite à une copine, expliqua Charlie en montrant les garçons de Susanne.

— Que veux-tu, mon cœur ? demanda Svenka.

Sara leva les yeux au ciel et dit qu'il avait oublié de lui laisser la clé. Une fois de plus.

— Et merde ! fit Svenka.

Il tapota les poches de sa veste-chemise.

— Mais où je l'ai mise, putain ? Tu n'as pas la tienne ?

— C'est ma clé que tu as, lui rappela Sara d'une voix résignée. La tienne, tu l'as perdue.

— Ah bon ? Il faut vraiment que tu rentres, là, tout de suite ?

— Laisse tomber. Je vais dormir chez Jonas.

Elle tourna les talons et sortit.

Rappelle-la ! voulut crier Charlie à Svenka. *Va chercher un serrurier ! Fais quelque chose !*

Les pizzas étaient prêtes. Nils et les jumeaux s'entraidèrent pour porter les cartons.

— Il t'a menti, dit Nils quand ils furent dans la voiture. Ce type avec lequel tu discutais. Il mentait.

— À quel sujet ?

— Il est venu en caisse.

Nils lui montra une Volvo 240 jaune stationnée sur le parking.

— C'est la sienne.

— Peut-être qu'il s'est fait conduire par quelqu'un.

— Ça m'étonnerait. Je ne crois pas ce qu'il raconte, ce type.

Charlie le regarda dans le rétroviseur.

— Tu le connais ?

— Il a dit des trucs pas nets à maman un jour au supermarché. Je ne l'aime pas.

Quand ils revinrent à la maison avec les pizzas, Susanne était levée. Elle avait pris une douche et les accueillit dans l'entrée, une serviette enroulée autour de la tête. Charlie lui raconta ce que Nils lui avait répété au sujet de Svenka, et Susanne marmonna quelque chose à propos de gamins qui dramatisaient tout.

— Vous vous fréquentez, Svenka et toi ?

— Il m'est arrivé de lui acheter à boire de temps en temps.

Susanne baissa la voix.

— C'est bon marché, c'est de la production locale, et ça favorise l'insertion de personnes en situation de précarité. Que demande le peuple ?

— Peut-être que ce soit légal, si on cherche vraiment la petite bête…

— Quelle chance qu'on ne la cherche pas, alors !

Nils s'approcha.

— De quoi parlez-vous ?

— De rien. Va chercher des verres et des couverts, qu'on puisse manger.

Charlie eut à peine le temps de poser les cartons sur la table que les garçons avaient déjà presque tout englouti. Elle fut rassurée de voir Susanne manger de bon appétit, elle aussi ; elle avait perdu beaucoup de poids depuis l'été dernier. Dans les moments de crise, l'alpha et l'oméga, c'était de bien s'alimenter et de bien dormir – vu de l'extérieur, ça paraissait évident, mais quand on était en pleine descente vers le sous-sol, il n'y avait rien de plus difficile.

Après le repas, les jumeaux voulurent jouer avec Charlie. Ils avaient installé un circuit automobile dans le séjour. Chaque voiture avait son nom et sa personnalité. Charlie fut entraînée malgré elle dans leur monde imaginaire.

Susanne était toujours assise à table et les regardait sans participer. Au bout d'un moment, elle jeta un coup d'œil à l'horloge de la cuisine et dit qu'il était tard, Tim et Tom devaient enfiler leur pyjama, se brosser les dents et aller se coucher.

— Qu'est-ce que tu es douée pour jouer… ajouta-t-elle quand les garçons furent à l'étage.

— Ah bon, tu trouves ?

— Moi, je n'ai jamais compris comment on pouvait jouer avec des enfants sans mourir d'ennui. Quand ils m'obligent à jouer avec eux, je suis le nourrisson qui dort, et quand on joue au docteur, je suis la patiente paralysée en train de mourir.

— Ce n'est pas pareil quand on passe tout son temps avec eux. Et c'est une invention récente, non ? Que les parents sont censés jouer avec leurs enfants…

— Peut-être. En tout cas, je n'ai pas souvenir que les nôtres l'aient fait avec nous.

Charlie pensa à Betty. Elle n'avait pas vraiment joué avec elle, mais dans les bonnes périodes, tout était un jeu : les virées à la pâtisserie-salon de thé, les baignades du soir dans le lac, les séances de danse. *Tu es l'homme et je suis la femme.*

— Parfois, j'ai l'impression que je ne vaux pas mieux qu'eux, dit Susanne.

— On fait ce qu'on peut.

— Eux aussi, ils faisaient ce qu'ils pouvaient. Mais une chose est sûre : ce n'était pas assez.

— C'est vrai.

Susanne inspira profondément.

— L'autre jour, j'ai fait un truc ignoble. Je me suis disputée avec Melker. Il m'a provoquée, j'étais fatiguée et je… Je l'ai plaqué contre le mur et je lui ai hurlé des horreurs.

Charlie ne sut pas quoi dire. Elle se souvenait de sa propre terreur quand Betty perdait le contrôle. *Putain de bordel de saloperie de merde de tout !*

— Tu exagères peut-être un peu, non ?

— J'ai failli le frapper. Je lui serrais les bras hyperfort et…

— Je ne sais pas combien de fois Betty m'a serré les bras hyperfort, mais je peux te dire que c'était souvent.

— Betty n'était pas comme les autres.

— Je dis juste que tu dois peut-être éviter de te juger trop durement en ce moment.

— Dirais-tu la même chose à un homme qui viendrait t'avouer qu'il a plaqué sa femme contre un mur ?

— Non.

— Je tenais Melker par les bras et je hurlais des horreurs à un centimètre de son visage. C'était une agression, pas de doute là-dessus. Il était tellement effrayé, tellement choqué, qu'il ne pleurait même pas. Et j'ai eu beau lui demander mille fois pardon, je ne peux pas effacer ce qui s'est produit. Je ne peux pas changer la façon dont Melker me voit depuis que c'est arrivé.

— Mais tu peux faire tout ce qui est en ton pouvoir pour que ça ne se reproduise pas.

Charlie attrapa le rouleau de sopalin sur la table, en arracha une feuille et la tendit à Susanne. Elle voulut ajouter que le remords était un signe positif, peut-être même une garantie qu'elle ne recommencerait pas. Et puis elle se rappela tous les auteurs de violences domestiques pétris de remords jusqu'à la fois suivante, et elle se dit que ses paroles tomberaient à plat.

Failles temporelles

Je ne savais pas que tu jouais de la guitare, dis-je.

En fait, je ne sais pas en jouer, répond Paul. Je ne lis même pas les notes.

On est à l'église, devant, sous Jésus crucifié. Paul est assis sur la petite estrade où les mariés viennent s'agenouiller et moi, en face, je suis adossée au baptistère. Paul a trouvé une guitare. Ses doigts se déplacent le long des cordes.

Quelle importance de ne pas savoir lire la musique quand on joue comme Paul ? La mélodie est belle et mélancolique ; je ne la connais pas. Je ferme les yeux. Paul se met à chanter. Une chanson qui parle de Francesca, une fille libre.

Puis il dit que mon nom signifie précisément cela : libre.

Francesca signifie libre.

10

Susanne venait de redescendre après avoir dit bonne nuit aux enfants quand son téléphone sonna.

— À propos de mères vertueuses… commenta-t-elle en voyant le nom affiché à l'écran.

Elle s'éloigna, le téléphone contre son oreille.

— Je ne sais pas pourquoi je décroche, dit-elle en revenant. Une part de moi espère évidemment toujours qu'elle va être sobre.

Elle soupira.

— Qui suis-je pour la critiquer ? Si j'avais le choix, je ferais comme elle. Après ce qui s'est passé cet été, je… J'ai la sensation de tomber sans pouvoir me raccrocher à quoi que ce soit. Tu connais ?

— Oui.

— Je ne dis pas que je… – Susanne secoua la tête. – Je ne ferais jamais ça, Charlie, mais parfois j'ai l'impression que je vais mourir de fatigue, et je n'ai qu'une envie : m'enfermer dans un caisson insonorisé. Il n'y a jamais de silence ici, jamais un instant de répit. Même quand les garçons ne sont pas en train de se battre, quand ils sont simplement en train de parler, j'ai envie de me boucher les oreilles, y compris quand ils veulent me raconter ce qu'ils ont fait à l'école, des choses ordinaires comme ça. Je pense souvent que ce serait agréable d'être morte.

Charlie aurait voulu prononcer quelques paroles de réconfort sur la valeur de la vie, mais rien ne lui vint. Elle avait souvent eu la même pensée.

— J'aurais aimé qu'Isak prenne un peu en charge les enfants et qu'il ne me laisse pas seule au milieu du chaos. Si seulement je pouvais dormir tout mon soûl et ensuite réfléchir au calme, je…

— Depuis combien de temps est-il parti ?

Susanne répondit qu'elle ne le savait pas, que le temps s'était fondu en une masse informe, mais que ça devait faire dans les deux mois, par là. Il avait téléphoné à quelques reprises, mais il n'avait pas encore revu les enfants. Il avait plein de choses dont il devait s'occuper, disait-il. Il avait vraiment besoin de penser à lui dans l'immédiat.

— Et toi non ?

Susanne ne répondit pas.

— Bref, maintenant, je suis là, enchaîna Charlie. Tu peux t'organiser, dormir, penser à ce que tu veux…

— Ce n'est pas seulement Isak. Ça a commencé bien avant… Attends une minute !

Susanne alla dans la cuisine et revint avec un paquet de Prince. Sans lui demander si elle en voulait, elle tendit une cigarette à Charlie, en prit une pour elle et les alluma à l'aide du long briquet de la cheminée.

— J'aurais dû le quitter, bien sûr. J'ai envisagé le divorce il y a des années. Quelle imbécile ! Où est mon intégrité ? Qui est cette femme que je suis devenue ?

Elle se tourna vers Charlie comme si elle attendait une réponse.

— Tu n'es pas la première qui…

Charlie ne sut comment finir sa phrase. Qui a cru à l'amour et qui s'est fait avoir ?

— Pendant longtemps, je lui ai fait confiance. C'était

comme si mon cœur refusait de comprendre. Pourtant, avec le recul, c'est tellement évident qu'il me mentait ! Il voyait d'autres femmes. Mais ça ne change rien de savoir que c'est banal, ajouta-t-elle, comme si Charlie avait dit quelque chose en ce sens. C'est quand même l'enfer quand ça vous arrive. Il aurait dû me quitter. Pourquoi ne l'a-t-il pas fait ?

Charlie pensa à Hugo et à sa femme qui attendait un enfant.

— Peut-être parce qu'il voulait tout en même temps.

Elle fut sur le point d'ajouter l'adage de Betty selon lequel tous les hommes étaient des porcs.

Et elle-même, alors ? Elle n'était pas franchement monogame, mais, au moins, elle n'avait jamais juré fidélité à qui que ce soit.

— Le pire, reprit Susanne, c'est Annabelle. Je n'arrête pas de penser à elle. Je vois son visage. Je croise son père à la supérette, il est complètement ratatiné. Il est devenu vieux d'un coup. Et je sens… Je me sens putain de coupable.

— Pourquoi ? Coupable de quoi ?

— De tout. De l'avoir engueulée ce soir-là, d'avoir été aveuglée par la jalousie au point de déverser ma haine sur la mauvaise personne, de n'avoir pas raconté à la police qu'elle avait une liaison avec Isak. Je sais que ça ne sert à rien de me torturer ainsi, mais va dire ça à mon cerveau borné !

— Ça va passer, Susanne. En tout cas, ça va s'atténuer avec le temps.

Elle ignorait si c'était vrai, mais que dire d'autre ?

— Je sais qu'Isak ne l'a pas tuée. Mais je ne peux pas m'empêcher de penser qu'elle aurait peut-être été en vie s'il n'était pas passé la voir ou si j'avais parlé avec elle au lieu de lui tomber dessus comme une furie.

Maintenant, le père ressemble à un fantôme, et la mère est enfermée chez les fous. Putain de bordel de merde !

Susanne posa son verre et jeta sa cigarette au feu.

— Je ne sais pas pour toi, mais j'ai besoin d'un truc fort.

— Je prendrai la même chose que toi, dit Charlie.

Elle ressentit une légère excitation dans la région de l'estomac, comme des papillons. Je devrais refuser, pensa-t-elle. Je devrais expliquer qu'on ferait mieux d'éviter l'alcool, qu'il faut qu'on se lève demain, qu'on doit être capables de supporter les saloperies de la vie sans anesthésiant. Mais je n'en ai pas la force.

Susanne revint avec deux gobelets en plastique et en tendit un à Charlie.

— Les verres sont dans le lave-vaisselle…

— C'est quoi ?

— Un mélange de ce que j'avais sous la main. Peut-être pas le cocktail le plus raffiné du monde, mais de quoi nous réchauffer de l'intérieur.

Susanne but une gorgée et regarda autour d'elle.

— Je vais peut-être devoir vendre la maison. Isak va sûrement réclamer sa part.

— Il ne peut tout de même pas exiger ça ! Dans sa situation ? Il n'est pas bête à ce point ?

— Je ne le connais pas. Je ne sais pas à quel point il est bête ou non.

— Où habite-t-il en ce moment ?

Susanne haussa les épaules. La dernière fois qu'elle lui avait parlé, il était à Stockholm, mais maintenant, elle ne savait pas. Il ne reviendrait peut-être jamais.

— Si, il reviendra, assura Charlie.

— Comment le sais-tu ?

— Je ne le sais pas. C'est juste qu'il faut bien dire quelque chose. Mais je l'espère. Je veux dire, pour les garçons.

— J'espère qu'il le fera avant qu'il ne soit trop tard. Avant qu'ils ne se mettent à le haïr.

— Les enfants pardonnent beaucoup de choses.

— Pas tous.

Silence.

Charlie avait pardonné à Betty toutes les fois où elle avait déraillé pendant ses fêtes, toutes les journées où elle était restée couchée sans lui répondre quand elle lui adressait la parole, toutes les réunions parents-professeurs auxquelles elle n'avait pas assisté, toutes les excursions prévues qui n'avaient jamais eu lieu. Elle avait pardonné, car elle savait que Betty n'était pas comme les autres et qu'elle ne pouvait pas faire autrement. Mais ensuite, il y avait eu les révélations de l'été… Il existait des limites à ce qu'elle, Charlie, était capable de comprendre et d'excuser.

— Tu étais beaucoup plus gentille avec ta mère que moi avec mes parents, poursuivit Susanne. Tu t'occupais de Betty. C'était à vous briser le cœur, d'une certaine manière. Je me souviens que, déjà à l'époque, je pensais que c'était bizarre que tu sois aussi compréhensive avec elle. Je veux dire, Betty était… Elle était comme mes parents, mais je n'avais pas du tout la même empathie que toi.

— Betty était pire.

— Comment ça ?

— Elle était… Elle n'était pas celle que je croyais.

Charlie regretta immédiatement ses paroles, mais il était trop tard.

— Betty et la mère d'Annabelle étaient copines quand elles étaient petites.

— Nora Roos ? Ça alors… Mais qu'est-ce que ça a de terrible ?

— Elles ont tué un enfant.

Susanne écarquilla les yeux.

— Je ne comprends pas, dit-elle. Là, je ne te suis pas, Charlie.

— Betty et Nora ont tué un petit garçon de deux ans quand elles étaient gamines.

— Qu'est-ce que tu racontes ? Comment ça ?

— Elles l'ont étouffé. Ou plutôt, d'après Nora, c'est Betty qui l'a fait.

Susanne pâlit. Elle jeta un coup d'œil vers le mur couvert de photos, où ses garçons étaient encore des bébés joufflus posés sur des peaux de mouton.

— Pourquoi ?

— D'après les journaux de l'époque, peut-être un jeu qui aurait dégénéré.

— Bon sang, Charlie ! Et alors ? Que leur est-il arrivé après ?

— Centre de rééducation, famille d'accueil, nouvelle identité. Ensuite, Nora est devenue une recluse qui a échoué à protéger sa fille alors que c'était l'unique but de sa vie. Et Betty… Bon, tu sais ce qui est arrivé à Betty.

Il y eut un silence.

— Je ne sais pas quoi dire, Charlie. Je ne pensais pas que… Quelle incroyable cruauté…

Susanne secoua la tête. Charlie comprit qu'elle tentait de concilier son image de Betty et celle d'une meurtrière d'enfant.

— Moi aussi, ça me dépasse, dit-elle.

— Mais pourquoi ? Pourquoi l'a-t-elle fait ?

— Je ne sais pas, Susanne. Ella a eu une enfance affreuse, tu sais, et…

— Qui n'a pas eu une enfance affreuse ? Ce n'est pas une raison !

Elles vidèrent leur verre.

— Je n'essaie pas de l'excuser, murmura Charlie.

— Comment se débrouille-t-on avec ça ? Comment admettre que sa propre mère… Je veux dire, Lola n'est pas franchement ce qu'on pourrait appeler un rayon de soleil, mais qu'elle aille faire du mal à quelqu'un de cette façon-là… C'est impensable.

— J'imagine qu'on se débrouille comme l'ont fait les humains de tout temps, dit Charlie.

— Et comment ont fait les humains de tout temps ?

— Ils ont enduré l'affaire. Une seconde à la fois. Une minute, une heure, un jour. Ils ont laissé passer le temps, en un mot.

— Ça fonctionne pour toi ?

— Parfois.

— Pour moi, la seule chose qui atténue l'angoisse sans me détruire par la même occasion, c'est la peinture.

Charlie tourna automatiquement son regard vers les tableaux de Susanne accrochés aux murs.

— Tu devrais t'y remettre, dit-elle.

— Qui te dit que j'ai arrêté ?

— Ah ? Je pensais que…

— Viens.

Elle se leva. Charlie la suivit dans l'entrée. Susanne enfila des sabots et indiqua une autre paire.

— Ce sont ceux d'Isak. Peut-être un peu grands pour toi, mais on ne va pas loin.

— Où allons-nous ?

— Tu vas voir.

— Et si les enfants se réveillent ?

— Ils sauront où je suis.

Elles traversèrent la cour jusqu'à l'ancienne grange.

Susanne ouvrit la porte et appuya sur un commutateur. Rien ne correspondait au souvenir de Charlie. Disparus, les box, les litières, les mangeoires, l'enclos des agneaux. La bâtisse tout entière n'était plus qu'un immense espace blanc. Les toiles de Susanne étaient posées en appui contre les murs.

— Bon Dieu ! fit Charlie. Bon Dieu, Susanne !

Elle fit le tour. Susanne s'était assise au centre, sur une chaise à barreaux maculée de peinture.

Charlie s'arrêta devant un tableau : un mur de pierres sèches, sur lequel étaient perchées deux filles tournant le dos au spectateur. Elles se tenaient par la main. Elle eut la sensation que la musique de Lyckebo lui parvenait aux oreilles, et la voix aiguë de Betty qui chantait « It's my party ».

Elle plissa les yeux et persuada son double peint de se retourner, de regarder les convives qui dansaient dans la forêt aux cerisiers, et Betty dans sa robe rouge pourchassée par un homme qui n'était pas Mattias. Betty casse un rameau couvert de fleurs blanches et brunes à demi fanées et le glisse dans ses cheveux.

— Tu les reconnais ? demanda Susanne.

Charlie hocha la tête. Elle s'approcha du tableau.

— Je porte une chemise de nuit de maman ?

— Oui, c'est celle que tu avais l'habitude d'emprunter à Betty.

— On dirait une photo. Je ne comprends pas comment tu fais.

— J'ai peint de mémoire, expliqua Susanne, comme si elle ne comprenait pas que la plupart des gens étaient incapables de recréer une image aussi précise, quelle que fût la richesse de leurs souvenirs. Tu te rappelles cette nuit-là ?

Charlie fit un effort. Un moment où elles auraient été assises sur un mur en chemise de nuit… Mais non, ça ne lui évoquait rien.

— On ne dirait pas que c'est la nuit, dit-elle. Il fait clair.

— C'est la nuit de la Saint-Jean, précisa Susanne. Un peu avant l'aube. Tu vois la rosée, là ?

Charlie s'approcha encore et vit les minuscules gouttes d'eau dans l'herbe.

— C'est la nuit où Mattias a disparu. La toute dernière fête à Lyckebo.

Charlie regarda de nouveau le tableau. La nuit de la Saint-Jean...

— Maman et Mattias ont commencé à se disputer après la fin de la fête...

— Je crois qu'ils se disputaient déjà au moment où on est parties. Ces disputes d'ivrogne... C'est vraiment l'horreur, d'être l'enfant de parents qui hurlent en se cognant dessus, qui menacent de divorcer, de se suicider et Dieu sait quoi encore. Et après, le lendemain, c'est comme si rien ne s'était passé.

— Mais pour Betty et Mattias, cette nuit-là a vraiment été la dernière.

— Je sais. Ça a dû être terrible pour Betty, pour vous deux.

Charlie effleura du bout des doigts la fille du tableau. La fille qui était elle.

— Elle n'est jamais redevenue elle-même.

— Déjà avant, ce n'était pas la femme la plus saine du monde. Ce n'est peut-être pas une consolation, mais...

Si, pensa Charlie. C'est une consolation de savoir que je ne suis pas seule responsable. Un instant, elle s'autorisa à penser à Mattias, à ses mains s'agitant à la surface de l'eau, à sa propre paralysie, sur le ponton où elle était assise et d'où elle avait assisté à la scène sans bouger.

— C'est un travail en cours ? demanda-t-elle en

s'approchant du chevalet sur lequel était jetée une couverture.

— Oui. Je ne sais pas si je peux te le montrer.

— Pardon, fit Charlie, qui avait déjà ôté la couverture.

La vue de la toile lui coupa le souffle.

Susanne recouvrit le tableau.

— C'est indécent, je sais. Mais le sujet m'est venu comme ça. Je n'avais pas l'idée de le montrer à qui que ce soit.

— Attends ! Maintenant que je l'ai vu, j'ai peut-être le droit de le regarder un peu ?

— Si tu veux. Mais que le diable t'emporte si tu t'avises d'en parler aux gens du village. Ils me prendraient pour une folle furieuse.

Charlie hocha la tête. La toile représentait le pont en contrebas de l'épicerie Vall, les vannes du barrage, d'un vert décoloré par le soleil et, dessous, les eaux noires tourbillonnantes. Mais la raison pour laquelle elle ne pouvait détacher son regard était ailleurs. C'était la fille, vêtue d'une robe bleu clair, debout du mauvais côté du garde-corps. Le vent dans ses boucles rousses, elle détournait le visage, la main gauche levée comme pour un salut.

Annabelle.

Francesca

Je me suis réveillée à trois heures du matin et j'ai tout de suite senti que j'aurais du mal à me rendormir. Dehors, apparemment, c'était la tempête. Les branches du chêne frottaient contre la fenêtre de ma chambre. Dans le canapé-lit, ma mère dormait profondément. Sa respiration était laborieuse.

Je me suis levée. Je suis descendue au rez-de-chaussée. Les lourdes portes en chêne de la bibliothèque étaient ouvertes. Un feu crépitait dans la cheminée. Papa était assis dans son fauteuil préféré, whisky dans une main, cigare allumé dans l'autre.

— Tu ne dors pas ? m'a-t-il demandé en me voyant.

— On dirait que non.

— Tu n'as pas froid ?

Son regard était fixé sur la chemise de nuit légère de Cécile.

— Je n'ai jamais froid.

— Assieds-toi, a-t-il dit en indiquant le fauteuil à côté du sien.

Je me suis assise et j'ai posé les pieds sur le repose-pieds.

— Que venais-tu faire dans la bibliothèque à cette heure ? – Il a éteint son cigare. – Je veux dire… Comment te sens-tu ?

— C'est moins pire qu'il n'y paraît.

Papa a regardé mes bras. Il a dit que ça lui paraissait affreux.

— Cette histoire de Henrik Stiernberg et de sa bande… ai-je dit pour distraire son attention. Cette nuit-là, derrière l'église. J'y étais. J'ai trouvé la rose jaune que Paul portait au revers de son smoking et…

— Il faut que tu lâches ça, Francesca. Ça ne sert à rien de te focaliser sur ce que tu as cru voir cette nuit-là.

— Comment ça « cru voir » ? Puisque je te dis que je l'ai vu !

— Tu as *cru voir*. Nous en avons déjà parlé avec les médecins. Compte tenu de ton alcoolémie et des autres substances que tu avais avalées, je ne…

— Mais je sais ce que j'ai vu.

— Mes deux filles me racontent des versions totalement divergentes, et la seule chose dont je puisse être sûr, c'est que l'une des deux me ment ou qu'elle se souvient de choses qui n'ont jamais existé. Je ne veux en aucun cas affirmer que tu ne serais pas digne de confiance, Francesca, mais Cécile ne m'a encore jamais menti.

— Tu veux dire que tu ne l'as jamais surprise en flagrant délit.

— Oui, c'est ce que je viens de dire.

— Tu disais qu'elle ne t'a jamais menti. La différence est de taille.

— Tu te souviens de l'incident avec Aron Vendt ?

— Comment pourrais-je l'oublier ?

— Je veux simplement te dire que notre confiance en toi est un peu…

— Et ma confiance en vous, alors ? Dans quel état est-elle, à ton avis, après ce qui vient de se passer ?

Papa s'est levé et s'est dirigé vers la porte.

— Tu t'en vas ? Comme ça ? Sans un mot ?
— Je vais chercher des glaçons.

Je me suis allongée devant le feu en repensant à la fois où Aron Vendt et sa famille étaient venus nous rendre visite à Gudhammar. C'étaient les vacances d'été à la fin de la quatrième. Papa avait apparemment conclu une affaire lucrative avec le père d'Aron et on allait fêter ça dans les grandes largeurs. Le frère d'Aron, Erik, n'était pas là ; il faisait un stage de voile. Aron venait de passer son bac et, d'après les filles plus âgées de mon foyer à Adamsberg, c'était un garçon dont il fallait se méfier si on avait le cœur fragile.

Maman m'a fait son sermon avant le dîner : je ne devais pas quitter la table trop tôt, pas lécher mon couteau, pas de gestes brusques, pas de taches sur la nappe. Quand une personne prenait la parole, je devais l'écouter, lui répondre de façon sérieuse et la relancer en posant des questions pertinentes.

Ça s'est assez bien passé au début. On m'avait placée en face d'Aron, à la grande table de la salle à manger, et je faisais semblant de m'intéresser à ses études et à son projet, qui consistait à atteindre les hauts sommets de la société. Maman avait l'air franchement satisfaite, elle ne fronçait le nez que les fois où je m'excusais et quittais la table. Ce n'était pas ma faute, les bouteilles de vin rouge ouvertes s'aéraient sur le plan de travail de la cuisine et j'étais obligée d'aller boire un coup au goulot de temps en temps.

Aron allait étudier à l'étranger pendant un an. Si j'étais intéressée, je n'avais qu'à le contacter, a-t-il dit.

J'ai répondu que ça me paraissait fantastique et qu'il serait le premier que je contacterais le jour où je souhaiterais en savoir plus sur les études à l'étranger. La soirée avançait à la vitesse d'un mollusque et quand enfin, après le dessert, les hommes ont commencé à parler de se retirer dans la bibliothèque pour les cigares et le whisky, j'ai failli bondir de soulagement et grimper l'escalier quatre à quatre jusqu'à ma chambre. Aron a eu l'air de croire qu'il allait accompagner les hommes, mais son père l'a regardé et lui a dit qu'il pouvait peut-être emmener la jeune dame faire un tour en voiture. Mais non, ce n'était pas un problème de conduire après un verre ou deux. C'était la campagne, il n'y avait pas de gendarmes en embuscade.

— Prenez les petites routes et roulez doucement, c'est tout.

Quelques minutes plus tard, j'étais assise sur le siège tendu de cuir clair d'une Mercedes qui sentait le neuf.

On a quitté Gudhammar. Aron me regardait tout en donnant des coups d'accélérateur et en me parlant du nombre de chevaux.

— Regarde la route, ai-je dit sans plus dissimuler mes bâillements.

Le rôle de la jeune fille bien élevée m'épuisait.

— Quelle musique aimes-tu ? a fait Aron en s'engageant sur la route sinueuse qui menait au village.

— Tout, du moment que c'est en mineur.

— Je pensais plutôt quel *genre* de musique.

J'ai réfléchi un moment, mais aucun genre ne m'est venu à l'esprit.

— J'aime beaucoup Alice Cooper.

Aron a éclaté de rire. Alice Cooper, il ne s'attendait pas à ce coup-là, a-t-il dit.

J'ai demandé à quoi il s'attendait. Il a haussé les épaules et répondu : « Pas à ça en tout cas », puis il a allumé la radio.

« Forever Young » d'Alphaville a rempli l'habitacle.

Je trouvais la chanson plutôt inepte, mais sur la petite route, avec la forêt sombre qui nous entourait, elle me rendait curieusement mélancolique. Et ça m'a frappée au même moment : ces paroles me rendaient nostalgique parce que je ne m'étais jamais sentie jeune.

— Assez idiot, ce texte, quand même, ai-je fait remarquer.

Aron a demandé ce que j'entendais par là, et j'ai répondu qu'on n'avait pas trente-six alternatives. On ne pouvait pas vivre éternellement, alors il ne restait que l'option de mourir jeune.

Il a ri en disant qu'il n'y avait jamais pensé, qu'il n'avait pas l'habitude d'analyser les textes des chansons de cette façon-là.

J'ai dit que ce n'était pas de l'analyse, c'était du mot à mot.

— C'est juste une chanson, a répliqué Aron.

Puis il m'a dit d'ouvrir la boîte à gants et de nous allumer une cigarette.

Je pensais que jamais, jamais, je ne pourrais m'intéresser à un garçon comme Aron Vendt. C'était l'expression ridicule de la bouche et du menton, l'assurance de la main qui manipulait le levier de vitesses, le sourire satisfait. Pourtant, je ne pouvais m'empêcher d'imaginer à quoi ressemblerait ma vie en sa compagnie. Un appartement luxueux dans une capitale quelconque. Des dîners, des robes du soir à fines bretelles, des voyages à Paris, Aron qui rentre le vendredi soir et soulève quelques enfants dans les airs avant de repartir pour un autre voyage d'affaires. Je me voyais, moi, malheureuse, buvant en cachette, trompée. De quelque façon que je m'y prenne, il ne semblait pas y avoir d'autre fin possible.

— Que dis-tu ? a demandé Aron.

— Rien.

— Il m'a semblé t'entendre prononcer le mot « absurde ».

— Je fredonnais une chanson, c'est tout.

On a continué le long des champs brumeux, où surgissaient de temps à autre deux yeux de prédateur scintillants comme des étoiles.

— On va en ville ?

— Quelle ville ?

— Tu vois ce que je veux dire.

Aron n'a pas répondu, mais j'ai compris qu'on n'y allait pas, car il a dépassé la sortie menant au centre de Gullspång. Je commençais à me sentir un peu mal à l'aise.

— Tu as un petit ami ?

— Oui.

C'était évidemment un mensonge, j'avais répondu par pur réflexe. Peut-être pour qu'il me laisse tranquille.

— Ah. Et que faites-vous quand vous êtes ensemble ?

— On joue aux échecs. On joue aux échecs, on analyse les paroles des chansons et…

Aron a ri.

— Je ne parle pas de ça, idiote !

J'ai feint l'incompréhension. Je voulais lui montrer que je n'étais pas une créature sexuelle. Je voulais rentrer chez moi, dans ma chambre de jeune fille, à Gudhammar.

Ma tactique a échoué, car soudain la main d'Aron a atterri sur ma cuisse.

Je me suis figée. Je l'ai regardé pour voir si c'était une blague. Non. Sa main reposait sur ma cuisse, comme si elle avait tous les droits du monde d'être là et d'y rester.

— Que fais-tu ?

Ma voix tremblait de colère et de peur.

— Quoi ? a demandé Aron en remontant un peu plus haut.

Je l'ai repoussé. Aron a souri comme si mon geste l'amusait.

— Fâchée ?

— Je trouve bizarre de faire ça sans me demander si je suis d'accord.

J'étais sincère. Aron a secoué la tête en riant.

— Il faut que tu saches une chose, Fran.

— Je m'appelle Francesca.

— Il faut que tu saches une chose, *Francesca*, c'est qu'il existe plusieurs manières de demander et, ce n'est pas pour me vanter, mais il y a pas mal de filles qui n'ont rien contre le fait de sentir mes mains se balader un peu partout sur leur corps.

— Tu peux faire demi-tour ? Je crois que j'ai le mal des transports.

— Tu es surtout bourrée. Ça se voit. Tu as dû boire en cachette.

— Je veux rentrer.

— Bientôt, a promis Aron.

Il s'est engagé sur un chemin forestier et a coupé le moteur.

— Je veux juste te sentir un peu, a-t-il murmuré en détachant sa ceinture. Pas besoin de te fâcher.

Je n'étais plus en colère ; la terreur avait pris le dessus. J'ai voulu ouvrir la portière, mais elle était verrouillée.

— Je ne veux pas, ai-je chuchoté. S'il te plaît, arrête.

Mais Aron était déjà sur moi. Sa langue s'est enfoncée dans ma bouche et m'a suffoquée. J'étais comme paralysée. Et puis : ses mains sous mon pull. Il a empoigné mes seins.

Entre deux baisers forcés, il haletait : « C'est bon, hein ? C'est ça que tu veux, Fran, hein ? »

Le petit déjeuner avec Aron et sa famille, le lendemain de la balade en voiture, fut affreux. J'étais assise dans un silence de mort et refusais de répondre quand on m'adressait la parole. Maman me balançait des coups de pied sous la table. Peine perdue. D'un œil fixe, je les regardais beurrer leurs toasts, se servir de jus de fruit et de café. Après un moment, maman en a eu marre et m'a ordonné de quitter la pièce. Je suis restée assise. Ce n'était pas pour provoquer une scène mais parce que je me sentais soudain à bout de forces. Papa a dû me fusiller du regard pour que je dise enfin que je n'avais pas envie de parler, que j'étais encore sous le choc de ce qui s'était passé la veille au soir. Et après, j'ai tout raconté. La virée en voiture, la manière dont Aron m'avait agressée. J'ai dit exactement ce qui s'était passé.

Le père d'Aron m'a observée.

— Qu'est-ce que tu racontes ?

Il m'a fallu une seconde pour comprendre qu'il n'était pas indigné par les actes de son fils, mais par le fait que je l'accuse.

— Je ne sais pas de quoi tu parles, a dit Aron en se carrant dans son fauteuil.

— Je crois que tu n'as pas assez dormi, Fran, a dit papa.

— C'est vrai, j'ai eu du mal à m'endormir après ce qu'il m'a fait.

— Mais de quoi parles-tu à la fin ? s'est exclamé Aron. Excuse-moi, mais je ne comprends rien.

— Calme-toi, Aron, est intervenu son père en agitant sa serviette dans sa direction. Nous allons démêler ça tout de suite.

— Il n'y a rien à démêler. – Le regard d'Aron était

aussi noir qu'il l'avait été dans la voiture. – Tu as dû rêver.

— Montre ton bras, ai-je répliqué.

— Quoi ?

— Si j'ai rêvé, alors c'est sûrement aussi en rêve que je t'ai mordu.

— Elle est folle, a déclaré Aron en lançant un regard à son père.

— Montre-le, Aron, a murmuré sa mère, qui était toute pâle. Montre ton bras, qu'on en finisse.

Au lieu d'obéir, Aron s'est levé si brutalement que son fauteuil s'est renversé, et il a quitté la pièce.

Plus tard, la version officielle a été que mes accusations l'avaient blessé. Ses parents étaient formels : le bras de leur fils ne présentait aucune trace de morsure.

Après leur départ, mes parents ont tenu à avoir une conversation sérieuse avec moi. Étais-je certaine de ce que j'avançais ? Qu'avait-il fait exactement ? M'avait-il touchée ? Avait-il fait… autre chose ? Il était important que je sois précise.

J'ai essayé de leur donner tous les détails dont je me souvenais.

Quand j'ai eu fini, ils se sont regardés un long moment. Puis papa m'a demandé si c'était tout.

Je ne comprenais pas. Ça ne suffisait pas ?

Si, bien sûr, a répondu papa. Il a secoué la tête et, encouragé par maman, a commencé à m'expliquer que les garçons pouvaient parfois mal interpréter les signaux des filles, et se montrer, disons, entreprenants, surtout en compagnie de belles demoiselles telles que moi. Ce n'était pas bien, évidemment, et il se promettait d'avoir une discussion sérieuse avec Ola Vendt et son fils à ce sujet.

— Une discussion ?

Papa a hoché la tête. Il allait vraiment en discuter sérieusement avec eux.

— Et après, tout continuera comme avant ? Je veux dire, tu continueras de travailler avec lui ?

Le regard de papa se passait de mots.

Je suis restée silencieuse un long moment. Puis, sans réfléchir, je les ai regardés dans les yeux à tour de rôle et j'ai prononcé les mots qui allaient mettre un terme définitif à la fructueuse collaboration de mon père avec Ola Vendt. J'ai dit qu'Aron Vendt m'avait immobilisée et pénétrée de force. J'ai dit que ça m'avait fait mal et que je me sentais… complètement détruite.

J'ai dû m'assoupir, car j'ai sursauté quand papa m'a tapoté l'épaule en disant qu'il était vraiment temps de remonter me coucher. Je me suis mise debout avec effort, mais en montant l'escalier, j'étais de nouveau complètement réveillée. Ce serait bien d'avaler un truc qui me fasse dormir d'un sommeil profond. Je savais que ma mère avait des Imovane quelque part, mais compte tenu de la situation, ils étaient sûrement enfermés dans le coffre-fort avec les bijoux de famille.

Dans le bureau de papa, il y avait une armoire-bar en forme de globe terrestre. J'ai soulevé la petite poignée au niveau de l'équateur et constaté avec déception qu'il n'y avait que des bouteilles de whisky. Je n'étais vraiment pas difficile en matière d'alcool, mais le whisky me répugnait. J'ai ouvert les différentes bouteilles et bu quelques gorgées de celles dont l'odeur me révulsait le moins, puis je suis retournée dans ma chambre. Je croyais que l'alcool dissiperait mes pensées torturantes, mais non, elles revenaient toujours avec insistance vers Paul. *Arrête. Lâche l'affaire, cesse d'y penser.* Mais mon cerveau continuait de charger image après image,

Paul dans la salle de SVT avec le scalpel et le cœur de porc. *Tu vois comme ça ressemble à un cœur humain ?* Paul sur le ponton au bord de l'eau, le couple de cygnes avec leurs petits, tout gris et duveteux. *Ce n'est pas vrai qu'ils restent ensemble toute leur vie.* Et après, les images dont les autres affirmaient qu'elles sortaient de l'imagination de mon cerveau malade : Henrik et ses amis, leurs vêtements mouillés, la rose jaune qui traînait dans l'herbe.

11

Le lendemain, Charlie laissa Susanne dormir et conduisit les jumeaux à l'école. Tim et Tom ne voulurent pas qu'elle les accompagne à l'intérieur, ils n'étaient plus des bébés tout de même. Quand ils eurent disparu, après avoir réussi à tirer à eux deux la lourde porte d'entrée, Charlie descendit de voiture et inspira profondément. Elle reconnut le parfum familier des églantiers qui poussaient le long de la façade du bâtiment des CP-CE2. Il y avait des sentiers cachés parmi ces buissons-là, des passages secrets où ils avaient joué à la guerre en se griffant aux épines. Charlie pensa à sa première institutrice, celle à la voix chaude, et qui collait des étoiles dorées dans son carnet et se fâchait parce que Betty ne venait jamais aux réunions. *Pourquoi devrais-je y aller?* demandait Betty quand Charlie lui rappelait la date et l'heure. *Je sais déjà que ma gamine est la meilleure de sa classe, alors qu'y a-t-il à ajouter?*

Charlie alluma une cigarette et s'adossa à la voiture. Elle allait se rendre à Gudhammar. Elle avait pris cette décision au cours de la nuit, quand elle n'arrivait pas à dormir et que l'image d'Annabelle s'était peu à peu transformée en pensées autour de Francesca.

La route sinueuse qui menait à la propriété faisait

des détours imprévisibles. Plus elle approchait de Gudhammar, plus les vieilles villas chantournées s'espaçaient. Puis le paysage changeait : une succession de champs marron encadrés de forêts aux couleurs jaune, orange, vert ; on aurait dit un tableau. Charlie ralentit dans la dernière ligne droite. La majestueuse allée de chênes apparut. Elle descendit de voiture et continua à pied. En plissant les yeux dans le soleil d'automne, elle crut presque voir la famille Mild sur les marches de l'escalier de la grande bâtisse jaune, comme sur la photo de l'article de Johan. Le père et la mère côte à côte en haut et les filles devant, un peu plus bas – une blonde au sourire forcé et puis l'autre, la brune à l'air sérieux : Francesca.

À la vue des grands lions de marbre qui montaient la garde au pied des marches, les images du rêve lui revinrent. Betty et elle sur le chemin de gravier, la brume de la nuit d'été, les frondaisons des chênes au-dessus de leur tête.

Où on va maman ?

Chez une connaissance.

Qui c'est ?

Pas de réponse.

Maman ?

Je suis déjà venue, pensa Charlie. C'est ici que Betty m'emmenait. Pourquoi ? De quoi est-il question au juste ?

Elle inspira profondément plusieurs fois avant de gravir le large escalier. Sa main tremblait quand elle tourna la poignée arrondie de la double porte. Verrouillée. Bien sûr. Qu'avait-elle imaginé ? Elle leva les yeux et vit la main pâle de Betty se tendre vers le heurtoir. D'abord deux coups discrets, puis une détermination croissante, *boum, boum*. Bruits de pas de l'autre côté. La porte qui s'entrouvre, une voix grave qui leur ordonne de s'en aller. *Allez-vous-en, vous m'entendez ?*

Betty qui essaie de glisser un pied dans l'ouverture.

Je veux juste... Nous devons...

Partez, ou j'appelle la police.

Il faut qu'on parle, murmure Betty à la porte fermée. *Je t'en prie.*

Charlie eut un haut-le-cœur. Elle redescendit les marches en trébuchant, comme dans le rêve, se dépêcha de retourner à la voiture et quitta Gudhammar sans se retourner.

12

Les jambes de Charlie tremblaient encore quand elle s'arrêta dans le centre de Gullspång. Elle laissa la voiture derrière la supérette et se rendit à pied au poste de police.

Rien n'avait changé depuis l'été dernier. Le guichet de la réception, les papiers peints des années 1970 et les rayonnages chargés de dossiers. Charlie jeta un coup d'œil à la cuisine, toujours aussi sale et encombrée, et passa devant le bureau qu'elle avait occupé avec Anders. Ça paraissait tellement loin. Si je n'étais pas venue, je me serais épargné la vérité sur Betty, pensa-t-elle. Je ne serais pas contrainte de suivre une thérapie, Challe ne m'aurait pas forcée à prendre des congés. Je n'aurais pas renoué mon amitié avec Susanne. Elle s'arrêta devant le bureau d'Olof Jansson. La porte était fermée. Par les interstices du store, elle put constater qu'il n'était pas là.

Micke Andersson, lui, était au travail, assis à sa table, et sursauta quand Charlie frappa à la porte entrouverte.

— Lager ? Qu'est-ce que tu fais là ?

— J'aurais besoin de parler à Olof, mais il n'a pas l'air d'être là.

— Il a pris un jour de congé pour accompagner sa femme à l'hôpital. Je peux t'aider ?

Non, eut-elle envie de répondre. Après l'attitude qu'il avait eue pendant l'été, elle ne faisait pas confiance à Micke. Mais l'impatience prit le dessus.

— Je suis à la recherche d'informations sur la famille Mild, les propriétaires de Gudhammar, qui venaient là dans le temps.

— Pourquoi ? demanda Micke.

Son sourire narquois lui fit regretter son impulsivité.

— Peu importe. J'appelle Olof, ou j'attends demain.

— J'ai fait quelque chose qu'il ne fallait pas ? Je ne comprends pas ton problème, Lager. C'est parce que je suis un homme ?

Charlie se mit à rire.

— Qu'est-ce qu'il y a encore ?

Son sourire avait cédé la place à cet air offensé dont elle gardait un souvenir très précis depuis l'été.

— Rien. C'est ton commentaire. Pourquoi me déplairais-tu sous prétexte que tu es un homme ?

— J'en sais rien, moi. Tu es bien le genre de bonne femme qui a du mal avec les hommes en général.

— Tu te trompes.

Elle voulut ajouter que le sexe de Micke était le cadet de ses soucis, que ce qui lui déplaisait chez lui, c'était son style arrogant et dominateur, combiné au fait qu'il était un mauvais flic. Mais elle n'était pas là pour se disputer avec lui. Elle fit mine de repartir, tout en espérant qu'il lui offrirait malgré tout un petit quelque chose.

— Que veux-tu savoir ? On n'a pas revu la famille Mild depuis très longtemps. Depuis la disparition de leur fille, je dirais.

— Je voudrais consulter le dossier.

— L'enquête a été bouclée assez vite, dans mon souvenir. On a dû conclure à une disparition volontaire.

— D'où tiens-tu ça ? réagit Charlie au quart de tour.
Micke secoua la tête.

— Tout est bon pour me critiquer, décidément. Même quand je réponds à tes questions…

— Je m'étonnais simplement que tu sois au courant. Tu étais à peine né au moment des faits.

— Ma famille habite Gullspång depuis des générations. Je sais presque tout ce qu'il s'y passe depuis que la mère de ma grand-mère était petite fille.

— Pourtant, cet été, il n'a été question à aucun moment de cette disparition.

— Bien sûr que si. Des tas de gens s'en souviennent et en ont reparlé à ce moment-là.

— Si c'est vrai, pourquoi n'en est-il rien parvenu à mes oreilles ?

— Ils n'avaient sans doute pas envie d'en parler avec toi. Et pour nous, du point de vue de l'enquête, ça n'avait aucun lien avec Annabelle. La preuve : ça n'en avait pas.

— C'était un précédent, une autre jeune fille disparue.

— Annabelle est sans doute morte par accident. Et l'autre…

— Francesca. Francesca Mild.

— Oui, c'est ça. D'après la rumeur, elle était sérieusement déprimée, ce qui laisse penser qu'elle est allée se suicider quelque part.

— Pourquoi ne l'a-t-on pas retrouvée, dans ce cas ?

— Je ne connais pas les détails, mais il me semble que la famille ne croyait pas vraiment à un suicide. Plutôt que la fille avait peut-être juste pris la tangente. Qui sait ? Ils étaient très riches, alors elle avait les moyens de recommencer sa vie ailleurs sous un autre nom.

— Tu y crois, toi, à cette hypothèse ?

— Sincèrement, je ne me suis pas beaucoup tracassé à ce sujet. Pourquoi ne consultes-tu pas le dossier toi-même ?

— Parce que l'affaire est classée.

— Alors demande l'autorisation de consulter les archives. Si ça te paraît tellement important.

— Je suis en congé.

— Maintenant ?

— Oui. Qu'est-ce qui te choque ?

— Rien. Ce n'est pas franchement une période pour être en vacances. Tu as encore dépassé les bornes ?

Micke ricana.

— De quoi parles-tu ? demanda Charlie.

Bien sûr, elle savait parfaitement de quoi il parlait. Le fait qu'elle avait couché avec Johan lui était évidemment revenu aux oreilles.

— Du calme, fit-il en levant les mains. Je ne juge personne. Mais je trouve que tu aurais pu te dégoter mieux qu'un journaliste. Au pub, il y a pas mal de monde que ça n'aurait sûrement pas dérangé de…

— Arrête. Tant que ça n'interfère pas avec mon travail, je couche avec qui je veux.

— On s'en est rendu compte.

Quelque chose scintilla dans son regard, et il ajouta :

— Au fait, qu'est-ce qui t'a pris d'aller répandre des infos auprès d'un journaliste ?

— Ce n'est pas moi, répondit Charlie. La fuite venait d'ailleurs.

— Comment peux-tu le savoir ?

— Parce que je fais confiance à ce journaliste.

Micke éclata de rire. Il s'excusa en disant que c'était drôle d'entendre les mots « confiance » et « journaliste » prononcés dans la même phrase.

Charlie dut faire un effort pour rester calme.

— Pourquoi cette vieille enquête est-elle si importante pour toi ? insista Micke.

Il se carra dans son fauteuil et croisa les mains derrière la nuque.

— Les affaires non élucidées m'intéressent. Mais je comprends que tu ne puisses rien faire pour m'aider. Désolée pour le dérangement.

Elle respira profondément et s'obligea à faire au moins une tentative pour l'amadouer.

— Je sais que j'ai été un peu raide avec toi cet été.

— Raide ? Tu étais arrogante, désagréable et…

— Mille excuses. Je suppose que c'est dans ma nature. Mais j'ai été impressionnée par le boulot que tu as abattu pour retrouver Annabelle. Je tenais à te le dire.

Micke sourit. Sans ricanement ridicule, cette fois. Était-il réellement crédule à ce point ?

— C'est plus facile pour moi, dit-il. Je connais le coin, je connais les gens.

— Oui, tu as vraiment une bonne connaissance du coin et de son histoire. C'est pour ça que je me suis adressée à toi en priorité.

Eh merde, pensa-t-elle, j'ai dit en arrivant que je voulais parler à Olof. Mais Micke n'eut pas l'air de s'en souvenir, alors elle ajouta :

— Je comprends que tu ne puisses pas m'aider, mais qui ne tente rien n'a rien.

— Je vais voir ce que je peux faire. Laisse-moi réfléchir un peu.

Failles temporelles

Paul est assis sous le saule pleureur. Genoux remontés, un livre entre les mains. Je lui demande ce qu'il lit, il me répond que c'est d'un philosophe français connu pour sa métaphysique positive. Je dis que je veux en savoir plus, car s'il y a une chose que j'aime, c'est bien la positivité.

Paul rit, corne la page, referme le livre et se met à parler. J'écoute distraitement ses explications. La vision qu'a ce philosophe du libre arbitre, de l'être humain qui est capable de créer son propre avenir, ça ne me paraît pas très positif. Je me sentirais moins angoissée si l'avenir était décidé d'avance et si je n'en portais pas seule toute la responsabilité. Mais alors Paul évoque la conception du temps de ce même philosophe. Le temps, pour lui, n'est pas une ligne ou une série de points qui se succéderaient. Le temps ressemble plus à un flux où différents éléments s'interpénètrent.

Continue, dis-je à Paul quand il se tait. Parle-m'en encore.

C'est intéressant ?

Je hoche la tête.

Et toi ? demande Paul. Ton temps est-il linéaire ou ressemble-t-il plutôt à un cercle ? Comment le vois-tu ?

C'est beaucoup de cercles, je réponds en fermant les yeux. Tout tourne.

Paul explique que c'est pareil pour lui.

C'est presque comme avec l'espace, dis-je. On a la tête qui tourne.

L'espace me fait peur, murmure Paul.

Pourquoi ?

Rien que d'y penser, on a l'impression qu'on pourrait devenir fou, parce qu'il n'y a ni commencement ni fin. Ça fait peur.

Ou alors c'est rassurant, dis-je. De savoir qu'on n'est qu'un petit point dans cette immensité et qu'au fond rien n'a d'importance.

13

Charlie remonta en voiture. Elle respira un grand coup, prit son portable et appela Johan. Il décrocha avant la fin de la première sonnerie.

Après quelques répliques d'introduction plutôt raides et banales, il s'excusa de l'avoir quittée précipitamment la dernière fois.

— Pas de problème, répondit Charlie. Je t'appelle parce…

— Il s'est passé quelque chose ?

— Pas vraiment, mais je suis chez une copine à Gullspång.

— Susanne ?

— Oui, elle traverse, disons, une mauvaise passe, alors j'ai pris des vacances pour lui donner un coup de main. Isak, son mari, s'est tiré.

— Ah ! C'est dur. Mais peut-être pas plus mal, d'un autre côté ? D'être débarrassée de lui, je veux dire.

— Certes, fit Charlie. Sauf qu'il a aussi quitté ses quatre enfants.

— Ah zut ! Ça va aller pour eux ?

— Je l'espèrc.

Johan toussota.

— Et à part ça ? enchaîna-t-il comme si le sujet était un peu trop sensible pour lui. Rien n'a changé à Gullspång ?

— Ben non, je suppose.

Charlie jeta un coup d'œil par le pare-brise. La supérette, le banc des alcoolos, désert pour l'instant.

— Je suis allée faire un tour à Gudhammar aujourd'hui.

— Ah bon ? Pourquoi ?

— Par curiosité. Je voulais voir l'endroit.

— Et alors ?

— La maison est franchement imposante, même si elle est à l'abandon. Et…

Charlie ferma les yeux et reprit son souffle.

— Qu'y a-t-il, Charlie ?

— Je suis déjà allée là-bas. Avec Betty. Nous sommes allées à Gudhammar quand j'étais petite. C'était la nuit. Betty a frappé à la porte, mais on ne nous a pas laissées entrer. Je ne comprends pas ce qu'elle allait y faire.

Silence.

— Au fait, Charlie, dit Johan sans commenter la révélation qu'elle venait de lui faire. J'y avais déjà pensé avant que tu ne m'… Enfin, il y a d'autres points que j'aimerais vérifier. Je n'en ai pas terminé avec Gullspång.

C'est ce que je me disais moi aussi il n'y a pas longtemps, pensa Charlie ; mais maintenant, je ne sais plus. Elle n'était pas certaine que ce soit une bonne idée que Johan débarque. C'était déjà suffisamment compliqué.

— Tu crois qu'il y aurait une chambre libre au motel ?

— Sûrement, répondit-elle. Ce n'est pas franchement la haute saison, et tes collègues ne s'intéressent plus trop à Annabelle, j'imagine. D'un autre côté, ça dépend du temps que tu comptes rester. Ce week-end, c'est la fête des Moissons.

— C'est quoi ?

— Comme son nom l'indique : une fête pour célébrer les moissons.

— Et alors ? Il y a une raison de se réjouir ? Je veux dire : la moisson a été bonne ?

— Bah, ça dépend sans doute de comment on a semé.

Johan rit.

— Alors je vais leur passer un coup de fil et réserver une chambre.

— Quand comptes-tu venir ?

— Maintenant.

— Ah bon ?

— Oui.

Ils raccrochèrent. Charlie avait cette sensation fiévreuse dans tout le corps qui lui venait toujours quand elle était sur une enquête. Mais là, il y avait autre chose. Elle ferma les yeux et s'efforça de rameuter les images du rêve, la main de Betty sur le heurtoir, la manière dont elles étaient chassées, comme des bêtes indésirables. Pourquoi Betty et elle étaient-elles allées à Gudhammar ? Une pensée désagréable commença à prendre forme. Betty Lager. Mais non, elle n'allait pas laisser son imagination prendre le mors aux dents. Elle devait juste découvrir ce qui était arrivé à Francesca Mild.

Dans l'entrée du pub trônait une grande affiche haute en couleurs : *Fête des Moissons, vendredi et samedi.* Charlie n'avait participé qu'à une seule édition de cette fête avant son départ de Gullspång. Elle avait treize ans. Susanne et elle s'étaient faufilées dans la salle en passant par l'entrée de service. Susanne les avait maquillées, clles étaient toutes les deux en robe courte avec des talons vertigineux – elles pouvaient à peine marcher. Betty s'était contentée de rire en les apercevant, et quand le patron avait voulu les mettre dehors, elle s'y était opposée en disant que, après tout, leurs représentants légaux étaient sur place. Pourquoi les gamines n'auraient-elles pas le droit de fêter la moisson, elles aussi ? Merde alors !

Trois hommes en bleu de travail étaient installés autour d'une grande table. Charlie sentit leurs regards sur son dos tandis qu'elle se dirigeait vers le bar. Jonas Landell, qui avait été un ami d'Annabelle, sortit de la cuisine.

— Tu es de retour ? demanda-t-il en la voyant.

Charlie crut percevoir une vague inquiétude dans son regard.

— Je rends visite à une amie.

— Susanne ?

Charlie acquiesça et jeta un coup d'œil à l'horloge. Onze heures et quart. Aucune nouvelle de Susanne. Peut-être s'offrait-elle une vraie grasse matinée. Tant mieux.

— J'ai appris qu'elle l'avait flanqué dehors, dit Jonas. Il était temps, si tu veux mon avis.

Charlie ne fit pas de commentaire. Elle s'attabla près de la fenêtre et commanda un café.

— C'est self-service, précisa Jonas en indiquant la petite table à côté du comptoir chargée de bouteilles thermos. Mais reste assise. Maintenant que je suis là, je peux te servir.

— Merci.

— Tu viens à la fête ? demanda-t-il en déposant une tasse devant elle.

— Je ne sais pas. Il y aura du monde ?

— Il y a toujours du monde à la fête des Moissons.

Jonas salua un groupe d'hommes et de femmes en tenue de travail qui venaient d'entrer. L'un de ceux de la grande tablée se tourna vers Charlie.

— Bien sûr qu'il faut venir. Ce n'est que là et le jour des Chutes qu'il se passe quelque chose dans ce bled.

Charlie se retourna. Elle n'était pas habituée à être interpellée de la sorte.

— Adam sait de quoi il parle, renchérit un autre. Il n'a pas manqué une seule édition de la fête depuis sa création dans les années 1950.

— Arrête, David, répliqua le dénommé Adam. Je ne suis pas vieux à ce point. Mais il se trouve que j'aime la musique, et c'est la seule fois dans l'année où on a droit à un vrai orchestre. Si tu viens, je t'offre une danse, ajouta-t-il avec un clin d'œil et un sourire.

— Hélas, je ne danse pas.

— Je sais conduire. Tu n'as rien à faire, juste à suivre.

— C'est justement ce qui me pose problème.

Cet homme était sans doute habitué à ce que ses petites tentatives d'approche soient couronnées de succès, pensa-t-elle.

— Que fais-tu ici, au fait ? demanda celui qui s'appelait David. Tu n'es pas d'ici, il me semble.

— Je rends visite à une amie. Et puis j'écris sur des cas historiques.

Elle regretta ses paroles avant même d'avoir fini sa phrase.

— Des cas historiques ? C'est-à-dire ?

David tapota la chaise voisine de la sienne.

— Viens donc t'asseoir ! Raconte-nous ! On veut tout savoir.

Charlie prit sa tasse et alla s'asseoir avec eux.

— Vous pouvez peut-être m'aider, d'ailleurs. Savez-vous quelque chose concernant la propriété de Gudhammar ?

Adam se pencha vers elle. Ses coudes étaient solidement plantés sur la table.

— Tu as changé de métier?

Charlie sentit une chaleur lui monter au visage.

— Que veux-tu dire?

— Je veux dire que la dernière fois que tu es venue ici, tu étais de la police.

Bordel de bon Dieu de merde, qu'elle était bête! Elle avait cru qu'ils ignoraient son identité. Elle comprit au même moment qu'il n'allait pas être facile de remuer l'affaire Francesca en se faisant passer pour une détective du dimanche.

— Je suis en congé, expliqua-t-elle sans quitter Adam du regard. Et quand je suis en congé, j'aime bien écrire sur de vieilles affaires.

— Moi, quand je suis en congé, j'aime bien boire des bières, plaisanta David.

Adam rit.

— Mais qui sait? poursuivit David, manifestement encouragé par l'approbation de son collègue. Je vais peut-être devenir chercheur en physique durant mes prochaines vacances?

— Alors, fit Charlie quand les deux hommes eurent cessé de rire. Savez-vous quelque chose sur Gudhammar?

— Ça fait longtemps que personne n'y vient, dit David. L'endroit est complètement à l'abandon. Ça appartenait autrefois à des gens riches. D'ailleurs, ça leur appartient peut-être toujours, c'est juste qu'ils n'y habitent plus.

— Que savez-vous sur eux?

David haussa les épaules.

— Personne ne sait grand-chose, je pense. Ils ne venaient que pendant les vacances. Des gens riches mais malheureux, c'est en tout cas ce qu'on disait à propos d'une de leurs filles.

— Et quoi d'autre?

— Qu'elle était folle. La fille, je veux dire. Dommage, quand même, pour une famille aussi riche, que l'une des gamines se révèle être une malade mentale.

— Qu'entends-tu par malade mentale ?

— Je dis juste ce qui se racontait à l'époque. Et, comme on dit, pas de fumée sans feu, hein ? Une fois, d'ailleurs, je l'ai vue. Je faisais les 3/8, je travaillais de nuit. Je rentrais chez moi en voiture quand je l'ai aperçue. Elle courait au milieu de la route, assez loin de Gudhammar, et elle était en chemise de nuit alors qu'il faisait un sacré froid. Au début, j'ai vraiment cru que c'était un fantôme, mais c'était elle, la fille Mild. Elle courait sur la route, le regard fou, et pas question de m'autoriser à la ramener chez elle. Je n'étais peut-être pas assez bien pour elle.

Il sourit.

— Quand était-ce ? La nuit de sa disparition ?

— Non, répondit David. C'était avant, parce que je l'ai revue par la suite.

— Tu en as parlé à la police ?

— Non, pourquoi l'aurais-je fait ?

Adam consulta sa montre et annonça qu'ils devaient y aller, la pause déjeuner était terminée depuis longtemps. Ils levèrent le camp.

Charlie se resservit un café et retourna à sa table. Impossible de se détendre avec tous ces regards braqués sur elle. Ou se faisait-elle des idées ? Elle avait conservé l'hyper-sensibilité de son enfance, quand Betty parlait trop haut et riait trop fort. Dans ses périodes d'euphorie, Betty était sourde et aveugle aux regards et aux murmures du reste du monde, mais Charlie, elle, enregistrait tout. À présent, elle avait le même sentiment désagréable que lorsqu'elle était avec Betty : qu'on la dévorait des yeux et qu'elle n'avait nulle part où se cacher.

Francesca

— Que fais-tu ? s'est écrié mon père, le lendemain de notre conversation.

Il avait surgi, en peignoir, sur la terrasse.

— Qu'est-ce que tu fabriques, Francesca ?

— J'enlève le rhododendron !

Je criais aussi, à cause de la distance. Il a foncé vers moi.

— Mais maman voulait qu'on l'enlève !

— Et moi je veux le garder. Arrête de creuser, pour l'amour du ciel ! Rentre !

J'ai posé la bêche. Impossible de les satisfaire. On avait beau essayer, il y en avait toujours un des deux qui était fâché ou déçu. Pas étonnant que je me sente déchirée par moments.

Je ne voulais ni cesser de creuser ni rentrer. Je sentais que l'air frais de l'automne et le travail physique me faisaient du bien. Je n'avais pas été aussi détendue depuis longtemps. J'ai dit à papa que j'allais laisser son rhododendron tranquille et continuer à creuser ailleurs.

— Pourquoi ?

— Parce que j'aime ça. Pourquoi cette méfiance pour tout ce que je fais ?

— Ma question était pertinente.

— Maintenant, tu es fixé.

J'ai pris la bêche et je suis allée jusqu'au cimetière des animaux un peu en contrebas, vers le lac. C'était là que Cécile et moi enterrions nos pauvres petits rongeurs sous des croix que nous bricolions nous-mêmes. J'ai contourné le grand arbre et j'ai regardé le buisson que j'avais planté à côté de la tombe qui m'était chère. Là, sous les petites feuilles en forme de cœur, se trouvait ma chatte adorée, Serafina, qui était née dans la ferme voisine le même jour que moi. La mère avait abandonné la portée, et tous les chatons étaient morts, sauf elle. La voisine était venue nous raconter ce petit miracle. Comme je venais de naître, elle a jugé que c'était un signe et que nous devions adopter la survivante. Serafina était farouche et imprévisible, et elle n'aimait que moi. Dès que quelqu'un d'autre essayait de la caresser, elle griffait.

J'avais sept ans l'été où elle a été heurtée par une voiture et projetée dans le fossé à deux cents mètres de Gudhammar. Nous l'avons enterrée dans le cimetière des animaux. Quelques jours plus tard, je l'ai déterrée. Parce que j'avais oublié à quoi elle ressemblait. C'est ce que j'ai expliqué à papa et à maman. Je n'aurais jamais dû faire ça car, par la suite, je n'ai jamais réussi à oublier ce que la mort avait fait à Serafina.

À présent, je relisais le texte que j'avais gravé sur sa croix dix ans auparavant. *Serafina. Mon chagrin durera toujours !* Je me souvenais d'avoir écrit ça parce que maman trouvait ma réaction exagérée. Les fermes des alentours grouillaient de chatons et je pouvais en avoir un autre dès que je voulais. Il serait même sûrement possible d'en trouver un qui aurait pile les mêmes couleurs. Maman n'a jamais rien compris au côté unique des animaux. On ne peut pas les remplacer, et ce n'est pas une question de couleur. J'ai pensé à ce que m'avait dit un médecin à l'hôpital, un homme âgé : le chagrin suivait un schéma qui était en gros le même pour tous. Puis il a cité des étapes que je ne me rappelle plus, et il a dit que ça prenait à peu près cette forme-là pour tous les humains. Ça mettait à peu près un an. Ensuite, le pire était passé, et on pouvait recommencer à vivre comme d'habitude.

Le chagrin est comme un chien, a-t-il ajouté quand j'ai critiqué le côté simpliste de sa théorie. Un chien suit son maître de très près au début. Avec le temps, à condition qu'on continue de marcher, le chien se fatigue, et la distance augmente insensiblement. Il en irait de même pour moi. Avec le temps, je ne sentirais plus le chagrin, je ne m'apercevrais même plus de sa présence, ou à peine.

C'était un ramassis de conneries, bien sûr. Mais je n'avais pas la force de protester. Et maintenant, en sentant que la mort de Serafina me rendait toujours triste, que son petit corps chaud pelotonné contre moi dans le lit me manquait encore, j'ai compris que la mort de Paul resterait avec moi et que le chagrin continuerait d'aboyer sur mes talons toute ma vie. Il ne disparaîtrait jamais.

J'ai mis une distance respectable entre les petites croix et moi, j'ai empoigné la bêche et j'ai recommencé à creuser. La terre était plus malléable que je ne le pensais. C'était satisfaisant de constater la rapidité du résultat et agréable de répéter le même geste à l'infini.

— Que fais-tu ? a demandé une voix dans mon dos.

En me retournant, j'ai vu Ivan qui me regardait avec cet air qui me nouait l'estomac, comme si on était dans la forêt et que j'étais un animal dont il se serait approché en douce.

— Et toi ? Tu n'as rien de mieux à faire que de traîner en faisant peur aux gens ?

Ivan a levé la tête vers le ciel.

— Il pleut.

Je ne m'en étais pas aperçue tant j'étais concentrée sur mon travail.

— Bien, ai-je dit. Merci pour l'info.

J'ai continué de creuser en silence. C'était bizarre, tout de même, que Vilhelm, qui avait été l'une des personnes au monde que j'aimais le plus, ait engendré quelqu'un dont la simple présence me donnait la chair de poule. M'avait-il jamais fait du mal ? Je réfléchissais à cette question tout en déversant des pelletées de terre à quelques centimètres de ses bottes noires.

Ivan avait aidé son père quand celui-ci avait été trop faible pour assurer seul le travail d'entretien de la propriété. Un jour, papa s'était disputé avec Ivan à propos du contrat que mon grand-père, de son temps, avait conclu avec Vilhelm et qui stipulait que celui-ci aurait le droit de continuer d'occuper gratuitement la maison du gardien même quand il serait vieux et ne travaillerait plus. Papa a invoqué cet accord pour refuser de payer un salaire correct à Ivan. Son père habitait chez nous à l'œil, c'était bien assez généreux. Par la suite, Ivan en a eu marre. Il a protesté, et après, il n'a plus été le bienvenu sur la propriété. Pourtant, il continuait de venir. Il y avait toujours une équerre ou un niveau à eau à récupérer, un objet qui avait appartenu à son père. « Comme un fantôme, soupirait papa parfois. Comme une saleté de fantôme. »

— Tu vas en faire quoi, de ton trou ? a demandé Ivan. Il n'y a plus d'animaux à enterrer à Gudhammar, que je sache.

— Je veux voir jusqu'où je peux aller. C'est le chemin qui compte, pas le but.

— Ta mère ne va pas être contente de toi.
— Ma mère n'a jamais été contente de moi.

Le soir, en montant me coucher, j'ai senti des élancements dans mes paumes. Quelle imbécile j'étais de creuser pendant des heures sans mettre de gants ! Mais c'était quand même agréable de pouvoir me concentrer sur une douleur physique plus acceptable que celle de mes cicatrices aux avant-bras. J'avais réalisé un travail physique ; j'avais accompli quelque chose. Ce matin encore, le terrain à côté du cimetière des animaux était tout plat. Il ne l'était plus. J'étais quelqu'un avec qui il fallait compter. Mais impossible de dormir. La douleur était lancinante. Pour une raison quelconque, j'ai recommencé à penser à Aron Vendt. Voilà ce qu'était devenue cette maison, pour moi : un endroit qui me rappelait des horreurs. Rien que son nom me faisait froid partout. Aron, ses clés de voiture dans une main, son sourire imbécile, son orgueil à me parler de la puissance du moteur, des jantes et des options sur mesure. La sensation d'être la passagère, de ne pas pouvoir conduire ni décider quoi que ce soit, où on irait, où on s'arrêterait et même si on rentrerait un jour.

Il s'était allongé sur moi en me murmurant de me détendre ; son haleine sentait le menthol. Il avait incliné le dossier de mon siège d'un geste blasé et m'avait mordillé l'oreille. Je devais rester calme, c'était tout ce que j'avais à faire, a-t-il dit. Rester tranquille, sinon je risquais d'avoir mal.

Je ne voulais pas de son corps sur le mien, mais j'étais comme anesthésiée de haut en bas ; malgré tous mes efforts, je n'arrivais pas à bouger mes membres. J'étais comme une poupée désarticulée.

C'est seulement quand il a baissé ma culotte que j'ai

réussi à lui mordre le bras. Je l'ai mordu si fort que j'ai senti un goût de fer dans ma bouche. Il a poussé un cri et s'est rejeté sur son siège. Puis il a allumé le plafonnier et a examiné sa blessure.

— Tu te rends compte de ce que tu viens de faire ? Tu as vu ? Non mais tu as vu ?

Il brandissait son bras sous mon nez, m'a obligée à bien regarder.

— Pardon, ai-je dit.

— Pardon ? Il va peut-être falloir me faire une piqûre contre la rage.

— Je n'ai pas la rage, lui ai-je assuré.

— Ça reste à voir. Je devrais me venger, a-t-il dit comme s'il avait oublié la raison pour laquelle je l'avais mordu. Je devrais te causer une douleur équivalente. Je devrais te faire saigner.

Je regardais le noir de l'autre côté du pare-brise. Je sentais que je n'allais pas tarder à fondre en larmes.

— Tu as de la chance, a déclaré Aron en démarrant. Tu as une putain de chance que je sois un gentleman.

Il a manœuvré en marche arrière, une main plaquée derrière mon appuie-tête et a repris la route de Gudhammar en faisant crisser les pneus.

14

Susanne sortait de la grange quand Charlie freina devant la maison.

— Où étais-tu ?

— J'ai fait un petit tour et j'ai pris un café au pub. Tout va bien ?

— J'ai dormi, répondit Susanne. J'ai dormi comme une morte.

— Super, fit Charlie, sans demander si elle s'était endormie seule ou à l'aide de médicaments.

Elle n'était pas venue pour lui faire la morale. D'ailleurs, question mauvaises habitudes, elle n'avait rien à lui envier.

— Isak a appelé, annonça Susanne. Il passe chercher les garçons demain. Apparemment, il loge en ville chez un ex-collègue. Il va les garder au minimum une semaine.

— C'est bien ou mal ?

— Je suppose que c'est bien. Mais le truc insensé, c'est qu'ils vont me manquer. Je n'ai jamais dormi plus d'une nuit sans eux.

— Tu vas voir que ça va très bien se passer. Tu as besoin d'être un peu seule.

— Je pense à la fête des Moissons. D'habitude, j'adore aller là-bas et rencontrer du monde. Cette année ce n'est pas pareil, évidemment, mais si les enfants ne sont pas là et si tu viens avec moi, je peux te dire que j'ai l'intention d'y aller. Je ne vais pas continuer à avoir honte.

— Honte de quoi ?

— De tout ce qui s'est passé. Je te garantis que ce n'est pas marrant d'aller au village, avec tous ces gens qui me regardent sans rien dire. J'ai horreur de ça. À la fête, ils ne seront pas comme ça, à faire semblant de rien. L'alcool déliera les langues et, sérieux, je préfère ça : un peu de sincérité d'ivrogne plutôt que ces regards silencieux qui te jugent. Surtout que je serai aussi ivre qu'eux.

— Pigé, dit Charlie. N'empêche que tu n'as aucune raison de prendre les regards pour toi. Tu es complètement innocente dans cette affaire.

— Personne n'est complètement innocent.

Susanne leva la tête vers le ciel et constata que c'était une sacrée belle journée d'automne. Elles devraient faire une promenade.

— Pour aller où ?

— On est obligées d'avoir un but ? On ne peut pas juste marcher ?

Elles s'éloignèrent le long du chemin derrière la maison. Le vent soufflait du bon côté : on ne sentait pas l'odeur de l'usine à papier. Bizarre, tout de même, songea Charlie, qu'un simple chemin entouré de forêt puisse éveiller autant de souvenirs. C'était là qu'elles avaient foncé à toute blinde sur la vieille mobylette du père de Susanne, là que Charlie avait pris Susanne sur le porte-bagages de son vélo un soir en se rendant à une fête à l'épicerie Vall. Elles étaient tombées et étaient arrivées à la fête les genoux en sang et les paumes incrustées de gravier.

Elles passèrent devant le rocher où elles avaient fumé leur première cigarette en cachette. Ça leur avait flanqué le mal de mer, mais elles avaient persisté jusqu'à être capables d'avaler la fumée sans tousser. Elles se marrèrent en évoquant ce souvenir.

— Tu connais Gudhammar ? demanda Charlie. La propriété ?

— Oui. Pourquoi ?

Charlie lui parla de l'article qu'elle avait lu sur la disparition de Francesca Mild. Susanne était-elle au courant ?

— On savait qu'il était arrivé quelque chose. Ceux qui avaient son âge en discutaient quelquefois. Tu ne t'en souviens pas ?

— Non, répondit Charlie. Je trouve étrange que personne ici ne m'en ait parlé cet été. C'était tout de même le deuxième cas de disparition d'une jeune fille du coin.

— Cette fille-là n'était pas du coin.

— Mais ça s'est passé dans le coin. Francesca Mild a disparu alors qu'elle se trouvait à Gudhammar.

— Oui.

Susanne s'arrêta et regarda Charlie.

— C'est quoi, l'histoire ? Pourquoi tu t'y intéresses comme ça ?

— À cause d'un rêve. Où l'on marche, Betty et moi, sur un chemin, entre des arbres. On est pressées, Betty frappe à une grande porte, et l'homme qui ouvre nous chasse. Je sais que c'est arrivé dans la réalité. Et cette maison… C'est Gudhammar. Je n'ai aucune idée de ce que nous faisions là-bas.

Les images revinrent. La voix suppliante de Betty résonnait à ses oreilles : *Je t'en prie. Il faut qu'on parle.*

— Peut-être une livraison d'alcool qui ne s'était pas déroulée comme prévu, suggéra Susanne. Tu sais comment Betty pouvait être pénible avec ça. Parfois, elle oubliait qu'elle avait déjà été payée et des fois… Bah, ça dégénérait.

Les affaires de Betty. Elle avait revendu les bidons de vin de cerise qu'elle avait trouvés à la cave après l'achat de Lyckebo et, plus tard, elle avait commencé à fabriquer son propre vin, pour le vendre et aussi pour sa consommation personnelle. Il arrivait que certains achètent leur vin à crédit. Quand Betty était fauchée, elle faisait la tournée des clients pour réclamer son dû. Souvent, elle emmenait Charlie avec elle. La visite à Gudhammar pouvait-elle avoir une explication aussi simple ? Mais alors : pourquoi la nuit ? Et pourquoi un homme riche comme Rikard Mild aurait-il fait des affaires avec quelqu'un comme Betty ?

Elle formula cette dernière pensée à voix haute.

— Aucune idée, dit Susanne.

— Les Mild n'auraient jamais acheté du vin à Betty.

— Non, admit Susanne. Sans doute pas.

— Je ne comprends pas ce que nous faisions là-bas.

— Je peux appeler ma mère et lui demander si elle est au courant.

Susanne joignit le geste à la parole, mais Lola ne décrocha pas son téléphone. Susanne laissa un message lui demandant de la rappeler à son réveil.

— À propos, enchaîna Charlie. Un copain de Stockholm doit arriver ce soir.

— Qui est-ce ? Pourquoi ?

— Il s'appelle Johan Ro et il doit travailler un peu par ici. Il sera logé au motel.

— Ce n'est pas lui qui t'a fichue dans la mouise cet été ?

— C'est moi qui me suis fichue dans la mouise cet été.

— Mais c'est bien celui auquel je pense ? Le journaliste ?

— Oui.

— Un ami, autrement dit ?

Susanne sourit.

C'était son premier vrai sourire depuis que Charlie était arrivée à Gullspång.

— Oui. Incroyable mais vrai, il est possible d'avoir des amis hommes.

— Ah ?

— Oui.

Susanne haussa les épaules.

— Franchement, je ne vois pas l'intérêt. Les hommes sont tellement... pauvres, d'une certaine façon. Perdus, seuls dans leur monde. Même Isak, avec sa littérature et son baratin, dès qu'on grattait un peu, on voyait bien que le fond n'était pas loin. Tu n'y as jamais pensé ? Que les hommes en général ne peuvent parler que de trucs concrets ?

— Je n'ai pas tellement l'habitude de parler aux hommes, dit Charlie.

Susanne éclata de rire.

— Je croyais que vous étiez amis.

— Johan est peut-être l'exception qui confirme la règle.

Charlie sursauta. C'était mot pour mot ce que disait Betty en parlant du père de Johan. *Mattias est le seul qui sait tout sur moi et qui m'aime bien quand même. Mattias est l'exception qui confirme la règle.*

Susanne s'immobilisa.

— Bordel de merde ! Quelle semaine sommes-nous ?

— Je n'en sais rien.

Susanne consulta son téléphone.

— Et merde !

— Que se passe-t-il ?

— L'école ! Les garçons sont sortis il y a dix minutes !

— Mais il n'est que treize heures dix.

— Ils sont en demi-groupe une semaine sur deux. Les semaines impaires, ils finissent à treize heures. Putain de bordel de merde de saloperie de tout !

15

Tim et Tom attendaient sur les marches de l'école avec leurs cartables. Susanne s'engouffra sur le parking et bondit hors de la voiture.

Charlie l'entendit crier : « Pardon ! » et embrasser les garçons tout en parlant, avec des gestes d'excuse au professeur qui venait d'apparaître en haut de l'escalier.

Charlie se souvint des conflits qui avaient opposé Betty aux enseignants les rares fois où Betty s'était manifestée auprès de l'école. *Je refuse de me laisser traiter comme de la merde par ces gros prétentieux, Charline. Tu m'entends ? Pas question.*

— Bon Dieu ! s'exclama Susanne quand ils furent tous dans la voiture. Ça va me valoir un signalement aux services sociaux.

— Ils sont certainement débordés, la rassura Charlie. Et pas hyper efficaces, d'après mon expérience. Je peux te dire qu'il est arrivé des trucs bien pires qui n'ont jamais donné lieu à la moindre initiative de leur part.

— Ça ne fait rien, maman, dit Tim. On ne s'est pas ennuyés en t'attendant. On a eu des bonbons et tout. Aïe, Tom, arrête de me taper dessus !

— Qui ? demanda Susanne en le fixant dans le rétroviseur. Qui vous a donné des bonbons ?

— Je les ai trouvés dans mon cartable, répondit Tom.

Susanne freina si brutalement que Charlie faillit se cogner le front contre le tableau de bord.

— Qu'est-ce que tu fais ? hurla Tom.

— Je resterai là jusqu'à ce que tu me dises la vérité.

— Mais…

— Silence ! Si tu n'as pas l'intention de me dire la vérité, évite au moins de cogner ton frère quand il essaie de le faire.

— C'était une dame, expliqua Tim.

— Quelle dame ?

— Je ne sais pas. Une dame, c'est tout.

Susanne regarda Charlie, qui se retourna vers les garçons et leur demanda sur un ton aimable s'ils pouvaient lui décrire la dame en question. Mais aucun des deux ne put fournir un signalement, même approximatif. Ils ne savaient pas davantage s'ils l'avaient déjà vue quelque part. Tout ce qu'elle avait fait, c'était les saluer et leur proposer des bonbons. Et comme ils avaient faim, ils n'avaient pas pu refuser. Et puis ce n'était qu'une vieille, après tout.

— Ne m'avez-vous jamais entendu dire que vous ne deviez pas parler aux inconnus ? Peu importe que ce soit une dame ou un monsieur ?

— Pardon, maman ! On ne l'a pas fait exprès.

— On est empoisonnés, maintenant ? cria Tim, affolé.

Quand Susanne répondit qu'on ne pouvait pas encore le savoir, ils se mirent à pousser des cris hystériques.

Les garçons pleuraient encore lorsqu'ils arrivèrent à la maison. Susanne les envoya dans leur chambre.

— Tu devrais peut-être les rassurer un peu concernant cette histoire d'empoisonnement, intervint Charlie.

— Je vais le faire. Je veux juste d'abord être certaine qu'ils sont terrorisés au point de ne jamais recommencer.

— Ils le sont déjà. Qui était-ce, à ton avis ?

— Aucune idée. Une vieille de la maison de retraite, peut-être.

— Bizarre qu'ils ne l'aient pas reconnue.

— Aux yeux des enfants, tous les vieux se ressemblent. Mais je vais appeler l'école et signaler l'incident.

Elle prit son téléphone pendant que Charlie montait voir les jumeaux. Dans l'escalier, elle entendit Susanne déclarer à quelqu'un que l'école avait la responsabilité de veiller à ce que des inconnus n'entrent pas dans la cour proposer des bonbons aux gamins, même si leur mère avait le malheur d'être exceptionnellement en retard.

Elle trouva Tim et Tom dans le lit de Susanne, serrés dans les bras l'un de l'autre. Elle songea qu'ils avaient peut-être été ainsi dans le ventre de leur mère : enlacés comme s'ils ne formaient qu'un seul corps.

Elle s'assit sur le bord du lit.

— Ne vous affolez pas, les garçons. Vous n'êtes pas empoisonnés.

— Comment le sais-tu ?

Tim la dévisageait avec de grands yeux.

— Parce que vous auriez déjà des symptômes. Un empoisonnement se déclare très vite ; les effets sont immédiats.

— Alors on ne va pas mourir ?

— Non.

— Jamais ?

Tim paraissait à la fois apeuré et plein d'espoir.

Charlie ouvrit la bouche, mais Tom la devança.

— Tout le monde meurt, affirma-t-il.

Tim se couvrit les oreilles, et Tom répéta ce qu'il venait de dire, plus fort, de plus en plus fort : *Tout le monde meurt, tout le monde meurt, tout le monde meurt.*

— Arrête, le coupa Charlie.

— Mais c'est la vérité !

— On s'en fiche. Tu n'as qu'à le dire en silence dans ta tête.

Après le retour de Melker et de Nils, quand tout le monde fut rassemblé dans la cuisine, Susanne annonça qu'Isak avait téléphoné et qu'il comptait venir les chercher le lendemain. Les jumeaux poussèrent des cris de joie. Nils garda le silence, et Melker déclara qu'il n'avait aucune intention de suivre ce salaud, où que ce soit.

— *Not in front of your brothers, please*, dit Susanne.

Melker insista.

— Il ne peut pas venir nous chercher comme ça quand ça l'arrange.

— Je crois que ça vous fera du bien d'en parler avec lui, et tes frères seront tristes si tu n'y vas pas.

— Je peux rester ici avec Melker, proposa Nils. Ou, en fait, je ne sais pas.

Melker leva les yeux au ciel et marmonna une phrase que Charlie ne comprit pas.

— Pourquoi on serait obligés de le voir ? demanda-t-il à haute voix. Ce n'est pas toi qui dis toujours que les actes ont des conséquences et qu'il faut les assumer ?

— Il ne vous a rien fait, objecta Susanne.

— Il s'est barré. Et ce n'est peut-être pas tout.

— Que veux-tu dire ?

— Je ne suis pas sourd, maman. J'entends bien ce que les gens racontent, à l'école et… ailleurs.

— On s'en fiche. Dans cette famillc, on ne fait pas attention aux ragots. Je ne vous l'ai jamais dit, ça ?

— Si. Et tu as dit aussi qu'on devait assumer les conséquences de ses actes.

L'échange fut interrompu par Tim, qui venait de renverser son verre de chocolat froid sur la table.

— Putain de merde ! s'exclama Susanne.

Et l'instant d'après :

— Pardon.

Melker revenait déjà avec une éponge pour essuyer.

— Quand est-ce qu'il vient, papa ? demanda Tom.

— Demain, après l'école.

— Papa me manque, dit Tim. Je veux lui montrer mon vaisseau spatial et lui dire que j'ai fini le livre de l'alphabet à l'école et…

— Moi aussi, j'ai fini le livre de l'alphabet, cria Tom. J'ai fini avant toi, avant tout le monde. J'étais le premier de la classe !

— Arrêtez de hurler, pour l'amour du putain de ciel !

Susanne se leva et demanda si elle pouvait aller dans la grange. Elle avait l'intention de peindre un peu avant d'attaquer la préparation du dîner. Charlie proposa qu'ils aillent dîner tous ensemble au motel.

Susanne refusa. Elle n'était pas assez en forme pour répondre aux questions qu'on lui poserait sur Isak, ni pour affronter les regards de reproche ou de pitié, en tout cas pas sans avoir descendu quelques bières auparavant. Mais si Charlie voulait y emmener les garçons, parfait.

Charlie jeta un coup d'œil à l'horloge. Johan serait bientôt là-bas. Elle se demanda si l'attente fiévreuse qui l'habitait tenait au seul désir de parler avec lui de Francesca Mild.

— Tu conduis aussi vite que maman, constata Melker qui était monté à l'avant. Papa disait toujours qu'elle finirait dans le fossé si elle ne faisait pas attention.

Charlie nota que Melker avait parlé de son père à l'imparfait.

L'un des jumeaux poussa un cri à l'arrière.

— Que se passe-t-il ?

— Tom me pince pour que je regarde ! cria Tim.

— Je trouve juste bizarre qu'il ferme les yeux, expliqua Tom.

Nils s'interposa.

— Il a peur, imbécile ! Tu ne comprends rien ou quoi ?

Charlie ralentit et jeta un coup d'œil au rétroviseur.

— Qu'est-ce qui te fait peur, Tim ?

— *He sees dead people*, dit Nils.

— Tom, écoute-moi. Ton frère a le droit de fermer les yeux, et si tu le pinces ou si tu l'embêtes de quelque façon que ce soit, je fais demi-tour et je te ramène à la maison. Compris ?

— Fais gaffe qu'elle te mette pas en prison, ajouta Nils.

— Je crois pas que c'était un mort, dit Tim un peu plus tard. Il ressemblait pas à un zombie. Les zombies bougent d'une manière beaucoup plus bizarre.

— Et puis quoi encore, soupira Melker.

— J'ai vu quelqu'un dans le jardin. Du côté des balançoires.

Charlie croisa le regard grave de Tim dans le rétroviseur.

— Pourquoi ne nous l'as-tu pas dit ?

— J'ai une imagination fertile, déclara Tim solennellement. Je pensais que ce n'était peut-être pas pour de vrai.

— Si tu crois voir quelqu'un dans le jardin, je veux que tu me le dises. À moi ou à ta maman.

— Je me suis dit que je pouvais fermer les yeux. Comme ça, je ne vois rien. J'ai peur…

— De quoi as-tu peur ?

— D'avoir peur. J'ai peur d'avoir peur.

Nils soupira et dit que c'était bizarre, dans ce cas, qu'il passe tant de temps à regarder des films d'horreur. S'il avait tellement peur d'avoir peur.

Le téléphone de Charlie sonna enfin.

— Regarde la route ! cria Nils quand elle se mit à chercher son portable dans son sac. Charliiiiiie !

Charlie leva la tête, donna un coup de volant et évita le fossé de justesse. Une sensation de chaud-froid se répandit sous son crâne et le long de sa colonne vertébrale.

— Johan, prononça Charlie quand elle eut enfin retrouvé le contrôle de la situation et put répondre au téléphone. Tout va bien ?

— Oui, c'est juste que mon portable se vide vite et refuse parfois de se recharger. Où es-tu ?

— En route vers le pub avec les garçons de Susanne. Et toi ?

— Je viens d'arriver.

— On pensait manger un morceau. Si tu veux dîner avec nous, tu es le bienvenu.

— Je descends, dit Johan. Juste le temps de prendre une douche.

Francesca

Papa et moi étions dans la voiture ; il me conduisait chez le docteur Molan. Le docteur Molan vivait en principe à Stockholm, mais il avait sa résidence secondaire, une grande maison située au bord du lac Skagern, à dix kilomètres seulement de Gudhammar. Depuis qu'il avait pris sa retraite, il y passait de plus en plus de temps. Le docteur Molan était un ami de la famille, et j'allais chez lui depuis que j'étais petite. C'était un type hautain et pincé qui ne m'inspirait aucune confiance. Difficile de partager ses secrets avec quelqu'un qui pouvait débarquer à tout moment dans le salon de Gudhammar pour boire un whisky avec papa. Mais ce détail ne semblait perturber ni mes parents ni le docteur lui-même. Je l'avais vu pour la première fois quand j'avais sept ans, le lendemain du jour où j'avais enfoncé la tête de Cécile sous l'eau. Il m'avait parlé comme à un tout petit enfant. Pourquoi as-tu fait du mal à ta sœur ? Comprends-tu ce qui arrive à une personne qui ne peut plus aspirer de l'air dans ses poumons ?

La dernière fois que j'étais allée chez lui remontait à quelques semaines après la virée en voiture avec Aron Vendt. Il m'avait tenu un long discours sur l'importance de dire la vérité. Car voilà ce qu'il en était, et je devrais toujours le garder en mémoire : une personne qui ment ne peut pas s'attendre à être crue.

— Tu gaspilles ton argent en m'emmenant chez lui, papa.

— Il ne s'agit pas d'argent, enfin, voyons, Francesca ! Et d'ailleurs, rien n'est du gaspillage dès lors que ça peut t'aider à aller mieux.

— Voir le docteur Molan ne m'aide pas à aller mieux.

— C'est ça ou l'hôpital.

— Pourquoi lui ? Pourquoi quelqu'un que je ne supporte pas ?

Papa a fait semblant de ne pas entendre. Il m'a expliqué que le docteur Molan était un professionnel très compétent.

— Tu as oublié ?

— Quoi ?

— Qu'il ne m'a pas crue la dernière fois.

— À ta place, je ferais attention à ce que je dis.

— Je ne vous ai pas pardonné. Sache-le. Ni à toi, ni à maman, ni à Molan. Je ne vous pardonnerai jamais.

— Je le sais, mais n'oublie pas non plus que, concernant toute cette affaire, nos avis divergent.

— Est-ce pour cela que personne ne me croit, pour Paul ? À cause de ce qui s'est passé l'autre fois ?

— Francesca, a dit papa en quittant la route des yeux pour me regarder un bref instant. Ton ami a mis fin à ses jours. Tu ne peux rien y changer, et ça n'ira pas mieux sous prétexte que tu essaies de rejeter la responsabilité sur un tiers. Tout le monde sait que c'était un suicide.

— Vous dites ça parce que vous ne le connaissiez pas. Personne ne le connaissait comme moi.

— Rien n'a changé par ici, ai-je commenté en apercevant la villa.

Une villa en bois début de siècle peinte en vert mousse et située au sommet d'une colline pittoresque avec vue sur le lac. Gudhammar n'était qu'à dix minutes si on prenait le bateau à moteur de papa. Par temps clair et quand il n'y avait plus de feuilles aux arbres, on pouvait même apercevoir notre maison sur la rive opposée. Le fait de revenir là me nouait le ventre. Je me souvenais de toutes les heures laborieuses passées dans ce cabinet pour tenter de venir à bout de mes petites manies. Pourquoi est-ce que je me léchais compulsivement les lèvres ? Pourquoi est-ce que je mordais les verres en cristal jusqu'à les briser quand mes parents recevaient du monde ? Pourquoi cette obstination à ne pas répondre quand on me posait des questions courtoises ?

Ma première impulsion en voyant la voiture de papa disparaître dans le tournant a été de m'enfuir dans la forêt. Mais cela ne ferait qu'aggraver ma situation. Le cœur lourd, je me suis dirigée vers l'entrée de la villa. J'ai sonné, déclenchant la même petite musique guillerette que les fois précédentes, et j'ai songé une fois de plus à quel point elle était mal choisie dans une maison qui accueillait des patients en détresse psychique.

Greta a ouvert. Elle était – quoi ? la bonne ? la gouvernante ?

— Francesca ! a-t-elle dit en souriant.

Elle avait des yeux marron gentils et des cheveux qui commençaient à blanchir.

— Quel plaisir de te revoir ! Tu peux aller t'asseoir là-haut, tu connais le chemin.

Après une éternité, le docteur Molan a ouvert la porte de son cabinet. Il était vêtu d'un gilet jaune moutarde et d'un pantalon marron qui n'avait pas l'air très propre. Ses cheveux étaient dressés sur sa tête comme s'il se réveillait d'une sieste.

— Quelle bonne idée de venir me voir, Francesca ! Tes parents sont très inquiets.

— Bonjour à toi aussi, au fait.

La pièce était imprégnée de fumée de tabac. Je me suis allongée sur le divan recouvert de velours vert. Le docteur Molan, lui, restait toujours derrière son bureau. Je crois que c'était pour mieux prendre des notes (il en prenait systématiquement) mais aussi pour maintenir une certaine distance avec ses patients.

— J'ai entendu dire que tu n'allais pas bien, Francesca. Si j'ai bien compris, c'est même vraiment grave, cette fois.

— C'était un appel au secours.

— Oui, c'est ce qu'on a l'habitude de dire.

Le docteur Molan a allumé sa pipe. J'aurais aimé qu'il ouvre la fenêtre. C'était quoi, d'ailleurs, ces façons ? Fumer dans une pièce confinée, sous le nez de ses patients ?

— Raconte-moi, Francesca, a-t-il poursuivi en croisant les jambes. Pourquoi donc as-tu souhaité mourir ?

Pourquoi avais-je souhaité mourir ?

J'étais contente qu'il n'ait pas changé ses méthodes et qu'il ne me laisse jamais le temps de répondre, car à peine ai-je poussé un soupir et haussé les épaules qu'il enchaînait déjà avec ses interminables questions secondaires. L'existence me paraissait-elle dénuée de sens ? Avais-je perdu ma foi dans l'avenir ? Avais-je des problèmes de sommeil ?

— Je crois que tu es déprimée, a-t-il déclaré avec le plus grand sérieux après que j'ai réussi à calmer certaines de ses interrogations.

— Ah bon ? Tu es sûr ?

Il n'a pas eu l'air de déceler l'ironie, car il s'est contenté d'acquiescer en disant que tout ce que je venais de lui révéler le confortait dans cette opinion. Si on ajoutait à cela la tentative de suicide, le message était clair. J'étais sérieusement déprimée.

— C'était juste un appel au secours, ai-je répété.

— Bon, si tu t'obstines à l'appeler ainsi. Mais nous t'avons entendue, Francesca. Nous avons entendu ton appel.

— Tant mieux. Quelle chance pour moi que vous ayez l'ouïe fine.

— As-tu déjà envisagé… – Il a tiré sur sa pipe. – As-tu déjà pensé à laisser ton intelligence prendre le pas sur ta tendance auto-destructrice ? Car tu es une fille intelligente, Francesca. En es-tu consciente ?

— Je ne sais pas. Je ne me sens ni spécialement intelligente, ni spécialement destructrice.

C'était la vérité. Pendant toute mon enfance et mon adolescence, les gens m'avaient bassinée avec cette intelligence qui se dissimulait soi-disant derrière mes bizarreries. Ça me mettait toujours mal à l'aise car, au fond du fond, je pensais que j'étais plus bête que la moyenne. J'étais peut-être capable de tirer des conclusions et d'interpréter les intentions des autres et leurs humeurs (même si papa disait toujours que je ne devais pas surestimer cette faculté), mais pour ce qui était des fleuves, mers, montagnes, vieux philosophes, rois et théories, je n'avais aucune chance. Je pouvais apprendre ce qu'il fallait pour l'examen et remporter le jackpot (du moins, j'avais réussi à le faire par le passé), mais ensuite tout disparaissait en fumée. Je n'avais aucune idée de l'endroit où se trouvait tel pays. Il m'arrivait de croire que le Mexique était en Europe et que Lisbonne était la capitale de l'Autriche. Mais le pire, malgré tout, quand j'entendais parler de mes dons et compagnie, c'était le stress que m'inspirait l'idée d'un tel gaspillage. Être douée – à quoi bon, si on ne savait pas quoi en faire ?

— En tout cas, il est clair que je ne suis pas assez douée pour tirer le meilleur parti de ma situation. Car, dans ce cas, je l'aurais fait depuis longtemps.

— Il n'est pas trop tard, a répondu le docteur Molan en joignant le bout des doigts. Tu as la vie devant toi.

On aurait cru une menace.

— Comment envisages-tu ton avenir, Francesca ?

— Pour l'instant, je n'ai pas le courage d'en parler ni d'y penser.

Je sentais que c'était la stricte vérité.

J'en avais infiniment marre de l'avenir.

— Mais avant de commencer à aller mal, quels étaient tes rêves ?

Ma vie. Je savais que, de quelque manière que je m'y prenne, ce serait une catastrophe. Soudain, j'ai pensé à *La Cloche de détresse* de Sylvia Plath, mon livre préféré. Paul me l'avait offert en pensant que je l'adorerais, et il avait raison. L'un de mes passages favoris m'est revenu : celui où Esther Greenwood comprend que voyager ne présente aucun intérêt pour elle puisqu'elle devra toujours le faire dans sa propre peau.

On a parlé de mes parents, de ma colère vis-à-vis d'eux, de mon incapacité de leur pardonner. Le docteur Molan a dit que je devais essayer. Pour moi, sinon pour eux.

Je regardais le mur, derrière lui, couvert de diplômes, et je pensais : à quoi bon toutes ces études, ces récompenses et ces médailles si on n'est même pas capable de comprendre un truc aussi élémentaire que le fait que certaines choses sont impardonnables.

Le docteur Molan m'a demandé de lui parler de la mort tragique de mon petit ami. Oui, mes parents l'avaient brièvement informé de ce qui s'était passé.

J'ai dit que, dans ce cas, il était mal informé, car je n'avais jamais eu de petit ami.

— Ton ami, alors.

— Je crois qu'il a été assassiné, et que c'est le petit copain de ma sœur et sa bande qui l'ont tué.

— C'est une accusation extrêmement grave que tu formules là, Francesca.

— C'est un crime extrêmement grave.

— D'où te viennent ces soupçons ?

Je lui ai parlé de mes souvenirs, des images qui m'étaient revenues, de la rose jaune et du pantalon mouillé. Des regards qui refusaient de croiser le mien.

Quand j'ai eu fini, le docteur Molan regardait par la fenêtre. Il a toussoté et s'est mis à me parler de la mémoire humaine. Elle n'avait rien de fiable, m'a-t-il dit. Rien de fiable et rien de solide. Elle pouvait avoir des blancs, se laisser manipuler, commettre des erreurs. Si l'on rajoutait à cela les calmants, l'alcool et les drogues, le tableau était encore plus mitigé, bien sûr.

J'avais cessé d'écouter. Je n'étais plus dans la pièce, mes pensées m'entraînaient dans un autre monde, où on croyait à mes paroles, où Paul et moi étions réhabilités, où les responsables étaient châtiés.

— Je voudrais surtout reparler de ce qui s'est passé avec Aron Vendt, ai-je enchaîné quand le docteur Molan a mis un point final à sa conférence sur la mémoire.

— Rappelle-moi les détails, a demandé Molan en croisant de nouveau les jambes.

— Aron Vendt m'a agressée sexuellement. Tu l'as oublié ?

— Je m'en souviens très bien. Mais là, nous étions en train de parler de ton ami.

— Je préférerais qu'on parle d'Aron Vendt.

— Qu'y a-t-il encore à dire sur ce sujet ?

Le docteur Molan paraissait résigné. Il a repris sa pipe.

— Pourrais-tu, s'il te plaît, ne pas fumer ?

— Bien sûr.

Il l'a reposée sur son bureau avec un air contrarié.

— Au fond, ai-je dit, il ne s'agit pas d'Aron Vendt. Il s'agit de mes parents. De leur trahison.

Le docteur Molan s'est éclairci la voix. Il n'avait pas la même lecture des événements que moi, a-t-il expliqué. Il ne voyait pas de trahison, pour sa part.

— Que vois-tu alors ?

— Je vois deux parents qui ont fait leur devoir dans une situation à laquelle ils se sont retrouvés confrontés malgré eux. Je veux dire, il leur aurait fallu des preuves tangibles.

Je revoyais l'atroce visite chez le gynécologue. Mes parents m'avaient obligée à aller le voir. Même pas une femme. Non, un type de cinquante ans avec des phalanges poilues. Je n'avais qu'à respirer calmement, a-t-il dit, ce serait bientôt fini. Puis il m'a demandé de descendre sur la table, encore, encore, plus près, plus près.

À l'issue de l'examen, il a parlé à mes parents tandis que j'étais reléguée dans la salle d'attente.

Dans la voiture, sur le chemin du retour, papa a eu une conversation sérieuse avec moi. Je devais arrêter de mentir, a-t-il dit, sinon j'allais mal finir.

J'ai crié que je n'avais pas menti. Pourquoi ne me croyaient-ils pas ? Pourquoi refusaient-ils de croire leur propre fille ?

Papa a répondu qu'il n'avait pas envie d'entrer dans les détails, mais que le gynécologue était assez sûr de son fait : ce que je leur avais raconté, concernant Aron, ne s'était jamais produit.

16

Il n'y avait qu'une seule table libre dans le pub. Charlie proposa aux garçons de s'asseoir pendant qu'elle allait chercher une chaise supplémentaire. Le niveau sonore était déjà un peu trop élevé. En balayant la salle du regard, elle eut la sensation fugitive que tous ces gens n'avaient pas changé de place depuis qu'elle les avait quittés cet été. La bande bruyante dont faisait partie Svenka, tous des hommes de cinquante ans et plus, était alignée devant le comptoir ; un peu plus loin se tenait un groupe de femmes du même âge, qu'elle croyait également reconnaître. Les habitués avaient reconquis leur territoire après l'invasion estivale des policiers, journalistes et volontaires de *Missing People*.

— Mais qui voilà !

Un visage surgit devant elle.

— Tu as du cran de te pointer au pub, ma parole !

— Que veux-tu, Micke ? demanda Charlie sur un ton beaucoup moins enthousiaste que lui.

Elle n'avait aucun désir de lui parler, à moins qu'il ait l'intention de l'aider à récupérer le dossier Francesca dans les archives. Mais Micke se fichait pas mal de l'aider. Il se tenait beaucoup trop près d'elle, comme le font les gens qui n'ont aucun tact.

— Je veux juste te dire bonjour.

Il puait l'alcool.

— Salut, dit Charlie.

— Ce ne sont pas les fils de Susanne que j'aperçois là-bas ? fit-il en indiquant la table d'un signe de tête.

— Si.

— Et Susanne alors ? Elle est où ?

— À la maison.

Micke se pencha vers Charlie.

— Tu crois qu'Isak va revenir ?

— Je n'en sais rien. Et même si je le savais, je ne te le dirais pas.

— J'espère pour lui qu'il n'a pas l'intention de se repointer dans le coin. Je sais bien qu'il ne passera jamais en jugement, mais les gens s'en foutent. Ce qu'il a fait est bien suffisant. Nous ne pardonnons pas ce genre de comportement par ici.

— Tu voulais autre chose ?

— Oui.

Micke baissa la voix.

— Après ton départ, hier, j'ai fouillé un peu dans nos archives et je crois avoir trouvé quelque chose qui devrait te faire très plaisir. Je l'ai même rapporté chez moi.

Charlie fut surprise. Elle avait cru qu'il ne bougerait pas un cil.

— Où est le hic ?

— Que veux-tu dire ?

Charlie préféra ne pas prendre le risque de le vexer et de perdre le dossier par la même occasion.

— Oublie, répondit-elle.

— Si tu me dis ce que tu cherches, tu pourras éventuellement y jeter un coup d'œil. Je ne veux pas mettre mon job en péril, si tu vois ce que je veux dire…

— Je propose qu'on en reparle demain, quand tu auras dessoûlé.

— J'ai juste pris quelques bières. Je rentre chez moi.

— Demain.

— Pourquoi n'as-tu rien dit, au fait ?

— À quel sujet ?

— Que tu es la fille de Betty.

— Parce que ça ne change rien.

Elle voulut s'éloigner, mais Micke ne lui en laissa pas le temps.

— Mon père la connaissait. Il la connaissait même très bien, si tu veux savoir. Et si la fille de Betty me demande quelque chose, qui suis-je pour le lui refu…

— Pas ici, coupa Charlie. Tu veux perdre ton job ?

— Pourquoi ? Tu as l'intention de me dénoncer ?

Micke sourit. Il ne semblait même pas s'apercevoir qu'il parlait fort.

Charlie retourna à sa table. Les mots de Micke lui résonnaient aux oreilles. *Il la connaissait même très bien, si tu veux savoir.*

— Qu'est-ce qu'il voulait ? demanda Melker.

— Rien de spécial.

— Lui aussi, il est de la police, expliqua Nils.

— Tu crois qu'elle le sait pas ? Elle a travaillé avec lui cet été, patate !

— J'y pensais plus.

Soudain, Johan apparut à l'entrée de la salle. En croisant son regard, Charlie éprouva quelque chose dans la région de l'estomac qu'elle n'avait pas ressenti depuis… En fait, elle ne savait pas si elle l'avait déjà ressenti. Arrête de faire l'andouille, pensa-t-elle. Il est juste… Qu'était-il au juste ?

Johan s'approcha de leur table. Il embrassa Charlie, serra la main des quatre garçons et se présenta. Jonas apparut l'instant d'après avec une chaise supplémentaire.

— Comment vas-tu ? demanda Johan une fois assis.

— Bien, et toi ?

— Bien, à part cette météo. – Il montra les fenêtres striées de pluie. – Le pire, c'est l'obscurité. Je n'aime pas ça.

— Moi, j'aime bien, dit Charlie. Je trouve ça libérateur.

— Ah bon ? fit Johan en fronçant les sourcils.

— Pourquoi, Charlie ?

Nils la dévisageait d'un air grave.

Charlie avait oublié que les garçons pouvaient écouter leur conversation. Nils et Melker semblaient absorbés dans la contemplation de leurs portables, et les jumeaux faisaient des avions avec les serviettes.

— Je ne sais pas, répondit-elle. Les jours sombres me calment.

— Tu n'es pas comme tout le monde, constata Nils.

Charlie croisa le regard de Johan par-dessus la table. Il lui souriait, et la sensation dans le ventre revint.

Les plats arrivèrent. Johan discutait avec les garçons tout en mangeant. Il écouta avec attention l'interminable exposé de Tom sur un nouveau jeu où il brillait par son talent, et ensuite, avec une patience égale, l'exposé presque identique de Tim. Charlie l'observait.

Melker fut le seul des garçons qui prit la peine d'interroger Johan.

— Tu fais quoi, comme travail ? demanda-t-il.

— Journaliste, expliqua Johan en agitant de la main gauche un stylo invisible, comme si ses paroles requéraient une illustration.

— Vous étiez pénibles, cet été, commenta Melker avec franchise. Enfin, peut-être pas toi, mais les autres journalistes. Ils n'arrêtaient pas de poser des questions et de pourchasser papa.

— Je comprends, dit Johan. Je comprends que ça a dû être pénible pour vous.

— Il ne peut s'en prendre qu'à lui-même, ajouta Melker.

Tom se mêla à la conversation.

— Qu'est-ce que tu veux dire, Melker ? Quand tu dis que papa ne peut s'en prendre qu'à lui-même ?

Charlie regretta d'un coup de ne pas être venue seule. Le volume de la musique augmenta encore, et Tim et Tom se bouchèrent démonstrativement les oreilles.

— Il n'y a pas un flipper dans la salle du fond ? demanda Charlie.

— Si, dit Nils.

— Vous voulez jouer ?

— On n'a pas d'argent.

Charlie tira un billet de cent couronnes de son portefeuille et le tendit à Melker.

— Allez faire de la monnaie au comptoir.

— On peut jouer pour cent couronnes ?

— Si vous voulez.

Les garçons disparurent, et Charlie croisa le regard de Johan qui soutint le sien un peu trop longtemps.

— Alors ? demanda-t-il. Quel effet ça fait d'être de retour ?

— Aucun problème.

— L'endroit n'a pas beaucoup changé…

— On pourra bavarder plus tard, le coupa Charlie. Les gars vont jouer cet argent en un rien de temps.

Elle se pencha vers lui et lui répéta les paroles de Micke.

— Il a le dossier chez lui ?

— Oui.

— C'est quoi, le nom de famille de Micke ?
— Andersson.
— Et tu vas aller le chercher là-bas tout à l'heure ?
— C'est ce que je pensais faire.
Elle prit son téléphone et rechercha Mikael Andersson, Gullspång, sur le site de l'annuaire téléphonique. Il n'y en avait qu'un seul de son âge. L'adresse s'afficha.
— Tu veux que je t'accompagne ?
— Je crois qu'il vaut mieux que j'y aille seule. Secret professionnel, etc.
— Je comprends, mais préviens-moi si tu réussis à le récupérer.
Les jumeaux revinrent. Ils s'étaient disputés.
— Il a joué tout l'argent ! se plaignit Tim. Le sale connard !
Charlie retint un sourire, regarda Tim dans les yeux et répliqua qu'on ne traitait pas son frère ainsi, ni personne, d'ailleurs.
— Je crois qu'il est temps de rentrer, ajouta-t-elle. Allez prévenir les autres qu'on y va.
Les garçons s'éloignèrent. Charlie vit qu'ils se donnaient des coups de coude tout en marchant.
— Bon, on va peut-être…
Charlie indiqua la sortie.
— J'y vais aussi, dit Johan. Enfin, je veux dire, je remonte dans ma chambre.
— À plus tard, alors.
Elle eut envie de le serrer dans ses bras mais s'en abstint.

Failles temporelles

Paul et moi à l'église, à nos places habituelles, essayant de chanter avec les autres un psaume d'été qui grimpe beaucoup trop haut dans les aigus. Paul me regarde en louchant, et je fais semblant de tousser pour étouffer un fou rire.

Quand le pasteur reprend enfin la parole, Paul me passe un billet.

Le prêtre – cette définition de l'absurde en robe longue !

Ce n'est pas de lui, murmure-t-il quand je lui dis que la phrase me plaît. C'est de Kierkegaard.

Paul ! Francesca ! La voix du directeur, derrière nous, à la fin du sermon. Je voudrais vous voir. Oui, oui, tout de suite.

Nous le suivons dans son bureau qui est encombré de meubles en bois sombre et de livres poussiéreux. Debout devant lui, nous devons écouter son interminable harangue sur l'importance de respecter le règlement d'Adamsberg. Car si nous ne le respectons pas, nous explique-t-il, nous connaissons tous les deux les conséquences : coup de fil à nos parents, avertissement puis, au bout de trois avertissements… Nous le savons, n'est-ce pas ? ajoute-t-il, en ne regardant plus que Paul. En cas d'exclusion, le semestre n'est pas remboursé. En êtes-vous conscients ?

On n'a pas notre place ici, dis-je quand le directeur nous laisse enfin partir.

Mais on a notre place l'un avec l'autre, réplique Paul. Nous sommes Paolo et Francesca. Il rit et dit que c'est la première fois qu'il pense à nos prénoms de cette façon-là.

Qui sont Paolo et Francesca ?

Tu n'as pas lu Dante ?

J'en ai entendu parler. Ce n'est pas lui qui écrivait sur l'enfer ?

Paul opine, c'est ça, et Paolo et Francesca sont les deux personnages retenus dans les vents éternels de l'enfer.

Pourquoi ?

Concupiscence. Infidélité.

On va en enfer pour ça ? Une image me vient : papa, emporté par une tornade.

L'enfer n'existe pas, précise Paul.

Ça me plaît quand même.

L'enfer ?

Non. Le fait que Paolo et Francesca existent dans les vents éternels.

C'est un cauchemar, dit Paul. Je ne suis même pas capable de monter sur un manège sans être malade.

Je veux lui dire que ce ne sont pas les vents qui m'attirent. Mais si je devais tourbillonner dans une tempête sans fin, je ne peux pas imaginer meilleure compagnie que celle de Paul Bergman.

17

De nouveau dans la voiture. Melker et Nils parlaient à voix basse d'un gain qu'ils avaient remporté en jouant à un jeu pour lequel il fallait en principe avoir dix-huit ans.

Cette fois, Tim était assis à l'avant.

— Tu disais que tu n'avais pas de mari, dit-il à Charlie. Tu as menti.

— Non.

— Et Johan, alors ?

— C'est un copain. On peut être copains, vous savez. Ça existe.

— Papa prétend que ce n'est pas possible, intervint Melker. Il dit qu'il y a toujours une charge, une tension entre les sexes.

Charlie jeta un coup d'œil au rétroviseur et croisa le regard sérieux de Melker.

Ton père a tort, eut-elle envie de répliquer. Ton père juge les autres d'après lui-même. Ton père est un connard de salopard qui ne pense qu'à lui.

— Pourquoi il était si méchant, le bonhomme ? demanda Tim.

— Quel bonhomme ?

— Juste un poivrot qui est venu nous voir pendant qu'on jouait, expliqua Melker.

— Mais pourquoi il a dit des choses horribles sur papa ? insista Tim.

— Qui était-ce ? Qu'a-t-il dit ?

— Je ne sais pas comment il s'appelle, mais il a dit…

Il fut interrompu par Melker.

— T'inquiète, Tim. Tu ne dois pas écouter les vieux ivrognes, c'est tout. Ils racontent que des conneries.

— Mais…

— Ils racontent que des conneries, répéta Melker. C'est un poivrot, ajouta-t-il en se tournant vers Charlie. Je ne sais pas comment il s'appelle, mais je crois que tu vois à peu près de qui il s'agit.

Charlie acquiesça et ajouta qu'ils auraient dû la prévenir immédiatement.

— Ça n'aurait fait qu'envenimer le bazar, dit Melker. Le mieux, c'est de faire semblant de rien.

— Parfois, c'est mieux de mettre le holà, objecta Charlie.

Melker haussa les épaules.

— Tu t'es trompée de chemin, intervint Nils.

— Je dois juste passer récupérer un truc chez un copain.

Micke habitait une maison bleue dans un lotissement qui avait sans doute vu le jour après son départ de Gullspång, pensa-t-elle, parce qu'elle n'en avait absolument aucun souvenir. Micke dut la voir arriver par la fenêtre, car il lui ouvrit avant qu'elle ait eu le temps de sonner.

— Je me disais bien… commença-t-il. Je savais que tu ne réussirais pas à attendre jusqu'à demain. Entre.

Il ouvrit la porte en grand.

— Je peux te proposer un verre ?

— Les garçons m'attendent dans la voiture. Tu avais quelque chose pour moi ?

— Bien sûr.

Micke disparut à l'intérieur, et Charlie se dit qu'il était un peu étrange qu'il boive seul un lundi soir. Elle n'avait aucun souvenir que Micke eût montré des signes d'alcoolisme pendant l'été. Il s'était peut-être produit quelque chose qui faisait qu'il avait besoin de boire en ce moment. Elle entendit du bruit et reconnut le son artificiel d'un battage de cartes et d'une donne sur ordinateur. Micke revint avec un dossier vert. Elle tendit la main, et Micke recula. Elle réprima un soupir – croyait-il vraiment la surprendre ?

— On n'a même pas le droit de savoir pourquoi tu veux le lire ? Et que me donnes-tu en échange du service que je te rends ?

— Il n'eut pas le temps d'en dire plus ; Charlie lui arracha le dossier des mains.

— Sois tranquille. Je ne dirai à personne que tu as commis une faute professionnelle grave en emportant chez toi des documents pour lesquels une autorisation est en principe nécessaire. Compte sur moi. Je ne te trahirai pas.

— Mais je n'ai même pas eu le temps de le lire ! protesta Micke.

Elle retourna à la voiture, suivie par une litanie de jurons.

— Je choisis de ne rien entendre, cria-t-elle par-dessus son épaule. Merci pour ton aide !

Curieux, pensa-t-elle en mettant le contact, qu'il n'ait pas essayé de le reprendre de force. Et encore plus surprenant qu'il ait rapporté ce dossier chez lui. Il avait tout à perdre, et zéro raison de se montrer accommodant avec elle. Ce n'était guère un secret qu'ils ne se supportaient pas tous les deux. Quoi qu'il en soit, le dossier de l'enquête sur la disparition de Francesca Mild était à présent entre ses mains, et elle n'avait qu'une idée : se jeter dessus sans délai. Mais il fallait pour cela attendre d'être seule.

18

Charlie était allongée dans le creux du double lit de Susanne, un garçon ébouriffé de chaque côté. La chaleur des petits corps en pyjama la calmait en l'engourdissant. Elle leur lisait *Le Petit Prince*. L'histoire se poursuivait à l'infini, mais Tim et Tom lui avaient expliqué avec de grands yeux que leur père la leur lisait jusqu'à ce qu'ils s'endorment, et Charlie était fermement décidée à faire pareil. Elle comprit que ça risquait de prendre du temps, vu qu'ils n'arrêtaient pas de l'interrompre avec force questions et anecdotes de leur cru. Elle arriva au passage qu'elle avait aimé par-dessus tout, petite, où le prince évoquait son amour pour les couchers de soleil et disait qu'un jour il avait vu le soleil se coucher quarante-trois fois.

— C'est impossible ! protesta Tim.

— Bien sûr que si ! cria Tom. C'est une autre planète, patate ! C'est pas pareil qu'ici.

— Me traite pas de patate, espèce de tête de con !

Tim se redressa d'un bond.

— Si vous faites du grabuge, j'arrête, prévint Charlie.

Ils sc turent, et Charlie poursuivit.

— Moi, dit Tom, j'aimerais que maman soit de nouveau de bonne humeur.

Il se frotta sous l'œil.

— On va bien se tenir, promit-il, et son frère hocha gravement la tête. On va pas salir, pas mettre le bazar et pas se pourchasser en hurlant à l'intérieur de la maison.

Charlie sentit une boule dans sa gorge. Elle ne reconnaissait que trop bien ce genre de culpabilité. Elle se souvenait d'une assistante sociale qui s'était agenouillée devant elle un jour en exigeant qu'elle la regarde dans les yeux. *Regarde-moi, Charline, lève la tête. Écoute-moi bien. Ce n'est pas ta faute si ta maman est triste. Pas. Ta. Faute.*

Elle essaya d'exprimer la même idée devant les garçons de Susanne.

— Mais alors, c'est la faute à qui ? demanda Tom.

— À personne, répondit Charlie.

— Mais si c'est pas notre faute, pourquoi c'est quand même contre nous qu'elle se fâche ?

— Parfois, on se fâche quand on est triste, mais elle n'est pas en colère contre vous. Elle vous adore.

— Comment tu le sais ? demanda Tim.

Charlie expliqua qu'elle était la meilleure amie de Susanne et que c'était le genre de chose qu'on savait quand on était la meilleure amie de quelqu'un.

— Papa arrive à quelle heure demain ?

— Je ne sais pas.

— Mais il va venir ?

— Je crois, oui.

— Pourquoi il a déménagé ? demanda Tom. C'est juste parce que maman lui a dit qu'il était un salopard et un trou du cul ?

Charlie secoua la tête.

— Pourquoi il a déménagé, alors ?

Tom se tourna vers elle, et Charlie croisa son regard. Elle sentit qu'il n'était pas exclu qu'elle se mette à pleurer.

— Tout ça est assez difficile à comprendre.

— Quand on est un enfant ?

— Quand on est un adulte aussi.

— Allez, continue de lire, Charlie !

Elle reprit sa lecture. Le petit prince arrivait sur une planète où vivait un monsieur qui buvait beaucoup.

— Pourquoi il boit ? demanda Tom.

— Pour oublier, répondit Charlie. C'est ce qui est marqué.

— Pour oublier quoi ?

— Pour oublier qu'il a honte.

— Honte de quoi ?

— Honte de boire.

— J'ai besoin de faire pipi, déclara Tim.

— Sinon il fait pipi au lit, chuchota Tom après son départ.

— Tom, dit Charlie. Sais-tu ce que signifie être loyal ?

— Non.

Ils furent interrompus par les cris de Tim.

Charlie se précipita sur le palier. Susanne surgit dans l'escalier au même moment. Tim hurlait, assis sous la fenêtre, les bras serrés autour des genoux.

— Calme-toi, mon chéri, dit Susanne qui l'avait pris dans ses bras. Il n'y a pas de danger.

— Je l'ai vu, sanglota Tim. J'ai encore vu quelqu'un dehors.

— C'était peut-être un chevreuil, suggéra Susanne en levant la tête vers Charlie. N'aie pas peur. Tu veux que je te porte jusque dans ton lit ?

Tim hocha la tête.

Charlie regarda par la fenêtre mais vit seulement le halo de la lampe extérieure.

— Vous voulez encore que je vous lise l'histoire ?

demanda-t-elle lorsque tout le monde fut couché et que Tim eut retrouvé son calme.

Les garçons se rapprochèrent d'elle. L'odeur de leurs cheveux, herbe, sable ou autre chose qu'elle n'aurait pu définir, la rendait curieusement mélancolique.

— Ça va aller, Tim ?

— Oui, mais je ne veux plus être dehors tout seul.

— Bien sûr, pas de problème.

Un quart d'heure plus tard, les jumeaux dormaient. Charlie referma le livre et écouta leur respiration régulière. Elle se demanda comment ce serait si ces garçons étaient les siens. Elle se demanda quel effet ça faisait d'être mère, d'être dans la situation où se trouvait Susanne, de vivre ainsi, avec des ressources limitées, sans travail, avec un filet de sécurité fragile.

Quand elle se mit debout, Tom ouvrit les yeux, se redressa dans le lit et murmura :

— Charlie, je ne crois pas que c'était un chevreuil, tout à l'heure. Moi aussi, j'ai vu une forme bouger derrière les balançoires. Ça ressemblait plus à une personne.

— Peut-être juste quelqu'un qui promenait son chien, hasarda Charlie. N'y pense plus.

Sur le seuil de la chambre, elle se retourna. Qu'avaient-ils vu, en réalité ?

Francesca

En rentrant de chez le docteur Molan, j'ai enfilé une paire de gants et je suis partie retrouver mon trou. J'ai continué à creuser jusqu'à ce que maman m'appelle pour déjeuner. À chaque pelletée, je voyais le visage de Paul. Je pensais à sa famille, à son père, à son frère et à sa grand-mère que je n'avais jamais rencontrés. Je pensais à l'enterrement auquel je n'avais pu assister parce que j'étais à l'hôpital, les bras bandés. Et je pensais à la soirée du bal, à la bande des roitelets. Au pantalon mouillé. À la rose jaune.

— Que fais-tu, Francesca ? m'a interrogé maman en me voyant revenir en sueur à l'heure du déjeuner. Pourquoi creuses-tu comme une possédée ?

Je lui ai demandé si ça la contrariait.

— Je ne comprends pas quel but tu poursuis en faisant ça.

Elle s'est tournée vers papa.

— Tu comprends, toi ?

Papa ne comprenait pas non plus.

— Est-il nécessaire de toujours avoir un but ? Ça me calme de creuser, c'est déjà pas mal.

— Au début, j'ai cru que tu allais encore déterrer ton chat, a dit papa. Je n'oublierai jamais le jour où tu as exhumé cette pauvre bête.

— Il y a des choses qu'on n'oublie jamais, ai-je dit.

— Quoi qu'il en soit, a dit maman, ce trou n'est pas une vision très agréable.

Plus tard, dans l'après-midi, elle m'a demandé si je voulais aller prendre le thé au village. Je me suis dit qu'elle avait dû oublier toutes ses précédentes tentatives ratées de me sortir dans le monde. Quand j'étais plus jeune, elle me proposait quelquefois d'aller prendre le thé avec ses copines et leurs enfants, mais comme je ne répondais pas aux questions et que je me léchais les lèvres un peu trop souvent (pourquoi ne pouvais-je pas utiliser un baume à lèvres, comme Cécile ?), elle avait fini par laisser tomber et par ne plus emmener que ma sœur. Ce n'était peut-être pas très surprenant qu'elle ait préféré sa compagnie à la mienne. Cécile, elle, posait toujours les bonnes questions et riait au bon moment. Cécile, elle, laissait les autres finir leurs phrases et ne renversait rien sur les nappes blanches. Mais voilà qu'elle voulait apparemment faire une nouvelle tentative.

Elle a laissé la voiture devant la supérette. Quand on a traversé la place, le vendeur de billets de loterie nous a interpellées. Il était assis à sa place habituelle à l'entrée du magasin et criait à tous les passants : « Qui n'a pas son billeeeet ? »

J'ai dit à maman qu'on devrait lui en acheter quelques-uns, mais elle a murmuré qu'il était sûrement imprévisible et qu'elle ne voulait pas s'approcher de lui.

Elle a poussé la porte du salon de thé en faisant tinter la vieille clochette. Chaque fois qu'on venait, maman commentait la décoration avec condescendance en disant que, décidément, rien n'avait changé ici depuis les années 1950. C'était sûrement vrai, mais à la différence de maman, j'aimais bien l'ambiance, les meubles en bois dépareillés, le vieux jukebox et les rideaux à fleurs. En plus, les pâtisseries étaient à se damner. C'était à cause du beurre, disait maman. À la campagne, les gens mettaient plus de beurre dans tout, car ils se souciaient plus du goût de ce qu'ils mangeaient que des kilos en trop.

Maman a pris un café, c'est tout. J'ai choisi une brioche à la vanille, un gâteau roulé à la pâte d'amande et au cacao, et un soda à la pomme. Quelques hommes en bleu de travail étaient attablés au fond de la salle. Ils étaient comme recouverts de poussière rouge.

— Pourquoi ils sont rouges ? ai-je demandé à maman.

Elle a chuchoté :

— Pas si fort, Fran ! Ils travaillent à la fonderie.

— Et la couleur rouge ? ai-je répété en haussant le ton.

— C'est à cause du fer, a répondu l'un des hommes d'une voix enrouée. L'oxyde de fer. Le fer devient rouge en s'oxydant, et cette merde colle à tout.

Je l'ai remercié poliment pour l'information.

Maman a fermé les yeux un long moment. Puis elle s'est dominée et m'a demandé si je me sentais un peu mieux.

J'ai détaché un énorme bout de brioche et je l'ai mastiqué en silence sans prendre la peine d'essuyer le sucre glace collé autour de ma bouche pendant que maman gesticulait en désignant ma serviette.

— Je vais parfaitement bien, maman.

— Pas la peine d'exagérer, a-t-elle dit en me tendant sa proprc serviette. Sois un peu franche, s'il te plaît, Francesca.

— OK. Paul est mort, personne ne me croit quand je dis que cette histoire de suicide ne tient pas debout, j'ai été renvoyée de l'internat, et vous me surveillez comme si j'étais vraiment dingue.

Le regard qu'elle m'a lancé semblait suggérer que c'était la pure vérité, hélas.

— Je comprends que ce soit difficile, a-t-elle dit. Mais ça passera.

— Comment le sais-tu ?

— Par expérience. Tout passe, tout a une fin.

— Ou alors il n'y a ni fin ni commencement. Tout ne cesse de tourner, tourner, comme dans un grand vent éternel.

— Espérons qu'il y ait une fin malgré tout.

— Je crois que ce chagrin est un chien et qu'il va aboyer sur mes talons jusqu'à ce que je tombe raide morte. Ça ne passe que quand on meurt.

— Ne dis pas des choses pareilles, s'il te plaît. Comment ça s'est passé chez le docteur Molan ?

— Ça ne peut se passer que d'une seule manière, chez lui : mal. Tu peux quand même comprendre que je ne lui ferai plus jamais confiance après l'histoire avec Aron Vendt.

Maman s'est passé une main sur le front.

— Je croyais que nous en avions fini avec cette vieille histoire.

— Vous, peut-être. Mais le docteur Molan et moi, on est revenus dessus.

— Pourquoi ? Ce n'est pourtant pas franchement le problème en ce moment ?

— On ne sait pas où les choses commencent, ni où elles s'arrêtent. C'est ce que nous essayons d'explorer, lui et moi.

— C'est bien, a-t-elle dit d'une voix éteinte.

Avait-elle honte ? Je l'espérais. Moi, j'aurais eu honte si j'avais trahi ma fille comme elle l'avait fait.

Elle s'est excusée en disant qu'elle devait aller au petit coin.

Après son départ, la clochette a tinté, et une très belle femme est entrée. Ses longs cheveux étaient décoiffés et ses vêtements chiffonnés. Elle tenait une petite fille par la main.

— Salut Melinda, a-t-elle dit à la femme derrière le comptoir. Comment vont les poules ?

— Ce salopard de renard les a emportées. Je ne comprends pas comment il s'y est pris pour entrer dans l'enclos.

— Mais tu avais mis un toit, non ?

— Il est entré quand même.

— Si tu veux, je peux t'aider à construire un vrai poulailler.

J'étais épatée par cette femme qui ne prenait pas la peine de se peigner et qui savait construire des poulaillers.

— On va prendre deux jus d'orange et deux brioches à la cannelle. Ou tu veux peut-être autre chose ?

Silence. Elle s'est penchée vers la petite, qui devait être sa fille.

— Je ne t'entends pas, mon cœur. Parle plus fort.

La petite a gardé les yeux au sol en disant qu'elle voulait juste un gâteau.

Melinda a échangé l'une des brioches contre un gâteau et lui a donné le plateau sans se faire payer.

J'observais la scène. Quand elle est passée devant la tablée des hommes, le plus jeune s'est donné une tape sur la cuisse en disant qu'elle pouvait s'asseoir si elle voulait.

— Ta gueule, Svenka ! Tu fais peur à ma fille.

Elle a posé son plateau deux tables derrière moi. Puis, avec la petite, elle s'est approchée du jukebox qui occupe le centre de la salle; elle a soulevé sa fille dans ses bras en lui disant qu'elle pouvait choisir une chanson.

— Je vais aux toilettes, ma chérie, a-t-elle dit une fois que la petite a eu fini de choisir et que les premières paroles de *Somewhere Over the Rainbow* portées par la voix de Judy Garland ont rempli le local. Je reviens tout de suite. Assieds-toi en attendant.

La fillette s'est assise à la table derrière moi. Ses cheveux étaient aussi emmêlés que ceux de sa mère, et elle avait la figure toute sale. Peut-être est-ce cela, combiné à la résignation de son regard et à la mélancolie de la musique, qui m'a donné envie de pleurer.

La musique s'est tue, et c'est alors seulement que je me suis demandé où était passée maman. Elle était aux toilettes depuis une éternité. En revenant, elle était toute pâle. J'ai presque cru qu'elle allait s'évanouir.

— Tu as vu un fantôme?

— Peut-être.

Elle a dit qu'il valait mieux qu'on rentre. Elle avait le vertige, elle ne se sentait pas bien.

19

Susanne avait allumé un feu dans la cheminée. Assise par terre sur une peau de mouton, le regard perdu dans les flammes, elle tenait à la main un grand verre au contenu rose.

— Ils dorment ? demanda-t-elle sans lever la tête.

— Oui.

Elle tendit à Charlie un cocktail identique.

— Tim n'est pas dans son assiette, dit-elle. Il a toujours été nerveux, mais c'est bien pire depuis qu'Isak s'est tiré.

— Il est arrivé un truc tout à l'heure dans la voiture. Tim a pris peur, et Nils a dit qu'il voyait des morts.

Susanne soupira.

— Nils et ses répliques de film… Mais pour Tim, je m'inquiète sérieusement. Tu te souviens de Karla, ma tante paternelle, celle qui voyait des papillons sur des murs noirs et qui parlait à des gens qui n'existaient pas ?

— Je me souviens que tu parlais d'elle, mais je ne crois pas l'avoir rencontrée.

— Sans doute pas, car elle est restée enfermée toute sa vie, ou à peu près. Ma grand-mère maternelle me disait parfois de faire gaffe à ne pas devenir comme elle et que ce genre de faiblesse des nerfs était sûrement héréditaire.

— Comment s'y prend-on pour faire gaffe à ça ?

— Je n'en sais rien. C'est sans doute pour ça que j'avais si peur. Imagine un peu, si Tim a hérité de la folie de Karla ?

Charlie regarda par la fenêtre. L'obscurité automnale avait envahi la cour, et on ne voyait que le faible halo jaune de la lampe extérieure, à côté de la grille.

— Tom aussi a vu quelqu'un.

— Quoi ?

Susanne écarquilla les yeux.

— Tom a dit qu'il avait vu quelqu'un dans le jardin, du côté des balançoires. Il a tendance à se faire des idées, lui aussi ?

Susanne fit non de la tête. Charlie sentait une légère oppression au niveau de la poitrine. Elle avait espéré une autre réponse.

— Tom n'est pas du tout comme Tim, en tout cas sur ce plan-là. Ça me fait peur, ce que tu dis, Charlie. Vraiment.

— Y a-t-il quelqu'un qui ne t'aime pas, par ici ?

— Ces temps-ci, j'ai le sentiment que le village entier me hait.

— Je ne comprends pas pourquoi. S'il y a quelqu'un à qui les gens auraient éventuellement des raisons d'en vouloir, il me semble que ce serait Isak.

— Mais Isak n'est pas là. Et tu sais ce que signifie l'expression « péché héréditaire » ?

Charlie hocha la tête. Elle savait. Elle était la fille de Betty Lager. Elle savait tout sur le péché héréditaire.

— Mais tu n'es pas du même sang que lui !

— Je suis sa femme. Pour beaucoup de gens, on peut difficilement être plus proches.

— Tu n'as rien fait !

— Va dire ça aux langues de vipère.

— Qui est-ce ? Qui sont les langues de vipère ?

— C'est plus compliqué que ça, Charlie. Je ne pense pas que tu aies oublié comment ça se passe ici.

Charlie but une gorgée et ferma les yeux. Betty et elle à la supérette, Betty qui remplit le chariot au hasard, croquettes pour chien au lieu de croquettes pour chat, conserves, serviettes, couverts en plastique. Les clients se retournent sur son passage, murmurent, rigolent. Betty ne remarque rien, mais Charlie, oui. Elle remarque tout.

— Je n'ai pas oublié, dit-elle.

Elle pensa aux regards dans son dos un peu plus tôt dans la journée, quand elle était au pub. Elle n'avait rien oublié.

— Il se peut que ce soit pour toi, hasarda Susanne. Un dingue de Stockholm qui te colle aux basques, qui sait ?

— Pourquoi ?

— Bah, il doit bien y avoir des dingues aussi à Stockholm.

Charlie passa rapidement en revue les hommes qu'elle avait rencontrés ces derniers temps. Anders avait l'habitude de dire en rigolant que, tôt ou tard, elle tomberait forcément sur un taré et qu'elle ferait mieux de vérifier que leur nom ne figurait pas dans le fichier, histoire d'éviter au moins les pires salopards.

— Ou alors c'est quelqu'un d'ici, poursuivit Susanne. Qui se demande ce que tu fous là et pourquoi tu passes ton temps à interroger les gens sur Francesca Mild et Gudhammar.

Charlie secoua la tête.

— On est peut-être en train de s'inventer des histoires, dit-elle. Si ça se trouve, c'était juste un voisin qui promenait son chien.

— Derrière nos balançoires ? D'ailleurs, nous n'avons pas de voisin.

20

Enfin, Susanne jugea qu'il était temps d'aller se coucher. Charlie envoya un SMS à Johan pour le prévenir qu'elle avait le dossier. Puis la question : *Tu veux qu'on le parcoure ensemble ?*

Réponse immédiate. *Volontiers. Viens.*

Le teckel, qui dormait sur le canapé, se réveilla en entendant Charlie passer devant lui. Il se mit à geindre mais se calma quand elle lui caressa un peu le dos.

Dehors, l'obscurité était compacte. Charlie regarda vers les balançoires en contrebas. Tout était calme.

Même chose dans le centre de Gullspång : pas un être humain en vue. La place silencieuse plongée dans le noir rappela à Charlie la peur qu'elle ressentait souvent, petite, à l'idée d'être la seule survivante du monde. Combien de fois s'était-elle rendue sur la pointe des pieds dans la chambre de Betty pour vérifier que sa mère était bien dans son lit et qu'elle respirait ? *Arrête de rôder autour de moi comme un fantôme, ma chérie. Je suis là.*

La porte d'entrée du motel était fermée. Charlie dut appeler Johan et lui demander de descendre lui ouvrir.

Il la fit entrer et lui indiqua le bar en passant.

— T'as vu ? Tout est là, il n'y a qu'à se servir. Marrant, non ?

Charlie pensa que c'était plus merveilleux que marrant. Elle se serait bien préparé un petit mélange vraiment fort.

— Tout va bien ? poursuivit Johan. Susanne ?

— C'est raide, mais elle s'en sortira.

Charlie fut désagréablement surprise de constater qu'on avait donné à Johan la chambre qu'elle-même occupait durant l'été. C'était là que, ivre morte, elle avait fait monter Johan, avec le résultat de la faire exclure de l'enquête. Elle avait du mal à lâcher l'histoire. Quelle imbécile !

Pour tout ce que tu fais et omets de faire, pardonne-toi.

Johan lui avança le fauteuil et s'assit sur le bord du lit. Charlie ouvrit le rapport de police à la première page.

— Pourquoi le nom du flic est-il barré ? demanda Johan.

Charlie considéra le rectangle noir à l'emplacement du nom du responsable de l'interrogatoire.

— Peut-être parce qu'il a commis une erreur.

— Pourquoi ne pas simplement se débarrasser du document, dans ce cas ?

— Bonne question. Peut-être parce que quelqu'un a commis deux erreurs. Il faudra demander qui travaillait au poste de police de Gullspång à la fin des années 1980.

Les premières pages résumaient les événements dont ils avaient déjà connaissance dans les grandes lignes.

Francesca Mild avait disparu à une heure indéterminée dans la nuit du 7 au 8 octobre 1989. Son passeport n'était plus là, et un peu d'argent liquide avait peut-être également disparu. Francesca avait interrompu ses études à l'internat d'Adamsberg quelques semaines auparavant à la suite d'une tentative de suicide.

— Tu étais au courant ? demanda Johan. De la TS ?

— Non, mais Micke a laissé entendre qu'elle était sérieusement déprimée. Et j'ai parlé à quelqu'un au pub, aujourd'hui, qui l'a traitée de malade mentale.

— La piste du suicide est donc peut-être plausible malgré tout.

— Oui, mais dans ce cas, on aurait dû la retrouver, pas vrai ?

Interrogé, le couple Mild témoignait également du déséquilibre psychique de leur fille. Francesca avait toujours eu des tendances destructrices.

Suggéraient-ils par là que Francesca avait pu mettre fin à ses jours ? demandait le responsable d'interrogatoire anonyme.

Ni l'un ni l'autre des parents ne le pensait.

Mais ne venait-elle pas de quitter l'hôpital après une tentative de suicide ?

Fredrika Mild dit qu'il s'agissait d'un malentendu. Ce n'était pas une tentative de suicide, mais un appel au secours.

Le téléphone de Johan sonna.

— Il faut que je décroche, annonça-t-il après un coup d'œil à l'écran.

Il sortit pendant que Charlie poursuivait sa lecture.

Elle en était à un passage de l'entretien où les parents de Francesca s'entendaient demander si la famille avait, à leur connaissance, des ennemis. D'après Rikard Mild, ce n'était pas le cas. Mais selon sa femme, ils recevaient parfois des visiteurs importuns. Qui ? Elle ne le savait pas. Elle ne connaissait ni leur nom ni leur visage.

Charlie relut le paragraphe. *Des visiteurs importuns*. Une main de Betty sur le heurtoir, l'autre qui tient la sienne, si fort que ça fait mal. La porte qui s'entrouvre, la voix suppliante de Betty.

Je veux juste... Nous devons...

Partez, ou j'appelle la police.

Il faut qu'on parle. Je t'en prie.

Il ne fallait pas penser à Betty maintenant. Trop tard. Betty avait-elle eu d'autres secrets dont elle n'avait rien dit à Charlie ? Ce qui s'était produit quand Nora et elle avaient treize ans, le petit garçon auquel elles ne voulaient aucun mal, mais qu'on avait retrouvé étranglé malgré tout… Était-ce un acte prémédité ? Ce garçon-là était-il la première victime d'une meurtrière qui avait poursuivi sa carrière bien plus tard, après ses années de prise en charge par les services sociaux ? Charlie essaya de se calmer en pensant qu'il s'agissait malgré tout de l'œuvre de deux fillettes vulnérables, d'un jeu qui avait mal tourné, d'un épisode unique, d'un tragique accident, d'un malheur. Betty n'était pas mauvaise. Betty était impulsive, folle et… Elle ferma les yeux. Les mains de Betty dans ses cheveux. Les soirées d'été durant lesquelles elles dansaient la valse ensemble dans la forêt aux cerisiers : *Ne regarde pas tes pieds ! Détends-toi. Ce n'est qu'un jeu, ma chérie. Ce n'est pas d'un sérieux mortel.* Betty Lager – la prof de danse, la grande buveuse, l'organisatrice de fêtes à tout casser : *Montez le son et lâchez-vous, bonnes gens ! Oui, mais c'est quoi l'intérêt de faire la fête si on ne danse pas ?* Et puis, l'autre face. Betty Lager – la mère chagrin qui ne supportait aucun bruit ni aucune lumière, les couvertures clouées devant les fenêtres, le regard tourné vers le mur. Et puis une troisième : Betty la protectrice. *Ne me parlez pas sur ce ton quand j'ai la petite avec moi !*

Celui qui touche à un cheveu de ma gamine…

Elle est trop intelligente pour vous. Elle a plus de sagesse que vous tous réunis. J'ai la fille la plus vieille du monde.

Personne ne connaissait Betty Lager. De tous les amis

qui étaient venus à Lyckebo et repartis, aucun ne la connaissait vraiment. Moi non plus, pensa Charlie. Je ne connaissais pas ma propre mère. Tout ce que je peux savoir avec certitude, c'est qu'elle avait des secrets. Elle n'était pas celle que je croyais.

Elle alla à la fenêtre. Là, quelque part, dehors, il y avait le fleuve, la forêt, les prés, mais avec ce noir d'encre d'une nuit d'automne, elle ne voyait rien au-delà de l'ancienne fonderie. Quelques lampadaires en éclairaient l'entrée. Combien de fois Betty avait-elle franchi le portail de cette usine qui avait *de quoi rendre complètement dingue la personne la plus saine d'esprit* ? Trop de fois, pensa Charlie. Car Betty n'était pas franchement devenue moins dingue après avoir commencé à travailler à la fonderie, dans *les feux de l'enfer*, comme elle disait.

Johan revint.

— Ça va ? demanda-t-il en voyant sa tête.

Charlie ouvrit la bouche pour dire oui. Mais au lieu de ça, elle dit non. Non, ça n'allait pas. Elle indiqua le document et parla à Johan des visiteurs importuns, qui coïncidaient curieusement avec ses propres souvenirs confus.

— Si Betty devait être mêlée à cette histoire, je ne le supporterais pas. C'est trop.

— Ça n'a peut-être rien à voir. Je veux dire, c'est comme pour le passeport. Ce n'est pas parce que le passeport manque que Francesca est nécessairement partie en voyage.

— Non, mais *si ça se trouve*, c'est ce qui s'est passé. Et savoir que ma mère, avec son passé violent, faisait partie des visiteurs importuns… ça ne me met pas en joie.

Johan prit le document posé sur ses genoux et

parcourut en vitesse les pages qu'il avait manquées à cause de son coup de fil.

— Ça ne signifie pas nécessairement… réessaya-t-il.

— On va devoir s'en assurer. On va devoir s'assurer de ce que ça signifie. Pour l'instant, on finit de lire ce dossier.

Francesca

Incapable de dormir, je restais dans mon lit à regarder le plafond. Il pouvait être deux heures du matin. Une éternité à attendre avant le lever du soleil, avec mes pensées qui tournaient sans fin dans leur orbite habituelle. Je me suis rappelé ce qu'avait dit Paul, un jour, à propos des avantages de tracer des mots sur du papier. Ça pouvait éclairer, tisser des liens, créer des cohérences.

Tout ce que j'ai trouvé, pour écrire, c'est un cahier de maths. Un cahier à carreaux. Pas de problème.

J'ai écrit comme une possédée tout le restant de la nuit. Aucun souci de chronologie ou de logique. J'écrivais mes souvenirs dans l'ordre où ils me venaient. Ça donnait des paragraphes courts, une ambiance un peu comme dans un rêve.

Le docteur Molan dit que la mémoire humaine est infidèle et changeante. J'ai mordillé mon crayon un moment avant de poursuivre : *Elle peut avoir des blancs, se laisser manipuler et falsifier. Si on ajoute à cela les médicaments, l'alcool et les drogues, il y a d'autant plus de raisons de s'en méfier, bien sûr. Conclusion : mes souvenirs de la soirée du bal ne sont pas nécessairement vrais. La rose jaune, les vêtements mouillés de la bande des roitelets... Tout cela peut être le fruit de l'ivresse, un rêve, une hallucination. Et malgré tous mes efforts, dit le docteur Molan, je ne peux faire surgir les événements réels de l'oubli. Je ne peux pas remplir les blancs. C'est un processus complexe qui ne se laisse pas maîtriser par la volonté. Alors, au lieu de me torturer en essayant de mieux me souvenir, d'après lui, je devrais penser à autre chose. Je devrais juste tout oublier.*

Je voudrais dire au docteur Molan que l'oubli est un processus complexe, qui ne se laisse pas maîtriser par la volonté.

J'ai relu ce que je venais d'écrire, et une sensation inhabituelle de bien-être m'a parcouru le corps. J'allais retourner chaque pierre, le moindre caillou, consigner par écrit chacun de mes souvenirs, tout ce que je rêvais, croyais et soupçonnais. Peut-être cela réveillerait-il ma mémoire et, dans le cas contraire, cela contribuerait à donner une structure à mes pensées.

Au petit déjeuner, maman m'a expliqué que nous aurions du monde à dîner samedi. J'ai demandé pourquoi, et elle m'a regardé d'un air perplexe en répondant que c'était agréable. Un jeune couple charmant, a-t-elle dit, de passage dans la région. Ça me ferait peut-être du bien. Une ambiance un peu festive… Cela me changerait les idées.

Avant l'arrivée des invités, il fallait bien entendu faire un grand ménage. Quand elle a découvert que le papier portant tous les numéros de téléphone des employés occasionnels avait disparu, ça a été la panique.

— Où est le papier qui était sur le tableau d'affichage, Francesca ?

J'ai dit que je n'en avais aucune idée.

Elle s'est tournée vers papa.

— Rikard ? Que faisons-nous ?

— Bah, il suffit d'ouvrir l'annuaire, maman. Tous les numéros y sont, j'imagine.

— Bien sûr. Le seul problème, c'est que je ne me rappelle plus son nom. La femme de ménage qui vient d'habitude. Tu t'en souviens, Rikard ?

Papa a secoué la tête.

— Elle s'appelle Carola, ai-je dit.

Ils m'ont regardée. Ces deux personnes qui étaient incapables de faire le ménage chez eux avaient une fille qui connaissait au moins le nom de la femme qui s'en chargeait à leur place.

Carola est venue le vendredi, veille du jour où le couple charmant était attendu à dîner. Elle ne travaillait pas à Gudhammar depuis longtemps. Je n'avais eu l'occasion de la rencontrer que deux ou trois fois pendant l'été, et je n'en savais pas plus sur son compte que ce qu'elle voulait bien laisser voir. Mais quelque chose me disait qu'elle aimait boire un verre à l'occasion. Je ne sais pas d'où me venait cette idée, c'était juste une intuition. Elle venait parfois accompagnée de sa fille, une petite qui avait le nez en trompette et ne répondait pas quand on lui adressait la parole.

Je me suis approchée d'elle en catimini pendant qu'elle passait l'aspirateur sur l'immense palier du premier étage. Elle travaillait à unc vitesse furieuse, et il est clair que je la dérangeais. J'ai débranché l'aspirateur.

— Qu'est-ce que tu fais ?

Son visage était congestionné par l'effort. Mon idée, au départ, était de bavarder un peu avec elle, mais là, je n'ai rien trouvé d'autre à dire que la véritable raison pour laquelle je venais de la couper dans son rythme de travail.

— Tu crois que tu pourrais m'acheter une bouteille de rouge ?

— Pourquoi ? – Elle a plissé le front. – Je veux dire… Tu es trop jeune, non ?

— Exact. C'est pour ça que je te le demande à toi.

— Quel âge as-tu ?

— Dix-sept.

— Tu parais moins. Tu es très… maigre.

— C'est parce que je suis déprimée.

Elle se penchait déjà pour rebrancher l'appareil. J'ai insisté.

— Un Lambrusco Donelli. Cinquante couronnes en magasin. Je te donne cent couronnes. Deux cents si tu m'en rapportes deux.

Bref scintillement dans le regard de Carola.

— Mais si…

— Mais si quoi ? Ce n'est pas comme si je te demandais de me fourguer de la drogue. Un peu de vin n'a jamais tué personne.

Carola a rigolé.

— T'es marrante, toi.

J'ai pensé que j'étais surtout assoiffée.

— Mais tu te trompes, a-t-elle dit.

— Quoi ?

Je pensais qu'elle allait me dire que le vin tuait tous les jours.

— Il ne coûte que trente-huit couronnes. Le Donelli. C'est trente-huit la bouteille.

Le lendemain, elle m'a glissé à l'oreille qu'elle avait caché les bouteilles dans le grand trou en contrebas des boulcaux, comme je le lui avais demandé. Je lui ai donné cent couronnes supplémentaires, rien que parce qu'elle avait été franche sur le prix.

Le couple charmant devait arriver à dix-sept heures. Il était à peine treize heures quand maman m'a demandé de commencer à l'aider en cuisine. J'ai répondu que ce n'était pas le moment.

Et qu'avais-je donc à faire de si important ? Je ne lui ai pas dit que j'étais très occupée à écrire, car je n'avais pas envie de subir un tas de questions indiscrètes. L'écriture remplissait de plus en plus mon temps. Il ne s'agissait plus seulement de Paul et de la soirée du bal. J'écrivais sur l'avenir qui n'était peut-être pas le mien, sur le fait d'être étrangère au monde et à ma propre famille. J'écrivais ce qu'il s'était passé durant la journée écoulée, ce que j'avais mangé, comment avançait le creusement du trou, des choses simples. Moi qui en avais toujours marre de tout ou presque avant de commencer, je ne m'étais jamais sentie aussi motivée.

J'ai enfilé un peignoir et je suis allée dans l'étable. Autrefois, il y avait eu deux cents vaches laitières là-dedans, en plus des moutons, des cochons et des chevaux. Je trouvais ça triste que mon père se soit débarrassé des bêtes en héritant de la propriété. Mais voilà, elles nécessitaient trop de travail et n'étaient pas rentables. Et puis, maman et lui vivaient en Suisse la plus grande partie de l'année.

L'étable était propre et balayée, mais il restait encore des balles de foin là-haut dans le fenil. J'ai gravi l'échelle avec mon cahier. J'étais à mi-hauteur quand la porte de l'étable s'est ouverte.

— Qu'est-ce que tu fous ?

La voix d'Ivan.

— Je vais là-haut, comme tu peux le voir.

J'étais gênée de devoir me justifier devant lui. Ivan n'avait rien à faire là, pourtant il n'arrêtait pas de surgir quand on s'y attendait le moins. C'était désagréable.

— Qu’est-ce que tu comptes y faire ?
— Être seule.
— L’échelle est vieille…
— Et alors ?
— Rien, je me dis juste qu’elle ne va peut-être pas tenir le coup. C’est haut, quand même…
— Je crois qu’elle est solide. Et toi ? Qu’est-ce que tu fous là ?
Soudain, j’ai pensé au jour où Ivan avait tué une portée de chatons. Il avait rempli un sac avec des pierres et fourré les petites bêtes à l’intérieur avant de faire un nœud et de balancer le tout du haut du pont, au village. Après, il avait raconté froidement comment il s’y était pris.
— Je viens juste chercher ma scie à métaux et un taille-haie, qui est à moi, aussi.
— Ah. J’espère que tu les trouveras.
Me faisais-je des idées ou Ivan était-il en train de me mater en douce ? Je n’avais qu’une culotte et un maillot de corps sous mon peignoir. Et pourquoi restait-il planté là s’il avait des affaires à aller chercher ?
— À plus tard, ai-je dit.
J’en avais fini avec lui.
— Non. On ne se reverra pas. C’est la dernière fois que je viens.
— OK. Salut, alors.
J’ai continué à grimper en essayant de garder mon peignoir serré autour de mes jambes.

Je me suis construit une cabane en balles de foin poussiéreuses. Puis j’ai pris mon cahier et j’ai commencé à écrire. Je devenais de plus en plus poétique dans mes observations. Même Mlle Wilhelmsson aurait apprécié mes métaphores.
Je suis un drôle d’oiseau. Je suis la cinquième roue,

la treizième fée, celle qu'on n'invite pas. Je suis une étrangère en ce monde. J'ai relu la dernière phrase: *Je suis une étrangère en ce monde.* Elle me semblait familière. J'étais sûre de l'avoir déjà lue quelque part, mais quelle importance? Ma mission n'était pas d'écrire des choses belles ou originales. Ma mission était de m'efforcer de me souvenir, de mettre de l'ordre dans les événements et de réhabiliter la mémoire de Paul.

Quand j'ai entendu maman m'appeler, il s'était écoulé près d'une heure.

Elle m'attendait sur les marches du perron.

— Tu n'as pas le droit de disparaître ainsi! J'ai failli mourir de peur.

— J'étais dans l'étable. Pas de quoi te mettre dans des états pareils.

— Comment puis-je le savoir? Si tu vas quelque part, tu dois nous le dire. On dirait que ça te met en joie de me contrarier.

— J'étais juste dans l'étable. J'avais besoin d'être seule.

Elle a secoué la tête, et je l'ai suivie dans la cuisine.

— Qu'est-ce qu'on mange?

— Un simple rôti.

C'est seulement alors que j'ai vu combien elle paraissait triste.

— Tout va bien, maman?

Elle a levé les yeux, surprise. J'ai compris qu'elle n'avait pas l'habitude que je m'adresse à elle gentiment.

— Ça va. C'est juste un peu de fatigue, rien de plus.

— Maman…

— Oui?

— Est-ce que tu es heureuse?

— Quoi? a-t-elle fait, comme si ce mot lui était totalement étranger. Pourquoi cette question?

— Je te la pose, c'est tout. Ce n'est pas pour te contrarier.

— Je ne suis pas contrariée.

Elle a lâché la cuillère en bois dans la marmite et a poussé un juron.

— Pas contrariée, et pas heureuse ? ai-je suggéré.

— J'ai une bonne vie. J'ai tout ce que je peux désirer. Si c'est cela le bonheur, je suppose que je suis heureuse. C'est quoi, le bonheur, selon toi ?

— Je sais très peu de choses à son sujet.

— Tu peux préparer la salade, a-t-elle dit en me tendant un couteau bien affûté.

— Ce n'est pas un peu tôt pour ça ?

— Non, on la couvrira et on la mettra au frigo.

J'ai commencé à hacher tomates, concombre et laitue.

— Attention, le couteau est tranchant !

Elle a interrompu ce qu'elle était en train de faire et m'a regardée.

— Tu es pressée, Francesca ?

— Non, je pensais juste…

— Ne me dis pas que tu vas retourner creuser ce trou.

— Pourquoi ? Qu'y a-t-il de mal ?

— C'est un comportement très étrange. En es-tu consciente ?

— C'est inoffensif, me suis-je défendue en accélérant le rythme du couteau. C'est inoffensif, et j'aime ça. Alors où est le problème ?

— Le problème, c'est que nous ne pouvons pas nous permettre d'avoir de grands trous au beau milieu du jardin. Il n'y a pas de quoi rire, Fran. Ça peut être carrément dangereux, des trous aussi profonds.

— Un seul trou, ai-je rectifié en brandissant un doigt. Et il se trouve à plusieurs centaines de mètres de la maison.

— Quoi qu'il en soit, Adam est en train de le combler. Francesca ! Reviens !

J'étais déjà dehors.

— Laisse Adam régler ce problème !

Adam venait à peine de commencer quand j'ai déboulé. Il s'est immobilisé, et j'ai vu dans son regard quelque chose qui ressemblait à de la peur.

— Arrête ! Arrête immédiatement.

— Mais Fredrika a dit…

— Je sais ce qu'elle a dit, mais c'est mon trou.

— Je comprends.

Il avait l'air désemparé, sa bêche à la main. Le pauvre ne savait sans doute pas comment réagir à ces ordres contradictoires.

— Tu peux lâcher la bêche.

Adam s'est exécuté.

— Je peux te poser une question ? a-t-il demandé.

— Ben oui.

— Pourquoi fais-tu ça ? Pourquoi est-ce si important pour toi ?

— Pour rien. Je veux juste voir jusqu'à quelle profondeur je peux aller.

21

Rikard Mild ne semblait pas partager la préoccupation de sa femme au sujet des visiteurs importuns. Selon lui, il s'agissait seulement de villageois peu recommandables qui voulaient lui réclamer du travail, lui emprunter de l'argent, ou qui avaient juste un coup dans le nez et envie de lui parler d'un tas de choses. Il en avait toujours été ainsi. Du temps de son enfance, déjà, c'était ainsi, et cela n'était peut-être guère étonnant dans un lieu tel que Gullspång. Le manque d'argent poussait décidément les gens à oublier toute dignité. En lisant cela, Charlie aurait voulu pouvoir voyager dans le temps et être le flic anonyme qui avait conduit cet interrogatoire. Elle avait envie d'abattre ses mains sur la table, sous le nez de Rikard Mild, et de lui demander qui étaient ces visiteurs. Il devait le savoir, nom d'un chien. Il le savait forcément.

Le témoignage suivant émanait du psychiatre de Francesca, un certain Sixten Molan. Selon lui, Francesca était profondément déprimée et souffrait d'hallucinations. Quelques semaines avant sa disparition, il avait encore mis en garde ses parents contre le risque suicidaire, qui restait réel et préoccupant, selon lui.

Charlie réagit à la distance que semblait observer ce

Molan à l'égard de sa jeune patiente. Peut-être était-ce lié à son emploi récurrent de termes psychiatriques. L'effet produit était d'une grande froideur, comme si cette fille se réduisait à une collection de mots techniques pour un problème que nul ne pouvait infléchir, encore moins soigner.

— As-tu parlé à ce psychiatre quand tu préparais ton article ?

— Non, répondit Johan. C'est la première fois que je vois son nom. Il semble en tout cas assez certain du sort de Francesca.

Mais si elle s'était suicidée, pensa Charlie, on aurait dû retrouver le corps. À moins que… Elle revit la masse de Mattias fendant la surface de l'eau et provoquant quelques remous. À peine une minute plus tard, le lac avait repris son apparence de miroir lisse. On n'avait jamais retrouvé Mattias. Le lac était profond. Un corps pouvait être emporté par les courants, rester accroché quelque part, ne jamais refaire surface. Mais la plupart du temps, tôt ou tard, elle le savait, les corps remontaient.

Ils interrompirent leur lecture pour faire une recherche Internet au nom de Sixten Molan.

— S'il est encore en vie, nous devons aller le voir. Francesca était sa patiente. Il détient des informations confidentielles auxquelles personne d'autre n'a accès.

— S'il est encore en vie, on le trouvera, dit Johan.

— Le docteur Molan a été très productif, constata Charlie à la lecture des résultats de recherche : une longue liste de publications relatives à toutes sortes de désordres psychiques.

Elle tomba sur une page où quelqu'un avait posté un article paru dans le journal de Gullspång en 1989. On y voyait un homme d'une petite soixantaine d'années assis sur une banquette en bois peinte en blanc attachée comme une balançoire au plafond de la véranda d'une villa 1900 de couleur verte. Un cigare à la bouche, l'homme souriait largement au photographe. *Le professeur au repos dans sa maison de campagne*, disait la légende. L'article expliquait que le docteur Molan s'était retiré de façon permanente à Gullspång après une longue carrière dans la capitale. Suivait un bavardage inepte où il était question de pouces verts et d'un cabinet installé à l'étage de la maison, où le docteur comptait bien continuer de recevoir quelques rares patients entre deux coups de sécateur.

Le document suivant contenait les rapports d'audition de plusieurs élèves d'Adamsberg. Les entretiens étaient expéditifs. Francesca y était décrite comme une fille solitaire, démotivée et déprimée. Elle n'avait qu'un seul ami à l'internat : Paul Bergman. Après la mort de celui-ci, elle s'était comme enfermée dans son propre monde.

— Paul Bergman, dit Charlie. Je vérifie.

Elle reprit son téléphone et fit une nouvelle recherche.

— Trop de résultats, soupira-t-elle.

Elle ajouta Adamsberg après le nom de Paul et cliqua sur le premier résultat dont le titre était : « Bal d'automne ». La page se révéla contenir une série de photos de groupes, garçons en smoking, filles en robe longue. Johan se pencha par-dessus son épaule pour lire avec elle. *Le premier septembre de chaque année, les lycéens d'Adamsberg fêtent le début d'un nouveau trimestre, plein de promesses de connaissance, de développement personnel et de complicité avec les autres élèves et avec leurs professeurs.* Les photos étaient classées par ordre chronologique des promotions, de 1970 jusqu'à l'année en cours.

Charlie chercha 1988. Francesca et Paul auraient dû figurer dans ce groupe, mais, après avoir rapidement parcouru la liste des noms, elle constata qu'ils n'y étaient ni l'un ni l'autre. L'année suivante, en revanche, ils étaient là. 1989. Paul Bergman était censé être le premier à gauche au deuxième rang. Charlie agrandit l'image. Des yeux sombres, un regard grave sous une longue frange, un smoking qui paraissait trop grand de plusieurs tailles, une rose jaune fixée à la poche de sa poitrine. Mais ce n'était pas le costume mal ajusté qui distinguait le plus Paul de ses camarades. Les autres étaient tous en couple. Filles et garçons alternaient, le nœud papillon de chaque garçon correspondait à la couleur de la robe de sa voisine. Seul Paul n'avait pas de fille à ses côtés. Francesca Mild aurait-elle dû occuper la place vide ? Pourquoi était-il seul ?

Charlie et Johan revinrent au dossier d'enquête et aux entretiens avec le personnel de Gudhammar. Sachant que l'endroit n'était après tout que la maison de vacances de la famille Mild, le nombre d'employés avait de quoi surprendre. Il y avait de tout : charpentiers, femmes de ménage, assistants jardiniers, baby-sitters et bonnes à tout faire. Quelqu'un avait-il des raisons d'en vouloir à la famille Mild ? La question revenait, ici encore, mais les employés étaient unanimes : la famille Mild n'avait pas d'ennemis connus. Soudain, Charlie reconnut un nom familier. Carola Johnsson, « femme de ménage ». Charlie vérifia son adresse et sa date de naissance.

— Je la connais, dit-elle. C'est la mère de Susanne.

— Ah. Et elle vit toujours dans le coin ?

— Oui, mais je ne sais pas s'il sera possible de lui parler.

— Pourquoi ?

— Elle avait arrêté de boire, mais elle s'y est remise à fond.

— C'est tragique. Pourquoi les gens d'ici ont-ils la vie si dure ?

Charlie ne répondit pas. Elle aurait pu lui tenir un long discours sur le chômage, la précarité et leurs conséquences, le sentiment d'absurdité, l'angoisse, les maladies. Dans l'immédiat, cependant, elle voulait se concentrer sur Francesca Mild.

— Tu savais que la mère de Susanne travaillait à Gudhammar ? demanda Johan.

— Non. À mon avis, même Susanne ne le sait pas. Du moins, elle n'en a pas parlé quand je l'ai interrogée sur les Mild.

Carola Johnsson expliquait au responsable d'interrogatoire que Francesca était déprimée. Elle le tenait de la jeune fille elle-même, qui avait demandé à Carola de lui acheter du vin.

À la question suivante – avait-elle accepté ? –, Carola opposait une réponse catégorique. Bien sûr que non, la petite était mineure.

La dernière personne interrogée était un certain Adam Rehn, qui avait travaillé quelques années à Gudhammar mais avait été remercié peu avant la disparition de Francesca. Il savait qu'elle était malade et qu'elle n'allait plus à l'école, mais pour le reste, il n'avait rien à dire concernant la famille Mild. Lui-même ne s'occupait que du jardin.

Pourquoi Adam Rehn avait-il été congédié ?

Aucune idée.

N'avait-il pas interrogé ses employeurs ?

Non.

Comment était-ce possible ?

Il ne leur avait pas posé la question, c'est tout.

Adam, pensa Charlie. Était-ce un nom courant à Gullspång ? Elle reprit son téléphone et fit une recherche au nom d'Adam Rehn dans l'annuaire. Elle en trouva un à Gullspång : un homme de quarante-neuf ans qui possédait une entreprise de travaux paysagers *Gullspång, terrassements et jardins*. Elle chercha dans les images. La première photo qui apparut lui confirma que c'était bien l'homme qu'elle avait croisé au pub.

— Il vit toujours à Gullspång, expliqua Charlie. Il a une boîte de jardinage. Je lui ai parlé ce matin, il était au pub avec des collègues.

— Et alors ? Qu'a-t-il dit ?

— Je n'avais pas encore lu le dossier, mais je lui ai quand même posé quelques questions sur Francesca. C'est là que j'ai entendu parler de son déséquilibre psychique. Mais Adam n'a pas mentionné le fait qu'il avait travaillé pour la famille.

— Les gens d'ici sont fermés comme des huîtres. Surtout avec les étrangers.

— Je sais.

— Ça ne commence pas à faire beaucoup de coïncidences ?

— Bah, c'est comme ça dans les villages.

Elle éludait, mais elle sentait qu'il avait raison.

Sa mère et celle de Susanne. Un endroit où elle s'était rendue, de nuit, enfant, avec Betty. C'était lié, d'une manière ou d'une autre. C'était lié, et elle savait qu'elle ne pourrait pas faire autrement que de chercher le lien. Elle ne pouvait plus faire machine arrière.

— Tu as été en contact avec des gens d'ici, pour ton article ?

— Non, je n'ai fait que parcourir les archives des journaux. J'ai essayé de retrouver les Mild, mais ils n'apparaissent nulle part. J'ai appelé quelques anciens camarades de lycée et la sœur de Francesca, mais aucun n'a voulu me parler. Ensuite, j'ai téléphoné à Olof Jansson.

— Qu'a-t-il dit ?

— Il ne travaillait pas à Gullspång à cette époque, mais l'affaire ne lui était pas inconnue. D'après lui, selon toute vraisemblance, soit elle est partie quelque part, soit elle s'est suicidée.

— Il n'est pas difficile de retrouver une fugueuse adolescente. Surtout quand sa famille a des moyens.

— Francesca avait des moyens, elle aussi.

— Et si elle s'est suicidée, poursuivit Charlie sans relever la remarque, alors où est le corps ?

— Il y en a qu'on ne retrouve pas.

— Tu penses à ton père ? Il s'est noyé, Johan. Je l'ai vu de mes propres yeux. Le lac est profond et…

— Je sais. Mais quelle est la probabilité pour que deux personnes disparaissent à Gullspång sans laisser de traces ? La plupart des noyés remontent à la surface. Peu importe la profondeur du lac.

— Tu crois que la disparition de Francesca Mild a un lien avec la noyade de ton père ?

— Non. Et toi ?

— Pardon ?

— Tu m'as l'air assez motivée, toi aussi. J'imagine que ce n'est pas seulement le plaisir de fureter autour d'une affaire classée. Je pense à tes rêves, à Gudhammar et à ta mère, et…

— C'est peut-être le contraire. J'espère ne pas découvrir de nouvelles horreurs concernant Betty.

— Alors il s'agit bien d'elle, malgré tout.

Charlie haussa les épaules. Elle en avait assez de Betty. Assez qu'il soit encore et toujours question d'elle. Elle pensa aux paroles de la psychologue : *Chercher à ne pas lui ressembler, c'est encore la garder pour référence. Tu te sentiras plus libre si tu peux commencer à agir indépendamment de qui elle était…*

— Quoi qu'il en soit, je veux savoir ce qui est arrivé.

— Moi aussi, admit Johan. Mais que répondre à ceux qui demandent pourquoi on vient remuer cette vieille histoire ?

— Nous leur répondons que tu écris une série d'articles sur des personnes disparues. Quoi ? Tu as le droit !

— Ils savent que tu es de la police.

— Alors c'est à toi de leur parler. Je suis en vacances, on se connaît, il n'y a rien à redire à ça. Mais cette nuit, je ne crois pas qu'on va pouvoir faire grand-chose de plus.

— On se reparle demain, conclut Johan dans un grand bâillement.

Charlie posa une main sur son épaule. Elle allait lui dire au revoir quand il l'attira contre lui et la serra dans ses bras.

— Qu'est-ce que tu fais ?

— Pardon, dit Johan en reculant aussitôt. Je pensais…

— Ne t'excuse pas.

— Tu es sûre que tu veux ? murmura Johan en commençant à lui retirer son pull.

Elle hocha la tête.

Plus tard, au moment de se rhabiller, elle comprit ce qui lui avait fait cet effet bizarre. Elle venait de coucher avec quelqu'un sans avoir un milligramme d'alcool dans le sang.

— On se voit demain ? demanda Johan en la voyant se diriger vers la porte.

— Oui. On a une enquête sur les bras.
— Charlie.
— Oui ?
— Fais attention en conduisant.

22

Nuit d'été. Allée de Gudhammar. Charlie et Betty. Charlie lève les yeux vers le ciel et les arbres, mais ce ne sont plus des arbres, ce sont des ombres humaines qui tendent les mains, des visages qu'elle reconnaît sans pouvoir les situer, des filles en robe de bal et des garçons en smoking. Et puis, au bout de l'allée, un ruban rouge et blanc de la police. Betty s'est volatilisée.

Charlie se réveilla en sentant quelque chose lui lécher les pieds. Elle plia les genoux, crut un instant, pour une raison ou pour une autre, qu'il s'agissait d'un blaireau. Mais c'était Hibben, le teckel. Charlie le repoussa et rassembla péniblement ses esprits. Son cerveau embrumé fonctionnait au ralenti. Quelle heure était-il ? Elle s'étira et prit le téléphone sur la table de chevet. Neuf heures moins le quart.

Pas de Susanne en bas. Mais le percolateur était resté allumé. Charlie se servit une tasse de café chaud, s'assit à la table et contempla le jardin d'un regard vague. Elle pensait à l'enquête qui avait suivi la disparition de Francesca Mild. Pourquoi avait-on abandonné si vite les recherches et qui était le responsable d'interrogatoire dont le nom était barré dans le dossier ? Elle dressa une liste de choses à faire : se renseigner sur les personnes qui avaient travaillé au poste de police en 1989 ; découvrir si le docteur Sixten Molan était en vie et, le cas échéant, lui parler ; mettre la main sur quelqu'un qui pourrait la renseigner sur Paul Bergman et sur la manière dont le suicide de ce dernier avait affecté Francesca ; demander à Adam Rehn pourquoi il avait cessé de travailler à Gudhammar ; apprendre où se cachaient les autres membres de la famille Mild.

Elle remonta chercher son ordinateur. Il lui fallut moins de dix minutes pour comprendre qu'elle ne réussirait pas plus que Johan à dénicher les Mild.

Elle enfila les sabots d'Isak, une veste et sortit téléphoner à Anders.

Il décrocha tout de suite.

— Tu as cinq minutes ? lui demanda-t-elle.

— Et toi, ça va ?

Charlie soupira. Anders n'était jamais en reste pour souligner ses défaillances en matière de sociabilité.

— Bonjour, Anders, comment vas-tu ?

— Comme une merde, merci.

Charlie pensa qu'elle aurait dû l'appeler plus tôt. Vu ce qu'il lui avait confié sur son couple, elle aurait vraiment dû l'appeler, mais à vrai dire elle ne l'avait pas pris tout à fait au sérieux. Pourtant, ça l'était. Elle le comprenait seulement maintenant.

— Maria et Sam ont déménagé. Ils sont chez les parents de Maria. Elle a besoin de temps pour réfléchir.

— Je suis vraiment désolée, Anders.

— Moi aussi.

Il toussota comme pour déguiser un sanglot.

— Mais tu as la force de travailler malgré tout ?

— C'est la seule chose que j'arrive à faire. Je ne peux pas rester chez moi à tourner en rond.

Elle ne sut comment réagir. Elle pensait qu'un

divorce lui ferait peut-être du bien, mais ce n'était pas le moment de le lui dire. Il ne serait pas réceptif.

— Ça va sûrement s'arranger, tu verras…

— Alors ? Qu'est-ce que je peux faire pour toi ?

Charlie le lui expliqua.

— Je m'en occupe et je te rappelle.

— Attends ! L'enquête ? Elle avance ?

— Rien de neuf, hélas. Je te tiens au courant s'il se passe quelque chose.

— Merci. À bientôt.

Susanne apparut, venant de la grange, vêtue d'une salopette tachée de peinture bleu ciel.

— Tout va bien ? demanda-t-elle. Tu fais une drôle de tête.

— J'ai mal dormi.

— Moi aussi, dit Susanne. J'écoutais tous les bruits avec l'impression que quelqu'un rôdait autour de la maison.

— Je suis allée au motel cette nuit pour parler avec le journaliste – tu sais ? Johan – de l'affaire Francesca Mild. Je me suis procuré le dossier de l'enquête hier.

— Pourquoi voulais-tu discuter de ça avec lui ?

Charlie s'expliqua.

— Et qu'as-tu trouvé dans le dossier ?

— Quelques trucs nouveaux.

— Un lien avec Betty ?

— Non, mais savais-tu que ta mère faisait le ménage chez les Mild à Gudhammar ?

— Ah bon ?

— Oui, elle figure parmi les personnes interrogées.

— Tu veux dire que moi aussi, j'ai peut-être une mère qui…

Elle se tut, comme si elle réalisait la grossièreté qu'il y aurait à finir sa phrase.

— Je ne veux rien dire du tout. Je te parle juste de ce que j'ai lu dans le dossier.

Elle résuma le témoignage de Carola.

Susanne parut soulagée.

— Ah, alors elle est seulement coupable d'avoir vendu de l'alcool à une mineure !

— Même pas. Elle affirme qu'elle a refusé.

— Bien sûr que non ! Je connais maman. Mais l'avouer à la police, c'est une autre affaire.

— Peut-elle avoir menti sur d'autres sujets ? Ou omis de dire ce qu'elle savait ?

— Aucune idée. On va devoir lui poser la question.

Susanne sortit son téléphone de sa poche. Charlie entendit les sonneries résonner et la boîte vocale se déclencher.

Susanne déclara que Lola dormait sûrement encore et qu'elle réessaierait plus tard.

— J'espère juste qu'elle n'est pas mêlée à un tas de saloperies sur ce coup-là, ajouta-t-elle. Je crois que j'aurais du mal à le supporter. J'ai eu ma dose, côté famille.

Pareil, pensa Charlie. On a eu notre dose, toutes les deux.

Charlie était seule dans la cuisine ; Susanne était retournée dans la grange. Elle prit son portable et appela Johan, qui décrocha. Sa voix était pâteuse.

— Je te réveille ?

— Non. Ou plutôt oui.

— *Sorry*.

— Tu as bien fait de m'appeler. Quelle heure il… Merde, presque dix heures !

— Te sens-tu d'attaque pour parler à quelques personnes ?

Failles temporelles

Paul et moi sous le saule pleureur au bord du lac d'Adamsberg.

Paul me lit *La Cloche de détresse* de Sylvia Plath. Il pense que c'est un livre pour moi, et il a raison. Je suis aussi destructrice qu'Esther Greenwood, mais hélas je n'ai pas sa passion. Je ris, ses analyses limpides sur l'absurdité de l'existence et son refus de vivre mariée à un connard me font marrer.

Je pose ma tête contre l'épaule de Paul et je dis :

Qui veut être mariée à un connard ? Personne.

Il n'en est pas question, répond Paul. Si tu te maries, ce doit être avec quelqu'un de ton niveau. Quelqu'un avec qui tu peux parler.

Je ne suis pas une fille qui rêve de se marier. Je ne suis pas normale. D'ailleurs je ne peux parler avec personne, à part avec toi.

Paul lève les yeux du livre, me regarde et dit que lui non plus n'est pas normal mais que, s'il l'était, je serais la seule qu'il pourrait épouser.

23

Pas de Johan en vue dans le pub. Linda, la propriétaire du motel et glaciale épouse d'Erik, officiait derrière le comptoir. Quand Charlie voulut savoir s'il était possible de prendre son petit déjeuner, elle répondit qu'il était trop tard et que le buffet était débarrassé depuis une heure déjà.

— Demande-lui ce qu'elle veut, cria la voix d'Erik depuis la cuisine.

L'instant d'après, Erik lui-même apparut entre les portes battantes.

— Tu veux quoi, Charlie ? On peut te préparer ce que tu veux.

— Un café et une tartine. Ou plutôt deux cafés et deux tartines. J'attends quelqu'un.

— Pas de problème.

Erik jeta un regard froid à sa femme avant de retourner dans la cuisine.

— À quoi ça sert de fixer des règles si c'est pour s'asseoir dessus à la première occasion ? lança-t-elle dans son dos.

Johan sentait l'après-rasage, l'adoucissant et le propre.

— Le buffet a été hélas débarrassé, annonça Charlie.

J'espère que tu pourras te contenter d'une tartine et d'un café.

— Parfait. Je ne suis pas un fan du petit déj.

Il réprima un bâillement.

— Bon Dieu, qu'est-ce que je suis fatigué ! Je n'ai pas réussi à m'endormir après ton départ. Trop d'informations d'un coup.

Tout en mangeant, ils parlèrent à voix basse des personnes qu'il fallait rencontrer en priorité. Linda tournait autour d'eux en essuyant les tables, et ils durent s'interrompre plus d'une fois.

— J'ai essayé d'appeler Adam Rehn, l'informa Charlie, mais il n'a pas décroché, ni sur son portable ni chez lui.

— Qui a encore un numéro fixe par les temps qui courent ? Et ce Molan, alors ? Il est en vie ?

— Je n'ai rien trouvé sur lui. Ce qui est plutôt positif, c'est que son décès n'a pas été enregistré.

Erik apparut et demanda s'ils avaient tout ce qu'il leur fallait.

— Je peux te poser une question ? demanda Charlie.

— Je t'écoute.

— Tu as vécu ici longtemps, pas vrai ?

— Toute ma vie.

— Connais-tu un certain docteur Molan ?

Erik fit non de la tête. Ça ne lui disait rien.

— Tu sais peut-être qui était le chef de la police à la fin des années 1980 ?

— Ça oui. J'avais pas mal de contacts avec lui à cette époque, pour des histoires de mobylette trafiquée, d'alcool maison, tu vois le genre.

Il sourit, comme si tous les adolescents du monde partageaient les mêmes passe-temps.

— C'était Lars-Göran Edwardsson, et puis un autre,

Christer Mörk. Mais celui-là s'est malheureusement suicidé.

— Pourquoi ? demanda Johan.

Erik haussa les épaules.

— Le truc habituel, faut croire. Plus le courage de continuer.

— C'était les nerfs, intervint une voix derrière le comptoir.

Tous trois levèrent la tête en même temps. Charlie reconnut Margareta, la mère d'Erik.

— Arrête d'écouter en douce, maman.

Erik leva les yeux au ciel à l'intention de Charlie et de Johan.

— Elle fait toujours ça. Elle se planque, elle espionne et elle se mêle de tout.

— N'importe quoi ! réagit Margareta. Cet homme-là était faible des nerfs, tout le monde le sait. Je vous le dis, vu que vous avez posé la question. Il habitait une ferme et il s'est pendu dans l'écurie. C'est sa fille aînée qui l'a trouvé. Elle n'a plus jamais été elle-même après ça, je peux vous le dire parce que…

Linda l'interrompit :

— Je crois qu'ils n'ont pas besoin d'un long exposé sur les raisons, Margareta. Tout ce qui les intéresse, c'est de savoir qui travaillait au poste à l'époque.

— Et pourquoi voulez-vous savoir ça ? les questionna Margareta.

— C'est à cause de moi, répondit Johan. J'écris une série d'articles sur des cas de disparition et…

— Ah ! Tu penses à Francesca Mild.

— Oui. Tu es au courant de l'histoire ?

— Oui. C'était elle, la fille, là, la gosse de riches qui a fugué.

— À moins qu'il ne lui soit arrivé quelque chose.

— Comme quoi ?

Margareta paraissait contrariée, comme si elle avait loupé un épisode.

— On ne l'a jamais retrouvée.

— Alors vous pensez… ?

— On n'en sait rien, dit Johan. Mais je veux essayer d'en apprendre le plus possible.

— Dites-moi si je peux vous aider. Ce n'est pas pour me vanter, mais je sais presque tout sur tout le monde ici.

— Connais-tu un certain Sixten Molan ?

— Le docteur de Stockholm ? – Son ton indiquait clairement ce qu'elle pensait des gens de la capitale. – Oui, je le connais. Un type puant, si vous voulez mon avis.

— Sais-tu où il habite ?

— Au foyer. Le foyer pour personnes âgées, se reprit-elle.

Amnegården.

— Crois-tu qu'il soit possible de lui parler ?

— Aucune idée. Là-bas, il y en a des totalement fêlés, et les autres sont là parce qu'ils sont trop vieux pour se débrouiller tout seuls.

24

Le vent s'était levé. Des feuilles d'automne multicolores tourbillonnaient sous leurs pas. Charlie jeta un coup d'œil en passant aux grappes de fleurs du cytise : leur jaune éclatant de l'été était devenu brunâtre. Le temps passait si vite ! Elle ne savait pas si ce constat la stressait plus qu'il ne la soulageait, ou l'inverse.

— Alors on fait quoi ? l'interrogea Johan quand ils furent dans la voiture. On commence par le foyer de personnes âgées ?

— J'aimerais d'abord refaire un tour à Gudhammar si ça ne t'ennuie pas. Jeter un coup d'œil. Ressentir l'ambiance.

Charlie coupa le contact devant la maison du gardien.

Johan leva les yeux vers l'imposante bâtisse jaune au bout de l'allée.

— Sacrée baraque…

En approchant, ils distinguèrent mieux la façade abîmée, les tuiles manquantes, les mauvaises herbes qui envahissaient le gravier.

— Comment peut-on laisser une maison à l'abandon ? Ça me dépasse. Si on n'a pas l'énergie de l'entretenir, pourquoi ne pas la vendre ?

Charlie pensa à Lyckebo. Ça ne la dépassait pas du tout.

— Viens, on entre, proposa-t-elle.

— La porte est sûrement fermée…

Johan gravit les marches de l'escalier et essaya de l'ouvrir, sans succès.

— On entre quand même, insista Charlie.

— Quoi, tu veux qu'on casse une vitre ?

Elle indiqua une fenêtre du rez-de-chaussée à laquelle manquait un petit carreau et hocha la tête.

— Non, Charlie. On ne peut pas faire ça.

— Qui s'en apercevra ? La maison est abandonnée, comme tu l'as fait remarquer toi-même. Allez, aide-moi.

— Je ne vois pas pourquoi.

— Fais-moi la courte échelle. Je veux juste voir de quoi ça a l'air à l'intérieur.

Johan s'exécuta. Elle chercha à tâtons le crochet qui maintenait les battants fermés. La fenêtre s'ouvrit sans bruit. Charlie grimpa sur le rebord mais sous-estima la hauteur et tomba. Devant elle, une immense table, entourée d'une vingtaine de chaises et de grands portraits sur les murs, qui représentaient sans exception des hommes à la mine grave. En traversant la pièce pour aller ouvrir à Johan, elle entendit résonner dans sa tête la voix de Challe : *Tu viens de te rendre coupable d'effraction, Charlie. Comment as-tu raisonné sur ce coup-là, peux-tu me le dire ?*

— Viens, dit-elle quand elle eut enfin réussi à ouvrir la massive porte d'entrée.

Johan jeta un regard par-dessus son épaule et pénétra dans le hall.

— C'est n'importe quoi, murmura-t-il.

— Pas la peine de chuchoter, répliqua Charlie. Tu peux même crier si tu veux, personne ne t'entendra.

Ils entrèrent dans une bibliothèque. Des rayonnages sur mesure couvraient les murs du sol au plafond.

— Quelle hauteur ! commenta Charlie. On a presque le vertige quand on lève la tête.

— On pourrait se dépêcher ? Je crois qu'on en a vu assez.

— On va juste faire un petit tour à l'étage.

— Je t'attends en bas.

— Pourquoi ?

— Si quelqu'un venait.

— Il n'y a pas de risque.

Johan secoua la tête.

— Je t'attends en bas.

Charlie monta le grand escalier. Ses sensations étaient les mêmes que lorsqu'elle était revenue pour la première fois à Lyckebo pendant l'été. Même odeur de bois, de poussière et d'abandon, même sentiment que les occupants étaient partis en toute hâte : vêtements mangés aux mites jetés sur le dos des chaises, verres abandonnés sur la table de la cuisine… Seuls manquaient les humains.

Elle entra dans une chambre qui devait être celle de l'une des deux sœurs Mild. Un bureau avec une colonne de tiroirs, une longue étagère de livres courant sur un mur, un grand miroir à cadre doré. Elle aperçut un oreiller portant un monogramme plein d'arabesques brodées à l'ancienne. Elle distingua la lettre F. C'était la chambre de Francesca. Charlie resta un long moment sur le seuil en essayant d'imaginer la jeune fille. Elle la visualisa, assise en tailleur sur son lit. Derrière elle, sa sœur. Blonde. Toutes les deux en chemise de nuit. Cécile lui brossait les cheveux. Non. Ça ne collait pas. Francesca n'était pas du genre à tenter de nouvelles coiffures en échangeant confidences et fous rires. Charlie repensa au dossier de l'enquête. Francesca était décrite comme une fille déprimée, solitaire, en deuil. Une adolescente attirée par l'ombre, qui avait tenté de mettre fin à ses jours. Charlie pénétra dans la chambre et s'approcha du lit. Elle voyait à présent Francesca allongée, seule, le regard au plafond. Elle plaça un poids imaginaire sur la poitrine de la jeune fille, le même poids qui l'oppressait souvent, elle, au creux de la nuit. Puis elle la vit se lever, prendre son passeport, rassembler quelques vêtements et quitter la chambre. Les choses s'étaient-elles passées ainsi ? Quelqu'un l'attendait-il dehors ? Qu'est-ce qui pouvait être grave au point de pousser une adolescente de seize ans à partir pour toujours ?

Charlie ferma les yeux. Quand elle les rouvrit, Francesca était de nouveau dans la chambre. Cette fois, elle était assise à son bureau, le visage caché dans les mains. Pleurait-elle ? Avait-elle peur ? Charlie voulut s'avancer, lui entourer les épaules, lui demander comment elle allait. Que t'est-il arrivé, Francesca ? Où es-tu partie ?

Francesca

Nos deux invités sont arrivés à dix-sept heures quinze. Ils étaient jeunes, beaux et élégants à un point ridicule et débordaient d'enthousiasme devant cette occasion de voir comment mes parents étaient installés à la campagne.

— Quelle merveilleuse hauteur sous plafond, Rickard ! s'est exclamée la femme en regardant autour d'elle. Vous pouvez respirer, ici.

Ne te laisse pas avoir par les apparences, ai-je pensé.

— Et voici certainement la fille de la maison ! s'est-elle écriée avec un sourire exagéré en s'emparant de ma main. Je suis Mikaela.

Je me suis présentée.

— Tu as aussi une sœur, non ? m'a interrogée l'homme qui s'appelait, incroyable mais vrai, Mikael.

Son sourire était d'une blancheur aussi éclatante que celui de sa femme.

— Elle est restée à l'école ce week-end.

— Quel dommage ! s'est désolée Mikaela. Nous avons tellement entendu parler de vous !

J'ai dû faire une grimace involontaire, car elle s'est empressée d'ajouter :

— En bien, naturellement.

Je n'ai pas eu le courage de les accompagner pour

le tour du propriétaire, mais les petits cris extasiés de Mikaela me parvenaient chaque fois que maman leur présentait une nouvelle pièce. La soirée allait être longue, et j'ai adressé une pensée reconnaissante à Carola qui avait tenu sa promesse et m'avait livré les bouteilles, comme prévu. J'avais déjà bu deux verres dans ma chambre et, vu le soin que mettait maman à leur montrer tous les coins et les recoins de la maison, j'avais peut-être le temps d'en avaler un troisième.

Maman avait répété en boucle que ce serait un petit dîner sans cérémonie, mais bien entendu elle avait prévu le repas de gala. J'ai constaté que Mikaela et Mikael ne connaissaient pas mon histoire, car ils bavardaient avec insouciance en me posant des questions qu'ils auraient posées à n'importe quelle ado normale.

Puis ils ont changé de sujet, et Mikael s'est mis à parler de sa famille, de ses études et de sa carrière comme s'il récitait un texte appris par cœur. Je faisais de mon mieux pour paraître naturelle et intéressée. Quoi qu'il advienne, ai-je pensé tout en observant Mikael qui racontait avec des gestes emphatiques une anecdote que je n'écoutais plus depuis longtemps – quoi qu'il advienne, j'espère que je ne deviendrai jamais quelqu'un qui récite son CV avec satisfaction. Mikaela n'était pas en reste. Elle était juriste à la base, a-t-elle expliqué. Je trouvais cette expression très drôle, peut-être parce que je l'imaginais littéralement : une personne transparente, avec une pancarte au niveau du pubis détaillant ses diplômes. Mais le cadre de la loi était trop étroit ; elle voyait beaucoup plus grand, a-t-elle expliqué. Et là, elle a commencé à détailler le *business plan* que Mikael et elle avaient concocté ensemble, après quoi ils avaient donc rencontré mon père, qui avait vraiment compris leur vision et leur avait proposé de financer leur projet.

À ce stade, j'avais complètement cessé d'écouter. Tous ces cofinancements, partenariats, participations de papa m'épuisaient, et tous ces succès répétitifs me laissaient toujours un goût de tristesse.

J'ai pensé à ma propre vie. À quoi ressemblerait mon CV ? Qui serais-je ?

J'avais beau tourner mon avenir dans tous les sens, il finissait toujours mal. Je me voyais avec trois enfants bien élevés, un mari en costard sur mesure, dîners de famille, verres en cristal, yeux scintillants à la lueur des bougies. Fondu au noir puis : bougies éteintes, silence, la mère de famille désespérée fouillant les placards à la recherche d'un truc à boire.

Autre image : moi dans un vieux studio sous les combles, quartier branché d'une métropole X ou Y, boulot d'artiste, dîners à même le sol, amis libres et profonds. La scène pivote et révèle sa part d'ombre : hommes réduits à des coquilles vides, gueules de bois, odeurs de gaz d'échappement, solitude.

J'ai adressé une pensée langoureuse à la bouteille de vin qui m'attendait dans ma chambre. Quand pourrais-je quitter la table sans que ce soit interprété comme un manque de savoir-vivre ?

Maman n'avait pas l'air dans son assiette. J'ai vu que sa main tremblait un peu chaque fois qu'elle levait son verre. Elle n'était pas du genre à monopoliser la parole dans les dîners, au contraire ; mais là, elle me paraissait particulièrement silencieuse. Elle me faisait un peu pitié, quand même. Papa, qui ne perdait pas une occasion pour affirmer combien il était fier d'elle, ne prenait pas la peine de l'inclure dans la conversation. Il riait et discutait affaires avec les invités comme s'ils étaient, le jeune couple et lui, les seules personnes présentes autour de la table.

— Francesca ?

J'ai levé les yeux. Maman me fixait d'un air contrarié.

— Pardon, ai-je dit, sans savoir quelle faute j'avais commise.

— Mais enfin, réponds !

— À quoi ?

Mikaela a souri :

— Je te demandais quels étaient tes projets après le bac.

J'avais remarqué qu'elle déplaçait la nourriture dans son assiette comme une anorexique. J'en côtoyais suffisamment à Adamsberg pour reconnaître les signes.

J'ai répondu que j'hésitais entre droit et médecine, mais que je me passionnais pour tant de choses par ailleurs qu'il m'arrivait presque parfois d'avoir peur de prendre feu. Mikaela a répondu en riant qu'il n'en était pas question : je ne devais pas prendre feu, car s'il y avait une catégorie de personnes dont le monde avait besoin, c'était bien de médecins et de juristes compétents.

Papa m'a lancé un regard tendu. Il n'était pas bête au point de ne pas saisir que je me foutais de la gueule de ses invités et que je risquais de mettre en pièces d'un moment à l'autre la belle image que je venais d'inventer.

Mikael a pris la suite de sa femme.

— Si tu choisis la carrière médicale, y a-t-il une spécialité qui te tenterait plus qu'une autre ?

— J'adorerais être cardiologue – d'où me venaient donc toutes ces idées ? – car je me suis toujours énormément intéressée au cœur. D'ailleurs, saviez-vous que le cœur humain ressemble étonnamment à celui d'un porc ?

Papa a ri. Oui, il lui semblait bien avoir lu ça quelque part.

Mikaela s'est mise à raconter une histoire de greffe qui avait mal tourné. Il s'agissait d'une amie à elle. Tout avait semblé parfait au début, mais ensuite… Elle a fait une pause beaucoup trop longue avant de lâcher la chute.

Le repas touchait à sa fin. J'ai senti que je n'allais plus réussir à tenir longtemps le rôle de la fille normale. Je me suis excusée en invoquant un peu de rangement à faire.

— Laisse, a dit maman quand j'ai fait mine de débarrasser mon assiette.

Je pensais monter dans ma chambre et y rester, mais une fois là-haut, j'ai pris la bouteille, je suis redescendue et je suis sortie. Je n'étais pas fatiguée, aucune envie de dormir. C'était juste la compagnie qui m'assommait d'ennui.

Soudain, j'ai entendu du bruit. J'ai prêté l'oreille. Ça venait de l'obscurité du côté de l'allée.

— C'est moi, a déclaré une voix.

Adam !

— Qu'est-ce que tu fais là ?

— Je me balade un peu.

C'est seulement alors que j'ai compris qu'il était ivre. Il s'est avancé vers moi ; son visage est sorti de l'ombre.

— Tu as bu ?

J'ai posé la question alors qu'aucun doute n'était permis.

Adam a hoché la tête. Il avait beaucoup, beaucoup bu.

— Et toi ?

— Un peu, ai-je admis.

— Je reviens du pub où je noyais mon chagrin, a-t-il expliqué en indiquant la mauvaise direction.

— Quel chagrin ?

J'étais surprise, car je l'avais toujours vu comme un homme insouciant.

— Je suis viré.

— Pourquoi ?

— Aucune idée. Ton père a dit que je devais partir, c'est tout.

— Je suis désolée.

J'ai sorti ma bouteille.

— T'en veux ?

Adam l'a prise avec un hochement de tête et s'est mis à boire à grandes lampées comme si c'était de l'eau. J'ai dû la lui retirer des mains pour qu'il ne la vide pas.

— Merci. – Il s'est essuyé la bouche. – Alors ? Ils font quoi, là-dedans ?

J'ai tourné la tête vers la maison, où les chandeliers projetaient des lueurs vacillantes derrière les fenêtres de la salle à manger.

— Ils en sont au dessert.

— À la bonne heure !

Adam a tripoté les poches de sa veste. Deux cigarettes sont apparues. Il m'en a donné une. J'ai placé mes mains en coupe le temps qu'il me l'allume. Il allait rentrer, a-t-il dit. Il ne comprenait pas pourquoi il était venu jusque-là en sortant du pub. Je l'ai vu s'éloigner en direction du portail. Sa démarche était chancelante.

— Porte-toi bien, Francesca, a-t-il lancé par-dessus son épaule. J'espère qu'on se reverra. Quand tu seras devenue encore plus belle que ta maman.

— Merci ! ai-je crié, même si je ne comprenais pas trop le sens de son compliment.

J'ai fini la cigarette et la bouteille avant de retourner à l'intérieur.

Ce soir-là, maman est venue me voir dans ma chambre. Elle s'est assise sur le bord du lit et m'a demandé si c'était vrai, si j'avais réellement l'intention de devenir juriste. Car, dans ce cas, a-t-elle dit… Dans ce cas, c'était vraiment formidable. Je l'entendais déjà piapiater avec ses copines : *Dire que ma fille cadette a décidé de marcher sur mes traces, l'intérêt pour la justice est peut-être héréditaire, après tout, blabla.*

Elle a continué à vanter les mérites de mon choix de carrière. Sans compter que c'était vraiment pratique, car elle avait gardé tous ses vieux manuels. Certains n'étaient sûrement plus en usage à l'université, mais quelle importance, mon Dieu ! il n'y avait qu'à en acheter d'autres.

25

— Qu'est-ce que c'est ? demanda Johan en désignant la voie ferrée.

Ils étaient dans la voiture, en route vers le foyer de personnes âgées d'Amnegården. Charlie lui jeta un regard.

— Quoi, les draisines ?

— Je devine que c'est une sorte de vélo sur rail.

— Tu n'es pas bête, dis donc !

— Mais pourquoi ?

— Parce que c'est marrant, je suppose.

— Tu as essayé ?

— Tout le monde a essayé, par ici.

Charlie, elle, n'avait essayé qu'une seule fois. L'un de ces moments où Betty commençait à monter en régime et avait soif d'activité. Elle avait préparé un pique-nique avec ce qui traînait dans la cuisine, sans oublier les maillots de bain, il pleuviotait, mais qu'importe, Betty était convaincue que le temps allait se lever. Charlie avait été priée de pédaler la première. Pas évident, ça grimpait un peu. Betty, assise en tailleur à côté d'elle sur la draisine, fredonnait l'une des chansons qui lui revenaient toujours en tête lorsqu'elle était de bonne humeur. *Quand c'est le printemps et qu'on a dix-neuf ans.* Charlie s'était sentie soulagée une fois qu'elles ne furent plus entourées que d'eau et de forêt, à bonne distance du village.

On pourrait aller jusqu'en Chine comme ça, ma chérie.

Arrête, maman.

Quoi ? Ces rails vont jusqu'en Chine. On pourrait y aller. Qu'est-ce qui nous en empêche ?

Quelques océans.

On ne peut jamais plaisanter avec toi, Charline. Qui aurait pu croire que j'aurais une gamine sérieuse à ce point ? Je crois que tu es la personne la plus vieille du monde. J'ai la fille la plus vieille du monde.

Il pleuvait toujours, mais Betty voulait s'arrêter pour se baigner. *Ne sois pas si ennuyeuse, ma chérie. Allez, à la baille ! C'est un peu froid au début, mais on s'habitue vite.*

Au retour, Betty avait voulu pédaler à son tour. Elles filaient à vive allure à travers la forêt et Charlie, recroquevillée de froid, ne fit pas attention à la barrière. Normalement, il aurait fallu s'arrêter et l'ouvrir, mais Charlie ne la vit pas. La barrière percuta Betty à hauteur de poitrine et Charlie à la tête. Elle s'évanouit. Quand elle reprit connaissance, Betty pleurait à côté d'elle. *J'ai cru que tu étais morte, ma chérie. Je croyais que tout était fini.*

Charlie était déjà allée à Amnegården, du temps de l'école. Une fois, ils avaient fêté la Sainte-Lucie là-bas. Elle se souvenait que ça lui avait serré le cœur de chanter pour tous ces visages flétris. Quand elle en avait parlé à sa mère, Betty avait dit que jamais, jamais elle ne se laisserait enfermer dans un endroit pareil. Elle ne voulait pas être abandonnée comme un paquet malade en pleine confusion mentale livrée sans défense à des inconnus. *Quand je serai vieille, ma chérie, si je deviens malade et sénile, il faudra que tu m'aides.* Charlie avait opiné en faisant semblant de ne pas comprendre ce que Betty entendait par là.

L'endroit n'avait guère changé, constata-t-elle : de longs couloirs, un lino à rayures jaune et marron et, sous les fenêtres en encorbellement, de vieilles banquettes avec des tables et des rouets du XIXe siècle qui paraissaient déplacés et comme perdus dans ce bâtiment construit dans les années 1970. Au mur, des photos en noir et blanc ; toutes sans exception représentaient Gullspång, constata Charlie. Elle s'arrêta devant un groupe d'enfants dont l'attention était fixée sur des hommes occupés à creuser un trou dans la terre. Elle lut la légende : *Classe de CM1 de l'école de Gullsten lors d'une expédition archéologique, 1975.*

— Tu reconnais quelqu'un ? s'enquit Johan.

— Non, ils sont trop vieux pour moi.

Les couloirs étaient étrangement déserts. Ils finirent par apercevoir un homme qui passait une serpillière sur le sol.

Charlie s'excusa et demanda s'il savait par hasard où se trouvait la chambre du docteur Molan.

— Tout droit, première à droite. Surtout, ne sonnez pas. Il n'aime pas le bruit.

Charlie frappa deux coups légers sur la porte qui portait le nom de Sixten Molan. Une voix enrouée cria :

— Entrez !

Ils pénétrèrent dans une pièce qui tenait lieu à la fois de hall et de séjour. Un homme aux cheveux blancs était assis près de la fenêtre. Il leur tournait le dos.

— Docteur Sixten Molan ?

L'homme se retourna lentement.

— J'ignorais que j'avais de la visite, dit-il.

Johan s'avança et lui expliqua la raison de leur venue ; il écrivait une série d'articles sur des personnes disparues, etc. À la mention de Francesca Mild, Charlie vit passer une ombre, comme une très légère inquiétude, sur le visage du vieillard.

— Je suis psychiatre. Je n'ai pas le droit d'évoquer le cas de mes patients.

Il n'est pas sénile, pensa Charlie, et il n'a pas oublié le cadre de sa pratique.

— Tu peux juste écouter nos questions, proposa Johan. Tu verras bien s'il t'est possible d'y répondre ou non.

— Je ne peux malheureusement pas vous aider. Je suis tenu par le secret professionnel, voyez-vous.

Le docteur Molan posa un doigt sur ses lèvres comme si les mots ne suffisaient pas à transmettre l'idée.

Son ton et son accent confirmaient l'impression qu'avait eue Charlie en lisant le dossier d'enquête. Voilà un homme qui tenait à ce qu'on sache qu'il appartenait aux couches supérieures de la société.

— Le secret professionnel ne s'applique pas dès lors qu'il y a présomption de meurtre.

— Pardon ? – Le docteur Molan haussa ses sourcils blancs broussailleux. – La petite a quitté le domicile parental, n'est-ce pas ? Ou alors elle a attenté à ses jours. À ma connaissance, il n'a jamais été possible de prouver autre chose.

— De nouveaux éléments sont apparus, annonça Charlie sans se soucier du fait qu'elle s'aventurait en terrain miné.

— Quels éléments ?

— Je n'ai pas le droit de les évoquer, répondit-elle en résistant à l'impulsion de poser un doigt sur ses lèvres. Es-tu encore en contact avec la famille Mild ?

— Ils vivent à l'étranger. En Suisse.

Voilà donc la raison pour laquelle ils n'avaient obtenu aucune adresse en Suède.

— Mais vous êtes restés en lien ?

— Non.

— Une raison particulière ?

— Ils ne vivent pas en Suède, je viens de vous le dire, déclara le docteur Molan comme si c'était une raison suffisante. Je n'ai aucune nouvelle d'eux depuis des décennies.

— Alors il n'y a pas de conflit entre vous ? intervint Johan.

— Et pour quelle raison voulez-vous qu'il y en ait un ?

— Je pose la question, c'est tout.

Silence.

— Puis-je vous offrir un café ?

Le docteur Molan appuya sur le bouton rouge du bracelet fixé à son poignet gauche. Une infirmière vêtue de bleu apparut quelques instants plus tard.

— Qu'y a-t-il encore, Sixten ?

— Je me demandais si la demoiselle aurait par hasard l'amabilité de nous faire un petit café. Je n'en ai plus, et il doit bien vous en rester un peu dans un thermos quelque part.

— Sixten, le bouton d'alarme est réservé aux urgences. En cas de chute, par exemple, ou de manque d'oxygène. Combien de fois dois-je le répéter ? Imagine qu'un autre résident ait vraiment besoin de moi. Imagine que je me précipite dans ta chambre pour rien et que quelqu'un meure pendant ce temps parce que je ne suis pas disponible. Tu comprends que c'est sérieux ?

— Je suis confus, Annelie, dit le docteur Molan. – Son ton indiquait qu'il ne l'était pas le moins du monde.

– Cela ne se reproduira plus. Mais puisque tu es là, dis-moi, ne pourrais-tu pas nous apporter un petit café ?

Annelie soupira et répondit qu'elle n'avait pas le temps de faire des allers et retours pour ça.

— Je peux t'accompagner, proposa Charlie.

Elle se leva et suivit l'infirmière, dont les semelles en caoutchouc faisaient un bruit de succion régulier sur le lino.

— Vous êtes de la famille? demanda Annelie.

— Non, dit Charlie. Nous sommes venus pour lui parler d'une de ses anciennes patientes. Mon ami Johan écrit une série d'articles sur des affaires non élucidées. Des cas de disparition, notamment.

— Y a-t-il eu…

Annelie s'interrompit.

— Enlève-lui ce jeu de cartes ! ordonna-t-elle à une jeune aide-soignante assise près d'un monsieur sur une banquette ancienne.

Puis à Charlie :

— Il les déchire toutes. Je ne sais pas combien de jeux il a réduits en confettis, et on n'a pas les moyens d'en racheter à chaque fois.

Charlie ne fit aucun commentaire.

— C'est le motel ? demanda-t-elle en s'arrêtant devant une photo.

Annelie confirma après un coup d'œil.

— Ce sont toutes des photos de Gullspång. Les vieux aiment bien les regarder. Ils retrouvent la famille, les amis, ils se souviennent de bâtiments qui ont été rasés entre-temps. Au départ, on avait prévu un ordre chronologique pour montrer le développement de la ville, nouvelles constructions, événements marquants, images du quotidien à travers les âges, mais, au final, elles ont été accrochées pêle-mêle. Et c'est tant mieux : vu qu'on ne construit à peu près rien de neuf par ici, ce serait déprimant à regarder.

Elles étaient parvenues dans une cuisine. Une vieille femme en fauteuil roulant était assise seule à la table, un pied plâtré et des bigoudis dans les cheveux. Elle marmonna quelque chose à leur entrée.

— Oui, Asta ? Tu voulais quelque chose ?

— Je voulais savoir si c'est tout, répliqua la femme. Ou s'il va y avoir autre chose.

— Les brioches sont terminées, répondit Annelie.

Asta soupira. Charlie crut comprendre que sa question ne concernait pas les brioches.

Annelie remplit un thermos avec le café qui restait dans la cafetière électrique.

— Tiens, dit-elle à Charlie. Il est encore chaud. Sixten a des tasses dans sa chambre. N'hésite pas à lui dire de les laver après, même s'il affirme qu'il ne sait pas faire la vaisselle.

Charlie la remercia et retourna vers la chambre du docteur Molan. Elle marchait lentement en regardant les photos. Celle du motel l'interpella de nouveau. Elle lut la légende. *Préparatifs pour la fête des Moissons, 1986*. Un homme (le père d'Erik ?) installait une banderole au-dessus de l'entrée du pub tandis que, dans un coin, on voyait des hommes et des femmes transporter trépieds et ampli.

— Alors ? Elle a été obligée d'en refaire ? demanda le docteur Molan en la voyant.

— Non, répondit Charlie. J'ai regardé les photos dans le couloir, c'est pour ça que ça a pris un peu de temps. C'est amusant de voir à quoi ressemblait Gullspång autrefois.

— Ah ? Je ne suis pas d'ici, alors les photos ne me disent rien. J'avais une maison de campagne dans la région, c'est comme ça que je me suis retrouvé ici, et puis… Et puis voilà. Au fond, je devrais me mettre en quête d'une résidence agréable pour seniors à Stockholm, mais la vérité est que je n'en ai pas l'énergie.

Pendant qu'ils buvaient le café, le docteur Molan évoqua longuement sa personne, ses années d'activité professionnelle, ses études, ses recherches. Il aurait pu continuer longtemps si Johan ne l'avait pas interrompu en lui rappelant la raison de leur présence.

— Ça ne ressemble pas à une interview, fit observer le docteur Molan. On dirait plutôt un interrogatoire.

— On voulait juste savoir si des détails ou des circonstances dont tu n'aurais pas parlé au moment des faits avaient pu te revenir à l'esprit entre-temps.

— Je ne me souviens même pas de ce que j'ai dit à l'époque. Cela va faire bientôt trente ans. Et si ce n'est pas un interrogatoire de police, je n'ai pas l'intention de trahir la confiance de mes patients.

— Dans ce cas, tu pourrais être inculpé pour obstruction, intervint Charlie.

Le docteur Molan reposa sa tasse.

— Tu es sérieuse, petite ?

— Je ne suis pas une petite. Regarde-moi bien : je suis une femme adulte.

Il haussa les épaules comme si les mots étaient interchangeables.

— Mon nom est Charlie Lager, je travaille à la brigade criminelle. Comme je te l'ai déjà dit, le secret professionnel est levé s'il y a présomption de meurtre.

— Pourquoi n'as-tu pas dit d'emblée que tu étais de la police ? Et comment savoir si c'était un meurtre ? Cette fille-là était son propre pire ennemi ; la chose est parfaitement claire. Après ce qui est arrivé à son ami…

Ce n'est peut-être pas si étonnant qu'elle ait pris la décision d'en finir.

— Tu penses à Paul Bergman ?

— C'est ça. C'était bien ce nom-là. Il s'était tué, mais Francesca refusait d'admettre l'évidence.

— L'évidence de sa mort ? demanda Johan.

— De son suicide. Elle s'est mis en tête qu'il avait été assassiné. À vrai dire, elle était complètement obsédée par cette idée.

— Elle avait peut-être raison, dit Charlie.

Le docteur Molan secoua la tête.

— Non.

— Comment le sais-tu ?

— Parce que la demoiselle Mild n'était pas capable de faire la différence entre la réalité et son imagination. Elle ne mentait peut-être pas toujours de façon consciente, car il lui arrivait de croire elle-même à ses affabulations, mais cela ne les rendait pas vraies pour autant.

— Était-ce une raison suffisante pour ne rien croire de ce qu'elle disait ?

— Non. Seulement, on ne pouvait pas croire tout ce qu'elle racontait.

— Concernant Paul Bergman, sais-tu si quelqu'un a exploré une hypothèse autre que celle du suicide ?

— Je n'en sais rien. Je ne suis pas de la brigade criminelle, moi.

Le docteur Molan se fendit d'un sourire supérieur.

— Francesca t'a-t-elle fait part d'éventuels soupçons quant à l'identité de la personne qui aurait tué Paul ?

— Je ne me souviens d'aucun nom. Mais, encore une fois, personne dans son entourage n'ajoutait foi à ses racontars.

Charlie se leva et lui tendit une carte de visite.

— Appelle-moi si quelque chose te revient. Et si tu pouvais éviter de mentionner notre entrevue, ce serait bien.

— À qui en parlerais-je ? Je n'ai pas d'amis ici.

Comme c'est étrange, faillit commenter Charlie.

Johan et elle remirent leurs chaussures.

— Si jamais vous voyez Annelie ou quelqu'un d'autre en partant, dites-lui que j'ai besoin d'aide pour la vaisselle.

— Ah, justement ! Annelie a dit que tu lavais les tasses à merveille.

— Alors ? fit Johan tandis qu'ils se dirigeaient vers la voiture. Je croyais que tu devais faire profil bas et me laisser conduire l'entretien ?

— La seule chose qu'il respecte, c'est l'autorité et les apparences. Je n'ai pas eu le choix.

— Que penses-tu ? Francesca était-elle sur la bonne piste ?

— Je pense qu'on va creuser la question. Je ne me fie pas au jugement du docteur Molan. S'il s'avère qu'elle avait raison concernant la mort de Paul, on tiendra une autre piste. Quelqu'un avait peut-être toutes les raisons du monde de vouloir la faire taire.

Francesca

— Fran ? Je peux entrer ?

Voix de ma mère derrière la porte. J'ai rangé mes notes.

— C'est important ?

— J'ai quelque chose pour toi.

— Viens alors.

Maman est entrée et m'a tendu une petite boîte noire avec des lettres dorées sur le couvercle.

— C'est quoi ?

— Ouvre, tu verras.

J'ai ouvert la boîte et j'ai soulevé le bijou qui était à l'intérieur : une chaîne en or avec un pendentif en forme de balance.

— Je l'ai reçu de mon père quand j'ai commencé mes études de droit. Mes initiales de jeune fille sont gravées au dos. Ce sont les deux premières lettres de ton prénom, alors c'est joli.

J'ai retourné la balance et j'ai vu le F gravé sur le premier plateau et le R sur le second.

— On vérifie s'il te va ? Soulève tes cheveux !

Elle l'a fermé. J'ai senti le poids du pendentif autour de mon cou. J'étais contente.

— Il te va bien, a-t-elle dit.

— Et Cécile ?

— Cécile veut faire des études d'économie. Alors j'ai pensé qu'il était plutôt pour toi.

Je me suis regardée dans la psyché. Maman s'est placée derrière moi.

— Il est beau, ai-je murmuré. Pourquoi ne le portes-tu jamais ?

— Je ne sais pas. Ou plutôt si. Je crois que c'est parce qu'il me rend triste.

— Pour quelle raison ?

— Parce qu'il me rappelle que j'ai arrêté mes études de droit.

Elle avait la voix enrouée. J'ai eu l'impression que quelque chose se cassait en moi. Je l'ai regardée. Peut-être avais-je mal jugé ma mère. Peut-être avait-elle rêvé d'autre chose, de plus grand. Pour moi, elle était une poupée, un être dépourvu de rêve et d'ambition, une âme étroite. Mais elle n'était pas que cela. Elle n'avait pas été que cela. L'instant d'après, j'ai pensé : ma mère n'est pas heureuse, elle est aussi triste que moi.

— Avec un diplôme, tu pourras vivre autrement que je ne l'ai fait. Les études, ça rend plus… libre.

— Merci.

Après son départ, j'ai enlevé le pendentif, je l'ai retourné dans ma main, j'ai regardé le F et le R. J'ai ouvert le premier tiroir de mon bureau et j'ai pris le petit canif qui me servait à sculpter le bois quand j'étais petite. Dans l'espace restant à droite du R, j'ai gravé un I. FRI[1]. Puis je l'ai remis autour de mon cou.

---

1. En suédois, *fri* signifie « libre » (NdT).

26

Ils laissèrent Amnegården derrière eux.

— Je crois que le mieux est de prendre contact avec ses camarades de classe à Adamsberg, dit Johan. J'ai gardé la liste des anciens élèves.

— Bien, dit Charlie. Et si on passait voir Adam Rehn, pendant qu'on y est ? Son entreprise se trouve à Nunnestad.

— Où est-ce ?

— À quelques kilomètres de Gullspång.

Gullspång, terrassements et jardins était installé dans une bâtisse aux allures de resserre, à côté d'une assez grande maison, non loin de l'église.

— On ne croirait pas qu'il est jardinier paysagiste, commenta Johan en découvrant le jardin qui était dans un triste état.

Ils frappèrent à la porte. Au bout d'un temps assez long, un pas traînant se fit entendre de l'autre côté, et une femme âgée, en peignoir et bigoudis à l'ancienne, entrouvrit le battant en les toisant avec méfiance.

Charlie se présenta et demanda si Adam était à la maison.

— Il est arrivé quelque chose à Alexander, c'est ça ? Il a encore fait une connerie ? Je lui dis de rester dans sa chambre quand il n'est pas à l'école, mais qu'est-ce que je peux faire ? Il s'échappe dès que j'ai le dos tourné.

Johan toussota.

— Adam n'habite pas ici ?

— Si, mais il est à l'école. Non ? – La femme parut soudain inquiète. – Il a fait des bêtises, lui aussi ?

Charlie et Johan échangèrent un regard tandis que la femme tirait un paquet de cigarettes de la poche de son peignoir. Elle en prit une, la coinça entre ses lèvres et soupira en réalisant qu'elle n'avait pas de briquet.

— Tiens, dit Charlie en sortant une boîte d'allumettes de son sac.

— Merci.

Une voiture freina au même moment devant la maison. Charlie reconnut Adam.

— Tout va bien, maman ? demanda-t-il, à peine descendu de voiture.

— Mais oui. J'ai de la compagnie, comme tu peux le voir. Ces personnes sympathiques sont venues s'occuper de ton frère pour qu'il se tienne à carreau.

— Retourne à l'intérieur, maman. Et ne fume pas, s'il te plaît.

La femme poussa un soupir, lâcha sa cigarette à demi consumée sur le perron sans prendre la peine de l'écraser, tourna les talons et disparut.

Adam les toisa. Plus la moindre trace du pétillement qui animait son regard la veille quand Charlie l'avait croisé au pub.

— Qu'est-ce que vous faites là ?

— On voulait juste te parler, expliqua Johan. J'écris un article sur…

— Je me fous de tes articles. Vous ne pouvez pas débarquer comme ça et semer le bazar chez une vieille personne qui n'a plus toute sa tête.

— On croyait que c'était chez toi, ajouta Charlie.

— J'habite avec elle. Comme vous l'avez peut-être remarqué, elle n'a pas les idées tout à fait en place. Et les étrangers la perturbent.

— Désolée. J'ai essayé de te prévenir, mais tu n'as pas décroché.

— J'ai du travail. Et maman ne répond pas aux numéros inconnus.

Charlie regarda la porte fermée en essayant d'imaginer la vie que devait mener la femme qui vivait là. Impossible.

— Tu peux nous accorder quelques instants ? demanda-t-elle.

— Je travaille, répliqua Adam. Je n'ai pas le temps de bavarder. Je venais juste m'assurer que tout allait bien pour ma mère.

— À quelle heure termines-tu ? demanda Johan.

— Je ne sais pas. Mais ça ne change rien, je n'ai rien à vous dire.

— Je comprends. Pourtant, cela nous aiderait vraiment beaucoup. Tu étais employé par la famille Mild, n'est-ce pas ?

— Encore une fois, je ne souhaite pas vous parler. C'est un chapitre clos en ce qui me concerne. Excusez-moi.

Il passa devant eux et entra dans la maison.

— On voulait juste savoir pourquoi tu avais arrêté de travailler chez eux, cria Charlie dans son dos.

Adam referma la porte derrière lui.

— Y a pas à dire, on se débrouille comme des chefs, commenta Johan quand ils furent remontés en voiture.

— Le fait qu'il ne veut pas nous parler laisse entendre qu'il a des choses à dire…

— Comment on fait pour avancer, maintenant ?
— Un peu de patience !
— La patience n'est pas mon fort.
— Le mien non plus.

Le pub était plein. Presque tous les clients étaient en tenue de travail : veste jaune fluo, pantalon à bandes réfléchissantes ou bleu classique. La plupart étaient sans doute employés à l'usine de contreplaqué.

Margareta débarrassait une table. En approchant, Charlie vit son front luisant de sueur. Elle avait l'air fatigué. Quel âge pouvait-elle avoir ? Soixante-cinq ? Davantage ?

— Vous réglez d'avance au comptoir, annonça-t-elle en levant les yeux. Après, il n'y a plus qu'à vous servir en pain et en salade et à choisir une table. On vous apportera les plats.

Ils obéirent. Charlie se faisait-elle des idées ou les gens avaient-ils les yeux rivés sur elle et sur Johan ?

Le temps qu'ils aillent s'asseoir, Margareta apportait déjà deux assiettes fumantes.

— Vous venez à la fête des Moissons demain ? demanda-t-elle. Ça va être mémorable.

Un rire bref fusa. Elle se retourna vers la tablée d'hommes derrière eux et s'adressa au rieur.

— Éclaire-nous, Ralf. Qu'y a-t-il de drôle ?
— Rien.
— Alors pourquoi tu ris ?
— C'est juste le mot que tu as employé.
— Quel mot ?
— Mémorable. Ça me fait marrer, parce que en général on ne se souvient de rien après la fête des Moissons. Ben quoi ? ajouta-t-il devant l'air contrarié de Margareta. Ce n'est tout de même pas un secret ?

— Je crois qu'il y a aussi beaucoup de gens qui gardent plein de beaux souvenirs de la fête, répliqua-t-elle.

— Je viendrai avec Susanne, intervint Charlie, qui souhaitait couper court à la polémique pour pouvoir discuter tranquillement avec Johan.

— Susanne Johnsson ? demanda Margareta.

— Oui.

— Ça fait longtemps qu'on ne l'a pas vue.

— En tout cas, elle sera là demain.

Un quart d'heure plus tard, le local se vida comme par enchantement.

— Que se passe-t-il ? demanda Johan. Comment font-ils pour manger aussi vite ?

— Comme on le fait quand on n'a pas le choix, peut-être ? Ils bossent.

— Ils ont quand même le droit de déjeuner comme tout le monde ?

Charlie haussa les épaules. Betty se plaignait toujours des contremaîtres qui minutaient la moindre pause. *C'est infernal,* disait-elle, *on est presque obligé de choisir entre aller aux toilettes et manger.* Si jamais Betty devenait chef un jour, elle donnerait à ses employés la possibilité de faire les deux à leur rythme.

Margareta débarrassait la table voisine de la leur.

— Je peux te poser une question ? dit Charlie.

— Bien sûr !

— Tu connais Adam Rehn ?

— C'est l'un de nos plus fidèles clients.

— Comment est-il ?

Margareta parut ne pas comprendre.

— En tant que personne, je veux dire.

— Je ne le connais pas de cette façon-là.

Charlie attendit. Elle voyait au regard de Margareta qu'il y aurait une suite.

— Enfin, bon… C'est ce qu'on a l'habitude d'appeler un homme à femmes, reprit-elle.

— Mais encore ? fit Johan.

— Bah, il n'y a pas grand-chose de plus à ajouter. Il aime les femmes, voilà tout.

— Et les femmes ? demanda Charlie. Aiment-elles Adam ?

— Oui, sourit Margareta. C'est en tout cas l'impression qu'elles donnent.

Elle jeta un regard autour d'elle et baissa la voix.

— Je dirais même qu'il a brisé un certain nombre de ménages. Une fois, il a essayé avec ma belle-fille. Erik a mis le holà vite fait bien fait. Je crois qu'Adam n'a pas remis les pieds au pub pendant six mois après cette affaire.

— Il n'est pas marié ? l'interrogea Charlie alors qu'elle connaissait déjà la réponse.

— Non, il vit avec sa mère malade.

— On l'a rencontrée tout à l'heure.

— Pauvre femme ! – Margareta secoua tristement la tête. – C'est un miracle qu'Adam ait encore la force de s'en occuper. Elle est totalement démente. Elle vit dans un autre temps, elle croit que ses fils sont encore petits et… D'un certain côté, ce n'est peut-être pas plus mal, comme ça, elle ne pense pas à ce qui est arrivé à l'aîné.

Johan posa ses couverts.

— Que s'est-il passé ?

— Ce garçon-là, le frère d'Adam… – C'était quoi son nom déjà ? Ah oui, Alexander. – Il faisait bêtise sur bêtise : il mettait le feu, il volait, il était violent. À quatorze ans, il a pris la voiture de sa mère, alors qu'il était ivre, et il a foncé droit sur un poids lourd. Mon Dieu !

Margareta s'interrompit en entendant le téléphone sonner sur le comptoir. Elle s'éloigna.

— Tellement de gens sont morts, par ici… fit remarquer Johan.

— Pas plus qu'ailleurs.

— Peut-être, mais c'est l'impression que ça donne. Trop de morts jeunes, trop d'accidents, trop de tragédies. C'est triste.

Charlie était du même avis. C'était triste.

Elle pensait à Adam Rehn, homme à femmes et briseur de ménages, qui avait travaillé dans le jardin d'une famille dont la fille avait disparu. Dans quelles circonstances avait-il été renvoyé de Gudhammar ?

Margareta fut bientôt de retour à leur table.

— Pourquoi Adam Rehn vous intéresse-t-il tant ? Il n'est tout de même pas soupçonné de quelque chose ? Je veux dire, il n'a pas de lien avec le sujet de votre article, si ? Enfin, je veux dire… La pauvre petite fille riche qui n'était pas heureuse alors qu'elle était pourtant tellement… riche.

Charlie considéra Margareta.

— Que lui est-il arrivé, à ton avis ?

— Elle a disparu.

Jusque-là, on est d'accord, pensa Charlie.

— Nous croyons qu'il ne s'agit peut-être pas d'une disparition volontaire, expliqua Johan.

Margareta écarquilla les yeux.

— Vous croyez qu'elle a été assassinée ?

Charlie l'entendait déjà relayer l'information auprès des autres clients. *Quelqu'un a massacré la pauvre gamine !*

— On ne sait pas, répondit Charlie. L'enquête a été classée sans suite.

— Comme avec Annabelle, alors. Je ne me souviens plus de l'expression qu'ils ont utilisée dans les journaux. On n'a pas pu démontrer qu'il y avait eu homicide, ou je ne sais quoi. Ça ne veut pas dire que ça n'a pas eu lieu.

— C'est vrai, confirma Charlie.

Elle n'arrivait pas à déterminer si Margareta était intelligente ou stupide, tant ses analyses étaient – comment dire ? – inégales.

— Nous n'avons aucune raison de penser que les deux affaires sont liées, se hâta de préciser Johan. Et nous ne savons pas si la piste criminelle doit être retenue, pas plus dans un cas que dans l'autre.

Charlie se dit qu'il s'exprimait comme un porte-parole de la police au cours d'une conférence de presse.

— Je te rappelle que les articles que j'écris portent sur des affaires classées, poursuivit-il.

Il était incroyablement crédible. Difficile de savoir s'il fallait en être impressionnée ou effrayée.

— Alors vous considérez que le cas d'Annabelle a été résolu ? fit Margareta. Je peux vous dire que tout le monde n'en est pas convaincu, par ici.

— Qui, par exemple ? demanda Charlie.

Margareta se tourna vers elle et répliqua que c'était un sentiment partagé. Elle n'avait pas l'intention de réciter une liste de noms. Mais elle était tout de même d'accord avec eux : c'était bizarre qu'une fille « tombe » à l'eau du haut d'un pont en pleine nuit.

Charlie la regarda bien en face.

— Si tu sais quelque chose qui justifierait la réouverture de l'enquête, tu dois nous le dire.

Margareta écarta les bras.

— Je dis juste que c'est bizarre. C'est tout.

Charlie pensa que, certes, c'était bizarre, mais que c'était aussi tout à fait crédible. Les adolescents ivres étaient hélas sujets aux accidents.

— Sais-tu autre chose concernant la famille Mild ?

demanda Johan. N'importe quoi qui te serait revenu à l'esprit…

— Je crois que personne ne sait grand-chose sur eux. À l'exception peut-être du vieux Vilhelm…

— Qui ?

— Il vivait dans la maison de gardien de Gudhammar.

— Où est-il à présent ?

— Il est malheureusement décédé.

Johan soupira.

— Mais il a un fils, poursuivit Margareta. Ivan. Ivan Hedlund.

— Qui est en vie ?

— En tout cas, il l'était la semaine dernière, car il a déjeuné ici.

— Où habite-t-il ?

— Sur la presqu'île d'Ålön.

— Quelle adresse ?

Margareta répondit qu'elle n'en avait aucune idée. C'était au bout de la route, une grande maison rouge.

— Continuez en direction de l'eau, c'est tout, et vous la trouverez.

Failles temporelles

Je suis couchée dans ma chambre à Adamsberg. La gouvernante est debout à côté de moi, dans sa longue chemise jaunie et son bonnet d'un autre siècle.

Qu'as-tu fait, Francesca ? murmure-t-elle. Que fabriquais-tu dehors en pleine nuit, en pyjama par-dessus le marché ?

Je réponds que je me promenais parce que je n'arrivais pas à rester couchée. À cause de l'air dans le dortoir. Il est trop lourd, je n'arrive pas à respirer.

La gouvernante réplique que ce sont des bêtises et qu'aucune fille ne s'est jamais plainte de la qualité de l'air jusqu'à présent.

C'est à l'intérieur de moi, dis-je. En fait, ça n'a rien à voir avec l'air.

Alors pourquoi es-tu sortie ? Si le problème vient de toi, peu importe que tu sois dedans ou dehors.

J'ouvre la bouche pour expliquer que je me sens mieux à l'extérieur, parce que je suis libre de bouger comme je veux, mais à quoi bon. Elle et moi appartenons à deux espèces différentes. On ne se comprend pas.

Alors, où es-tu allée ? insiste-t-elle. Tu n'as pas fait de bêtise, au moins ?

Non, dis-je, j'ai juste marché au hasard ; tout ce que je voulais, c'était respirer à fond. Ce n'est pas la vérité.

Je suis allée jusqu'au bâtiment de Paul pour voir si, par hasard, il avait un truc pour me calmer. Mais quand je suis arrivée dans sa chambre (qu'il partage avec un drôle de type silencieux), son lit était vide. Où était-il ? Où est-il allé, comme ça, en pleine nuit ? Où est-il parti sans moi ?

27

Les maisons étaient de plus en plus clairsemées. Charlie était venue deux fois à Ålön dans son enfance : une excursion scolaire et une visite en compagnie de Betty chez un vieil homme qui avait des agneaux. Mais, à l'époque, elle n'avait pas remarqué la beauté des vieux corps de ferme. Ils dépassèrent une ancienne école qui semblait faire office d'habitation, puis une espèce de maison hantée qui avait dû être autrefois un beau manoir. Les gouttières pendaient le long des façades, et des plantes grimpantes fanées recouvraient les fenêtres. Ce délabrement mélancolique avait quelque chose de séduisant.

Ils s'arrêtèrent au bout de la route.

— Il est dans la porcherie ! leur cria un homme vêtu d'une veste Helly Hansen.

Charlie sursauta. Elle ne l'avait pas entendu venir.

— Merci.

— Je viens avec vous, dit l'homme.

Il les précéda. Charlie respira l'odeur familière du bétail, du foin et du fumier.

— J'ai trouvé ces deux-là dans ton jardin, Ivan, déclara l'homme qui ne s'était pas présenté.

— Qu'est-ce que vous voulez ?

Ivan se tenait adossé à un grand bac en plastique bleu monté sur roues. Ses mains étaient pleines de sang.

— Stop ! ordonna-t-il à un grand chien qui ressemblait à un loup et qui faisait mine de s'approcher d'eux.

Le chien s'immobilisa.

Ils se présentèrent, et Johan récita son couplet habituel : il était journaliste et écrivait une série d'articles sur des cas de disparition.

— C'est urgent ? Comme vous pouvez le voir, j'ai quelques cochons à castrer, répondit Ivan en indiquant d'un signe de tête le grand bac bleu.

Charlie fit un pas en avant et découvrit que le bac était plein de porcelets endormis.

— Je dois m'en occuper avant que l'anesthésie ne fasse plus effet. Si vous voulez me parler, ce sera pendant que je m'occupe des petites boules. Ou alors il faudra attendre.

— On va peut-être… commença Johan.

— On voudrait te parler de ton père, coupa Charlie.

Ivan fronça les sourcils.

— Papa n'a pas disparu, que je sache. Il est là-haut dans le cimetière. Passe-m'en un, Helmer.

Helmer lui tendit un porcelet. Il le tenait par les pattes arrière, tête en bas. Brutalité, pensa Charlie en les voyant attacher le petit animal dans un cadre en fer. Ivan jura. Un boulon mal ajusté.

— Il ne s'agit pas de ton père, dit Johan, mais de la fille d'une famille pour laquelle il travaillait.

— Les Mild ?

— Oui.

— Je ne suis pas vraiment au courant. J'allais le voir parfois le week-end. Je suis un bâtard.

Ivan cracha dans la rigole à purin.

Tu n'es pas le seul, pensa Charlie.

— Peut-on te demander pourquoi tu… Pourquoi tu dois les castrer ? demanda Johan.

— La viande est moins bonne si on ne le fait pas. Le goût de verrat…

— Tu es sûr qu'ils sont bien endormis ?

— Je ne suis pas un tortionnaire.

Helmer tendit un couteau à Ivan, qui s'empara des bourses du porcelet, les entailla rapidement et fit tomber deux petites boules de la taille d'une cerise qu'il jeta sur le sol. Le chien se précipita et les avala en deux secondes.

— Où vas-tu ? demanda Charlie à Johan, qui se dirigeait vers la porte.

— Fumer une cigarette.

Les deux hommes œuvrèrent un moment en silence. Ils semblaient avoir oublié jusqu'à l'existence de Charlie. On voyait qu'ils avaient l'habitude de travailler ensemble. Ils ne parlaient pas ; Helmer soulevait les porcelets, Ivan maniait le couteau, et le chien s'occupait des restes.

Charlie sortit voir comment se portait Johan. Elle le trouva à l'angle de la porcherie en train de fumer.

— Tu en aurais une pour moi ?

Johan acquiesça et lui tendit une cigarette et un briquet.

Charlie laissa errer son regard par-dessus les champs et les prairies. Au loin, entre les arbres dénudés, on entrevoyait une petite partie du lac.

— Ça va ?

— Oui, mais je trouve ça désagréable. Ils ne font aucune attention aux bêtes, ils les traitent comme…

— Comme des animaux ?

Johan sourit, l'air penaud.

— Je crois que ces bêtes-là sont mieux traitées que la plupart, dit Charlie. Regarde un peu l'espace, rien que ça…

Elle désigna l'enclos derrière le tas de fumier.

— Quand même, ça me fait mal au cœur, murmura Johan.

— Hypocrisie.

— Quoi ? Se sentir mal de voir ces deux types les attraper, leur couper les testicules et les jeter au chien, c'est de l'hypocrisie ?

— Tu manges de la viande, pourtant…

Johan soupira.

— Toi aussi, non ?

— Oui, mais je ne suis pas hypocrite.

— Alors ça ne te fait rien de les regarder ?

— Si.

— Qu'est-ce que tu as senti ?

— Que j'allais peut-être arrêter la viande.

Le chien apparut. Des traces sanglantes striaient le poil clair autour de ses babines.

— Je ne veux pas qu'il s'approche de moi, prévint Johan.

— Moi qui te croyais un ami des bêtes ! Tu n'aimes pas les chiens ?

— Pas quand ils ont la gueule pleine de petites couilles de cochon.

— Vous êtes de la ville, pas vrai ? fit Ivan en les voyant revenir.

— Stockholm, répondit Johan.

— Tiens donc.

— Nous voulions te parler de la famille Mild, poursuivit Johan en le fixant du regard.

— Je ne pense pas pouvoir vous aider. J'ai grandi chez ma mère. Certains week-ends, j'étais à Gudhammar, mais c'était du temps de Mild senior, le père de Rikard.

— Tu n'y es jamais retourné par la suite ? Tu n'as jamais rencontré Rikard et sa famille ?

— Si, mais c'était bien plus tard. Papa avait mal partout et n'était plus trop en état de travailler, alors je l'aidais. Il avait parfois l'impression d'être à la charge de Rikard, et il voulait sentir qu'il remplissait son devoir.

— À sa charge ? Je croyais qu'il était employé.

— Il avait été embauché par le vieux, le père de Rikard. Ingemar Mild avait précisé dans son testament que papa pourrait continuer à habiter sur la propriété tant qu'il le voulait, sans payer de loyer, même s'il n'était plus en état de travailler. Mais quand papa s'est abîmé le dos, il a commencé à sentir qu'il était de trop, et je venais parfois lui donner un coup de main.

— As-tu rencontré Francesca ?

Silence. Charlie le regarda. Pourquoi mettait-il tant de temps à répondre ?

— Rencontrer, c'est un grand mot. Il m'arrivait de la croiser, mais on ne peut pas dire que nous étions amis.

— Étiez-vous ennemis ?

— On n'était rien du tout. C'était son père que je ne supportais pas.

— Pourquoi ?

— Parce que c'était un salopard.

— Tu peux préciser ?

— Un enfoiré, c'est tout. Quelqu'un qui exploitait les autres. Par exemple, papa. Le père de Rikard lui avait garanti une retraite, une sécurité, etc., mais Rikard n'en avait rien à foutre. Papa a vécu de presque rien au cours des dernières années de sa vie.

— Et Francesca Mild ? As-tu une idée de ce qui a pu lui arriver ?

Ivan cracha sur le sol parmi les taches de sang.

— Non, mais ça ne m'étonnerait pas qu'elle ait décidé d'en finir. Elle n'avait pas l'air d'aller très bien.

— À quoi le voyais-tu ?

— Bah, c'était pas difficile à deviner, quand on l'a

vue revenir à Gudhammar en plein trimestre, avec ses poignets bandés et son comportement bizarre.

— Sais-tu si quelqu'un avait des raisons de ne pas apprécier la famille Mild ?

Ivan rit.

— De façon générale, on ne peut pas dire qu'ils étaient très appréciés. Ils se croyaient au-dessus des autres. Je les ai entendus dire à quelqu'un qui avait assuré le service durant l'un de leurs dîners que le personnel n'était pas autorisé à utiliser les toilettes des « maîtres ». La famille Mild avait tendance à considérer le travailleur lambda comme un animal.

Ivan attrapa un autre porcelet endormi.

— Ils n'étaient pas spécialement populaires, en somme.

— Mais sais-tu si quelqu'un leur en voulait plus que d'autres ? Leur en voulait au point de…

— Tuer ? Non, je ne vois pas.

Il y eut un silence.

— Merci d'avoir pris le temps de nous répondre, conclut Charlie. Si quelque chose te revient, n'importe quoi, même un détail apparemment anodin, passe-moi un coup de fil.

Elle lui tendit sa carte, celle qui ne mentionnait pas son titre professionnel, seulement son nom, son adresse et son numéro de téléphone.

— Ça ressemble plus à une visite de police qu'à une interview, fit remarquer Helmer dans son dos.

Elle avait presque oublié sa présence. Elle se retourna. Il avait sorti une vieille pipe et la dévisageait avec méfiance.

— Ce n'est pas le cas, dit Johan. C'est juste que je veux avoir un maximum de faits concrets pour pouvoir écrire.

— En tout cas, je vous ai dit tout ce que je savais, déclara Ivan. Et tu peux reprendre ça.

Il fit mine de rendre sa carte à Charlie mais la laissa tomber au milieu de la bouillasse rouge et jaune dans la rigole à purin.

— Tu m'en vois désolé, dit-il.

Ils avaient repris la direction de Gullspång quand Charlie reçut un appel de Susanne lui demandant si elle voulait manger avec eux. Charlie jeta un coup d'œil au tableau de bord. Seize heures trente déjà.

— J'arrive.

Elle se tourna vers Johan.

— Susanne a préparé le repas. Tu veux que je lui demande s'il y en a assez pour toi ?

— Merci, mais je crois que je vais dîner au pub. Tu peux me déposer au passage ?

— Tu as l'air pâle. C'est à cause du sang ?

— À cause de toute la situation, je crois.

Charlie lui sourit.

— Pas de doute, tu es vraiment de Stockholm.

— Parce que j'ai des sentiments ?

— Parce que tu ne comprends pas comment la nourriture atterrit dans ton assiette.

Johan regarda par la vitre un champ d'où une nuée d'oiseaux noirs venait de prendre son envol.

— Si j'avais grandi ici, ç'aurait sûrement été différent, dit-il.

— Si tu avais grandi ici, c'est *toi* qui aurais été différent.

Francesca

Je pensais de plus en plus à rendre visite à la famille de Paul. Ce qui m'en dissuadait, c'était ma difficulté à communiquer avec des inconnus. Surtout quand ils étaient en deuil. Mais je voulais y aller. Je voulais les rencontrer, leur faire part de mes soupçons, leur demander comment ils voyaient les choses de leur côté. Si le père de Paul ou son frère me disait de laisser tomber et d'oublier l'affaire, je leur obéirais peut-être.

J'ai demandé à maman de me conduire chez eux. J'avais téléphoné avant pour savoir si je pouvais passer.

En arrivant, elle a lu à voix haute ce qui était écrit sur le panneau planté devant la maison : *Bergman, pompes funèbres*.

— Ce sont les parents de Paul qui dirigent l'entreprise ?

— Son père et son oncle. Et son frère Jacob les rejoint quand il peut.

— Quel âge a-t-il ?

— Dix-neuf ou vingt ans, je crois.

— Ce n'est pas un emploi pour un jeune homme.

— C'est un travail comme un autre. Paul donnait un coup de main, lui aussi.

— Ah bon ? Quel genre de coup de main ?

— Il préparait les morts.

Ma mère a secoué la tête.

— Pas étonnant qu'il n'ait pas été en forme.

— Ça n'a rien à voir. Si Paul allait mal, ce n'était pas à cause des morts mais à cause des vivants.

Maman m'a laissée en disant que je n'avais qu'à téléphoner si je voulais qu'elle vienne me chercher.

J'ai remonté le chemin jusqu'à la maison où Paul avait grandi. Tout respirait le deuil. C'était comme si les arbres eux-mêmes, les plantes et les arbustes s'inclinaient de chagrin. Une Citroën bordeaux toute rouillée stationnait à gauche et, sous une grande bâche, j'ai entrevu le bateau dont Paul m'avait parlé, celui qu'on ne pouvait pas mettre à l'eau à cause des fissures dans la coque. J'avais l'impression de le voir. Paul dans le jardin. Petit, il faisait du feu dans la forêt et restait accroché aux basques de son père pendant que celui-ci travaillait sur les macchabées. C'était ici qu'il avait appris à marcher, à faire du vélo, à conduire un tracteur. Ici qu'il avait été piqué par des guêpes fouisseuses et qu'il avait failli mourir d'un choc anaphylactique. C'était l'un des vrais dangers, disait-il, quand on vivait au milieu de nulle part : l'hôpital était vraiment loin.

J'étais arrivée devant la porte, mais je n'ai pas eu le temps de frapper.

— Je t'ai fait peur ? a demandé le garçon en me voyant reculer. La sonnette est cassée. Viens. Pas la peine d'enlever tes chaussures, ça fait un moment qu'on n'a pas fait le ménage.

Je l'ai suivi à l'intérieur. Jacob était plus grand et plus musclé que Paul, mais ses yeux et ses cheveux avaient la même couleur sombre.

On est entrés dans la cuisine. On y voyait si mal

que je n'ai pas remarqué d'emblée les deux personnes assises à la table. Un homme et, à côté de lui, une femme âgée aux cheveux blancs.

— Reste assise, grand-mère, a dit Jacob comme celle-ci faisait mine de vouloir se lever.

Je les ai salués.

— Christer, s'est présenté le père de Paul.

— Et moi, je suis Annie, la grand-mère paternelle de Paul et de Jacob, a annoncé la dame aux cheveux blancs.

Elle avait les mêmes yeux brun foncé que son fils et ses petits-fils.

— Merci d'être venue, a dit Christer.

Il portait un pantalon de travail et un sous-pull pelucheux. Sa tenue jurait bizarrement avec les larmes qui se sont mises à couler sur ses joues et dans sa barbe.

— Un café ? m'a-t-il proposé.

— Merci, mais je ne veux pas déranger.

— Il est déjà prêt.

Christer se leva et attrapa la cafetière sur le plan de travail. Il se tenait voûté comme un vieillard. Pourtant, il ne devait pas avoir plus de quarante-cinq ans. J'ai songé que c'était l'attitude qu'on pouvait attendre de la part d'un père qui venait de perdre son enfant.

L'absence de Paul semblait remplir chaque recoin de la pièce.

— Assieds-toi, m'a proposé Annie. On n'a eu de nouvelles de personne depuis l'enterrement.

— On n'en a pas eu non plus avant, a ajouté Christer. Mais ils ont envoyé des fleurs. Le bouquet a dû coûter une fortune. N'est-ce pas du gaspillage, tout de même ? Toutes ces fleurs ?

Il a montré d'un geste les profondeurs de la maison, où se trouvaient probablement les fleurs dont il parlait.

— Ils tiennent aux traditions, ai-je dit. Vu le prix de la scolarité à Adamsberg, ils ont les moyens.

— C'est sûr.

— On n'aurait jamais dû l'envoyer là-bas, a décrété Annie. C'était une erreur, depuis le début.

— On a fait ce qu'on pensait être le mieux.

— Tu n'aurais pas dû dépenser tout ton argent pour le mettre dans cette école. Il n'aurait jamais fait ça s'il n'y était pas allé.

— Maman, tu oublies sans doute ce qu'il a subi dans l'école où il était avant.

Annie a secoué la tête. Elle n'avait rien oublié. Mais Paul aurait pu aller dans un autre établissement public. Ils auraient pu déménager. Ils auraient pu aller n'importe où.

Jacob a trempé un biscuit dans son café.

— On va devenir fous si on n'arrête pas de ressasser.

Annie s'est penchée pour prendre un autre gâteau.

— Et alors ? Quel mal y a-t-il à ça ? Dans ce monde, je crois qu'il est plus sain d'être fou que de ne pas l'être. Qu'en penses-tu, Francesca ?

J'ai réfléchi.

— Je pense que ce n'est pas simple, dans un cas comme dans l'autre. Mais le pire, c'est peut-être de se retrouver coincé entre les deux. En ayant conscience de sa folie. Non ?

Annie m'a souri.

— Tu es intelligente. Je comprends pourquoi Paul t'aimait tant. Vous aviez sûrement plein de choses à vous dire.

— Oui.

J'ai toussé pour réprimer les larmes qui menaçaient de déborder en permanence.

— Paul était le type le plus doué et le plus drôle que j'aie jamais connu.

— Tu veux voir sa chambre ? m'a proposé Jacob quand j'ai eu fini mon café et mangé deux gâteaux secs.

Je l'ai suivi dans un salon rempli de vieux meubles en bois avec des revêtements bariolés, du genre qui aurait donné la migraine à maman. Au mur se trouvaient des photos encadrées de la famille. Deux portraits presque identiques d'enfants souriants et édentés.

— On avait une très grosse tête tous les deux, a commenté Jacob.

— C'est vrai de tous les enfants, non ? Par rapport au corps, je veux dire ?

— Oui, mais chez nous, c'était extrême.

— C'est votre mère ? l'ai-je interrogé en montrant une photo.

Question superflue, car il était évident que la femme qui se tenait assise, un garçon sur les genoux et un autre debout à côté d'elle, avec la grande main de Christer posée sur son épaule en un geste protecteur, était la mère dont Paul ne voulait jamais parler.

— Oui.

On a continué, de pièce en pièce. C'était une grande maison, qui aurait désespérément eu besoin que quelqu'un y fasse un peu de ménage. Une maison où le chagrin s'était déposé comme une couverture sale et poussiéreuse.

— Tu me montres la chambre de Paul ?

Je voulais respirer l'odeur de son oreiller, regarder les objets qui lui avaient appartenu, les vêtements qu'il avait l'habitude de porter. Je voulais être aussi près de Paul que possible.

— Oui, je…

La sonnerie du téléphone a retenti, suivie de la voix de Christer :

— Jacob, tu peux répondre ?

— Bien sûr !

Il s'est tourné vers moi.

— C'est à gauche en haut de l'escalier. Prends ton temps.

J'ai gravi les marches, je suis entrée dans la pièce et j'ai refermé la porte derrière moi sans faire de bruit. À la différence du reste de la maison, la chambre de Paul était propre et rangée. Le lit était fait comme on nous obligeait à le faire à Adamsberg : couverture lissée, bien coincée sous le matelas. Je suis allée à la fenêtre. Elle donnait sur un bois de sapins. J'imaginais Paul assis là, le regard perdu dans les arbres, rêvant à un avenir différent de sa vie actuelle. Le bureau était massif. J'ai ouvert les tiroirs. Les trucs habituels, crayons, gomme, cahiers. Je me suis approchée de la commode coincée sous la pente du toit et j'ai ouvert les tiroirs. J'agissais avec une détermination systématique, sans avoir la moindre idée de ce que je cherchais. J'ai continué avec la penderie, mais en voyant les vêtements familiers de Paul, j'ai perdu contenance. La chemise qu'il avait portée le premier jour à Adamsberg, le pull marron tricoté main, devenu informe après qu'il l'avait lavé à une température trop élevée. J'ai soulevé des piles de tee-shirts et de chaussettes, j'ai tâté l'espace derrière sans trouver quoi que ce soit. J'ai refermé la penderie. Regard circulaire. Je me suis agenouillée pour regarder sous le lit. Rien. Qu'est-ce que je fabrique ? Je me crois dans un conte de fées, où il suffit de se pencher pour trouver des indices et des explications ? Je me suis assise sur le lit, j'ai regardé les livres posés sur l'étagère en face de moi : *Le Procès*, *Guerre et Paix*, *À la recherche du temps perdu* voisinaient avec des œuvres philosophiques de Sartre, Camus, Rousseau. Rien que de très typique, ai-je pensé avant de tomber sur un titre que je ne m'attendais pas du tout à trouver ici : la Bible.

28

La table était mise, et Susanne avait allumé des bougies.

— C'est moi qui étais censée t'aider en venant ici, pas le contraire, dit Charlie en prenant place.

— Tu m'aides. Ça ne se voit pas ?

Susanne sourit, et Charlie ne put que constater à quel point elle ne ressemblait plus à la femme qu'elle avait trouvée à son arrivée trois jours plus tôt.

— Alors, du nouveau ? l'interrogea Susanne.

— Bof. Connais-tu Adam Rehn ?

— Je le connais, mais je ne peux pas dire qu'on se fréquente.

— Que sais-tu sur lui ?

— Pas grand-chose, vu qu'il est quand même beaucoup plus âgé que nous. J'ai juste entendu dire qu'il était assez dragueur. Tu crois qu'il a des infos ?

— Aucune idée, mais il travaillait à Gudhammar.

— Interroge-le, alors.

— Il n'a pas trop envie de parler.

Isak devait venir chercher les enfants à dix-huit heures. Dès dix-sept heures vingt, les jumeaux insistèrent pour aller l'attendre au portail.

Charlie les observa depuis la fenêtre de la cuisine. Ils

portaient le même maillot de foot trop large par-dessus leur veste en polaire et chacun tirait une petite valise rouge à roulettes. Au bout du chemin, ils se penchèrent sur les piliers du portail et commencèrent à faire le guet. L'heure tournait. Le crépuscule tomba. Dix-huit heures, dix-huit heures cinq, dix-huit heures dix.

— Et s'il ne venait pas ? s'inquiéta Charlie. Il va venir, non ?

— Je l'espère vraiment, répondit Susanne.

— Appelle-le.

— OK… Portable éteint, annonça-t-elle après quelques instants.

— Qu'est-ce qu'il fout ? s'énerva Melker, qui venait de descendre au rez-de-chaussée.

— Je croyais que tu ne voulais pas y aller.

— Si. Pour eux.

Il s'était approché de la fenêtre et désignait les deux gnomes, qu'on distinguait à peine dans le noir.

— S'il ne vient pas, je ne le lui pardonnerai jamais.

Mais si, pensa Charlie.

Dix minutes plus tard, Susanne ouvrit la fenêtre et cria à Tim et à Tom de rentrer. Dix minutes plus tard encore, elle dut aller les chercher. Ils la suivirent. Ils avaient les pieds et les mains gelés, mais ses promesses de chocolat chaud ne leur avaient fait aucun effet. Ils voulaient une seule chose : savoir pourquoi leur père n'arrivait pas.

Quand Susanne leur expliqua qu'il avait peut-être eu un empêchement, Tim fondit en larmes.

Quel empêchement ? Il ne voulait pas les voir, ou quoi ?

— Bien sûr que si.

Elle les attira contre elle et les embrassa à tour de rôle sur la tête.

— Bien sûr que si, répéta-t-elle. Il veut vous voir. C'est juste qu'en ce moment, tout est très…

Charlie comprit qu'elle était au bord des larmes.

Entre-temps, Nils était descendu, lui aussi. Il ouvrit la valise qu'il avait préparée et posée dans l'entrée et en éparpilla le contenu sur le sol.

— Je vais aller peindre un peu, annonça Susanne.

Elle enfila ses sabots et disparut.

Charlie ne savait que faire. Ce devait être le pire, pour un parent : être incapable de protéger ses enfants de toutes les trahisons et déceptions de la vie.

— Hibben ! Arrête ! ordonna Nils au chien qui s'était approché, attiré par le remue-ménage, et qui reniflait ses affaires avec curiosité.

Hibben entreprit de lui lécher nerveusement le visage.

— *Fuck off !*

Le bras de Nils partit, et le chien valsa à travers l'entrée.

— Qu'est-ce que tu fous ? hurla Melker en fondant sur son frère, poing levé.

— Arrêtez !

Charlie empoigna Melker, qui se dégagea violemment. Elle le maintint plus fort et réussit à le calmer. Tim et Tom pleuraient à chaudes larmes.

— Il n'est plus là !

Susanne, échevelée, venait de réapparaître dans l'entrée.

— Le tableau ! cria-t-elle. La fille ! Annabelle !

29

Charlie ne trouvait pas le sommeil. Elle fermait les yeux mais, au moindre craquement, elle les rouvrait, aux aguets dans le noir. Elle pensait au portrait d'Annabelle – la robe bleu ciel, le vent dans ses cheveux, le pont, les vannes. Puis son visage changeait de forme, devenait celui de Francesca. Francesca qui saluait, main levée, souriante.

Elle finit par s'endormir mais rouvrit les yeux dès six heures. Trop agitée pour rester au lit, elle se leva, tira le rideau et contempla le jardin noyé de brume. Aucune silhouette en vue. Elle descendit l'escalier à pas de loup pour ne pas réveiller Susanne mais, une fois en bas, elle la découvrit installée sur le canapé. Susanne leva la tête.

— Je n'arrivais pas à dormir. Il paraît que ça aide, de changer de lieu.

— Ça n'a pas trop marché, apparemment, constata Charlie.

— Je ne me sens pas en sécurité. Pas en sécurité dans ma propre maison. Tu comprends ?

— Oui, mais je ne pense pas qu'il y ait vraiment de raison de s'inquiéter.

Elle pensa au tableau volé, à la femme qui avait proposé des bonbons aux jumeaux, à l'ombre dans le jardin, aux commérages sur Isak. Elle comprenait que Susanne ne se sente pas en sécurité.

— Tu as des nouvelles d'Isak ? demanda Charlie quand Susanne revint après avoir conduit les garçons à l'école.

— Oui, il a appelé. D'après lui, c'est moi qui ai tout compris de travers. Il était convenu qu'il viendrait aujourd'hui, pas hier.

— Tu le crois ?

— Je n'ai pas franchement le choix. Et j'ai eu l'impression que les enfants lui manquaient vraiment.

— On pourrait aller faire un tour chez Lola un peu plus tard ? J'ai besoin de lui parler.

— De quoi ?

— Je voudrais savoir si elle a gardé des souvenirs de Gudhammar et de Francesca.

— Il est huit heures trente. Lola dort comme une souche.

— Mais d'ici une heure peut-être ?

— D'accord. Il est temps que je passe chez elle, de toute façon. Vérifier que tout va bien, etc. C'est pourri de devoir être la mère de sa propre mère. Je trouve ça insupportable.

Charlie acquiesça. Elle était d'accord.

Lola vivait dans un appartement en location au-dessus du kebab de la rue principale de Gullspång. Sur sa porte, le C de son prénom était tombé, si bien qu'on lisait : *arola Johnsson*. La porte n'était pas fermée à clé. Susanne l'ouvrit sans prendre la peine de frapper.

— Maman, tu es là ?

Pas de réponse.

Ça sentait l'éthanol et la saleté, mais en passant devant

la cuisine, Charlie identifia malgré tout certaines traces des périodes où Carola allait mieux : les rideaux étaient assortis à la nappe, et les pots en terre cuite sur le rebord de la fenêtre avaient autrefois contenu des géraniums vivants. Mais Lola restait invisible.

— Maman ! appela Susanne une nouvelle fois.

Charlie croisa son regard. Une vague de nausée la submergea.

Pourvu qu'on ne la trouve pas morte, pensa-t-elle. Bonté de putain de Dieu, épargne-nous ça !

Lola était couchée dans son lit.

— Qu'est-ce que vous faites là ? demanda-t-elle d'une voix enrouée en les voyant. Qu'est-ce qui vous prend de venir réveiller les gens comme ça sans prévenir ?

— Je suis ta fille, répliqua Susanne. Tu devrais peut-être nous remercier.

Au même moment, Charlie découvrit le mégot qui finissait de se consumer sur le lino. D'autres trous noircis suggéraient que ce n'était pas la première fois que Lola s'endormait une cigarette à la main.

— Arrête de me traiter comme une gamine, s'énerva Lola en se redressant.

— Alors arrête de te comporter en gamine, merde !

— Pas sur ce ton, répliqua Lola en levant un doigt vers sa fille. Tu ne me parles pas sur ce ton dans ma propre maison !

Puis elle aperçut Charlie, et son expression s'adoucit.

— Charline ? fit-elle en se frottant les yeux d'un geste peu naturel. Est-ce vraiment toi ?

— Habille-toi, lui enjoignit Susanne avant que Charlie ait pu répondre. On t'attend dans la cuisine.

Une fois assise, Susanne écarta les bras.

— C'est dingue ! Un beau jour, elle mettra le feu à la baraque.

— J'ai tout entendu ! cria Lola depuis sa chambre.

— Bien ! cria Susanne. Tant mieux !

— Je fais ce que je peux, se défendit Lola en les rejoignant.

Elle portait un peignoir à fleurs et un large bandeau dans les cheveux.

— Charline Lager, ajouta-t-elle en secouant la tête. Tu es vraiment la copie conforme de ta mère.

Elle s'approcha de la gazinière, mit en marche la ventilation de la hotte et alluma une cigarette.

— Dire que vous vous êtes retrouvées, Susanne et toi… Quand vous étiez petites, vous étiez comme deux sœurs : vous dormiez ensemble, vous vous peigniez les cheveux, vous preniez votre bain ensemble.

— Oui, on se reposait beaucoup l'une sur l'autre quand la vie nous paraissait dangereuse, confirma Susanne.

Lola ignora la critique implicite et attrapa un tube d'aspirine sur une étagère. Charlie la regarda glisser deux cachets dans un verre d'eau. Le bruit des cachets effervescents lui rappela aussitôt Betty. Combien de matinées n'avait-elle pas entamées ainsi ? Lola descendit le tout en trois gorgées et se mit à fouiller les placards à la recherche de quelque chose à leur proposer.

— Un café, ce sera très bien, maman.

— Pourquoi êtes-vous venues ? demanda Lola. Je croyais que tu ne me parlais plus, Susanne.

Elle lança un regard blessé à sa fille tout en mettant en route la cafetière.

— Je voudrais te parler de la famille Mild, expliqua Charlie. Les propriétaires de Gudhammar. Tu faisais le ménage chez eux, n'est-ce pas ?

— Oui. Des salopards arrogants, si tu veux mon avis, mais ils avaient une drôle de fille.

Susanne écarquilla les yeux.

— Pourquoi ne me l'as-tu jamais dit ?

— Pourquoi l'aurais-je fait ? C'était il y a une éternité. D'ailleurs, je crois que tu m'as accompagnée là-bas quelquefois, mais tu étais petite, quatre ou cinq ans, par là. Peut-on savoir pourquoi vous vous intéressez à Gudhammar ?

— Betty m'y a emmenée deux ou trois fois quand j'étais gamine. Et je me souviens que ces visites tournaient mal.

— C'était souvent le cas avec Betty, sourit Lola. J'adorais cette femme, vraiment, mais quand elle était dans une période de creux, elle pouvait être…

— Je crois que Charlie sait comment elle pouvait être, l'interrompit Susanne.

— Betty était-elle aussi employée là-bas comme femme de ménage ? demanda Charlie, alors qu'elle était à peu près sûre de la réponse.

Lola éclata de rire et répondit que non. Betty était totalement incapable de tenir une maison, et à Gudhammar, ils ne plaisantaient pas avec l'ordre et la propreté. On n'avait pas intérêt à négliger les recoins. Maintenant, tout était à l'abandon. D'après Lola, c'était incompréhensible qu'on laisse une maison se détériorer ainsi, d'année en année, sans la vendre. Mais après ce qui était arrivé à la fille… Ils ne voulaient peut-être plus avoir aucun contact avec cet endroit et les souvenirs qu'il évoquait.

— Que lui est-il arrivé, à ton avis ? demanda Charlie. À Francesca Mild.

— Aucune idée. Personne ne le sait. Soit c'était une fugue, soit elle s'est tuée. Voilà du moins ce qu'on racontait à l'époque. Je n'ai jamais revu aucun membre de cette famille.

Le téléphone sonna dans la pièce voisine. Lola se leva

pour répondre. Susanne et Charlie l'entendirent assurer que oui, bien sûr, elle avait déjà dit qu'elle irait.

— C'était un copain, expliqua-t-elle en revenant. Il veut savoir si je vais à la fête des Moissons ce soir. Et vous, vous y allez ?

— Oui, sans doute, répondit Susanne.

— Super.

Son front se plissa comme si une pensée importante venait de la frapper.

— Où sont les garçons ?

— À l'école.

Carola eut l'air surpris.

— Oui, maman : incroyable mais vrai, ils sont scolarisés.

— Je croyais qu'on était samedi. Mais non, merde, on n'est que vendredi ! La fête des Moissons, c'est aussi ce soir.

Susanne soupira d'entendre sa mère se répéter ainsi.

— Je sais. On va donc sûrement passer, comme je te le disais à l'instant.

— Et les enfants ?

— Ils seront chez leur père.

Lola ouvrit de grands yeux.

— Oui, ils ont aussi un père. Il s'appelle Isak.

— Je sais comment il s'appelle. J'avais cru comprendre qu'il s'était tiré.

— C'est le cas. Mais là, il semble s'être souvenu qu'il avait des enfants. Ils vont passer une semaine chez lui. Et dans la mesure où je n'ai pas une grande famille serviable qui m'aide à m'occuper des gamins, je lui en suis putain de reconnaissante.

Charlie se sentait mal à l'aise. Elle n'aimait pas que les gens se disputent en oubliant qu'ils n'étaient pas seuls.

— Parle-nous de Francesca Mild, intervint-elle à l'intention de Lola.

— C'est ce que je viens de faire, il me semble. Je ne sais pas grand-chose. Après tout, je n'étais que la femme de ménage. La fille… Je me rappelle que sa chambre était en désordre. Elle n'aimait pas que j'y entre. Elle disait qu'elle trouvait ça anormal que quelqu'un d'autre s'occupe de nettoyer ses saletés.

Lola sourit.

— Elle était déprimée. Je me souviens d'avoir pensé plus d'une fois : comment est-ce possible quand on vit dans un tel luxe ? Quoi qu'il en soit, elle l'était.

Charlie dut réprimer l'envie de lui parler des bouteilles de vin. Bien sûr, elles avaient dû être en contact pour que Francesca lui demande une chose pareille. À la place, elle répéta une phrase qu'Anders avait prononcée et qui l'avait fait bien rire à l'époque.

— L'argent et le bonheur ne sont pas corrélés.

Lola la regarda, puis secoua la tête.

— Tu veux dire que l'argent ne fait pas le bonheur, c'est ça ? Moi, je ne fais pas de la recherche scientifique, mais je sais un truc, c'est qu'on peut être putain de malheureux quand on manque de fric.

— Cent pour cent d'accord, confirma Charlie.

Lola remplit de nouveau sa tasse de café sans leur en proposer. Elle se rassit et secoua la tête.

— Qu'y a-t-il ? demanda Susanne.

— Rien, je pense juste à ces salopards de bonshommes.

— Maman, s'il te plaît !

Susanne alla chercher la cafetière et partagea entre Charlie et elle ce qui restait de café.

— Tous les mêmes, poursuivit Lola. Ton père, Isak, tous !

— Je n'ai pas le courage d'écouter ça, maman.

— Je dis la vérité. Tous les hommes sont des porcs. Au fond d'eux, tout au fond, ils le sont tous, sans exception. On peut croire qu'on a rencontré l'exception, mais tôt ou tard il apparaît que non. Il n'y a pas d'exception à la règle.

Charlie se souvint que c'était presque mot pour mot ce qu'avait l'habitude de dire Betty avant que Mattias ne fasse son apparition dans le paysage.

— Sauf Mattias, dit-elle sans réfléchir. Mattias était l'exception qui confirme la règle.

Lola eut un sourire triste.

— Oui, c'est ce que disait ta mère. Mais dans ce cas, je ne comprends pas pourquoi elle n'a rien fait pour le sauver si elle y tenait tant que ça.

Charlie reposa sa tasse.

— Que veux-tu dire ?

— Si c'était vrai que Mattias était l'exception, elle ne serait pas restée plantée là à le regarder sans bouger pendant qu'il se noyait, non ? Elle aurait essayé de le sauver.

Susanne écarquilla les yeux.

— Qu'est-ce que tu racontes, maman ?

— C'est Betty qui me l'a dit, répliqua Lola. Qu'elle était restée assise au bord du lac avec Charline à le regarder couler.

— Attends ! cria Susanne à Charlie qui s'était levée et s'en allait à grands pas.

Avant de sortir, Charlie entendit la voix de Lola dans la cuisine :

— Ben quoi, qu'est-ce qu'il y a ? Pas de quoi en faire un fromage, non plus. Betty était là, alors elle est bien placée pour savoir ce qui s'est passé.

Failles temporelles

Où t'as trouvé ça ? Je brandis le flacon de verre marron plein de pilules orange. On est dans la chambre de Paul au foyer de la Pointe aux pins. Tous les autres sont au bord du lac, en train d'encourager l'équipe d'Adamsberg à l'occasion du tournoi annuel d'aviron.

Un contact secret, répond Paul.

Je pense à ce que papa a l'habitude de dire d'Adamsberg : cette école vous donne accès à des mondes qui vous resteraient inaccessibles autrement et à des contacts qui se révéleront importants tout au long de votre vie. Pour la première fois, je lui donne raison.

C'est quoi, ces médocs ?

Un psychotruc. Je ne sais plus pour quelle maladie.

Je m'installe sur le rebord de la fenêtre, qui est profond comme une niche.

On s'en fout, en fait. Tu dois t'en procurer encore !

Paul m'explique que le meilleur reste à venir. Il s'assied face à moi, appuie ses plantes de pied contre les miennes. Et voilà que le monde change de forme et de couleur. Il devient plus clair, plus doux. Une espèce d'euphorie jaillissante me submerge et me donne envie de rire. Paul aussi. Tout nous est bon, les feuilles jaunes des bouleaux de l'autre côté de la vitre, le gardien qui retourne la terre des plates-bandes devant le foyer du

Major. L'Allemand, le Norvégien et le Suédois-qui-a-pissé-dans-la-soupe.

Je ris comme si je n'avais jamais rien entendu d'aussi drôle de toute ma vie.

On avale encore quelques pilules. Ce n'est pas qu'on a envie de mourir ou quoi. On veut juste continuer à rire. Mais l'effet ne s'intensifie pas. Je prends note de m'en souvenir pour la prochaine fois : l'effet d'amusement n'augmente pas avec la dose.

30

Dans la rue, Charlie s'aperçut qu'elle avait oublié sa veste chez Lola. Elle fit demi-tour et vit Susanne qui accourait, sa veste sous le bras. Susanne s'arrêta et la lui tendit.

— Ne l'écoute pas, Charlie. C'est une ivrogne.

— J'ai besoin de marcher un peu.

— Alors tu sais quoi ? Je vais faire les courses, et on se retrouve à la voiture. Ne prends pas au sérieux ce qu'elle raconte. Elle ne sait pas ce qu'elle dit.

Charlie s'éloignait déjà. Son cœur cognait comme si elle avait couru un cent mètres. Elle revoyait intérieurement la rive du lac, à Lyckebo. Elle essayait de situer Betty quelque part dans le paysage pendant qu'elle-même, genoux ramenés sous le menton, regardait fixement Mattias s'agiter dans la barque. Pourquoi, bordel de bordel de merde, Betty n'avait-elle rien fait ?

Ne te fie pas aux beaux parleurs.

Mattias est l'exception qui confirme la règle.

Il fait trop clair. Quelqu'un peut-il m'enlever toute cette lumière.

Elle était arrivée devant l'ancien salon de thé. Sur le panneau à côté de l'entrée, parmi des centaines de punaises rouillées et de bouts de papier décolorés, elle aperçut une annonce rédigée à la main : « Chiots à vendre. » À côté, une affiche rappelait les festivités du week-end : « Fêtons ce que nous avons moissonné ! »

Charlie s'assit sur les marches du perron. Les questions qui tournaient dans sa tête depuis cet été l'assaillirent avec une force décuplée. *Qui étais-tu, Betty Lager ? De quoi étais-tu capable ?*

Il avait été éprouvant de découvrir qu'elle ne pouvait même pas se fier à sa propre mère. Là, soudain, elle comprenait qu'elle ne pouvait pas non plus se fier à elle-même. Comment l'aurait-elle pu alors que sa mémoire effaçait apparemment les données les plus fondamentales ?

Qui es-tu, Charline Lager ?

La réponse était plus lointaine que jamais. Elle se tenait à deux époques différentes, un pied dans chaque monde. Elle était à la fois la petite fille obligée de courir pour ne pas se laisser distancer par Betty et la femme adulte qui essayait de la suivre à la trace. Assez, à la fin ! Non ? Elle se sentait étrangement légère. Un souffle de vent aurait suffi à s'emparer d'elle et à l'emporter loin de cet endroit. Qu'est-ce qui la retenait ?

Son téléphone sonna. Susanne l'attendait dans la voiture sur le parking de la supérette.

— J'arrive.

Charlie se leva trop vite et dut s'agripper au garde-corps pour ne pas tomber. Il branlait, et elle mit quelques instants à retrouver son équilibre.

En passant devant la supérette, elle entendit quelqu'un crier dans son dos et mit un moment à comprendre qu'on s'adressait à elle.

— Alors ? Elle ne dit plus bonjour ? On n'est peut-être pas assez bien pour elle ?

La sensation d'irréalité la reprit. Elle était de nouveau gamine, sa main dans celle de Betty. *Ma parole, tu rayonnes aujourd'hui, Betty. Et regardez cette petite ! Elle tient de plus en plus de sa mère.*

Je suis comme elle, pensa Charlie. Je peux faire tout ce que je veux, ça ne change rien. Je serai toujours la fille de Betty.

Elle se retourna, observa les hommes assis sur le banc. Ils étaient trois. Barbus, hirsutes, trop légèrement vêtus pour la saison. Les mêmes qu'à l'époque ? Certes, ils paraissaient vieux, mais l'alcool avait entre autres pour effet de vieillir prématurément les visages et les corps.

— Tu as perdu ta langue ?

— Je n'ai pas envie de parler.

— T'as peut-être soif ? Tu veux boire un coup ?

Elle secoua la tête. Pourtant, elle n'avait jamais eu aussi soif de toute sa vie.

— Tu es sûre ? T'as l'air d'avoir froid. J'ai un truc qui pourrait te réchauffer et te mettre de bonne humeur : une mignonnette, même pas entamée. Enfin, tant pis pour toi, je ne donne pas de la confiture aux cochons.

Elle s'approcha du banc et prit la bouteille sans un mot. Elle dévissa la capsule, qui avait clairement déjà été ouverte auparavant, et avala une rasade brûlante. La chaleur se répandit dans sa poitrine et glissa dans son ventre telle une boule incandescente. Vite, elle but une autre gorgée avant de rendre son bien à l'homme. Elle le remercia et repartit au pas de course vers le parking et Susanne.

— Je suis désolée pour maman, dit Susanne quand Charlie fut montée à côté d'elle. J'espère que tu te rends compte qu'elle ne sait pas toujours ce qu'elle raconte.

— À mon avis, elle le sait très bien. Comment, sinon, aurait-elle été au courant ?

— Alors c'est vrai ? Vous avez vraiment vu Mattias se noyer ?

— Moi oui. Mais je n'ai aucun souvenir que maman ait été là. Dans mon souvenir, j'étais seule. Il n'y avait que moi. J'étais assise au bord de l'eau, j'ai tout vu et je n'ai rien fait.

— Tu étais une enfant, Charlie. Tu étais une enfant, et Betty était une adulte. Tout est sa faute à elle.

Charlie ouvrit la bouche pour dire quelque chose, peut-être défendre un peu sa mère, mais elle n'en eut pas la force. Tout était la faute de Betty ; tout commençait et finissait avec elle.

31

Johan l'appela alors qu'elles rentraient. Charlie regarda le numéro sans réagir. Tout ce qu'elle voulait, c'était être seule.

— Je vais aller faire un tour, annonça-t-elle en arrivant à la maison. Je peux prendre ta voiture ?

— J'allais nous préparer un morceau à manger.

— Je déjeunerai plus tard. Tu aurais une cigarette ?

— Bien sûr.

Susanne tâta ses poches et lui tendit un paquet de Marlboro.

— Le briquet est dedans, dit-elle.

Charlie prit la direction de l'église. Elle se gara au pied du grand mur moussu, franchit le portail du cimetière et longea l'allée jusqu'à la tombe de Betty. Une simple pierre sous un marronnier, qui paraissait aussi abandonnée que la dernière (et unique) fois où Charlie y était allée. Peut-être devrait-elle y mettre une plante qui supporte le froid ? Mais elle se rappela que Betty avait en horreur les tombes traditionnelles. Macchabée ou pas, elle ne voulait pas rester coincée dans un endroit, disait-elle. Voilà pourquoi elle avait fait jurer à Charlie de répandre ses cendres au-dessus du lac. Ce n'était pas ce qui s'était produit. Charlie ne se souvenait même pas si on lui avait demandé son avis à propos des funérailles.

La période qui avait suivi la mort de sa mère restait un grand blanc. Elle effleura la colombe en pierre. Elle était sale. Charlie utilisa la manche de sa veste pour la nettoyer un peu.

Que le diable t'emporte, Betty ! Pourquoi n'as-tu rien fait ? S'il était vraiment l'homme que tu disais, le seul qui t'aimait bien alors qu'il savait tout sur toi, comment as-tu pu le laisser se noyer sans intervenir ?

Je ne pouvais pas bouger, mon cœur, répondit la voix de Betty dans sa tête. *Je ne sais pas pourquoi.*

Charlie s'accroupit et alluma une cigarette. La pierre tombale la protégeait du vent.

Voix de Betty en elle, encore : *C'était peut-être parce qu'il savait tout sur moi qu'il devait mourir ? Je ne supportais pas la personne que je voyais dans son regard.* Les phrases étaient si naturelles que Charlie se demanda si elle ne les avait pas entendues pour de vrai. Ou alors c'est maintenant que je perds la tête, pensa-t-elle. Bientôt, je verrai des papillons sur les murs blancs.

— Je ne te comprends pas, Betty, murmura-t-elle en écrasant son mégot dans la terre.

Elle se redressa. Des nuages noirs avaient envahi le ciel, comme si le soir tombait en plein jour. Elle se remit en marche. Le gravier de l'allée gardait un motif à rayures après le passage du râteau. Elle voulait rendre visite à quelques autres tombes encore.

Elle entendit un bruit et s'immobilisa en laissant son regard errer sur le cimetière. Aucune ombre, pas le moindre mouvement. Pourtant, le calme céda la place à la vigilance. Elle découvrit un coin qui paraissait plus récent que les autres. Les dalles de pierre n'étaient pas recouvertes de mousse et la terre n'était pas encore tassée. En apercevant les veilleuses allumées, elle comprit qu'elle était au bon endroit. La tombe d'Annabelle croulait sous les ours en peluche, les petits messages encadrés et les flammes vacillantes. Combien de temps pouvaient-elles brûler, ces veilleuses ? Quelqu'un les avait-il allumées récemment ? Elle lut l'inscription sur la pierre luisante, *Annabelle Roos, aimée, regrettée*, suivie de ses années de naissance et de mort. Dessous, les noms de ses parents, déjà gravés, avec leur année de naissance suivie d'un espace pour l'année de leur décès. Charlie avait déjà vu ça ailleurs, et ça l'avait toujours mise mal à l'aise, comme si la tombe attendait d'être remplie d'un instant à l'autre. Elle s'accroupit et commença à lire. Il y avait de tout, depuis les banalités sur le doux sommeil jusqu'aux messages les plus personnels. *Rien ne sera plus jamais pareil sans toi, Anna-jolie*, suivi d'un grand point-virgule noir identique à celui qu'Annabelle et sa meilleure amie Rebecca s'étaient fait tatouer sur le poignet. *Il y aura une suite.* Puis une citation latine : *Alis volat propriis.* Charlie prit son portable et chercha la traduction sur Internet. *Elle vole de ses propres ailes.* Elle songea à tout ce qui avait été dérobé à cette fille-là, à tout ce qu'Annabelle n'aurait jamais l'occasion de connaître. Tant de pensées, de rêves, d'ambitions annihilées en une fraction de seconde. Au lieu de cela, on continuerait de murmurer son nom pour faire peur aux autres jeunes : *N'oublie pas ce qui est arrivé à cette fille. N'oublie pas de quelle manière a fini Annabelle.*

— Tu n'as pas froid, assise à même le sol ? l'interrogea une voix derrière elle.

Charlie sursauta. Puis elle reconnut Fredrik Roos, le père d'Annabelle.

— Fredrik ? Je…

— Ne t'excuse pas, Charlie.

Elle ne sut que dire.

— C'est joli, fit-elle en montrant les fleurs.

— Rebecca et William viennent souvent arranger tout ça, expliqua Fredrik en indiquant les offrandes. Comme ça, elle n'est pas toute seule. Ça fait du bien. C'est idiot, mais je m'inquiète souvent à l'idée qu'elle se sent peut-être abandonnée, qu'elle a froid, qu'elle a peur du noir. C'est pour ça que je change les veilleuses tous les jours. Pour qu'elle ait de la chaleur et de la lumière.

— Je comprends, dit Charlie.

— Que fais-tu ici ? À Gullspång, je veux dire.

— Je rends visite à S… à des amis, se corrigea-t-elle en réalisant que le nom de Susanne éveillerait des associations malheureuses.

— Tu as lu les documents que je t'ai donnés cet été ? Sur ta mère ?

Charlie acquiesça en silence. Elle n'avait vraiment pas envie de parler de ça maintenant.

— On comprend mieux pourquoi Betty et Nora n'allaient pas bien, poursuivit Fredrik.

— J'ai appris que Nora était hospitalisée.

— Ah ? La rumeur circule vite. Enfin, oui, c'est vrai. Nora est à Solhem.

— Je suis vraiment désolée pour vous.

— Moi aussi. – Fredrik toussota. – Parfois, on voudrait juste…

Il désigna la tombe d'un mouvement de tête. Pas besoin d'en dire plus.

Francesca

J'étais en train d'attraper la Bible sur l'étagère quand Jacob est entré. Je lui ai montré le livre.

— Pas franchement le style de Paul, si ?

Jacob a souri.

— Je crois qu'il la lisait surtout pour mieux la critiquer. Il notait des petits commentaires dans les marges.

— Ça t'ennuie si je l'emprunte ? J'aimerais lire ce qu'il a écrit.

— Aucun problème, prends-le.

Il proposa de me raccompagner en voiture. J'ai dit que ce n'était pas nécessaire, je pouvais appeler maman. Mais il avait des courses à faire au village.

Il a commencé à pleuvoir au moment où Jacob a démarré. Quelques grosses gouttes placides. Puis un déluge.

— On a quand même eu un automne sec, ai-je fait remarquer.

— Peut-être. Je n'ai pas tellement pensé à la météo.

— L'automne le plus chaud depuis des décennies.

C'était surtout histoire de dire quelque chose. Il me semblait avoir entendu ça quelque part, mais peut-être était-ce l'année précédente.

— Ah.

Jacob a inséré une cassette dans le lecteur, et la voix éraillée de Janis Joplin a rempli la voiture.

On a parlé de choses ordinaires. Jacob m'a expliqué qu'il étudiait l'économie à l'université d'Uppsala. Il venait de faire une pause dans ses études, mais il allait bientôt reprendre.

— J'ai du mal à me représenter que le frère de Paul s'intéresse à l'économie.

— Ce n'est pas le cas, mais si je reprends l'affaire familiale un jour, ce ne sera pas inutile.

— C'est ce que tu comptes faire ? Reprendre l'affaire familiale ?

— Oui. Tu trouves ça bizarre ?

— Non, pas du tout.

J'ai contemplé les grandes mains de Jacob sur le volant, les imaginant en train de préparer mon corps inerte pour le repos éternel.

— Paul était amoureux de quelqu'un, ai-je dit.

Jacob s'est tourné vers moi.

— Qui ?

— Je ne sais pas. Il allait me le révéler le soir du bal, mais les choses ne se sont pas passées comme prévu. Je me demandais si tu le savais, toi, par hasard. Est-ce qu'il t'en a parlé ?

— Non, jamais.

Jacob a réfléchi un moment, puis :

— Est-ce que… Je veux dire, qu'est-ce que ça change maintenant ?

— Rien peut-être. Mais j'ai quand même la sensation que c'est important.

— La seule fille dont il parlait, c'était toi. Il t'aimait vraiment énormément, Francesca.

J'ai avalé ma salive en essayant de penser à autre chose pour ne pas me mettre à pleurer. Broderie au point de croix, prés en fleurs, histoires idiotes : *J'ai pissé dans la soupe.* Sans succès.

— Tu crois qu'il s'est suicidé ?

Je regardais par la vitre pour cacher mes larmes.

— Non, a répondu Jacob.

— Tu en es sûr ?

— Oui. Paul ne serait jamais allé dans un lac de son plein gré. Il détestait l'eau.

— Je sais bien, mais si ce n'était pas un suicide, c'était quoi ?

— Une noyade. C'est tout ce qu'on sait. Un accident.

Je me suis essuyé les yeux.

— Que faisait-il au bord du lac cette nuit-là ? Pourquoi était-il là-bas tout seul, en plein bal ?

— Je ne sais pas, Francesca. Je n'en ai pas la moindre idée. Et toi ?

Alors je lui ai parlé de la soirée, des cachets qu'on avait avalés Paul et moi, du fait que Paul allait enfin me révéler qui il aimait. J'ai décrit la première danse. Paul paraissait content à ce moment-là. Nous étions contents tous les deux. Mais ensuite... Il avait disparu, purement et simplement. J'avais beau le chercher, il n'était nulle part.

Jacob a voulu savoir à quelle heure Paul s'était éclipsé, mais je n'avais pas la réponse. D'habitude, déjà, j'avais du mal à avoir une idée très précise de l'heure. Ce soir-là, tout était très confus, mais j'avais eu la sensation de le chercher pendant un temps infini, sur tout le vaste territoire d'Adamsberg, en titubant. Pour finir, j'avais échoué du côté de la chapelle, qui était vraiment le dernier endroit au monde où j'aurais cru le trouver.

— Il n'y était pas ?

— Non. Mais une certaine bande, oui.

J'ai décrit chaque garçon en quelques mots. Je les ai nommés – tous des noms de rois. La rose de Paul traînait dans l'herbe, et ils avaient le bas du pantalon mouillé.

— Qu'es-tu en train de sous-entendre, Francesca ?

Jacob a rétrogradé, il s'est arrêté au bord de la route et m'a regardée.

— Je ne sais pas. Je te raconte juste ce que j'ai vu.

— Ces garçons, peuvent-ils avoir fait quelque chose à Paul ?

— C'est ce que je crois, mais personne ne m'écoute. Tout le monde dit que j'étais ivre, ce qui est vrai. J'étais ivre et défoncée, et mes parents ne me trouvent déjà pas crédible quand je n'ai rien pris, alors tu vois… De toute façon, il n'est peut-être pas possible de prouver quoi que ce soit.

— Parle-moi encore de cette bande, a demandé Jacob.

Je l'ai fait. J'ai évoqué les bourrades, les bousculades, les insultes, les rires.

Jacob m'écoutait, le visage de plus en plus fermé.

Je ne savais pas si je devais me sentir soulagée de parler enfin à quelqu'un qui me prenait au sérieux. Une partie de moi voulait peut-être tout lâcher, accepter la vérité la plus simple et continuer. Mais je n'étais pas du genre à lâcher et à continuer. J'étais du genre à me laisser couler jusqu'au fond, quelle que soit la douleur.

— Je vais contacter la police, a déclaré Jacob. Je vais leur répéter ce que tu viens de me dire et ils décideront quoi faire.

— En fait, on a juste envie de les tuer. Ce que je sais d'eux suffit déjà pour avoir envie de les massacrer, tous autant qu'ils sont.

— Oui, c'est vrai.

Il a fondu en larmes. Sans réfléchir, je me suis tournée vers lui et je l'ai touché.

— Pardon, ai-je dit. Je ne sais pas ce que je fais.

Mais avant que j'aie pu ôter ma main de son cou, Jacob s'est rapproché de moi.

— Démarre, ai-je murmuré. – Je ne reconnaissais pas ma propre voix. – Arrête-toi quelque part où on ne peut pas nous voir.

Jacob s'est engagé sur un chemin d'herbes folles qui menait jusqu'à une vieille maison peinte en rouge.

— L'endroit paraît abandonné…

J'ai hoché la tête sans répondre. On s'est déshabillés maladroitement. Je n'avais jamais été nue avec un homme, et j'aurais peut-être dû me sentir intimidée, mais c'était comme si mon corps avait été pris en charge par une autre. Je voulais Jacob comme il ne m'était jamais arrivé de vouloir quelqu'un. Ce qui avait lieu en ce moment entre nous était à mille lieues des baisers avec la langue et des tripotages étouffants auxquels je m'étais exposée en compagnie des garçons d'Adamsberg.

— Qu'est-il arrivé à tes bras ? a-t-il murmuré.

— Un appel au secours.

— Ça me paraît plus sérieux que ça.

Jacob s'est reculé et m'a regardée avec attention.

— La prochaine fois que tu as besoin d'aide, tu peux peut-être appeler vraiment au lieu de…

J'ai murmuré :

— Personne ne m'entendait.

Je l'ai regretté aussitôt, car je ne voulais pas m'attarder sur le sujet.

— Alors tu dois peut-être appeler quelqu'un d'autre.

Quelqu'un qui t'écoute, pour que tu ne sois pas obligée de…

J'ai hoché la tête et fermé les yeux.

— Du coup, maintenant, tu ressembles aux gens du coin, a constaté Jacob en caressant mes cicatrices. Tous ceux qui travaillent à l'usine, ici, ont les bras pleins d'égratignures. Ça te fait mal ?

— Non, je ne sens rien.

— Ne refais pas ça, Francesca. Jamais.

— OK.

— Promets-le.

— Je le promets.

Puis je l'ai embrassé. Je ne voulais plus parler de mes cicatrices, ni des appels au secours, ni des ouvriers de l'usine de contreplaqué. Je ne voulais plus parler du tout.

Son souffle s'est fait plus rapide.

— Tu es sûre de vouloir continuer ? a-t-il murmuré juste avant de franchir la dernière étape.

— Oui. S'il te plaît, continue, ne t'arrête pas.

— Mais on n'a pas de protection.

— T'inquiète.

Il a poussé deux ou trois fois sans réussir à me pénétrer et, l'espace de quelques secondes, le plaisir s'est changé en une douleur intense remontant jusque dans mon dos. Mais ensuite, quand il s'est mis à bouger lentement, la douleur a disparu, et j'ai ressenti un bien-être totalement inconnu. Peut-être avais-je tout compris de travers ? Peut-être y avait-il malgré tout des expériences qui faisaient que la vie méritait d'être vécue ?

Les vitres de la voiture étaient complètement embuées. Soudain, Jacob s'est immobilisé.

— Qu'y a-t-il ?

— On a frappé à la portière. Il y a quelqu'un.

Il s'est retiré. On est restés figés, comme si on espérait qu'il ait mal entendu. Mais le bruit a recommencé. Jacob s'est penché par-dessus moi et a essuyé un peu de buée pour voir. Je me suis laissée glisser sur le siège en fermant les yeux, comme si cela pouvait tout faire disparaître.

— C'est une petite fille, a annoncé Jacob.

— Non !

Il a baissé la vitre.

— Salut, a-t-il dit.

— Vous faites quoi ?

Une voix enfantine.

— On ne savait pas que quelqu'un habitait là, a expliqué Jacob.

— J'habite ici avec ma maman.

J'ai fermé les yeux, plus fort, en espérant que sa mère était loin.

— Elle est où ? a demandé Jacob.

— Elle dort. Vous n'avez pas le droit de la réveiller. Elle a dit qu'elle ne voulait pas qu'on la réveille. Vous ne pouvez pas entrer dans la maison.

— Je comprends. On va partir.

Il a remonté la vitre.

— Bon Dieu ! a-t-il chuchoté. Elle a surgi de nulle part, cette gamine.

— Tu es sûr qu'elle existe vraiment ?

Nous nous sommes rhabillés. Nos vêtements étaient éparpillés dans la voiture. Je me sentais étrangement légère, en proie au vertige, comme si je venais de vivre une expérience de sortie de corps.

Jacob a mis l'aération en marche. La buée a disparu. J'ai observé la maison, qui paraissait aussi inhabitée que lorsque je l'avais regardée un peu plus tôt dans mon état semi-comateux. Les fenêtres du rez-de-chaussée étaient recouvertes de tissus et de plaids, aucune lumière ne filtrait. Au moment où Jacob enclencha la marche arrière, j'ai aperçu un petit écriteau enfoncé dans l'herbe, je me suis penchée juste à temps pour lire, avant que la lumière des phares ne s'en éloigne : *Lyckebo*.

32

Charlie reprit la voiture. Elle pensait à Nora Roos. Nora était la seule personne qui avait connu Betty petite. Y avait-il dans l'histoire de Betty d'autres sombres secrets que ceux qui lui avaient été révélés à la lecture de ses lettres ? Nora savait-elle quelque chose ? Elle s'arrêta au bord de la route, prit son téléphone et chercha l'adresse de Solhem. La clinique était située à une trentaine de kilomètres de Gullspång. Peut-être ne recevaient-ils les visiteurs que sur rendez-vous ? Ça valait quand même le coup d'essayer. Elle entra l'adresse dans le GPS et vit qu'elle pouvait y être en vingt-cinq minutes.

La clinique consistait en un bâtiment de briques marron entouré d'un parc avec des bancs disséminés sous d'immenses bouleaux. Les allées serpentant entre des buissons bien taillés rappelèrent à Charlie les photos des anciens hôpitaux psychiatriques qui figuraient dans ses manuels à l'époque de ses études de psycho à la fac.

Un léger bruit de clochette dans son sac signala l'arrivée d'un SMS. *Appelle-moi. Je crois que j'ai trouvé quelque chose.*

Elle téléphona à Johan. Pas de réponse.

Elle laissa un message disant qu'elle était à Solhem et qu'il pouvait la rappeler.

Il ne fut pas facile d'obtenir l'autorisation de voir Nora Roos. Elle dut montrer sa carte de police.

— Il ne faut surtout pas la perturber, s'inquiéta la jeune femme à la réception.

— Je veux juste lui dire quelques mots, plaida Charlie, en espérant que personne ne chercherait à savoir de quoi elle désirait lui parler.

La porte était entrouverte. Charlie aperçut une chambre blanche et Nora, assise sur le lit, lui tournant le dos.

Elle frappa un coup léger. Pas de réaction.

— Nora ?

Elle se retourna lentement. Elle était pâle et émaciée. Ses cheveux étaient si clairsemés qu'on voyait la blancheur de son crâne.

— Toi ? dit-elle en fixant Charlie d'un regard inexpressif. Que viens-tu faire ici ?

— Je voudrais te parler un instant.

— Annabelle est morte, annonça Nora en détachant ses mots.

— Je sais. Est-ce que je peux entrer ?

Nora acquiesça en haussant les épaules d'un même mouvement.

— Que veux-tu ? demanda-t-elle quand Charlie fut assise sur une chaise à côté de son lit.

— Te parler de ma mère. De Betty.

Nora frissonna.

— Pour moi, elle sera toujours Rosa. Mais si tu y tiens, on peut l'appeler autrement.

— Pourrais-tu m'en dire un peu plus sur elle ?

— Je ne veux plus.

— Je sais ce qui est arrivé. Je sais ce que vous avez fait au petit garçon.

— Ce n'était pas nous, se défendit Nora.

Sa voix était devenue plus nette.

— Nous n'avons rien fait. C'était elle. Tout était sa faute.

— Bien, dit Charlie. Je comprends. Je ne sais pas vraiment pourquoi je suis venue.

Un silence.

— C'est juste que… Ma mère n'a pas de passé. Je ne connais personne qui l'ait connue enfant, à part toi. Et les souvenirs que j'ai d'elle sont… Je sens que je ne peux pas m'y fier.

— Betty n'était pas quelqu'un à qui on pouvait se fier.

— Vous ne vous êtes jamais revues après son emménagement à Gullspång ?

— Jamais.

— Alors tu ne connaissais pas son ami ? Mattias Andersson ?

— Non, mais je lui ai parlé une fois.

— Quand ?

— Quelle importance ?

— Je m'interroge, c'est tout.

Nora ferma les yeux un long moment. On devait lui administrer de fortes doses de calmants, songea Charlie.

— C'était l'été, dit-elle enfin. Peu avant sa disparition. Je l'ai croisé dans la forêt. Il ramassait des branches de bouleau pour le mât de la Saint-Jean et moi… Je crois que je marchais simplement dans la forêt. On a commencé à discuter. Quand il m'a annoncé qu'il vivait avec Betty et que son fils allait venir vivre avec eux, je lui ai tout raconté. Je lui ai dit ce que Betty avait fait au petit garçon. Je pensais qu'il avait peut-être envie de savoir qui était cette femme dont il partageait la vie. Je me disais qu'il allait peut-être y réfléchir à deux fois avant d'amener son fils chez elle. Je voulais l'avertir.

Quand Charlie reprit sa voiture après avoir quitté Nora, les paroles de Betty résonnaient dans sa tête.

Mattias est l'exception qui confirme la règle. Il est le seul qui sait tout sur moi et qui m'aime bien quand même.

Qui essayait-elle de tromper ainsi ? Mattias l'aimait bien, sûrement. Jusqu'au moment où il avait appris la vérité sur elle. Alors il n'avait plus été possible pour lui de l'aimer, ni de l'autoriser à s'occuper de son fils. Et Betty l'avait laissé mourir. Betty et elle étaient restées assises sans bouger, toutes les deux, à regarder le père de Johan se noyer dans le lac.

Failles temporelles

Sais-tu qu'un cœur de porc ressemble beaucoup à un cœur humain ? demande Paul.

C'est la fin du mois d'août, et nous passons devant l'élevage porcin non loin d'Adamsberg.

Je dis que je ne sais presque rien sur les cœurs.

Alors Paul me raconte qu'à l'avenir, on pourra peut-être greffer des cœurs de porcs sur des humains. Peut-être même déjà de notre vivant.

— Tu imagines ça ? Avoir un cœur de cochon ?

— Pourquoi pas ? Plutôt ça qu'un cœur de pierre.

— Tu n'as pas un cœur de pierre, Fran. Au contraire.

Paul s'arrête de marcher et me regarde.

Je veux continuer. À cause de la puanteur de pisse et de merde de cochon, et aussi parce que je me sens gênée. Je crois toujours que j'ai envie d'entendre des choses agréables sur moi, mais quand ça arrive, bizarrement je n'ai plus qu'une envie : prendre mes jambes à mon cou.

— Que sais-tu de mon cœur ?

— Qu'il est grand.

— Il est comme mon poing, j'imagine, ni plus ni moins.

— Je ne le disais pas au sens propre.

— Je sais, mais tu te trompes. Mon cœur est petit et noir.

Tandis que nous revenons vers l'internat, je pense à la tête de Cécile sous l'eau, à mes mains qui la maintiennent sous la surface. Je voulais juste l'aider à battre le record. Je voulais…

Je ne sais plus ce que je voulais.

33

Susanne était assise dans le séjour quand Charlie revint.

— Tu entends ? l'interrogea-t-elle.

— Quoi ?

— Le silence. Isak est passé chercher les garçons. Nous sommes seules.

Charlie s'assit dans le fauteuil à côté du canapé.

— Ça s'est bien passé ?

— Les petits étaient surexcités, Nils était sceptique, et Melker a hésité jusqu'au bout à les accompagner. Il l'a fait pour Tim et Tom, je pense. Sinon, il serait resté.

— Ça peut se comprendre.

— Absolument. – Susanne poussa un soupir. – Quelle putain de saloperie de journée tout de même ! Que dirais-tu d'oublier un peu les filles disparues, les espions de jardin et les mères ivrognes ?

— Volontiers ! répondit Charlie, en pensant que ce serait formidable d'avoir cette liberté, de tout envoyer bouler et *basta*.

— Alors il nous faut un truc à boire. Quoi ? demanda Susanne en voyant le regard de Charlie. Comment veux-tu t'y prendre autrement ?

— Même avec l'alcool, ce n'est pas sûr que ça marche.

— En tout cas, ça ne pourra pas être pire.

Susanne alla dans la cuisine pendant que Charlie essayait de rappeler Johan. Toujours pas de réponse.

Susanne revint avec deux grands verres remplis à ras bord d'un mélange d'alcool et d'autre chose.

Quand les verres furent vides, elle retourna en préparer deux autres. Puis elle mit de la musique.

— Celle-là tu t'en souviens ? Lager, je te parle !

Elle dansa jusqu'à Charlie, qui prit sa main tendue, se leva et se mit à chanter avec elle le refrain de « La vie est une fête ».

L'alcool avait déposé comme un couvercle moelleux sur les pensées désagréables. Le visage de Francesca pâlit, et Betty disparut à la périphérie de sa conscience.

Elles heurtèrent la table basse en dansant, et Susanne éclata de rire.

— Wahou, Svenka l'a bien corsé, ce coup-ci !

Charlie ne put qu'acquiescer.

— On va à la fête quand même ? demanda Susanne quand elles furent assises par terre devant la cheminée en train de fumer une cigarette. Rien ne va s'arranger sous prétexte qu'on reste coincées à la maison.

— Bien sûr qu'on y va, répondit Charlie.

Tandis qu'elles se maquillaient dans la salle de bains, leurs deux verres à nouveau pleins posés sur le rebord du lavabo, Charlie eut la sensation d'avoir de nouveau treize ans. Elles avaient treize ans et elles se faisaient belles pour aller à une fête à l'épicerie Vall.

— Autant y aller franco, déclara Susanne en étalant le fard à paupières. Tant qu'à se maquiller… T'as besoin d'aide ?

Charlie hocha la tête, s'assit sur le bord de la baignoire et ferma les yeux. Les rares fois où elle était sortie maquillée, ado, c'était toujours grâce à Susanne. Elle sentait son haleine chaude sur son visage et suivait docilement ses instructions : ouvre les yeux, ferme, rouvre.

— Putain, t'es canon ! constata Susanne en reculant pour admirer son œuvre.

Charlie se regarda dans la glace et ne put que tomber d'accord.

— Bon, c'est pas le tout. J'appelle une voiture ?

— Je ne savais pas qu'il y avait des taxis à Gullspång.

— Bah, si t'as les bons contacts, tu te débrouilles toujours. Il y a un voisin, un type qui a une ferme à quelques kilomètres d'ici, on s'entraide. S'il ne peut pas, j'appelle mon taxi au black. Tiens, ajouta Susanne en tendant la flasque à Charlie.

Elles étaient assises à l'arrière de la voiture du voisin, une antique Amazon, dont le conducteur paraissait beaucoup trop jeune pour gérer une ferme.

— Odd, monte le son, s'il te plaît, demanda Susanne.

Odd obéit.

Charlie lut une affiche collée sur la vitre. Le texte était à l'envers pour elle, et son cerveau embrumé par l'alcool mit un moment à déchiffrer la phrase : *Arrête de rire, Svensson ; c'est peut-être ta fille qui est couchée sur la banquette arrière.*

Elle prit son téléphone. Aucun message de Johan. Elle écrivit un SMS lui demandant si tout allait bien et l'informant qu'elle était en route vers le pub. Ils pourraient peut-être se voir là-bas ? Elle faillit ajouter qu'il lui manquait.

— Je dois faire pipi, rigola Susanne en arrivant au bar. Elle partit en courant sans même remercier le voisin pour la course.

— Ça fait combien ? interrogea Charlie en croisant le regard d'Odd dans le rétroviseur.

— Rien. C'est la campagne. On s'entraide.

Il regardait Charlie comme si elle ne comprenait pas le sens du mot « entraide ».

— Bon, ben, merci alors. J'espère que j'aurai l'occasion de te le rendre un jour.

— J'essaie de rester loin de la police, mais merci quand même.

Comment sais-tu que je suis de la police ? voulut demander Charlie, mais elle s'en abstint, car elle connaissait déjà la réponse : à la campagne, on se parle et on a les étrangers à l'œil.

À l'entrée du pub, au sommet des marches, une fille était cramponnée au garde-corps et vomissait sur l'asphalte en contrebas.

Charlie posa une main sur son dos.

— Ça va ?

— Merveilleusement bien, merci.

— Sara ?

— Quoi ? – Sara écarquilla les yeux. – Encore toi ?

Elle voulut ajouter quelque chose mais en fut empêchée par de nouveaux vomissements.

— Attends, je vais trouver quelqu'un pour te raccompagner chez toi.

— Je vais bien ! Laisse-moi deux secondes, je retourne à l'intérieur.

— Tu n'as rien à faire ici. Tu as treize ans.

— Quatorze, rectifia Sara en brandissant quatre doigts. Je les ai eus en septembre.

— Mais tu n'es pas majeure.

— Papa est là. On a le droit de venir avec son responsable légal.

— Tu n'as pas le droit de boire de l'alcool.

Sara s'essuya la bouche sur sa manche.

— Je ne suis même pas bourrée. C'est juste que je ne

supporte pas le goût de la réglisse. Ça y est, c'est fini. Je suis en pleine forme.

— Fais attention à toi.

— Bien sûr, répliqua Sara en lui tenant la porte.

Le pub était bondé. Le niveau sonore était assourdissant. Tous les âges étaient représentés, depuis les retraités jusqu'à des jeunes qui ne paraissaient guère plus vieux que Sara. La plupart étaient en tee-shirts à manches courtes à cause de la chaleur. Charlie reconnut les estafilades sur les bras de plusieurs d'entre eux, dues au maniement des planches à l'usine de contreplaqué. Betty avait les mêmes en son temps ; chez elle, c'était même pire parce qu'elle aimait bien gratter les croûtes. *D'abord, ils ont pris mon corps et, ensuite, mon âme.*

Un groupe jouait sur la scène. La chanteuse avait l'air d'avoir quinze ans. Charlie s'arrêta.

— Quelle voix ! dit-elle à Susanne qui revenait des toilettes. Qui est-ce ?

— Janis Rainen. Oui, elle a une voix incroyable, elle tient ça de sa mère. On espère qu'elle s'en sortira mieux qu'elle.

Charlie ne voulut pas savoir ce qui lui était arrivé. Elle ne voulait pas non plus réfléchir à la chance qu'avait Janis de s'en sortir statistiquement. Elle ne voulait pas penser aux chagrins, aux déceptions qui se transmettaient de génération en génération. Elle voulait juste fermer les yeux et écouter cette voix magique.

Susanne lui balança un coup de coude.

— Charlie, ça va ? Tu veux un verre d'eau ?

Charlie secoua la tête. Sur scène, Janis avait les yeux clos et tenait son micro à deux mains.

À la fin de la chanson, le public applaudit à tout rompre. Un membre du groupe prit la parole, remercia la jeune chanteuse invitée et dit qu'il était temps de danser un peu.

— Car vous avez envie de danser, n'est-ce pas ?

Il tendit le micro vers le public, qui répondit en hurlant en chœur.

— Ben, alors, on a un bon vieux tube à vous proposer pour commencer…

L'homme, vêtu d'une veste en cuir, plaqua deux accords sur sa guitare. Apparemment, tout le monde connaissait le morceau.

Charlie regarda la jeune fille descendre de la scène et se frayer un passage vers le comptoir, où Jonas avait déjà posé une bière à son intention.

Mais où était Johan ? Elle ne le voyait nulle part. Elle lui écrivit qu'elle était au pub. Avait-il prévu de descendre ?

Pas de réponse. Devait-elle monter frapper à sa porte ? Non, ça pouvait attendre encore un peu.

Il y avait de plus en plus de monde sur la petite piste de danse au pied de l'estrade. Charlie aperçut Adam Rehn qui dansait avec une femme blonde en robe noire. Elle les observa. La main d'Adam descendit peu à peu jusqu'à lui toucher les fesses. La femme la replaça sur son dos, mais quelques instants plus tard la main était de retour au même endroit. À la fin, la femme parut renoncer.

Charlie alla aux toilettes. Pendant qu'elle se lavait les mains, elle aperçut dans le miroir un visage familier : pommettes hautes, grands yeux, boucles sombres.

— Helena ? fit-elle en se retournant.

La fille éclata de rire et dit qu'elle s'appelait Alva ; Helena était sa mère.

— Qu'est-ce que tu lui ressembles !

— Plus maintenant, non. Mais quand elle avait mon âge, c'est possible. D'où tu la connais ?

— On était à l'école ensemble. Elle avait quelques années de plus que moi.

Helena avait l'habitude de faire du stop pour se rendre en ville et semblait toujours avoir un accès illimité aux cigarettes et à l'alcool. Voilà qu'elle réapparaissait, intacte, devant Charlie. Sauf que ce n'était pas elle.

— Elle a dû t'avoir très jeune, non ?

— Dix-sept ans. Un putain de mauvais choix, si tu veux mon avis !

— Pourquoi ?

Charlie posa la question alors même qu'elle comprenait parfaitement.

— Elle avait des ambitions, mais quand elle est tombée enceinte de moi, il a bien fallu qu'elle gagne sa vie. Alors elle s'est retrouvée coincée à l'usine, et c'est comme ça qu'elle s'est cassé le dos. Maintenant, elle touche une pension d'invalidité.

Elle se retourna pour répondre à quelqu'un qui lui criait, de l'intérieur d'une cabine W.-C., qu'il n'y avait plus de papier-toilette. Alva soupira et arracha plusieurs épaisseurs de papier absorbant gris du distributeur.

— Je dirai à maman que je t'ai croisée, dit-elle en glissant le papier sous la porte. Comment t'appelles-tu ?

— Charlie. Charlie Lager.

De retour dans le local, Charlie vit Susanne agiter la main dans sa direction.

— Regarde cet homme, dit-elle quand Charlie l'eut rejointe. Tu vois le groupe attablé près de la fenêtre ? Celui qui est assis tout au bout.

— Je suis censée le connaître ?

— Il s'appelle Christoffer. Il venait ici en vacances, l'été, quand on était jeunes, et il lui arrive de revenir quand il y a la fête. On était amoureux ; c'en était ridicule. Pour être tout à fait sincère, c'était peut-être surtout moi. Lui avait l'air de m'oublier à la seconde où il retournait en ville. J'étais son chat de l'été.

— Ça ne me paraît pas très marrant.

— Mais si, ça l'était. En tout cas l'été.

Francesca

— Il est arrivé quelque chose ? a demandé papa en me voyant revenir de ma visite chez les Bergman.

Maman et lui étaient installés au salon devant un verre de vin. On aurait dit un couple dans un film.

— Pourquoi ?

Je n'avais jamais cru aux histoires qu'on racontait, comme quoi ça se voyait quand une fille venait de perdre sa virginité, mais en captant le regard de ma mère, je me suis dit que j'avais peut-être tort.

— On dirait que tu as pleuré.

— Le contraire serait plus étonnant, non ?

— Tu veux qu'on reprenne rendez-vous chez le docteur Molan ?

— Je vais bien.

— Tu ne m'en as pas l'air, a dit papa.

— Ça fait pourtant longtemps que je ne me suis pas sentie aussi bien.

— Il me semble t'avoir entendu dire à l'instant que tu avais pleuré…

— Oui, mais je crois que j'ai peut-être aussi découvert le sens de la vie.

Je suis montée dans ma chambre en emportant la Bible de Paul. Je l'ai feuilletée, couchée sur mon lit, en sentant venir la déception. J'avais espéré trouver des notes, des critiques, des passages soulignés, mais il n'y avait rien. J'ai feuilleté de plus en plus vite. Soudain, je suis tombée sur une page recouverte d'inscriptions au feutre noir. Impossible de lire le texte au travers. En continuant de tourner les pages, j'ai vu que certaines avaient été arrachées. Pourquoi ?

Je suis redescendue. J'ai posé le livre sur la table de la bibliothèque, devant la cheminée, et j'ai commencé à chercher une Bible dans les rayonnages.

Il m'a fallu un bon quart d'heure pour la dénicher et pour trouver le passage, Lévitique 18' 22, qui avait été rendu illisible dans l'exemplaire de Paul.

Tu ne coucheras pas avec un homme comme on couche avec une femme : c'est une pratique abominable.

J'ai découvert d'autres lignes barrées. Cette fois, c'était dans la première Épître aux Corinthiens. Le passage portait sur le même thème. *Ne savez-vous pas que les injustes n'hériteront point le royaume de Dieu ? Ne vous y trompez pas : ni les impudiques, ni les idolâtres, ni les adultères, ni les efféminés, ni les infâmes, ni les voleurs, ni les cupides, ni les ivrognes, ni les outrageux, ni les ravisseurs n'hériteront le royaume de Dieu.*

Je me suis assise devant la cheminée. J'ai pensé que j'étais une imbécile de ne pas avoir compris. Pas étonnant qu'aucune fille d'Adamsberg ne m'ait fait l'effet d'être une candidate plausible pour Paul. Il ne s'agissait pas d'une fille. Le chagrin m'a envahie à la pensée que Paul ne m'en avait jamais parlé. Même à moi. Même à moi, il ne faisait pas assez confiance.

— Où vas-tu encore ?

Voix de papa.

— Je descends au bord du lac.

Il m'a dit que je ferais mieux de ne pas sortir, car il faisait froid et bientôt il ferait noir.

— Je veux être seule.

Voyant qu'il allait protester, j'ai ajouté :

— Je peux quand même bouger librement à l'intérieur des limites de la propriété, non ?

— Bien sûr, mais n'oublie pas que le ponton est glissant. Le bois commence à pourrir ; je vais le faire démolir au printemps pour en construire un autre.

Le chemin qui descendait jusqu'au lac était envahi par la végétation. Les feuilles mortes des chênes et des ormes recouvraient tout. Je sentais mon corps sensible, mais c'était agréable. J'avais couché avec Jacob dans la voiture quelques heures plus tôt ; cela me semblait déjà une éternité. La chose allait-elle se reproduire ? J'avais honte de nourrir des pensées aussi triviales alors que mon meilleur ami se décomposait sous terre. Le docteur Molan m'avait dit que joie et chagrin n'étaient pas séparés par des cloisons étanches, qu'elles pouvaient même se combiner. C'était la chose la plus sensée qu'il m'ait jamais dite.

Comment était-il possible que je n'aie rien compris à ce qu'il essayait de me dire ? Quelqu'un d'autre était-il au courant ? Son frère ? Pourquoi Jacob m'aurait-il menti, alors ? Et dans le cas contraire, comme Paul avait dû se sentir seul…

Non, ce n'était pas vrai, puisqu'il avait rencontré quelqu'un.

Papa avait raison : le ponton pourrissait sérieusement. Je me suis avancée avec précaution et je me suis allongée à plat ventre sur le bois humide et froid. J'ai trempé mes mains dans l'eau et j'ai examiné mon visage pâle reflété à la surface du lac. J'avais l'air vieille. Je me suis retournée sur le dos et j'ai observé le ciel, mais l'apaisement habituel de me sentir insignifiante au regard de l'immensité n'est pas venu. J'étais couchée là, en train de m'attirer une infection urinaire, et je pensais à ce qu'avait dit Paul : l'espace cosmique lui donnait le vertige. J'éprouvais soudain la même chose. L'espace n'avait ni commencement ni fin, et cela me donnait le vertige.

— Qu'as-tu fait à tes mains ? m'a demandé papa quand j'ai fini par rentrer.

— Je les ai plongées dans l'eau, pourquoi ?

— Elles sont écarlates. Je vais faire du feu dans la bibliothèque.

— Je n'ai pas froid.

C'était vrai. J'aurais dû avoir froid ; pourtant, je voyais bien que j'avais la chair de poule, mais je n'éprouvais rien.

C'est seulement une fois installée devant le feu que j'ai senti que j'étais gelée. Papa m'a donné une couverture et, à mon grand soulagement, m'a laissée seule.

Je me suis réveillée dans mon lit sans savoir comment je m'étais retrouvée là et sans même me souvenir de m'être endormie. Un bruit sourd et répétitif me parvenait. Le heurtoir de la porte d'entrée. J'ai allumé la lampe de chevet. Trois heures moins le quart du matin. Cela ne pouvait signifier qu'une chose : quelqu'un était mort.

J'ai entendu la voix de maman de l'autre côté de ma porte. Une voix belliqueuse.

— Rikard, tu m'accompagnes ! Je n'ai pas l'intention de descendre seule.

Leurs pas se sont éloignés. Je me suis levée et me suis

glissée jusqu'à la balustrade de l'escalier. Je n'ai vu personne, mais j'ai entendu la voix de papa. Il s'adressait à quelqu'un avec le ton qu'il n'emploie que lorsqu'il est furieux.

— Allez-vous-en ! Non, je ne veux plus jamais te voir.

Alors j'ai entendu une autre voix : une femme qui pleurait et le suppliait – je ne distinguais pas ses paroles.

— Non ! a répété papa.

Et il a claqué la porte.

Il y a eu quelques coups de heurtoir, de plus en plus insistants. Je me suis glissée dans la chambre d'amis et j'ai regardé par la fenêtre pour essayer de voir qui venait de s'attirer ainsi les foudres de mon père. J'ai aperçu, de dos, une silhouette qui s'éloignait. Une femme. Elle tenait une fillette par la main. La petite était presque obligée de courir pour ne pas être distancée. Qui étaient-elles ? Qu'avaient-elles fait pour susciter une telle colère chez mon père ?

34

Susanne s'était installée à la table des hommes, à côté de son vieil amour de vacances. Ils semblaient avoir plein de choses à se raconter. Charlie se sentit isolée, déplacée au milieu de cette foule. Soudain, elle aperçut Micke. Il discutait avec Adam. Ils étaient donc amis ? Micke leva la tête et la fixa du regard. Puis il se pencha vers Adam, lui dit quelques mots à l'oreille et se fraya un chemin jusqu'à Charlie.

— Je peux t'offrir une bière ?

— J'en ai déjà une, répondit Charlie en levant son verre. Mais merci. Tu as pu interroger les gens, au fait ?

— À quel sujet ?

— L'enquête.

— Justement, c'est de ça que je veux te parler. Je voudrais récupérer le dossier.

Il s'approcha encore. Il se tenait beaucoup trop près.

— Je veux que tu oublies cette affaire.

— Pourquoi ?

— Parce que ça vaut mieux. C'était idiot de ma part de te passer le dossier.

— Qui a dit ça ?

— Pardon ?

L'expression de Micke prouvait qu'il l'avait parfaitement comprise.

— Pourquoi est-il si important que j'oublie cette affaire ?

— Parce qu'on a pris la bonne décision à l'époque en la classant sans suite. J'en ai la certitude.

— Les gens qui ont des certitudes m'incitent toujours à douter.

Micke eut un petit rire.

— Tu peux t'expliquer ?

— Je trouve désagréable d'avoir affaire à des personnes qui croient détenir toutes les réponses et refusent de les remettre en question.

— Tiens, te voilà ! fit une voix.

Un grand type baraqué d'une cinquantaine d'années vint se planter devant eux.

— J'allais justement te contacter, déclara Micke.

Charlie vit son regard errer quelques instants sans trouver de point d'appui.

— Ah ? Pourquoi ne réponds-tu pas à mes appels dans ce cas ?

— On peut voir ça demain ? Je te paie une bière, et on pourra en parler tranquillement. Demain.

L'homme appuya un doigt sur la poitrine de Micke.

— Non merci, je veux juste régler notre affaire. Quand je t'appellerai demain, tu auras intérêt à décrocher.

— De quoi s'agit-il ? demanda Charlie quand l'homme se fut éloigné.

— Rien.

— Sérieux ?

— Quelques dettes.

— Ça me paraît dangereux.

— Un coup de malchance. Rien de grave.

— Au jeu ?

Charlie se rappelait le bruit qu'elle avait entendu

quand elle était passée chez Micke et qu'il était allé chercher le dossier. Un site de poker en ligne.

— Je n'ai pas envie d'en parler.

En plein dans le mille, pensa Charlie.

Micke avala sa bière en quelques gorgées. Il buvait vraiment vite.

— Je peux t'en offrir une autre ? proposa-t-elle.

Il haussa les épaules. Charlie se pencha sur le comptoir et commanda deux bières à Jonas.

— Une femme moderne, commenta Micke en acceptant le verre.

— Ça te fait peur ?

La question avait fusé toute seule.

— Aucune femme ne me fait peur, répliqua Micke en souriant.

— Tant mieux. Que voulais-tu dire quand tu m'as conseillé d'oublier cette enquête ?

— Je crois que ça vaut mieux, c'est tout.

— Mais je ne peux pas l'oublier. Pas maintenant que j'ai lu le dossier…

Micke but une gorgée.

— Comment ça se passe avec le journaliste, au fait ? J'ai entendu dire qu'il traînait dans les parages, lui aussi.

— Quel art de la transition ! s'exclama Charlie. Oui, il est là.

— Le fils de Mattias Andersson, pas vrai ?

Charlie posa son verre sur le bar.

— C'est-à-dire ?

— Je sais qui tu es, Charline. Je sais qui tu es et d'où tu viens.

Charlie crut littéralement sentir son cerveau rassembler ses forces pour tenter de réfléchir vite et bien. L'alarme s'était déclenchée en elle à l'instant où Micke avait prononcé son prénom de naissance.

— Que veux-tu ?

— Je veux que tu me rendes le dossier. C'était totalement idiot de ma part de te le passer. Je veux que tu oublies tout ça et que tu retournes à Stockholm. Ça vaudra mieux pour tout le monde. Et concernant ce journaliste qui a l'air de tant te plaire… Jusqu'à quel point dirais-tu que tu le connais ?

— En quoi est-ce que ça te regarde ?

— En rien peut-être, mais si j'étais toi, je me méfierais aussi de lui. Conseil d'ami.

— Qu'es-tu en train d'insinuer, bordel de merde ? Réponds !

— Santé, lança Micke en levant son verre.

Puis, sans lui laisser le temps de répliquer, il disparut dans la foule.

Charlie se tourna vers Jonas.

— Tu pourrais me donner un verre d'eau, s'il te plaît ?

— Plate ou gazeuse ?

— Un verre d'eau, c'est tout.

Charlie vida le verre et parcourut le pub du regard. Micke n'était visible nulle part. Johan non plus. Elle consulta son téléphone. Aucun message.

Jusqu'à quel point dirais-tu que tu le connais ? Charlie vit intérieurement le visage de Johan. La nuit dernière. Ce sentiment qui avait été nouveau pour elle. *Fais attention, Charlie.*

Sur la piste de danse, les gens s'agitaient sans se soucier du tempo de la musique. Leurs visages lui étaient étrangement familiers. Lentement, les danseurs changèrent de forme, se transformèrent en individus qu'elle avait connus autrefois. Au beau milieu, du tumulte elle crut voir tourbillonner Betty dans sa robe rouge.

La fille à la voix surhumaine était de retour sur l'estrade et se mit à chanter.

Et là c'était la fête, on mangeait on buvait
Alcool et nicotine
Rien n'était défendu disaient-ils
Certains se battaient et fumaient du hasch
D'autres buvaient, leur foie se changeait en goulasch
Oui, ils festoyaient, et leur sang rouge brillait comme l'or
Mais qu'est-ce que ça pouvait faire
Puisqu'ils étaient tous déjà morts

35

— Charlie ?

Susanne lui effleura le bras. Elle avait les joues vermeilles et les yeux scintillants d'ivresse et de plaisir. Elle indiqua son amour d'été d'un signe de tête.

— Il veut me ramener chez lui. Tu es d'accord ? Je…

— Bien sûr que je suis d'accord, répondit Charlie.

— Super !

Susanne se mit à fouiller dans son sac et finit par en extraire une carte de visite.

— Quand tu veux rentrer, tu appelles ce numéro.

Charlie regarda la carte écornée, une photo représentant une route et dessous : *Jésus est la vérité, le chemin et la vie.*

— Jésus va me raccompagner ?

— Non, pas Jésus, mais un type plutôt croyant, un témoin de Jéhovah qui fait des extras le week-end comme chauffeur au black. Il s'appelle Josef.

Susanne disparut avec l'homme de l'été. Charlie se dirigea vers l'escalier du motel. Il fallait qu'elle parle à Johan.

Une minute plus tard, elle frappait à la porte de sa chambre.

— Johan ? Tu es là ?

Pas de réponse.

Elle redescendit au pub et se fraya un chemin jusqu'au comptoir.

— Jonas, dit-elle. Je dois…

— Attends ton tour, fillette, fit la voix de Svenka à côté d'elle. Ici, tu comprends, on est tous égaux. Ici, il ne faut pas croire que tu peux arriver comme une fleur, jouer des coudes et…

— Occupe-toi plutôt de ta fille !

— Ma fille ? demanda Svenka comme s'il ne se souvenait pas qu'il en avait une. Ma fille se débrouille comme une cheffe, figure-toi.

Il montra la piste de danse, où Charlie aperçut Sara en compagnie d'un type qui portait une veste en jean ; elle agitait les bras et paraissait remise de son malaise.

— Tout va bien, Charlie ? interrogea Jonas derrière le bar.

— Oui. Je voudrais savoir si Johan Ro a rendu sa chambre.

— Pourquoi ?

— J'ai besoin de le savoir, c'est tout.

— Attends, je vais vérifier.

Il disparut par les portes battantes et revint quelques instants plus tard.

— Non, apparemment, il est toujours avec nous. Il y a un problème ?

— Il n'est pas dans sa chambre. Tu l'as vu ce soir ?

Jonas fit non de la tête. Svenka s'impatientait.

— On peut commander à boire, ou bien ?

L'instant d'après, sa main avait atterri sur le bras de Charlie.

— Ne me touche pas !

— Qu'est-ce qui te prend, merde ? Tu es dans un bar, et dans un bar, on commande de l'alcool. Si tu veux discuter, il faut aller ailleurs.

Son rire éraillé se transforma aussitôt en quinte de toux.

— Deux tequilas, dit-il quand il eut récupéré son souffle. – Il leva deux doigts vers Jonas. – Deux tequilas, s'il te plaît.

Jonas le dévisagea.

— Tu devrais peut-être te calmer un peu.

— Me calmer ?

Svenka secoua la tête. Ça faisait deux décennies qu'il ne se calmait pas, et il n'allait pas commencer le jour de LA fête de l'année, merde.

Jonas haussa les épaules et prépara la commande.

— Laisse tomber le citron et l'autre merde, là. File-moi l'alcool, c'est tout.

— Quand as-tu vu Johan pour la dernière fois ? essaya Charlie en profitant de ce que Jonas était occupé à rendre la monnaie à Svenka.

— Il a bu un café cet après-midi. Après, il est sorti.

— Et il est revenu ?

— Aucune idée.

Il leva la main vers une femme qui agitait une carte bancaire à l'autre bout du comptoir.

— Je ne surveille pas les allées et venues des clients. Tu es inquiète ?

— Non, je me demande juste où il est.

— Si je le vois, je lui dis que tu veux lui parler.

— Merci.

Charlie se retourna vers la salle. Elle ne se sentait plus vraiment ivre. La nausée avait pris le relais, et quelque chose d'autre encore, qui était… De la peur, admit-elle.

Failles temporelles

Je crois que je suis amoureux, Fran. J'aurais besoin de te parler tout à l'heure.

Je m'arrête et je dis : Amoureux ? De qui ?

Je dois boire encore un peu avant de te le dire. Reviens dans une heure.

Ne sois pas idiot ! Dis-le-moi.

Si tu veux, je te donne un rébus.

Tu sais que je suis nulle en rébus.

Oui, mais celui-là est assez facile.

OK, envoie.

Prénom de l'auteur de l'*Essai sur les données immédiates de la conscience* plus K.

Quoi ?

Données immédiates de la conscience plus K.

36

Charlie vit Micke se diriger vers la sortie en compagnie d'une jeune fille. Elle les rejoignit en quelques enjambées.

— Tu veux quelque chose ? lui demanda-t-il.

— Il faut que je te parle.

— On allait juste fumer une cigarette.

Micke hocha la tête à l'intention de la fille, qui se mit à rire comme s'il avait dit un truc drôle.

— Sans témoin, précisa Charlie.

— Milla, dit Micke à la fille. J'arrive, je dois juste échanger deux mots avec ma collègue.

Milla pencha la tête de côté.

— Et ma clope, alors ?

— Ici, répondit Micke en lui donnant l'une des deux cigarettes qu'il tenait dans le creux de sa main. Je reviens tout de suite.

— Et le briquet ? cria Milla dans leur dos, mais cela s'arrangea rapidement car un jeune homme se hâta de lui présenter du feu.

— On peut descendre au bord de l'eau, proposa Micke.

Charlie ne se sentait pas particulièrement à l'aise à l'idée d'emprunter un chemin mal éclairé en compagnie de Micke. Il avait beau être flic, c'était un type désagréable et ce qu'il lui avait dit un peu plus tôt n'arrangeait rien. Pourtant, elle le suivit.

Ils étaient arrivés sur la piste de danse extérieure aménagée en bordure du fleuve. Micke lui tendit le paquet.

— Cigarette ?

Elle en prit une et autorisa Micke à la lui allumer.

— Très bien, Charline, que veux-tu de moi ?

Il inhala la fumée. À la lueur de la lune, il paraissait vieux ; pourtant, il devait être plus jeune qu'elle.

— Je m'appelle Charlie.

— Tu te fais appeler Charlie, mais tu t'appelles Charline.

— Je ne suis pas venue pour pinailler sur mon nom.

— Alors pourquoi es-tu venue ?

— Je veux savoir qui t'a menacé. Je veux savoir pourquoi tu dois récupérer le dossier de l'enquête et…

— Et ?

— Et pourquoi tu tiens tant à me rappeler mon passé.

— C'est pour ton bien, répondit Micke. Les trois questions que tu viens de me poser ? C'est pour ton bien. Je ne peux pas t'en dire plus.

— Ce n'est pas assez. Si tu veux récupérer le dossier, il faut m'en donner plus.

Le regard de Micke scintilla.

— Et moi, tu me donnes quoi ?

— Le dossier.

Bon Dieu qu'il était bête !

— Où vas-tu ? fit-il en voyant Charlie rebrousser chemin vers le motel. On n'a pas fini. Je voulais juste que tu me promettes de ne plus remuer cette vieille histoire.

— Pourquoi ? – Charlie se retourna. – C'est toi qui m'as donné le dossier. Pourquoi, tout à coup, veux-tu que j'arrête de m'y intéresser ?

— OK. C'est Olof. Ne me demande pas comment,

mais il s'est aperçu que le dossier manquait dans les archives. Je dois le récupérer.

— Pourquoi est-ce si important pour lui ?

— J'en sais rien. T'as qu'à lui demander.

Charlie ne faisait aucune confiance à Micke, mais elle avait l'intuition qu'il lui disait la vérité. Elle n'en obtiendrait pas davantage de toute façon, alors elle changea de piste.

— Pourquoi as-tu dit que je devais me méfier de Johan ?

— Oublie ça. Viens, on retourne à l'intérieur.

Il passa devant elle. Charlie le rattrapa.

— Pourquoi dois-je me méfier de lui ?

Silence.

— Je te promets de te rendre le dossier si tu me le dis, mentit-elle.

— Parce que… commença-t-il. Parce que je me suis procuré quelques informations sur son compte.

— Quelles informations ? De quoi s'agit-il ?

— Son père et ta mère étaient ensemble.

— Je suis bien placée pour le savoir, je vivais avec eux.

— J'ai entendu dire qu'ils se connaissaient d'avant, ajouta Micke. Par certaines sources.

— Quelles putains de sources ?

Elle sentit une chaleur l'envahir en comprenant à quoi Micke faisait allusion.

— Je ne peux pas les divulguer, mais je ne coucherais pas avec lui si j'étais toi. Si tu n'as pas envie de baiser ton propre frangin, je veux dire.

Charlie regarda Micke et essaya d'assimiler ce qu'il venait de lui balancer. Impossible. Ce n'était pas vrai.

— Johan n'est pas mon frère.

Sa voix se brisa.

— D'après mes sources, c'est pourtant ce qu'il est. Mais tu peux toujours espérer que ce n'est pas le cas. Après tout, ta mère n'était pas connue pour être spécialement, comme qui dirait, restrictive.

Ne l'écoute pas, pensa-t-elle. Ne t'occupe pas de lui, c'est un fou, on ne peut pas prendre au sérieux ce qu'il raconte. Elle trébucha sur une pierre et tomba. Sa tête heurta le sol. Choc. Bourdonnements dans les oreilles.

Micke se pencha sur elle et fit mine de l'aider à se relever.

— Laisse, je me débrouille.

— Comme tu voudras.

Il se remit en marche.

— Je ne vais pas abandonner, cria-t-elle dans son dos. Je vais découvrir ce qu'il y a derrière tout ça.

— Non, lança Micke sans se retourner. Tu ne le feras pas.

Elle se releva lentement et appela Johan.

— Où es-tu ? s'énerva-t-elle quand la boîte vocale se déclencha. Où es-tu, putain de bordel de merde ?

En revenant sur le parking du motel, elle chercha dans sa poche la carte du taxi. Dix minutes plus tard, une vieille Mercedes blanche apparut. Le conducteur se pencha par-dessus le siège du passager pour lui ouvrir la portière.

— Je m'appelle Josef, se présenta-t-il quand elle fut assise.

— Ah, fit Charlie.

— Que t'est-il arrivé ?

— Rien, pourquoi ?

— Ton visage.

Charlie mit son téléphone en mode *selfie* et comprit : ses joues étaient maculées de terre.

— Lingette ? proposa Josef en lui tendant un mouchoir parfumé.

Elle s'essuya la figure.

— Où allons-nous ? lui demanda-t-il.

Charlie lui communiqua l'adresse.

— Chez Susanne, autrement dit.

— C'est ça.

— Tu la connais ?

— Je suis sa sœur, répondit Charlie sans réfléchir.

— Ah, je ne savais pas qu'elle avait une sœur. Mais c'est bien en tout cas, qu'il y ait quelqu'un avec elle, maintenant qu'elle se retrouve seule et tout. J'ai essayé de l'inviter à nos offices, mais peine perdue, Susanne est… Elle est comme elle est, en fait. Différente.

Les paroles de Josef se transformèrent en bruit de fond pendant que les propres pensées de Charlie se déchaînaient dans sa tête. *Il est peut-être ton frère ! Tu as peut-être couché avec ton propre frère !* Elle prit son téléphone et refit le numéro. Toujours rien.

— Tu es arrivé vite, dis donc, fit-elle remarquer pour dissiper la panique.

— J'étais sur la route. Un soir comme celui-ci, on m'appelle en permanence. Je ramasse des types dans les fossés, je raccompagne des ados qui ne marchent pas droit. Pas seulement quand il y a la fête au pub, d'ailleurs. L'autre soir, j'ai vu cette pauvre Nora qui errait du côté de Smedtorpsvägen.

— Nora Roos ?

— Oui, tu la connais ? Suis-je bête ! Bien sûr que tu la connais, si tu es la sœur de Susanne.

— Je sais seulement que c'est la mère d'Annabelle. Mais je croyais qu'elle était à Solhem.

— Bah, elle doit avoir des permissions. Ou comment appelle-t-on ça chez les psys ? Elle marchait au milieu de la route, à des kilomètres de chez elle, et elle ne portait qu'une jupe et un chemisier. Fredrik était très reconnaissant quand je la lui ai ramenée.

— Quel jour était-ce ?

— Jeudi, je crois. Je fais toujours les courses pour la semaine le jeudi et…

— Pourrais-tu m'emmener là-bas ?

— Chez les Roos ? Maintenant ?

— Oui.

— Je ne crois pas que… Est-ce bien raisonnable ?

— Il faut vraiment que j'y aille.

Francesca

J'ai été réveillée en pleine nuit par la sensation que quelqu'un essayait de m'étrangler. Quelqu'un était assis sur ma poitrine et voulait me tuer. Je me débattais mais ne rencontrais que de l'air. Il n'y avait personne.

J'ai pensé : je dois sortir. Je dois sortir de cette maison, sortir de ce corps. Quelques minutes plus tard, j'étais dans l'allée. J'étais en chemise de nuit, mais je ne sentais pas le froid. Je courais comme un animal traqué. Je courais comme si je croyais possible de m'évader de moi-même.

Et puis : des phares aveuglants, j'ai mis mon bras devant mes yeux. La voiture s'est arrêtée, un homme est descendu.

— Tout va bien ?

— Tu peux éteindre la lumière s'il te plaît ?

Il est passé en feux de stationnement et s'est approché de moi.

— Où allais-tu ?

— Je ne sais pas. Je… Je cours.

— Tu dois avoir froid.

— Ça va.

— Tu habites où ?

— Gudhammar, ai-je répondu en indiquant la direction d'où je venais.

— C'est assez loin. Tu es sûre que tu ne veux pas que je te raccompagne ?

— Ma mère a dit que je ne devais pas monter en voiture avec des inconnus.

— Mais courir en pleine nuit par zéro degré en chemise de nuit, elle trouve ça OK ?

J'ai rigolé. Quelle était la probabilité de tomber sur un type qui avait de l'humour en pleine nuit, sur la route, au milieu de nulle part ?

— Elle n'est pas au courant. Il vaut peut-être mieux que j'y retourne.

— Oui, ça vaut peut-être mieux.

— Merci en tout cas, pour la proposition.

C'est sur le chemin du retour seulement que j'ai commencé à avoir froid.

Au matin, la chaleur n'était toujours pas revenue dans mes pieds. Ils étaient tout marbrés, rouge et blanc. J'allais peut-être garder des séquelles permanentes. Ça ne m'aurait pas étonnée.

— Non, maintenant il faut vraiment que tu te secoues, a dit maman un peu plus tard.

J'étais au lit, à regarder le plafond depuis des heures.

Je lui ai demandé si elle avait une idée précise. Oui, a-t-elle dit. Elle en avait même plusieurs. Ce trou, par exemple, pour commencer. Ce n'était plus possible. Papa et elle m'avaient laissé faire jusque-là, ils m'avaient laissé creuser parce que cela avait peut-être un effet thérapeutique, mais trop, c'était trop. On allait combler ce trou avant que quelqu'un ne tombe et se casse une jambe.

— Et à part ça ?

— Eh bien, par exemple, tu as jeté ta valise dans la penderie sans même l'ouvrir. Combien de temps penses-tu la laisser ainsi ? Quand vas-tu ranger tes affaires ?

Je regardais le dos de ma mère en pensant que jamais, quoi qu'il arrive, pour le meilleur ou pour le pire, je ne deviendrais quelqu'un qui avait un avis sur l'ordre qui régnait ou non dans les penderies des autres.

Après son départ, je suis allée ouvrir la valise. Tout au fond, sous les vêtements, j'ai trouvé un livre qui n'était pas à moi. Je supposais que Paul l'avait glissé dans ma chambre, comme il avait l'habitude de le faire quand il pensait que je devais lire quelque chose toutes affaires cessantes. J'ai contemplé le titre. *Time and Free Will* par Henri Bergson. Je l'ai ouvert, je l'ai feuilleté, j'ai trouvé une page cornée et j'ai compris que c'était le philosophe dont Paul m'avait parlé au printemps. Celui qui avait une métaphysique positive et une conception très particulière du temps. Le temps, ai-je lu, n'est pas linéaire : présent et passé se confondent.

Je me suis allongée par terre, le livre ouvert sur le ventre, et j'ai essayé de trouver la faille temporelle qui me ramènerait à la soirée du bal. Même image qu'auparavant : Paul et moi au bord du lac, l'alcool, les pilules, les rires, et puis, la gravité soudaine : *J'aurai besoin de te parler tout à l'heure, Fran. Je crois que j'ai rencontré quelqu'un. Je crois que je suis amoureux, Francesca.*

Time and Free Will. Je me suis redressée, le cœur battant. J'ai regardé la page de garde du livre où était écrit le titre original.

J'ai cru que j'allais m'évanouir, alors je me suis recouchée sur le sol et j'ai fermé les yeux.

Je crois que je suis amoureux, Fran. Je voudrais te parler tout à l'heure.

Le prénom de l'auteur de l'*Essai sur les données immédiates de la conscience*, plus K.

Le prénom de l'auteur était Henri. Henri plus K.

L'amour n'est pas toujours rationnel. Henrik.

Paul était amoureux de Henrik Stiernberg.

37

— Attends-moi, dit Charlie à Josef quand il freina devant la villa des Roos.

Elle remonta l'allée et frappa à la porte.

— On est en pleine nuit, protesta Josef derrière elle.

Il était descendu de voiture et l'avait suivie malgré tout. Elle allait répliquer qu'apparemment, de toute façon, il n'y avait personne, quand Fredrik ouvrit la porte, en peignoir, les cheveux en bataille.

— C'est à quel sujet ?

— Pardon, fit Charlie. Je n'avais pas l'intention de te déranger ainsi en pleine nuit mais…

— Il est arrivé quelque chose ?

Fredrik serra son peignoir autour de lui.

— Je voulais juste te parler de Nora.

— S'est-elle… ?

— Non, non, se hâta de répondre Charlie en voyant la terreur dans son regard. Je crois qu'elle rôde autour de chez Susanne Johnsson. Les enfants ont vu quelqu'un dans le jardin, une femme leur aurait offert des bonbons devant l'école et un tableau que Susanne a peint a disparu.

— Qu'est-ce qui te fait croire que c'est elle ? Ce n'est pas parce que Nora est fragile que…

— Le tableau représentait votre fille, expliqua Charlie.

— Quoi ? Mais enfin, qu'est-ce que tu racontes ? Excuse-moi, mais qui c'est qui ne tourne pas rond ici ?

— Pardonne-moi, je ne sais pas pourquoi je suis venue. C'était une impulsion. J'aurais dû t'appeler avant.

— En tout cas, tu pourrais réfléchir avant de débarquer chez les gens et de les accuser de vol. Tu trouves qu'on n'en a pas subi assez ?

— Excuse-moi, je suis désolée.

Elle se détourna pour partir. Josef avait repris sa place derrière le volant.

— Nora était dans le garage l'autre jour, dit Fredrik. Je ne sais pas ce qu'elle fabriquait. On peut aller voir. Mais au cas où, je dis bien au cas où, je ne veux pas de plainte contre elle.

— Personne ne portera plainte.

Ils l'aperçurent dès que Fredrik eut ouvert la porte du garage. Le tableau était recouvert d'un drap. Il s'avança et la découvrit. En voyant ce qu'il représentait, le souffle lui manqua. Il s'avança, tendit une main et caressa doucement la joue peinte.

38

Josef laissa Charlie devant le portail de Susanne après avoir accepté à contrecœur trois cents couronnes pour le dérangement.

— C'est trop, dit-il.

Susanne n'était pas rentrée. Charlie s'assit dans le canapé et résista à la tentation de vider les fonds de verre de la veille, abandonnés sur la table basse.

Ses tempes cognaient. Il était totalement impossible d'espérer s'endormir avec cette pression dans la tête et toutes les pensées qui lui martelaient la cervelle. Elle alla dans la cuisine et se servit un grand verre d'eau. Puis elle monta dans la chambre de Nils avec son ordinateur et s'assit sur le lit. Sans réfléchir, elle écrivit le nom complet de Johan et cliqua sur « Images ». La première à apparaître fut une photo en noir et blanc où il souriait. Elle devait dater de quelques années déjà, car son visage était absolument lisse. Elle examina les clichés les uns après les autres, attentive à la couleur des cheveux, à la forme des yeux, au sourire. Mattias était-il leur père à tous les deux ? Non, ce n'était pas possible. Elle n'admettait pas cette idée.

Après l'avoir appelé une nouvelle fois sans succès, elle fut envahie par une inquiétude plus forte que celle qui touchait à leur éventuel lien de parenté. Lui était-il arrivé malheur ? Elle décida d'appeler le motel. Il était près de deux heures du matin. Elle ne s'attendait pas à ce que quelqu'un décroche et fut surprise d'entendre la voix d'Erik. Elle s'expliqua. Erik répondit qu'il allait voir. Charlie l'entendit dire à quelqu'un que le bar était fermé et que non, on ne pouvait plus se faire servir une bière. Puis, sur un ton plus dur : *Prends tes amis et barre-toi, Svenka. Ça suffit maintenant.*

Le souffle d'Erik devint plus lourd. Charlie en conclut qu'il devait être dans l'escalier. Deux secondes plus tard, elle l'entendit frapper à une porte.

— Il n'est pas là, annonça Erik après quelques instants. Ou alors il dort à poings fermés.

— As-tu la possibilité d'ouvrir ?

— Ce n'est pas franchement dans mes habitudes à cette heure de la nuit… Pourquoi ? C'est important ?

— J'ai peur qu'il lui soit arrivé quelque chose. J'essaie de le joindre sans succès depuis le début de la soirée. Je sais qu'il devait participer à la fête et…

— Alors tu veux que j'entre ?

— Oui, ce serait bien.

— Il faut juste que j'aille chercher le passe.

Le cœur de Charlie se mit à battre plus fort. Après ce qui lui sembla une éternité, Erik ouvrit la porte.

— Alors ? demanda-t-elle, comme il ne disait rien.

— Il n'y a personne.

— Mais ses affaires ? Elles sont toujours là ?

S'il te plaît, réponds que non, que la chambre est vide, comme ça, je peux juste espérer qu'il est rentré à Stockholm en oubliant de régler la note.

— Oui, dit Erik. Ses affaires sont là.

Charlie ne sut que faire. Elle ne pouvait pas signaler la disparition d'un homme adulte qui s'était absenté depuis moins de douze heures. Et à qui la signaler d'ailleurs ?

Elle pouvait prendre la voiture et partir à sa recherche, mais elle avait bu. Elle essaya de se calmer en pensant à toutes les explications plausibles. Aucune d'entre elles ne la satisfaisait. Était-il rentré à Stockholm malgré tout ? Pourquoi dans ce cas avoir laissé ses affaires ? Il était peut-être pressé. Mais jusqu'à quel point pouvait-on l'être ? Elle relut son dernier message. *Appelle-moi. Je crois que j'ai trouvé quelque chose.*

Qu'avait-il trouvé ?

Je ne vais jamais réussir à dormir, pensa-t-elle en regardant le plafond. Quelques instants plus tard, elle tomba dans un mauvais sommeil inquiet, dont elle émergea en sueur.

39

Susanne rentra à l'aube, les cheveux défaits et le maquillage étalé autour des yeux. En voyant Charlie attablée dans la cuisine devant son ordinateur, elle haussa les sourcils.

— Tu ne dors pas ?

— Je n'arrive pas à joindre Johan.

— Depuis quand ?

— Hier. Il ne répond pas au téléphone, ses affaires sont encore dans sa chambre, mais lui-même n'y est pas. Ni hier soir, ni cette nuit.

— Il y est peut-être maintenant ?

— Peut-être. J'attends juste d'avoir dessoûlé suffisamment pour prendre la voiture et aller vérifier par moi-même. Personne ne décroche pour le moment, au motel.

— Ce n'est peut-être rien de grave. Le fait qu'il n'y a pas dormi ne veut pas dire…

Elle ne finit pas sa phrase. À son regard, Charlie vit qu'elle avait compris que ça pouvait vouloir dire beaucoup de choses.

— Au fait, je sais où est ton tableau.

— Quoi ?

— C'est Nora Roos qui l'a pris. Et c'est sans doute elle aussi qui rôde dans le jardin. En tout cas, ça colle avec ses permissions de l'hôpital.

— Mais comment… ?

Susanne la dévisageait, interdite.

— Ton chauffeur de taxi m'a raconté qu'il l'avait raccompagnée le jour de la disparition du tableau, alors j'y suis allée.

— Tu es allée chez Fredrik et Nora en pleine nuit ? Tu es folle !

— Je voulais juste voir si le tableau y était. Et c'était bien le cas, alors voilà au moins un problème de résolu.

— Comment ça ? Tu crois qu'ils vont m'aimer davantage maintenant qu'ils savent que j'ai peint leur fille dans le décor où on l'a retrouvée sans vie ?

Charlie se dirigea vers sa voiture. Le vent avait tourné, car l'odeur de l'usine à papier était tout à fait perceptible. La mémoire des odeurs est la plus forte, avait-elle lu quelque part. Était-ce dans un livre de psychologie ou dans un article de tabloïd ? Quoi qu'il en soit, ça avait l'air d'être vrai, car cette odeur particulière de… de merde… lui rappela instantanément son lit d'enfant à Lyckebo. Betty n'avait jamais réussi à retenir qu'il ne fallait pas étendre le linge dehors quand le vent soufflait du nord.

Elle se maudit de n'avoir pas emporté son éthylotest. Elle en aurait eu besoin. Mais elle était assez sûre de son coup : son organisme se débarrassait de l'alcool à une vitesse remarquable, elle en avait eu la preuve plus d'une fois.

C'était un matin lumineux, fragile. Le soleil étincelait sur la forêt et sur les champs boueux. Charlie mit la radio locale ; un reporter interviewait un paysan sur la fête des Moissons, qui devait durer jusqu'au lendemain. Il n'y avait rien à fêter, disait le paysan, car il n'y avait plus de moissons, ce n'était pas comme dans le temps.

D'ailleurs, l'été avait été sec, sec, sec, et le peu de pluie qu'on avait eu était tombé juste après la fenaison. Il n'y avait rien à fêter.

Elle s'était à peine engagée sur la route principale qu'une voiture la rattrapa à grands coups d'appels de phare.

Et merde ! jura-t-elle en voyant dans le rétroviseur que c'était la police. Elle s'arrêta sur le bas-côté. Micke et Olof apparurent.

— Salut, Lager, lança Olof. J'ai entendu dire que tu étais de retour. C'est la fête des Moissons qui t'amène ?

Charlie ne put déterminer si c'était une tentative de plaisanterie.

— Il me semble que tu allais un peu vite, là, ajouta Micke.

— Laisse tomber.

— C'est toi qui devrais laisser tomber. Tu roulais à quatre-vingt-dix sur une route limitée à soixante-dix, et tu sais peut-être ce que cela signifie.

— Je ne roulais pas à quatre-vingt-dix. Jamais de la vie !

— Tu roulais exactement à quatre-vingt-onze kilomètres-heure.

— Mais merde ! – Charlie frappa le volant du plat de la main. – Qu'est-ce que vous me voulez ?

— On veut juste que tu respectes la loi, répondit Micke. Même la police doit le faire, figure-toi, et, incroyable mais vrai, ça vaut aussi pour les gros bonnets de la capitale. Pas la peine de prendre ton air furibard, on fait juste notre boulot. Et si ça ne te convient pas, tu n'as qu'à rentrer à Stockholm.

Il sortit le carnet de procès-verbal.

— Tu es toujours aussi tatillon au sujet de la loi ? demanda-t-elle.

— Calme-toi, Micke, intervint Olof. Pour cette fois, on laisse passer.

La radio de la voiture de police émit un grésillement. Charlie distingua quelques mots à propos d'un homme qu'on aurait trouvé dans la fonderie. Charlie sentit son pouls accélérer.

— Il faut qu'on te quitte, dit Micke.

— Qu'est-il arrivé ?

Ni Olof ni Micke ne prirent la peine de répondre. L'instant d'après, ils démarraient avec gyrophare et sirène. Charlie les suivit. Un tracteur s'engagea sur la route, et elle dut piler net pour éviter la collision. Elle eut beau klaxonner, le conducteur refusa de serrer à droite pour la laisser passer. Une éternité plus tard, elle put enfin le doubler et accélérer.

Des badauds étaient attroupés devant la fonderie. Charlie sauta de la voiture et s'engouffra dans l'enceinte de l'usine en faisant voler le sable rouge. La voiture de police était invisible. Tout était étrangement silencieux. Une bande d'oiseaux noirs passa à tire-d'aile au-dessus des toits de tôle rouillés. *L'enfer*. C'était ce que disait Betty de la fonderie. *Un enfer avec assez de place pour accueillir beaucoup d'âmes damnées*.

Charlie continuait de tourner autour des bâtiments désaffectés à la recherche de la voiture de police. Soudain, elle entendit une sirène. Une ambulance pénétra dans l'enceinte et passa devant elle en la frôlant presque. Puis elle aperçut Micke. Il émergeait d'un atelier et agitait la main à l'intention des ambulanciers. Charlie se précipita vers lui.

— Qui est-ce ?

— Pas le temps, fit Micke. On a du travail.

Charlie vit par-dessus son épaule un homme qu'on emportait, étendu sur une civière.

— C'est Johan ? demanda-t-elle alors qu'elle savait déjà.

Elle aperçut un morceau du pull bleu qu'il portait la dernière fois qu'ils s'étaient vus.

— Que s'est-il passé ?

— Il est blessé, expliqua Micke.

— Où ? Comment ?

— À l'arrière de la tête.

— Qui l'a fait ?

— Comment veux-tu que je le sache ?

De nouveau dans la voiture, derrière l'ambulance. Ses pensées partaient dans tous les sens. Une blessure à l'arrière de la tête. Cela pouvait-il être grave ? Oui. Très. Elle passa en revue les fonctions cérébrales situées à cet endroit, le lobe occipital qui traitait les impressions visuelles ou, si le coup avait été porté plus bas, le cervelet qui gérait l'équilibre et la motricité globale et… Elle n'arriva pas plus loin, les hémisphères se mélangeaient dans sa mémoire.

Hôpital de Skaraborg, lut-elle sur un panneau devant l'entrée principale du grand bâtiment en béton bleuté. Charlie se précipita dans la porte-tambour, trop près du verre. Tout s'arrêta. La pression sur sa poitrine s'accentua, son cœur s'emballa. Pas maintenant. Mais la crise de panique était enclenchée. Lentement, les portes se remirent à tourner. Charlie se dépêcha d'entrer et s'assit sur un banc. Elle se prit la tête entre les mains et respira le plus calmement possible. Quelques minutes plus tard, elle put se lever et s'approcher du comptoir. L'homme en blanc était d'un calme insupportable. Les urgences ? Bon, il fallait d'abord prendre le couloir rouge, ensuite le couloir jaune.

— Indique-moi la direction, c'est tout.

L'homme tendit le bras. Charlie se mit à courir.

— Il y a des panneaux ! cria-t-il.

Francesca

Je suis restée éveillée la moitié de la nuit à ruminer sur l'amour de Paul pour Henrik Stiernberg. C'était la seule personne au monde que je n'aurais jamais pu soupçonner. Cet amour était-il réciproque ? Voilà la question que je me posais à présent. Était-ce pour cela que Henrik se comportait avec Paul, devant témoins, comme le pire des salopards ? Parce que ses propres sentiments lui faisaient honte ? Et la nuit du bal ? S'était-il passé quelque chose entre eux qui… ? Je devais parler à Henrik. Assise sur mon lit, dans la chemise de nuit de Cécile, je notais fébrilement toutes mes dernières découvertes et les conclusions que j'en tirais. À la fin, j'ai écrit un titre sur la première page du cahier : *Failles temporelles*. J'ai considéré les deux mots avec une certaine fierté, satisfaite d'avoir fait le lien avec les pensées de Bergson sur le temps, en me disant que le cercle se refermait peut-être enfin.

J'avais des démangeaisons dans tout le corps. Je me sentais éveillée de cette manière spéciale qui me poussait toujours à sortir la nuit à Adamsberg. Je me suis agitée un long moment dans le lit avant de renoncer à dormir. Il fallait que je sorte.

Dès le perron, j'ai compris que quelque chose clochait. Une lueur brillait à un endroit où il n'aurait pas dû y avoir la moindre lumière : la fenêtre de la maison du gardien. Ma première pensée a été que le vieux Vilhelm était de retour, sur sa chaise de cuisine branlante, avec son jeu de cartes bien mélangé, prêt à disputer une dernière partie de poker. Mais je ne croyais pas aux fantômes. C'était quelqu'un d'autre. *Retourne dans ta chambre*, m'a dit une voix à l'intérieur de ma tête pendant que je m'engageais pieds nus sur le chemin. Les gravillons étaient froids et coupants, mais je les sentais à peine, j'étais entièrement concentrée sur la lumière. Peut-être était-ce Ivan qui avait encore oublié quelque chose ?

J'étais devant le petit perron. J'ai hésité. J'ai gravi les trois marches et j'ai regardé à l'intérieur. La lumière ne provenait pas d'une bougie : un feu brûlait dans la cheminée. Mais ce n'est pas cela qui m'a fait reculer précipitamment. Sur le sol, allongée sur une couverture devant le feu, j'avais reconnu ma mère. Elle était nue, ses mains agrippaient les cheveux noirs d'un homme tout aussi nu qui lui embrassait les seins. Pas besoin de voir son visage. C'était Adam. Ma mère et Adam Rehn.

Le lendemain, au réveil, j'ai essayé de me persuader que j'avais rêvé. Que faire ? En parler à papa ? Jamais de la vie. D'ailleurs, il était sûrement au courant, puisque Adam avait été congédié. Et pourquoi irais-je dire quoi que ce soit à mon père ? Je n'avais jamais cafté quand il se montrait « amical » avec une invitée dans les dîners et les réceptions. Il n'y avait donc aucune raison que je ne tienne pas ma langue à présent. Quelque part en moi, j'éprouvais même un respect inédit pour ma mère ; mais, plus que tout, j'étais étonnée. Je l'avais toujours vue comme la victime, l'épouse qui sait et qui se contente de souffrir en silence. Voilà qu'elle se révélait être autre chose qu'un simple pion dans le jeu de papa. Les plateaux de la balance s'égalisaient.

J'ai repensé à Paul. *L'amour n'est pas rationnel.* Songeait-il à Henrik en disant cela ? Moi, en tout cas, je ne pouvais pas imaginer plus irrationnel que d'aller s'amouracher de Henrik Stiernberg. J'avais terriblement envie d'en discuter avec Paul, de lui demander comment il pouvait aimer un porc pareil. *Tu vaux tellement mieux que ça, Paul Bergman.*

Quand je me suis levée, ma décision était prise. J'allais me rendre sur la tombe de Paul. Je savais que mes parents ne m'autoriseraient pas à y aller seule et je ne voulais pas les savoir dans la voiture à m'attendre quelque part, alors j'ai profité de ce qu'ils étaient en train de prendre le soleil sur la terrasse après le déjeuner pour sortir le vieux vélo de grand-mère et me diriger vers le village. La place centrale était déserte. Les seuls êtres humains en vue étaient les hommes alignés sur le banc devant la supérette. Ils formaient un triste spectacle avec leurs canettes de bière et leurs voix braillardes. J'avais soif après ma course à vélo ; j'ai décidé d'entrer acheter quelque chose à boire.

— Salut, belle demoiselle ! a lancé l'un d'eux quand j'ai posé mon vélo devant le magasin. De qui es-tu la petite ?

Maman m'avait défendu de leur parler. Je devais faire semblant qu'ils n'existaient pas. La règle de regarder les gens dans les yeux, de répondre poliment à leurs questions et de leur poser en retour des questions pertinentes ne concernait manifestement pas tout le monde.

Mais là, j'étais seule et je faisais ce que je voulais.

— Je suis la fille de Rikard et de Fredrika Mild.

— De Gudhammar ? a réagi le voisin de celui qui

m'avait interpellée. – Il était en tee-shirt mais ne paraissait pas avoir froid. – Tu es la fille des seigneurs de Gudhammar ?

J'ai hoché la tête.

— Je faisais les foins pour ton grand-père quand j'étais jeune, a expliqué le troisième, qui était maigre, édenté, usé par la vie. Ton grand-père était un homme bien. Il nous traitait comme…

— Comme des humains, a rigolé l'homme aux bras nus en sortant une flasque plate enveloppée de cuir qu'il m'a tendue.

J'ai dévissé la capsule. La brûlure dans ma gorge était agréable. Le regard des trois hommes est devenu plus cordial d'un coup.

— Tu viens à la fête ? a demandé celui à qui j'ai rendu la flasque.

— Quelle fête ?

— La fête des Moissons, a-t-il répondu, comme si c'était une évidence que tout le monde était censé connaître.

— C'est quand ?

— Maintenant. Vendredi et samedi.

— Qu'est-ce que tu baratines encore ? a fait une voix derrière moi.

Je me suis retournée : une femme vêtue d'une robe à fleurs avec un pull tricoté par-dessus. Je la reconnaissais. C'était celle de la pâtisserie. Celle qui avait une petite fille.

— Je ne baratine rien du tout. Je disais juste à la jeune demoiselle Mild qu'il va y avoir une putain de fête ce week-end.

La femme m'a regardée de haut en bas. J'aurais été incapable de déchiffrer son regard. Curieux ? Désapprobateur ? Puis elle a souri en disant qu'il y aurait une fête chez elle *avant* la fête des Moissons. Histoire de se mettre en appétit, a-t-elle ajouté.

— Vous êtes les bienvenus, a-t-elle dit en regardant les hommes, avant d'ajouter en se tournant vers moi : Toi aussi. On va chanter, danser et…

— … et boire un max, a complété le maigre édenté. Betty a toujours plein de bonnes choses à nous offrir.

— Arrête de te foutre de moi.

Sa voix s'était soudainement durcie. Elle s'est éloignée.

— Je ne me foutais pas de toi, a crié l'homme. C'est la vérité. Mais c'est la vérité, quoi, Betty !

Betty n'a pas répondu, et le maigre a secoué la tête en disant que cette dame-là était trop putain d'imprévisible.

J'avais assisté à quelques messes de Noël à l'église de Gullspång quand j'étais petite et, à l'époque, je n'y avais jamais pensé que comme à une église normale. Mais à présent, comparée à la chapelle d'Adamsberg, elle m'a paru imposante et chaleureuse. Dans le cimetière, j'ai presque tout de suite trouvé la tombe de Paul. Elle était dans une allée ombragée par de grands marronniers. Elle se distinguait de la rangée grise : son matériau ressemblait à du marbre vert. J'ai caressé l'inscription.

À notre Paul Bergman aimé. 29-01-1972, 01-09-1989

Je me suis assise dans l'herbe humide. Puis je me suis allongée comme j'imaginais que Paul devait être allongé dans son cercueil, les bras croisés sur la poitrine. Ou peut-être avait-il été incinéré ? Et sinon ? Les vers grouillaient-ils déjà dans ses orbites ?

J'ai cligné des yeux, fort, pour éloigner l'image. J'ai essayé de me consoler. Il ne sent rien, de toute façon. Il est au pays de nulle part. Il est où il était avant de naître, il ne sent rien, il ne voit rien, même pas l'obscurité.

J'ai fermé les yeux et j'ai senti l'humidité traverser mes vêtements. Le froid aurait dû me faire grelotter mais, curieusement, j'avais chaud. J'imaginais Paul couché là, sous moi, et je ne voyais plus les vers dans ses yeux. Je le voyais, lui, vivant, bronzé, en pleine forme.

Sais-tu que si on bande les yeux d'un chaton pendant un certain temps, il n'apprendra jamais à voir ? C'est comme une fenêtre qui se ferme et qui ne peut plus jamais se rouvrir.

J'ai été réveillée par la présence de quelqu'un qui me touchait. Le cimetière était plongé dans le noir, et j'ai crié en voyant l'homme au râteau qui me surplombait. J'ai voulu bondir sur mes pieds, mais j'étais anesthésiée par le froid, et mes réflexes fonctionnaient moins bien que d'habitude.

— Calme-toi, a fait une voix que je reconnaissais. Du calme.

Je m'étais redressée à genoux. Soudain, j'ai vu son visage.

— Adam ?

— Que fais-tu là, Francesca ? Si peu vêtue en plus. Tu veux attraper la mort ou quoi ?

— Je me suis endormie.

— Tu m'as fait peur.

— Pareil, ai-je dit en sentant mon pouls se calmer.

J'ai pensé qu'Adam n'était sans doute pas du genre à me tuer avec son râteau et à me jeter dans une fosse. Compte tenu de ce que je l'avais vu faire avec maman la veille au soir, il me faisait plutôt l'effet d'un homme… passionné.

Adam a désigné la tombe de Paul.

— Vous étiez amis, n'est-ce pas ?

— Oui.

— C'est trop triste.

Il a posé une main sur la pierre. J'ai demandé :

— Tu le connaissais ?

— Non, mais je connais son père. Ça fait quelques années que je travaille au cimetière en intérim. Et maintenant, on dirait bien que je vais y passer plus de temps.

— Quelle heure est-il ?

— Dix-neuf heures quinze, a répondu Adam sans regarder sa montre.

— Merde !

— Tu veux que je te ramène ?

— Je suis venue à vélo.

— J'ai une grande voiture.

Je l'ai suivi. Un peu plus tard, j'ai pensé que j'avais enfreint deux grandes interdictions de maman : prendre froid au ventre et monter en voiture avec un inconnu. Mais Adam ne pouvait pas être considéré comme un inconnu. C'était l'un de nos employés. Un ex-employé. Et peut-être autre chose encore.

— Pourquoi as-tu arrêté de travailler chez nous ?

J'étais curieuse d'entendre sa réponse.

— C'est ton père qui l'a décidé.

— Quoi ? Tu as taillé un buisson qu'il ne fallait pas ? Mes parents sont très à cheval là-dessus.

— Non, a répondu Adam sans sourire.

Je croyais qu'il essaierait de me donner une explication plausible, mais il n'a rien ajouté. Il a franchi le portail de Gudhammar et continué un peu dans l'allée avant de s'arrêter pour me laisser descendre. Au moment où j'allais refermer la portière, il s'est penché et m'a dit de saluer ma mère. Salue Fredrika de ma part.

Mes parents étaient hors d'eux. Je leur ai raconté la vérité, mais ils n'ont rien voulu entendre. Comment avais-je pu partir ainsi sans rien leur dire ? Après tout ce qui s'était passé ? Comment avais-je pu ?

J'ai demandé pardon et re-pardon. J'ai promis de m'améliorer, de devenir une fille bien. J'allais tout remettre en ordre, combler le trou, ranger ma chambre, arrêter de fuguer.

— Adam te passe le bonjour, ai-je dit à maman avant de monter dans ma chambre.

40

Charlie se dirigea vers l'infirmière de l'accueil des urgences et expliqua qu'elle souhaitait avoir des nouvelles de Johan Ro, qui venait d'être admis.

— Qui es-tu ? l'interrogea l'infirmière.

Elle ne sut que répondre. Qui était-elle ? Elle était… de la police. Vite, elle sortit son portefeuille et montra sa carte.

— On ne sait rien encore, dit l'infirmière. Il vient d'arriver. Mais assieds-toi, si tu veux.

Charlie s'assit. En face d'elle se tenait un vieillard aux yeux rougis par les larmes et, à côté de lui, une femme d'une cinquantaine d'années qui pouvait être sa fille. Plus loin, un homme et une femme échangeaient des propos véhéments dans une langue étrangère.

Un jeune médecin entra et s'approcha de la réception. Charlie vit l'homme derrière la vitre hocher la tête dans sa direction.

— Comment va-t-il ? s'enquit Charlie sans laisser au médecin le temps d'ouvrir la bouche.

— Sais-tu si Johan a de la famille, quelqu'un que nous pourrions contacter ? demanda-t-il sans répondre à sa question.

— Est-il en vie ?

Charlie attendit. Un temps infini s'écoula. *Dis qu'il est en vie, putain !*

— Oui, finit par répondre le médecin. Mais il est dans un état critique. Sais-tu s'il a…

— Ses parents sont morts. Et il est célibataire. Il n'a pas d'enfant. On peut sans doute dire que je suis sa plus proche parente.

Le médecin parut désorienté.

— Je croyais que tu étais de la police de Gullspång.

— C'est vrai, dit Charlie. Je suis de la police, je suis de Gullspång et je suis l'amie de Johan.

— Je comprends.

À son ton, Charlie crut comprendre que l'amitié ne comptait pas pour grand-chose à ses yeux.

— Je suis sa petite amie, annonça-t-elle pour revaloriser son statut.

— Ah, je saisis mieux, dit le médecin, qui affichait un air d'incompréhension totale.

— Alors ? Que savez-vous ?

— Peu de choses. Il est au bloc. Il a été frappé à la nuque avec un objet lourd. Je te tiendrai au courant dès qu'on en saura plus.

Le temps fit du surplace. Charlie fixait du regard les magazines posés devant elle. Elle finit par en prendre un et le feuilleta au hasard. Ils ne devaient pas être de toute première fraîcheur, car celui-ci offrait des conseils pour décorer son balcon ou sa terrasse à l'approche de l'été. Des femmes souriantes vêtues de longues jupes ondoyantes semaient de petites graines et suspendaient des plants de fraises des bois.

Tu dois survivre.

Car sinon ?

Il devait survivre, point barre.

Une infirmière vint la voir et l'invita à passer dans une autre salle d'attente.

— Celle-ci est un peu plus calme, expliqua-t-elle.

Charlie contempla la salle vide. L'avait-on fait entrer là pour lui communiquer un avis de décès ?

— Comment va-t-il ?

— Il est encore au bloc. Tu pourras parler aux médecins après.

L'infirmière la laissa seule. Charlie s'approcha d'une machine à café. Elle prit un gobelet marron, le plaça à l'endroit indiqué et glissa une pièce de dix couronnes dans la fente. Rien ne se produisit. Elle s'assit, se releva. Alla à la fenêtre et contempla le sinistre parking. Prit son téléphone et commença à surfer au hasard.

Faites en sorte qu'il survive. Elle se rassit. Le regard perdu dans le vide, concentrée sur sa seule respiration. Après un moment – une heure ? deux heures ? –, elle posa la tête sur l'accoudoir et s'endormit.

Fête à Lyckebo, grand feu sur la pelouse. Dangereusement près de la maison.

Et si la maison prend feu ?

Betty rigole et dit qu'il n'y a aucune raison de s'inquiéter. C'est l'automne, tout est mouillé, alors si une étincelle atteint la façade, elle s'éteindra tout de suite. Elle n'aura pas une chance contre le bois pourri et l'humidité.

Les invités arrivent. *Pourquoi as-tu allumé un feu de nuit de Walpurgis, Betty ? Pourquoi as-tu allumé une flambée de mai au mois d'octobre ?*

J'ai allumé une flambée d'octobre, plaisante Betty. Elle est beaucoup trop légèrement vêtue. Une fine robe blanche, ou est-ce une chemise de nuit ?

Tu n'as pas froid, maman ?

Pourquoi aurais-je froid ?

D'autres invités débarquent. Un homme approche du feu une énorme chose qu'il a l'air de vouloir faire griller. Un cochon ? Un sanglier ?

Bienvenue ! s'exclame Betty en voyant apparaître un visage nouveau. C'est une fille. Elle est trop jeune pour participer à une fête à Lyckebo. Même Charlie est capable de voir ça.

Viens dire bonjour, ma chérie ! s'écrie Betty. *Non mais viens, quoi, Charline. Dis bonjour à Francesca. Viens donc saluer Francesca Mild.*

41

— Charline ?

Une main sur son épaule. Charlie se redressa.

— Comment va-t-il ?

— On l'a opéré pour diminuer la pression intracrânienne, et il va bientôt pouvoir être transféré à Karolinska, à Stockholm.

— Est-ce qu'il va survivre ?

— On a fait tout ce qu'on a pu. Les spécialistes en neurochirurgie vont prendre le relais.

— Alors on ne sait pas ?

— Son état est critique, c'est tout ce que je peux dire. Tu seras tenue informée de son évolution.

— Puis-je l'accompagner à Karolinska ?

— Pas dans l'ambulance.

— Puis-je le voir ? Avant que vous l'emmeniez ?

Charlie s'était préparée au pire, mais en voyant Johan, elle eut un choc. Son visage était si enflé qu'elle le reconnut à peine, il était entubé de partout, et une partie de ses cheveux avait été rasée.

— Comment ça va ? murmura-t-elle sans se soucier du caractère idiot de sa question. Qui t'a fait ça ? Qui as-tu rencontré, Johan ?

Elle lui caressa la joue, elle se pencha et lui murmura à l'oreille qu'il s'en sortirait, qu'il n'avait pas le choix.

Elle s'attarda dans la chambre après que l'équipe eut emporté Johan sur son lit à roulettes. Ils avaient pris ses coordonnées, ils la tiendraient au courant.

Devait-elle se rendre immédiatement à Karolinska ? Où était-elle la plus utile dans l'immédiat ? Olof et Micke allaient-ils arrêter la personne qui avait agressé Johan ? Elle pensa à Susanne et aux enfants. À Francesca. Elle devait rester à Gullspång. Au moins jusqu'à nouvel ordre.

L'image de Johan la poursuivit tout au long du retour. Elle fit un effort pour penser à autre chose. C'est alors seulement que son rêve lui revint. La fête à Lyckebo, la grande flambée devant la maison. Cette fête avait réellement eu lieu. Et la visite ? *Viens, Charline, viens dire bonjour à Francesca. Viens donc saluer Francesca Mild.*

Oui, cette visite avait eu lieu.

Que faisait Francesca chez toi, Betty ? Que faisait cette jeune adolescente à ta fête ?

Charlie se rendit tout droit au poste de police et frappa à la porte d'Olof.

— Charlie ! s'exclama-t-il en la voyant. J'allais justement…

— Il faut qu'on parle.

— Un autre jour. On a du pain sur la planche, comme tu peux t'en douter.

— C'est important.

Olof soupira. Elle entra dans le bureau et referma la porte derrière elle.

— Je veux te parler de Francesca Mild. De l'enquête sur sa disparition, qui a été classée.

— On n'a pas le temps, Charlie.

— Bien sûr que si. Ce qui vient d'arriver à Johan est lié à ça. Je veux savoir pourquoi l'enquête a été abandonnée. Que s'est-il passé ?

— Je ne travaillais pas encore à Gullspång à l'époque. C'est Lars-Göran qui s'est occupé de l'affaire. Lars-Göran Edwardsson a été chef de police ici pendant des années. Un très bon chef, d'ailleurs. Bon, on était aussi amis, lui et moi.

— Que fait-il maintenant ?

— Il est décédé hélas. Ça fait quelques années. C'est le meilleur policier avec lequel j'aie jamais travaillé.

Il lui montra une photo encadrée : deux policiers en uniforme, souriants, bras dessus bras dessous. L'un des deux était Olof nettement plus jeune, l'autre était Lars-Göran Edwardsson.

— S'il était si bon que ça, comment a-t-il pu laisser tomber cette enquête ? J'ai lu le dossier, il y avait encore beaucoup de pistes à explorer !

Olof haussa les épaules.

— Mais putain, Olof, ressaisis-toi ! Johan est à l'hôpital, on ne sait pas s'il va survivre. Il a été assommé et laissé pour mort. Tout ça après qu'on a commencé à s'intéresser à cette histoire. Si ça se trouve, Francesca Mild a été assassinée, et son assassin a cherché à faire taire Johan. C'est grave ! Tu ne le vois pas ?

— Lars-Göran a subi des pressions. On lui a demandé de mettre un terme à l'enquête.

— C'est pour ça que son nom a été rayé sur les documents ?

— Je ne sais pas pourquoi son nom a été barré. C'était avant moi. Mais la personne qui lui a demandé d'arrêter les recherches n'a pas tué Francesca. Ça, je peux te le garantir.

— Comment le sais-tu ?

— C'était son père, Rikard Mild. C'est lui qui a demandé à Lars-Göran de mettre fin à l'enquête.

— Pourquoi ?

— Lars-Göran m'a dit que c'était parce que Rickard Mild préférait savoir sa fille disparue plutôt que morte. Il était persuadé qu'elle était morte et il voulait épargner sa famille.

— Lars-Göran ne lui a pas demandé d'où il tenait cette certitude ? Ça ne l'a jamais effleuré que son père puisse être mêlé à sa disparition ?

Olof fronça les sourcils.

— Il ne pensait tout de même pas que Rikard avait tué sa propre fille, voyons.

— Pourquoi pas ? Ne savait-il pas que ce sont des choses qui arrivent ? Que parfois les pères, ou les mères, tuent leurs enfants ?

— Dans ce cas, il n'aurait jamais accepté d'abandonner les recherches. J'en suis convaincu.

— Il faut qu'on parle à Rikard Mild.

Olof leva une main.

— Du calme. Rikard Mild doit avoir plus de soixante-dix ans. Compte tenu de la violence qu'il a fallu exercer pour neutraliser Johan Ro, je ne pense pas que…

— On doit l'interroger quand même. Et le plus tôt sera le mieux. Avez-vous des suspects ?

— Pas pour l'instant.

— Fais venir Adam Rehn.

— Quoi ?

— Tu te souviens peut-être qu'il a été viré de Gudhammar sans raison apparente juste avant la disparition de Francesca. Demande-lui la raison.

— Encore une fois, il ne s'agit pas de l'affaire Francesca mais d'une agression qui vient d'être commise.

— C'est les deux à la fois, répliqua Charlie. Qui a trouvé Johan à la fonderie ?

— Quelqu'un qui promenait son chien. Le chien s'est échappé, a pénétré dans l'enceinte de l'usine Gea et s'est mis à aboyer. C'était un pointer, ajouta Olof comme si la race avait la moindre importance. Un chien de chasse.

— Tu as du papier et un crayon ?

Olof lui tendit une feuille et un stylo-plume.

Adam Rehn, écrivit Charlie. *Travaillait à Gudhammar avant d'être congédié sans raison officielle peu avant la disparition de Francesca. A refusé de nous parler. A la réputation d'être un « homme à femmes ».*

Sixten Molan, ami de la famille et psychiatre de Francesca, a signalé que, selon elle, son ami, Paul Bergman, avait été assassiné. D'après le docteur Molan, Francesca était coupée de la réalité, mais ça peut valoir le coup de vérifier si c'était réellement le cas.

Ivan Hedlund : son père a travaillé à Gudhammar presque toute sa vie. Johan et moi l'avons interrogé.

Charlie marqua une pause. Après une hésitation, elle ajouta le nom de Carola Johnsson à la liste. Tant qu'à nommer toutes les personnes qu'ils avaient rencontrées, elle ne pouvait exclure Lola, bien qu'elle fût un agresseur hautement improbable. Mais elle en savait peut-être plus qu'elle n'avait bien voulu le dire, ou alors elle avait parlé aux mauvaises personnes.

Dans le cadre de son article, Johan Ro a aussi contacté Adamsberg et interrogé certains anciens élèves du temps de Francesca. Que se passait-il dans cet internat ?

Quand elle eut fini, Charlie tendit le papier à Olof. Il le parcourut et répéta que leur travail concernait l'agression qui venait d'avoir lieu.

— Une agression liée à ce que je t'ai écrit là, insista Charlie.

— On va faire notre possible. Je vais vraiment faire ce qu'il faut, cette fois.

Olof se tut comme s'il espérait des compliments.

— Commence par retrouver les Mild, déclara Charlie. Où sont-ils ? Pourquoi le père a-t-il voulu mettre fin à l'enquête ?

— Je te l'ai déjà dit.

— Le problème, c'est que ça ne tient pas, Olof. Ça ne tient pas la route.

42

Charlie ne quittait plus son téléphone. L'hôpital s'était engagé à la prévenir au moindre changement, en bien ou en mal. Elle luttait contre l'impulsion de se rendre à Stockholm. Mais Johan était maintenu sous anesthésie. Elle était plus utile à Gullspång. En quittant le poste de police, elle appela Anders.

— Comment vas-tu ?

— Mal. Et toi ?

— Mal.

Elle lui résuma la situation.

— Attends un peu, Charlie. Qu'est-ce qui se passe ?

— Je ne sais pas.

— Tu crois vraiment que c'est lié à cette ancienne histoire ?

— Ça m'en a tout l'air.

— Je vais faire une recherche sur la famille. Pardon de ne pas l'avoir déjà faite, mais je… Il s'est passé plein de choses, ici. On a retrouvé un ex-petit ami de l'une des deux Estoniennes. Il n'a pas franchement un passé irréprochable.

— Estonien ?

— *Yes*, mais il était en Suède au moment du double meurtre. On n'attend plus que le résultat du test ADN.

— Bien. Espérons que vous teniez votre type.

— Je l'espère aussi. Je te rappelle pour la famille Mild.

— Merci.

Quelques minutes plus tard, Anders la rappela et annonça qu'il les avait localisés.

— Rikard Mild est domicilié en Suisse. J'ai une adresse mais pas de numéro de téléphone.

— Et sa femme ?

— Son ex-femme. Elle s'appelle Fredrika Reimer et est également domiciliée en Suisse. Même chose : une adresse mais pas de numéro de téléphone.

Charlie soupira.

— Il doit tout de même être possible de trouver un interlocuteur là-bas ?

— Je me renseigne. Il y a aussi une fille. Cécile Stiernberg. Elle a une adresse à Djursholm. Tu as de quoi noter ?

— Oui, répondit Charlie, bien que ce ne fût pas le cas. Et le téléphone ? demanda-t-elle après avoir mémorisé l'adresse.

Anders lui donna le numéro.

Charlie le remercia et appela aussitôt Cécile Stiernberg.

La boîte vocale s'enclencha dès la première sonnerie. *Cécile Stiernberg, merci de laisser un message.*

Charlie raccrocha. Elle nota l'adresse sur son téléphone, mit le contact et démarra, direction *Gullspång, terrassements et jardins*.

La voiture d'Adam n'était pas là. Charlie vit un rideau bouger au rez-de-chaussée. Elle sonna à la porte. La mère d'Adam lui ouvrit ; elle paraissait paniquée.

— Adam est-il là ?

La vieille femme secoua la tête.

— Sais-tu où il est ?

— Non.

— Que veux-tu ? demanda une voix d'homme à l'intérieur de la maison.

Quand il s'approcha, Charlie reconnut David, l'un de ceux qui tenaient compagnie à Adam au pub.

— Je voudrais lui parler.

— Il est parti pour un moment. Qu'est-ce que tu lui veux ?

— J'ai besoin de discuter d'un truc.

— Micke Andersson vient de passer. Lui aussi voulait lui parler. Il est arrivé quelque chose ?

— Mon garçon ! s'écria la vieille. Mon garçon adoré ! Il avait promis qu'il ne prendrait pas la voiture. Il l'a promis.

Elle agrippa le bras de Charlie.

— Emmène-moi près de lui ! Laisse-moi voir le corps ! Laisse-moi l'embrasser une dernière fois !

Elle fondit en larmes. David lui entoura les épaules et dit que tout allait bien, Adam était parti faire une course et serait bientôt de retour.

David ne semblait pas s'être aperçu que la mère était coincée à une autre époque et ne parlait pas d'Adam.

— Je crois qu'il vaut mieux que tu t'en ailles, dit-il à Charlie sur un ton accusateur.

— Sais-tu où il est parti ?

— Je crois qu'il est allé au cimetière.

Il n'y avait qu'une seule voiture sur le parking du cimetière, et elle portait l'inscription *Gullspång, terrassements et jardins*. Un chat noir aux yeux jaunes se promenait sur un mur de pierre sèche. Charlie dépassa les grands caveaux de famille protégés par des chaînes et se dirigea vers les tombes ordinaires où devait se trouver, supposa-t-elle, le frère d'Adam. Mais elle ne découvrit ni tombe ni Adam. Peut-être avait-il simplement garé sa voiture avant de se rendre ailleurs ? Elle allait repartir quand elle l'aperçut. Il se tenait à côté du robinet, sous le grand marronnier. Il sursauta à son approche.

— Tu m'as fait peur ! Qu'est-ce que tu veux ?

— Te parler.

Adam coupa l'eau.

— Je pensais arroser un peu la tombe de mon frère.

Il leva la tête vers le ciel qui venait de s'assombrir.

— … mais on dirait que ça ne va pas être nécessaire, finalement, poursuivit-il.

Qu'y avait-il à arroser ? se demanda Charlie. À voix haute, elle l'interrogea :

— Que faisais-tu hier ?

— J'étais au pub. Toi aussi, non ? Je me trompe ?

— Mais avant ?

— J'étais chez moi. Pourquoi ?

— Mon ami a été agressé. Il est entre la vie et la mort.

— Ah bon ? – Adam haussa exagérément les sourcils. Et en quoi cela me concerne-t-il ?

— Qu'est-ce que tu t'es fait à la main ? le questionna Charlie en désignant une plaie qu'il avait entre le pouce et l'index de la main droite.

Adam avança d'un pas.

— Qu'est-ce que tu essaies d'insinuer ? Tu t'imagines que…

Il leva la main, et elle crut qu'il allait la frapper.

— C'est maman, expliqua-t-il en brandissant sa main blessée sous le nez de Charlie. Parfois, elle s'imagine des trucs, alors elle griffe et elle mord.

Soudain, Charlie entendit un bruit de voix. En se retournant, elle vit Micke et Olof arriver du parking.

— Que fais-tu là, Charlie ? demanda Olof.

— Elle m'a suivie ! Elle vient m'accuser jusqu'ici, sur la tombe de mon frère.

— J'avais juste quelques questions à te poser, se défendit-elle.

— Je crois qu'il vaut mieux que tu rentres chez toi maintenant, Charlie, dit Olof.

Il se tourna vers Adam.

— Tu peux venir avec nous ? On aurait besoin de te dire deux mots.

Adam rit.

— Pourquoi ? Mais vas-y, quoi, Olof ! Micke ?

— Il vaut mieux que tu viennes avec nous pour qu'on puisse discuter un peu au calme.

Charlie resta les bras ballants à regarder le trio se diriger vers les voitures. Elle revoyait le geste insistant d'Adam, la veille au soir, avec sa partenaire de danse. Était-il possible de s'amuser ainsi juste après avoir tabassé quelqu'un au point de le laisser pour mort ?

Oui. Certaines personnes étaient capables de ça.

Faites que ce soit lui, pensa Charlie. Faites que ce soit Adam – à la fois pour l'agression contre Johan et pour la disparition de Francesca. Qu'on en finisse. Elle essayait de se débarrasser de l'image du rêve, qui correspondait, elle en avait la certitude, à un souvenir réel. *Viens, Charline, viens dire bonjour à Francesca. Viens donc saluer Francesca Mild.*

Francesca

J'étais agitée comme jamais. Je n'avais qu'une envie, me soûler à mort, parler à des gens, être… Quoi ? Normale ? Je voulais aller chez cette femme que j'avais croisée au village et au salon de thé, celle à la tignasse emmêlée et au regard imprévisible. Quelque chose me disait que c'était pile le genre de fête dont j'avais besoin.

Mais elle ne m'avait pas dit où elle habitait.

J'ai appelé Jacob. On ne s'était pas reparlé depuis que j'étais allée chez eux et j'aurais dû me sentir mal à l'aise, mais l'avantage de l'état dans lequel j'étais, c'est que, contrairement à d'habitude, tout m'était égal. J'étais revenue d'entre les morts. Je n'avais ni l'énergie ni la capacité de ressentir un tas de choses.

Je lui ai dit que j'étais invitée à une fête chez une femme qui s'appelait Betty, mais que je ne connaissais pas son adresse.

— Betty Lager ?

— Tu la connais ?

— Tout le monde connaît Betty.

J'ai perçu comme une hésitation dans sa voix.

— Qu'est-ce qu'il y a ?

— Rien. Enfin, elle est connue pour… Ses fêtes sont, comment dire, assez… sauvages. C'est ce que j'ai entendu dire, en tout cas.

J'étais sur le point de lui expliquer que j'aimais la sauvagerie, mais je me suis rendu compte que ça pouvait être compris sur un plan sexuel.

— Où habite-t-elle ? ai-je demandé pour faire diversion.

— Je ne sais pas exactement, mais par rapport à Gudhammar, c'est de l'autre côté du village. Assez loin de chez toi, autrement dit.

— Je crois qu'ils vont tous à un genre de fête des Moissons ensuite. Tu ne veux pas venir ?

Jacob répondit que non, qu'il n'était pas un fêtard.

Ai-je entendu de la déception dans sa voix ? Comme s'il sous-entendait que j'étais, moi, une fêtarde ?

— Dommage, ai-je dit.

— Mais je veux bien t'y emmener. Je vais juste me renseigner pour savoir où elle habite précisément.

— Merci. On peut se retrouver au portail de Gudhammar, ça te va ? Vers dix-neuf heures ?

— Tu as l'intention de fuguer ?

— Je vais juste à une fête.

En arrivant au bout de l'allée à dix-huit heures cinquante-cinq, j'ai vu que Jacob était déjà là, avec la voiture. J'étais passée par l'échelle de secours sous ma fenêtre et j'avais fait un grand détour par le champ qui débouchait derrière la maison du gardien. J'avais dit à mes parents que je montais me coucher, que j'avais une migraine terrible et que je ne voulais pas être dérangée. Avec un peu de chance, je pourrais remonter par le même chemin sans qu'ils se doutent de quelque chose.

Jacob sentait bon comme s'il sortait de la douche. Quand je suis montée à côté de lui, il s'est penché comme pour m'embrasser mais s'est arrêté.

— Tu es belle.

Je m'étais servie dans la penderie de ma sœur : une robe chère, coupée dans un tissu vert soyeux et brillant, avec un décolleté pas mal. Vu que j'étais plus grande qu'elle, la robe était un peu trop courte. En tout cas, c'est ce qu'aurait dit notre mère si elle m'avait vue. J'avais aussi piqué à Cécile un pull en laine d'agneau. Mais j'aurais quand même sûrement froid, surtout si je devais rentrer à pied à Gudhammar. Existait-il un taxi à Gullspång ?

— Nous sommes déjà venus ici… ai-je dit quand Jacob s'est engagé sur le chemin.

Je lui ai montré l'écriteau. *Lyckebo*. J'ai vu ses oreilles devenir écarlates.

— Qu'est-ce qu'ils fabriquent ? a-t-il demandé en coupant le moteur.

Un grand feu de joie brûlait devant la maison.

— Ils font du feu, ai-je dit, comme si ce n'était pas parfaitement évident.

— Tu es sûre de vouloir rester là ?

J'ai regardé le feu, les gens, les arbres. Soudain, je l'ai aperçue. Elle, Betty. Elle portait une robe incroyablement légère. Mais peut-être faisait-il chaud près du feu. Elle s'en tenait dangereusement près.

J'ai ouvert la portière.

— Francesca ? Fais attention à toi, a dit Jacob.

J'ai reconnu les paroles en français de la chanson qui résonnait dans le jardin. Le volume de la sono était à fond. Notre jeune fille au pair française la fredonnait parfois. *C'est ma fête, je fais ce qui me plaît.*

Une vingtaine de personnes se pressaient dans le jardin tandis que d'autres étaient visibles par les fenêtres. Quelqu'un faisait griller un énorme truc, l'odeur était forte, mais je ne voyais pas ce que c'était. Je suis restée un moment là, à regarder tituber tous ces gens en pensant que je pouvais encore partir. Puis Betty a levé la tête et m'a repérée.

Elle s'est avancée vers moi en ouvrant les bras, comme si nous étions de vieilles amies qui nous revoyions enfin après une longue séparation.

Viens dire bonjour, ma chérie, a-t-elle crié. J'ai vu sa petite fille arriver en courant. Elle n'avait pas de chaussures. Quand elle s'est arrêtée à quelques mètres de moi, j'ai vu que ses pieds étaient rouges de froid. *Allez, approche, Charline ! Dis bonjour à Francesca. Viens donc saluer Francesca Mild.*

— Salut, a dit la gamine qui s'appelait Charline.

Elle a fait un pas vers moi.

— Non mais approche-toi vraiment ! a rigolé Betty. Serre-lui la main.

La petite a regardé sa mère, l'air désemparé. Puis elle s'est approchée et m'a tendu la main. Elle était glacée.

Betty lui a donné une bourrade.

— Présente-toi !

— Tu lui as déjà dit comment je m'appelais, maman.

Betty a éclaté de rire et lui a ébouriffé les cheveux.

— C'est vrai. Tu as raison, ma chérie. Allez, viens, Francesca, on va te trouver quelque chose à boire. On a allumé un feu, comme tu peux le voir, et on est en train de faire griller un putain de cochon, alors j'espère que tu as faim et soif comme il se doit. Je fabrique mon propre vin, tu comprends, j'ai là toute une cave remplie à ras bord de mon vin à moi.

Nous étions devant le feu. La petite fille fixait avec inquiétude les flammes qui léchaient presque la façade de la maison. Betty m'a fait faire le tour des invités en me présentant aux uns et aux autres. La plupart étaient déjà bien éméchés, et pourtant timides, comme s'ils n'étaient pas habitués à rencontrer des inconnus.

— Voilà Svenka, a dit Betty en secouant par l'épaule un homme qui dormait à moitié sur un banc à côté des marches du perron. Svenka ! Tu es en train de louper la fête, c'est con !

— Je veux juste me reposer un peu, a bredouillé le type.

Je l'ai reconnu. Je l'avais vu au salon de thé. Au même moment, quelqu'un a appelé Betty et elle m'a plantée là sans un mot d'excuse.

Je me suis demandé si j'allais entrer dans la maison ou rester dehors. Je venais de prendre la décision d'entrer quand l'homme a toussé et a ouvert les yeux d'un coup.

— Qui es-tu ?

J'ai dit que j'étais Francesca Mild.

Il a émis un sifflement, et son regard opaque m'a enveloppée des pieds à la tête. Je me sentais à poil dans ma robe courte.

— Svenka, s'est-il présenté en me tendant la main.

Il avait plein d'entailles sur les avant-bras. L'usine, sans doute.

— Alors ? Que fait une si belle fille parmi nous ?

Il a enchaîné sans me laisser le temps de répondre.

— Pourquoi, au nom du ciel, ne t'a-t-on rien donné à boire ?

Il s'est levé en chancelant et a dû m'empoigner par l'épaule pour ne pas tomber.

— Je viens d'arriver, mais c'est vrai que je boirais volontiers un verre, ai-je dit.

Je sentais que je ne supporterais pas cet endroit une seconde de plus à moins d'être ivre.

— Suis-moi.

Svenka s'est éloigné en titubant. On aurait dit qu'une force invisible le tirait vers la gauche.

— Où allons-nous ?

— Chercher du vin. Viens, quoi ! Je ne vais pas te mordre.

Je l'ai suivi jusqu'à une sorte de butte où s'ouvrait une porte marron. Il a tourné une grande clé et m'a fait signe de passer devant. J'ai pensé que j'étais une imbécile d'entrer avec un inconnu dans une cave, pourtant je l'ai fait. À l'intérieur, c'était humide et sombre.

— Pas la peine d'avoir peur, mademoiselle.

— Je n'ai pas peur, ai-je menti.

— Je ne vais rien te faire. À moins que tu en aies envie, bien sûr.

Il était tout près de moi. Son haleine sentait la chique et l'alcool.

— Je voudrais juste boire un verre de vin, ai-je dit sur le ton le plus ferme possible.

À mon soulagement, Svenka a reculé et a appuyé sur le commutateur. Une ampoule s'est allumée au plafond. Devant les innombrables bouteilles alignées sur les étagères, j'ai oublié ma peur.

— C'est du vin de cerise, a annoncé Svenka comme s'il présentait l'œuvre de sa vie. Tu en veux ?

J'ai hoché la tête. Il a pris un verre et une bouteille verte. Il a dévissé la capsule, et le vin a coulé dans le verre avec un bruit divin. Il me l'a rempli à ras bord.

— Goûte !

Je l'ai porté à mes lèvres, j'ai bu une longue gorgée et j'ai fermé les yeux.

— Fantastique !

Je ne m'y connaissais absolument pas, mais celui-ci avait un goût merveilleux. J'ai emporté le verre, et nous sommes ressortis. Nous avons rejoint les autres.

— Est-ce que tout le monde va à la fête des Moissons, ensuite ? ai-je demandé.

Svenka a ri en disant qu'ils ne seraient pas nombreux, ceux qui réussiraient à se rendre à la fête des Moissons ce soir-là.

43

Charlie tournait en rond dans la cuisine de Susanne. Elle n'avait aucune nouvelle de l'hôpital. Concernant Adam, elle ne pouvait rien faire d'autre qu'attendre. Mais il restait une piste : Betty. Elle devait parler à quelqu'un qui avait assisté à la fête de Betty ce soir-là. Elle devait savoir ce que fabriquait Francesca Mild à Lyckebo en pleine beuverie. De tous les invités qui fréquentaient bon an mal an les fêtes de Betty, la plupart étaient morts. Elle avait dressé la liste avec Susanne pendant l'été, et elles étaient parvenues à la conclusion que parmi ceux qui étaient restés à Gullspång, Lola était l'une des rares à être encore de ce monde. Lola savait-elle quelque chose ? Mais si Francesca avait assisté à une fête à Lyckebo, ne l'aurait-elle pas dit quand Charlie l'avait interrogée sur la famille Mild ? Ça valait le coup de réessayer. Charlie chercha le numéro de Lola sur le Net. Quatre sonneries retentirent. Elle allait raccrocher quand une voix mal assurée répondit :

— Allô… ?

— Salut Lola, c'est moi, Charlie.

— Hello Charlie.

— J'aimerais te parler. Tu aurais une minute ?

— Je suis au pub. Viens, si tu veux.

Lola était visiblement ivre. Perchée sur un tabouret de bar, elle encourageait Jonas à la resservir. Elle ne se souvenait apparemment pas d'avoir eu Charlie au téléphone un peu plus tôt, car son visage s'illumina en la voyant.

— Quelle bonne surprise ! fit-elle en tapotant le tabouret voisin. Qu'est-ce que tu bois ?

— Je voulais juste te parler, en fait.

— L'un n'empêche pas l'autre.

Lola rit en renversant la tête. Toutes ses dents étaient garnies de plombages ; ce fut du moins l'impression de Charlie.

— Il s'agit de Betty.

Lola soupira.

— Betty, Betty, Betty. Encore et toujours Betty.

— Il s'agit aussi de quelqu'un d'autre, ajouta Charlie. Francesca Mild. Je me souviens qu'elle est venue une fois à Lyckebo. À une fête.

— Ah bon ? Mais encore ?

— Je pensais que tu pourrais m'aider. Que faisait Francesca Mild à une fête à Lyckebo ? Elle était un peu jeune, non ?

Lola se frappa le front.

— C'est juste ! Tu as raison ! Elle est venue une fois.

— Tu t'en souviens ? Est-il arrivé quelque chose de particulier durant cette fête ?

Lola garda le silence un moment avant de secouer la tête.

— Sais-tu si c'est cette nuit-là que Francesca Mild a disparu ? C'était au mois d'octobre, et…

— Je n'ai aucun souvenir de la date ni du mois, ni même de l'année. Je sais juste que Francesca Mild est venue une fois à Lyckebo et que Betty avait fait un grand brasier. Comme une vraie dingue, elle n'arrêtait pas de tourner autour avec son liquide allume-feu. Un miracle que la bicoque ne soit pas partie en fumée cette nuit-là. La fille Mild était assez ivre, il me semble. En tout cas, elle a disparu au bout d'un moment. Elle n'est pas restée très longtemps, je pense.

— Sais-tu si Betty est restée à la fête après le départ de Francesca ?

— Bon sang, comment veux-tu que je me souvienne d'un truc pareil ?

— Bien sûr, je comprends, soupira Charlie. Je voulais juste vérifier.

Elle prit congé de Lola et se dirigea vers la porte.

— Charline ! cria Lola.

Charlie se retourna.

— Je me souviens d'un truc ! Francesca est repartie en voiture. Un type est venu la chercher. Un des frères Mort.

— Les frères Mort ?

— Oui, les Mort Junior, les fils des pompes funèbres.

— Quels fils ?

— Les garçons de Christer Bergman, expliqua Lola, comme si Charlie était censée savoir qui était Christer Bergman. Oui, bon, il avait deux fils, Paul et... Je ne me souviens pas du nom de l'autre. Mais Paul était déjà mort à ce moment-là, il me semble – je veux dire, mort pour de vrai.

Le cœur de Charlie se mit à battre plus vite.

— Paul Bergman ? De l'internat ?

— Oui, répondit Lola. Il était à Adamsberg. Pourquoi ?

— C'était le meilleur ami de Francesca.

— Tout ce que je sais, c'est qu'il se faisait tellement maltraiter par les autres gamins à l'école de Gullspång que son père a dépensé toutes ses économies pour le caser à l'internat. Et, au final, ça n'a pas empêché la catastrophe.

Charlie pensa à la photo du bal d'automne. Paul dans son smoking mal coupé. Le sentiment que Johan et elle avaient eu, qu'il était différent des autres garçons de la photo, tenait donc à cela : Paul Bergman était de Gullspång. Son père gérait une petite entreprise de pompes funèbres. Il n'était pas des leurs.

— Et son frère ?

— Il a repris la boîte familiale, je crois. Jens ? Johannes ? C'est quand même dingue que je ne me souvienne plus de son nom. Maggan ?

Lola attrapa la vieille clochette sur le comptoir et l'agita énergiquement. Margareta apparut entre les portes battantes.

— Une urgence, Lola ?

— Comment il s'appelle, déjà, le fils aîné de Christer Bergman ? Celui qui a repris les pompes funèbres ?

— Jacob.

Lola se tourna vers Charlie.

— C'est bien ça ! Il s'appelle Jacob, annonça-t-elle comme si Charlie n'avait pas entendu ce que venait de dire Margareta. Jacob Bergman, c'est son nom.

— Merci, Lola.

Elle se mit aussitôt en route.

— Pourquoi es-tu toujours si pressée ? s'exclama Lola dans son dos.

Charlie posa le front sur le volant. Paul Bergman était de Gullspång. Son frère Jacob avait raccompagné Francesca après une fête à Lyckebo. Elle essaya de se remémorer ce soir-là, le soir où Francesca était venue, mais tout ce qu'elle voyait, c'était l'image du rêve : un feu immense, le cochon qu'on fait griller, Betty qui lui crie de venir dire bonjour à Francesca.

Elle prit son téléphone, trouva l'unique entreprise de pompes funèbres de Gullspång et composa le numéro.

— Jacob Bergman !

Charlie se présenta.

— Lager ? Tu es la fille de Betty Lager ?

— Oui.

C'était désagréable, que cet inconnu ait l'air de savoir qui elle était et qui était Betty.

— En quoi puis-je t'aider ?

Charlie s'expliqua. Elle avait conscience de s'exprimer vite et de façon peut-être un peu décousue, mais le temps qu'elle finisse son discours, Jacob n'avait toujours pas raccroché. Le mieux était peut-être qu'ils se rencontrent, dit-il.

44

Dix minutes plus tard, Charlie sonnait à la porte d'une villa située de l'autre côté de l'agglomération.

L'homme qui lui ouvrit était très séduisant, constata-t-elle. Yeux sombres et voix grave. Il l'invita à entrer au milieu d'un incroyable désordre.

— Excuse le bazar, dit-il. Je me suis arrêté en pleine rénovation, quand ma femme m'a annoncé qu'elle demandait le divorce.

Charlie considéra le plancher à moitié arraché de l'entrée, où des panneaux de fibre portant la marque de l'usine de contreplaqué avaient été disposés pour permettre le passage. Elle ne put retenir la question :

— Pourquoi ?

— Elle a rencontré quelqu'un. Une histoire pénible.

— Je comprends. C'était il y a longtemps ?

Jacob sourit.

— Une seconde et une éternité. On était censés se serrer les coudes, s'entraider pour faire tourner la boîte après le décès de mon père, et voilà : ce n'est pas ce qui est arrivé. Du coup, je n'ai plus que les macchabées pour compagnie. Tu veux boire quelque chose ? Café ? Thé ? Je n'ai que du café instantané mais…

— Café instantané, parfait.

Jacob remplit une bouilloire électrique et sortit deux tàsses et des cuillères.

Ils s'installèrent à la grande table. Charlie posa son téléphone, écran vers le haut. Par la fenêtre, derrière Jacob, elle aperçut le jardin. Il était mal entretenu, mais sous les feuilles mortes, les arbres fatigués et la haie inégale, on devinait qu'il avait été autrefois amoureusement entretenu.

Jacob la regardait comme s'il attendait qu'elle prenne la parole. Charlie lui réexpliqua pour quelle raison elle avait pris contact avec lui : elle voulait en savoir plus sur Francesca.

— Nous nous sommes déjà rencontrés, dit Jacob. Toi et moi, je veux dire.

— Ah bon ?

— Oui, à l'occasion des funérailles de ta mère.

Charlie éprouva comme une brûlure au cœur.

Si je meurs, je veux que tu répandes mes cendres sur le lac. Oui, je sais qu'on n'a pas le droit, mais qui pourra t'en empêcher ? Tu n'as qu'à prendre la barque un soir et partir à la rame.

— Je n'ai pas trop de souvenirs de ce temps-là, avoua-t-elle. Mais je sais que maman ne voulait pas être enterrée de façon ordinaire.

— Je me rappelle bien. Elle voulait être répandue sur la mer. Tu l'as dit à mon père. Je ne sais pas pourquoi ça ne s'est pas fait. Peut-être parce que la mer est loin.

Charlie songea qu'elle avait dû se tromper. Betty pensait au lac, même si elle disait souvent « la mer ». Charlie avait dû lui rappeler souvent que Skagern s'arrêtait aux vannes, mais Betty ne l'écoutait pas. *Tôt ou tard, on arrive toujours à la mer.*

— Je crois que je voulais dire le lac, en réalité. J'étais

sans doute un peu sous le choc. C'est peut-être pour ça que j'ai si peu de souvenirs de l'enterrement.

— Je comprends. Ma mère est morte quand j'étais petit. On oublie peut-être ce qu'on est obligé d'oublier pour survivre.

Charlie acquiesça en silence. Il avait sans doute raison.

— As-tu connu Francesca Mild ?

— On s'est rencontrés à quelques reprises après la mort de Paul. Elle était en colère.

— Pourquoi ?

— Elle était persuadée qu'il avait été assassiné. Mais personne ne l'écoutait. C'est-à-dire personne à part moi…

— Et ?

— Et on ne m'a pas davantage écouté. Tout le monde répétait que Paul était déprimé, qu'il se faisait harceler à l'école, qu'il avait plusieurs grammes d'alcool dans le sang ce soir-là et même des drogues et… Bon, tu vois le tableau. La police n'a pas voulu tenir compte des détails qui démentaient la thèse du suicide.

— Quels détails ?

— Par exemple, le fait qu'on l'a trouvé dans le lac. Paul détestait l'eau. Ensuite, il y a ce que m'a raconté Francesca à propos d'une bande de garçons qui se comportaient très mal avec lui. Elle les avait vus cette nuit-là. Elle était persuadée qu'ils étaient mêlés à sa mort.

— Mais personne ne vous a pris au sérieux ?

— Non. La version officielle, c'était que Francesca avait une perception déformée de la réalité. Il lui était apparemment arrivé dans le passé d'accuser d'autres personnes pour des faits qu'elles n'avaient pas commis. À la fin, j'ai laissé tomber. J'ai senti que j'étais obligé pour pouvoir continuer.

— Mais tu la croyais ?

— Oui.

— Connais-tu le nom de ceux qui se comportaient mal avec ton frère ?

Jacob secoua la tête. Il avait laissé tout ça derrière lui.

— As-tu une idée de ce qui a pu arriver à Francesca ?

— Si j'ai bien compris, personne ne le sait. Mais quelques jours avant sa disparition, elle m'a appelé et m'a demandé mon adresse avec le code postal. Je n'étais pas à la maison, alors papa la lui a donnée. Elle lui a dit qu'elle voulait m'envoyer un texte qu'elle avait écrit à mon intention, mais rien n'est arrivé, et, ensuite, il a été trop tard. Je suis convaincu que c'était lié à Paul.

Charlie hocha la tête en maudissant le fait que cette lettre n'avait pas atteint son destinataire. Selon toute vraisemblance, elle n'avait jamais été envoyée.

— J'ai entendu dire que tu étais allé la chercher après une fête, une nuit. Une fête à Lyckebo. Chez ma mère.

Jacob la regarda, l'air surpris.

— C'est vrai, répondit-il. Je l'ai conduite là-bas et j'y suis retourné quelques heures plus tard pour… Pour m'assurer que tout allait bien. Ces fêtes avaient la réputation d'être assez débridées alors… Reprendre sa voiture pour s'assurer que tout allait bien, cela suggérait autre chose qu'une accointance superficielle, songea Charlie.

— Oui, c'est vrai, il y avait quelque chose entre nous, ajouta Jacob comme s'il avait lu dans ses pensées. Mais je crois que l'essentiel était ailleurs. On se consolait l'un l'autre.

— Tu n'as pas besoin de te justifier. Je voulais seulement savoir ce qui était arrivé à Francesca et exclure l'hypothèse que ma mère ait pu être mêlée à sa disparition.

— Pourquoi y serait-elle mêlée ?

— C'est une longue histoire. Te souviens-tu de la date ? Je veux dire, la date exacte de cette fête à Lyckebo ?

— Non, je ne m'en souviens pas, mais c'était une semaine environ avant que Francesca ne disparaisse.

— Où êtes-vous allés après ?

— On a tourné un peu, et puis… Ce n'est peut-être pas la peine de te faire un dessin.

Charlie opina.

— Crois-tu qu'ils aient pu être assassinés tous les deux, ton frère et Francesca ?

— Ça m'arrive d'y penser, répondit Jacob. Mais beaucoup moins qu'avant. Au bout d'un moment, j'ai décidé de laisser tomber et d'essayer d'accepter le fait que je n'aurais sans doute jamais de réponse. Ce n'était peut-être pas la bonne décision mais…

— Quand on est convaincu qu'on n'aura jamais de réponse et si on ne veut pas sombrer, c'est sans doute la seule chose à faire.

— Le problème, c'est que je n'en étais pas si sûr. Je pensais qu'il y avait sans doute un moyen d'obtenir des informations, mais j'étais trop… Je ne sais pas… Les premières années après la mort de Paul, je me sentais à peine vivant et ensuite, bah, je me suis enterré sous le travail.

Il eut un petit rire, peut-être à cause du choix de l'expression.

— Je comprends, dit Charlie, en sentant que c'était sincère.

Le téléphone de Jacob vibra sur la table.

— Pardon, fit-il, je dois répondre. Tu peux faire le tour du bazar pendant ce temps, si tu veux.

Il disparut dans l'entrée. Il s'agissait sans doute d'un appel professionnel, car elle l'entendit présenter ses condoléances et dire que, bien entendu, oui, il pouvait apporter son concours.

Elle se leva et passa dans le séjour. Les travaux de rénovation n'avaient pas encore commencé, car tout dans cette pièce, mobilier, papier peint, objets, datait des années 1980. Elle contempla les tableaux couverts de poussière, les photos de famille, les deux frères enfants, si semblables et pourtant… Charlie s'approcha d'une photo où ils posaient ensemble, Jacob entourant les épaules de son cadet. Les deux garçons fixaient un même regard brun sur l'objectif. Sur une autre photo plus grande, sur le mur opposé, on pouvait voir la famille au complet. Une jeune femme avec son petit dernier sur les genoux, l'aîné debout à côté d'elle ; derrière eux se tenait son mari, qui avait d'aussi beaux yeux que ses fils.

Charlie retourna dans l'entrée. Un escalier s'enfonçait vers le sous-sol. Jacob était encore au téléphone. Elle hésita une seconde avant de descendre. La température semblait baisser à chaque marche. Elle parvint à une porte. Elle abaissa la poignée, la porte s'ouvrit.

C'était un bureau. Une table, un ordinateur, une armoire à documents. Au fond, une autre porte. Charlie allait remonter lorsque son regard revint vers la table de travail où étaient éparpillées des photos. Elle s'en approcha, incrédule. Il s'agissait de quatre clichés presque identiques. Une fille en robe blanche était étendue sur une table, mains pâles croisées sur la poitrine, cheveux sombres lâchés. Et le pli volontaire, si familier, de la bouche. Francesca. C'était Francesca Mild.

Francesca

Le lendemain, j'ai été réveillée par la « bonne » nouvelle que ma sœur allait arriver ce jour-là. Ce serait tellement bien, a dit maman, si nous pouvions enterrer la hache de guerre et passer simplement quelques moments agréables ensemble.

J'ai dit que je ne voyais pas de quoi elle parlait. Cécile et moi passions toujours des moments agréables ensemble.

Cécile était presque transparente à la lumière du jour, au pied du grand escalier. Sur le conseil de maman, j'étais allée à sa rencontre dès que j'avais vu la voiture de papa apparaître dans l'allée.

— Quels beaux lions, a dit Cécile d'une voix atone.

— Ils pèsent plus de cent kilos, l'ai-je informée. Chacun.

Cécile n'a pas répondu, mais elle s'est avancée vers moi et m'a fait la bise comme si j'étais une vague connaissance.

— Nous devons prendre une photo, a déclaré mon père. Maintenant que toute la famille est réunie pour la première fois depuis si longtemps.

Il a appelé maman, qui est apparue en haut des marches. D'habitude, elle ne voulait jamais figurer sur les photos mais là, elle a fini par céder, et papa est allé chercher son appareil, ainsi que le pied et le retardateur. Il nous a fait aligner entre les lions et nous a demandé de sourire.

— J'ai cligné des yeux, ai-je dit une fois la photo prise.

— Je ne crois pas. En général, c'est après l'éclair du flash qu'on ferme les yeux. Ce sera une belle photo.

Au repas, tout était tellement parfait et artificiel que ça m'a donné envie de tacher la nappe ou de mordre le verre, comme j'avais l'habitude de le faire autrefois. Cela me fatiguait trop de parler de choses sans intérêt. D'abord, il a été question des tuiles qui commençaient à se détacher du toit de la grange, puis on a évoqué les terres de Gudhammar – papa a dit qu'il n'avait jamais de sa vie connu un automne si riche en champignons. J'ai mentionné le rhododendron, en expliquant qu'il fallait absolument l'enlever et que ça donnerait une allure plus épurée à notre façade. Quand ils ont dit qu'ils allaient peut-être planter une haie de thuyas derrière la maison du gardien, j'ai été saisie d'un grand découragement ; je me suis renversée sur ma chaise et c'est alors que je l'ai vue : la tache d'un gris jaunâtre au plafond.

— Il y a une tache de moisissure.

Aussitôt, grosse discussion. Jusqu'à quel point était-ce sérieux ? Le problème venait-il du toit ou d'une canalisation ? Était-ce dû aux eaux pluviales ou aux eaux usées ? Etc. Maman pensait que ce n'était peut-être qu'une fuite ponctuelle. L'humidité allait s'évaporer, et on en serait quitte pour un coup de peinture.

J'ai dit qu'il allait sans doute falloir enlever toute la toiture pour découvrir la véritable origine. Oui, car sinon cela risquait de se propager et, un beau jour, la maison entière s'effondrerait sur nos têtes.

Ma mère a soupiré

— Pas la peine de tout dramatiser, Francesca. Ce n'est peut-être que la trace d'un bouchon de champagne après une fête de Nouvel an, ou que sais-je.

Cécile, elle, ne disait rien. Elle a levé un regard indifférent vers la tache, avant de se remettre à chipoter dans son assiette. Maman l'observait d'un air soucieux.

— Tout va bien, Cécile ? Tu me parais un peu pâle.

J'ai répondu à sa place :

— Tu sais bien qu'ils passent les tests nationaux en ce moment. Ça suffirait à rétamer n'importe qui.

Cécile n'a pas relevé. Elle a poussé un soupir en disant qu'elle était fatiguée.

— Peut-être devriez-vous aller vous promener un peu ensemble, ta sœur et toi ? Ensuite, il sera trop tard, la nuit sera tombée.

— Je suis vraiment épuisée, papa.

— L'air frais va te requinquer, ai-je dit.

Je voulais vraiment passer un moment seule avec elle.

En sortant, nous avons hésité un long moment. Nous étions au pied des marches, entre les deux lions à la gueule béante. Ni l'une ni l'autre ne semblait savoir où aller. Finalement, c'est moi qui ai proposé que nous descendions jusqu'au lac.

Cécile a haussé les épaules. Nous nous sommes dirigées vers le bord de l'eau.

— C'est quoi, ce truc ? a-t-elle demandé comme nous longions le trou.

— C'est un trou. J'ai passé un peu de temps à creuser.

— Papa et maman l'ont vu ?

— Oui. Je vais le combler.

— Pourquoi as-tu fait ça ?

— Je voulais voir jusqu'à quelle profondeur je pouvais aller.

Cécile m'a dévisagée comme si elle se demandait s'il était réellement possible que nous soyons issues de la même chair et du même sang.

— Et ça ? a-t-elle poursuivi en montrant mon pendentif. Qu'est-ce que c'est ?

D'instinct, j'ai posé une main dessus et j'ai dit que c'était un collier tout ce qu'il y avait d'ordinaire.

— Je peux voir ?

Elle a avancé d'un pas. J'ai reculé.

— Quoi ? C'est un secret ? Arrête de faire l'idiote.

Elle a tendu une main. Rapide comme l'éclair, elle a attrapé la fine chaîne en or. Je voulais reculer encore, mais j'avais peur de la casser.

— D'où ça vient ?

— C'est maman qui me l'a donnée.

— Pourquoi ?

Cécile me regardait comme si je venais de prononcer une énormité, une chose absolument incroyable.

— Parce que je vais étudier le droit. C'est une balance. *Justitia*, etc.

— Je sais ce que représente la balance. Ce que je veux savoir, c'est…

— … pourquoi elle ne te l'a pas donnée, à toi ?

— Ne me fais pas dire ce que je n'ai pas dit.

Le regard de Cécile a quitté le pendentif. Elle m'a toisée.

— Toi ? Toi, tu vas faire des études de droit ? Dans ce cas, tu ferais peut-être bien de reprendre l'école.

Je lui ai rappelé que j'avais un an d'avance. C'était

ma botte secrète – le fait que j'avais sauté une classe et que je disposais donc toujours d'une année de plus que les autres.

— Il faut des notes brillantes pour intégrer la fac de droit.

— Je sais.

Cécile avait de nouveau le regard fixé sur mon collier.

— Je peux l'essayer ?

— Pour quoi faire ?

— Je veux juste l'essayer.

En soupirant, j'ai défait le fermoir et je le lui ai passé.

— Il est éraflé au dos, a-t-elle dit en retournant la petite balance.

— C'est un I que j'ai ajouté.

— Maman est au courant que tu as saccagé son cadeau ?

— Mais enfin, il est à moi ! J'en fais ce que je veux. Tu peux me le rendre maintenant, s'il te plaît ?

— Bien sûr, tout de suite. Mais d'abord, aide-moi à le mettre.

Elle a soulevé ses cheveux. J'ai soupiré, mais j'ai obéi. Nous avons continué en direction du lac.

Je lui ai montré un arbre nu.

— Tu te souviens, Cécile ? C'est là que tu as pris des bourgeons et que tu te les es fourrés dans les oreilles !

— Tu n'oublies rien, ma parole.

Ce n'était pas vrai. J'oubliais tout, à l'exception de deux catégories de choses : les injustices pures et simples et les détails comiques, or l'histoire des bourgeons me faisait encore parfois sourire. On devait avoir quatre ou cinq ans, le printemps où Cécile avait soudain cessé de répondre quand on lui adressait la parole. Les parents ont cru qu'elle était devenue sourde. Quand ils l'ont emmenée consulter un spécialiste, elle avait les conduits auditifs remplis de minuscules bourgeons verts.

— Pourquoi as-tu fait ça, Cécile ?

— Pour ne plus t'entendre. Ta voix m'écorchait les oreilles. Tu ne te souviens pas ? Tu hurlais en permanence.

— Tu aurais pu trouver une autre méthode…

— J'avais cinq ans. J'ai dû paniquer, j'ai pris ce qui me tombait sous la main. Tu nous rendais fous, à force de crier.

— Tu exagères.

Cécile m'a regardée comme si elle n'en revenait pas que j'ose la contredire.

— Pas du tout ! Tu hurlais tellement que je ne pouvais pas recevoir de copines à la maison, et papa et maman étaient obligés de s'enfermer dans la bibliothèque. C'est pour ça qu'on avait des jeunes filles au pair. Sans toi, elles ne seraient jamais venues, et on n'aurait pas été obligées d'aller à la crèche. On n'aurait peut-être même pas été envoyées à Adamsberg. La vérité, c'est qu'ils n'avaient tout simplement pas le courage de te supporter.

— Je ne comprends pas pourquoi on fait des enfants si on n'a pas le courage de les supporter.

— Ils ne pouvaient pas savoir à l'avance comment tu serais !

— On a les enfants qu'on a, et il faut bien s'en occuper, non ? Qu'ils soient comme ci ou comme ça ne change rien à l'affaire.

— Parfois, j'entends encore tes cris au moment de m'endormir.

Nous étions presque au bord de l'eau. Elle avait

ralenti le pas et parlait d'une voix rêveuse qui ne lui ressemblait pas.

— C'est comme s'ils s'étaient gravés dans mon cerveau… Tes cris… Ta voix…

— Pardon alors. Pardon d'avoir gâché la vie de tout le monde.

45

Charlie était si absorbée par les photos sur le bureau qu'elle n'entendit pas les pas dans l'escalier.

— Que fais-tu ?

Jacob avait surgi dans l'encadrement de la porte.

— Quand je t'ai dit que tu pouvais visiter, je ne pensais pas que tu descendrais ici.

— Je…

Elle ne sut que dire.

— Ce n'est pas ce que tu crois, se défendit-il en désignant les photos.

— OK, dit Charlie.

Son impulsion était de fuir, mais Jacob bloquait l'unique issue.

— N'aie pas peur. Je peux tout t'expliquer.

— Là-haut, alors.

Elle le suivit dans l'escalier. Le soulagement de retrouver la lumière du jour fut incommensurable. Elle en tremblait presque.

— Je comprends ta réaction, dit Jacob.

Ils étaient de nouveau dans la cuisine.

— Tu as chez toi des photos d'une fille morte, disparue depuis trente ans. Tu…

— Francesca n'est pas morte. En tout cas, elle ne l'était pas quand on a pris ces photos.

— J’avoue que je ne saisis pas.

— C’était un jeu. Je sais, ça paraît délirant, mais c’était son idée à elle. Elle voulait que je l’apprête comme si elle était morte.

— Pourquoi ?

— Je ne sais pas. Elle avait un humour assez particulier et une attirance pour ce genre de chose. C’était ce soir-là, celui où je suis allé la chercher à la fête. Elle était très ivre. Je n’étais pas emballé, mais elle m’a eu à l’usure. Attends, je vais te montrer.

Il disparut et revint quelques instants plus tard avec les photos de Francesca.

— Regarde, dit-il, en montrant le coin en haut à droite où s’affichait la date.

La photo avait été prise le 1er octobre 1989, une semaine avant la disparition de Francesca.

— Mais que font ces clichés sur ton bureau ? l’interrogea Charlie.

— Un homme est venu hier et m’a posé des questions sur Francesca. Après son départ, je suis allé les chercher pour… je ne sais pas… me souvenir.

— Johan Ro ? C’est lui, l’homme qui est venu ?

Jacob acquiesça.

— Pourquoi ne m’en as-tu rien dit ?

— Il m’a demandé de n’en parler à personne. Que se passe-t-il ?

— Johan Ro a été agressé hier. On ne sait pas s’il va survivre.

— Pourquoi ? Par qui ?

— Je n’en sais rien. Quand est-il passé te voir ?

— Peu après le déjeuner. Il devait être quatorze heures, par là.

Le téléphone de Jacob vibra de nouveau, et il s’excusa encore en quittant la pièce. Charlie l’entendit présenter ses condoléances d'une voix professionnelle.

— Pardon, dit-il en revenant. Un décès.

— Qui ? ne put s'empêcher de le questionner Charlie. Excuse-moi, ce n'est pas mon affaire, se reprit-elle.

Jacob sourit. Il n'avait pas le droit de le lui dire, mais puisqu'elle l'apprendrait de toute façon avant la fin de la journée en faisant ses courses à la supérette ou en buvant un verre au pub, ça ne changerait pas grand-chose…

— Sven-Erik Larsson, annonça-t-il.

— Svenka ?

— Oui, c'est son surnom. Tu le connais ?

— Non, enfin oui, je le connais un peu. Je lui ai parlé hier au pub. Que s'est-il passé ?

— Ce n'était pas très clair. Sa sœur – c'est elle qui a appelé – était encore sous le choc.

Charlie vit Sara, les traits de khôl noir autour des yeux, sa vulnérabilité, sa résignation, comme si elle était déjà vieille. Elle n'avait que quatorze ans. Comment allait-elle se débrouiller à présent ? Qu'allait-elle devoir oublier pour survivre ?

— Johan Ro m'a posé le même genre de questions que toi.

— T'a-t-il dit où il allait en partant de chez toi ?

— Non. J'espère vraiment qu'il survivra et qu'on retrouvera le dingue qui a fait ça.

— As-tu mentionné sa visite devant quelqu'un ?

— Non, je n'en ai parlé à personne.

Charlie le remercia pour le café.

— Il faut que j'y aille, dit-elle.

Jacob la suivit dans l'entrée.

— Si tu découvres quelque chose qui concerne mon frère ou Francesca, tu me le diras ?

— Bien sûr, répondit Charlie. Et toi aussi, appelle-moi si quelque chose te revient, n'importe quel détail, même si ça te paraît sans intérêt. Tu as mon numéro.

46

Dès qu'elle fut remontée en voiture, Charlie appela Olof, qui répondit d'une voix tendue.

— Adam a avoué ?

— Non, il a un alibi. Il était chez lui, ensuite au pub.

— Il a pu s'absenter. Il n'y a que deux cents mètres du pub jusqu'à la fonderie. Il faut lui mettre la pression.

— On fait tout ce qu'on peut, Charlie. Charlie, tu es là ?

Pas de réponse. Elle venait de le mettre en attente pour prendre un appel d'un numéro inconnu en provenance de Gullspång.

La personne à l'autre bout du fil avait une quinte de toux.

— Qui est là ? demanda Charlie.

— Annelie Karlsson. Je suis infirmière à Amnegården. Nous nous sommes croisées l'autre jour quand tu as rendu visite à Sixten Molan avec ton ami.

Charlie se souvenait très bien de l'infirmière qui avait commenté les photos dans le couloir.

— J'ai appris ce qui était arrivé, poursuivit la jeune femme. C'est bien ton ami qui a été agressé à la fonderie, pas vrai ?

— Oui.

— On m'a également dit que tu étais de la police. Alors j'ai pensé que ça t'intéresserait peut-être de savoir qu'il est revenu hier – ton ami – et qu'il a parlé à Sixten, qui était de très mauvaise humeur après leur entrevue. Il a dit : j'en ai assez des gens qui se mêlent de ce qui ne les regarde pas et… Je ne sais pas si ça a la moindre importance, en fait.

— Si. Je te remercie. Vraiment. Merci de m'avoir appelée.

Sixten Molan n'était pas dans sa chambre. La porte était fermée à clé.

— Il est au piano, dit un homme équipé d'un déambulateur qui passait dans le couloir au moment où Charlie abaissait la poignée.

Charlie suivit la direction qu'il lui indiquait et trouva effectivement Molan installé devant un piano droit. Ses vieilles mains reposaient sur les touches comme s'il allait se mettre à jouer. Son regard était rivé à la partition, et il ne s'aperçut de la présence de Charlie que lorsqu'elle fut à quelques centimètres de lui. Il ne parut guère surpris de la voir.

— Bonjour, dit Charlie. J'aurais besoin de te parler.

— Encore ?

— Oui, si tu as le temps.

— Dehors, dans ce cas. J'ai besoin de fumer.

Il montra une porte qui conduisait à un petit espace extérieur. Une fois dehors, Charlie découvrit une femme seule assise sur une chaise en plastique.

— Monsieur Molan, quelle agréable surprise ! s'exclama la femme avec une pointe d'ironie en le voyant.

— Greta !

Le docteur Molan souleva un chapeau invisible et s'inclina devant la dame aux cheveux blancs. Il s'avança vers la table où étaient posées une pipe et une boîte d'allumettes, alluma sa pipe et prit place dans le fauteuil voisin de la chaise de Greta.

— Qui est ton heureuse accompagnatrice ? demanda celle-ci en dévisageant Charlie de ses yeux bruns pleins de curiosité.

— Charlie, se présenta Charlie.

— Voyez-vous ça…

Greta plissa les yeux comme si elle cherchait à se rappeler quelque chose.

— On dirait un nom d'homme.

— Il marche aussi pour les femmes, dit Charlie.

— Oui. Ça a même l'air de marcher formidablement bien.

Greta écrasa son mégot dans un pot de fleurs posé sur la table et sortit aussitôt une autre cigarette du paquet.

— Greta, reprit le docteur Molan. Charlie et moi aurions besoin d'échanger quelques mots en tête à tête.

Greta émit un rire bref et tapa du plat de la main sur la table en disant qu'ils étaient dans la libre nature du bon Dieu, où il n'y a pas de tête-à-tête qui tienne, et qu'elle n'avait aucune intention de se laisser éconduire ainsi sans cérémonie.

Charlie lui sourit. Le docteur Molan leva les yeux au ciel, se tourna vers Charlie et lui proposa qu'ils aillent dans sa chambre.

— Elle est dingue, marmonna Molan dans le couloir.

— Je l'ai trouvée sympathique.

— Elle était employée chez moi dans le temps. Elle faisait le ménage, la cuisine et le reste. À l'époque, je peux te garantir qu'elle ne me parlait pas sur ce ton.

— On hésite toujours à mordre la main qui vous nourrit, n'est-ce pas ?

— Maintenant, en tout cas, elle se rattrape !

Ils étaient parvenus devant sa porte. Il introduisit la clé dans la serrure d'une main tremblante.

— Installe-toi, dit-il en lui indiquant le canapé.

Lui-même prit place dans un fauteuil de l'autre côté de la table basse et croisa les jambes. C'était comme s'il reprenait possession de son rôle professionnel, comme s'il attendait qu'elle s'allonge, ferme les yeux et lui dévoile sa vie intérieure.

— J'ai appris qu'il était arrivé malheur à ton ami, déclara-t-il. Espérons qu'il se rétablira.

— Et moi, j'ai appris qu'il t'avait rendu visite hier. Je parle de Johan, mon ami.

— Oui, il est revenu. Je n'ai pas vraiment compris pourquoi. Il m'a posé un tas de questions.

— Lesquelles ?

— Qui je voyais lorsque j'étais invité à Gudhammar et si j'avais par hasard oublié de vous raconter quelque chose l'autre jour. Toutes sortes de questions.

— Et ?

— Je lui ai raconté tout ce qui m'était revenu, tous les petits incidents.

— Peux-tu me restituer un peu plus précisément ce que tu lui as dit ?

— Évidemment ! répondit le docteur Molan d'un air offensé. Je lui ai parlé d'un homme dont Francesca affirmait qu'il l'avait violée. Il s'est révélé plus tard que c'était un mensonge mais…

— Quel homme ? Comment peux-tu savoir que c'était un mensonge ?

— C'est une longue histoire. Rikard et Fredrika ont fait examiner Francesca, et il s'est avéré qu'elle était intacte.

— Pardon ?

— Eh bien, tu comprends sûrement.

Charlie hocha la tête. Elle comprenait ce que signifiait « intacte », mais pas comment des parents pouvaient douter de la parole de leur fille et redoubler cette violence en lui faisant subir un examen gynécologique.

— Il peut y avoir agression sexuelle sans pénétration vaginale, l'informa-t-elle.

— Ah ? fit le docteur comme si cette information était inédite pour lui.

— Comment s'appelait-il, son agresseur ?

— Je ne m'en souviens pas. Franchement, je n'en ai pas le souvenir.

— Adam ? Adam Rehn ?

— Encore une fois, ça s'est passé il y a fort longtemps. Je ne me souviens pas des noms.

Charlie soupira. Était-elle en train de perdre son temps ?

— Je crois qu'il est temps d'arrêter pour aujourd'hui, dit le docteur Molan en se carrant dans son fauteuil. J'espère que ça va s'arranger, pour ton ami. Parfois il vaut mieux ne pas trop se mêler de certaines choses, ajouta-t-il alors que Charlie s'apprêtait à prendre congé.

— Que veux-tu dire ?

— Ce que je dis. Parfois, il vaut mieux laisser faire, ne pas tenter d'intervenir. C'est peut-être une réflexion étonnante de la part d'un psychiatre, mais elle est le fruit d'une longue expérience professionnelle.

— Et moi, ma longue expérience professionnelle m'a appris une chose, c'est qu'en cas d'agression, comme en cas de soupçon d'homicide, il y a urgence à agir.

Dans le couloir, Charlie passa de nouveau devant les photos en noir et blanc. Cette fois encore, elle s'arrêta devant celle de la fête des Moissons. Elle s'approcha et examina les jeunes gens qui portaient trépieds et amplis.

Soudain, elle aperçut une femme dont la présence lui avait échappé jusque-là. Une femme blonde, robe, longues jambes, au bord du champ, observait les jeunes gens comme elle aurait contemplé un tableau, ou une vie à laquelle elle-même ne participait pas.

— Joli, non ?

Charlie se retourna. Greta se tenait derrière elle avec un large sourire.

— J'appelle ces couloirs l'allée des souvenirs, poursuivit-elle. Je suppose que ces vieilles photos sont censées nous réconforter. Moi, ça me rend mélancolique.

Charlie acquiesça en silence.

— La fête des Moissons, dit Greta en montrant la photo.

— Sais-tu qui est cette femme ?

Greta sourit de plus belle.

— Ah, ça ! Quelle élégance… C'est Mme Mild.

— Tu la connais ?

— Non. Son mari et elle se rendaient parfois à des réceptions chez le docteur mais moi, je faisais partie du personnel, c'est-à-dire des meubles. Ces gens-là ne se fréquentaient qu'entre eux. Ça a donc été une grande surprise pour nous tous, ce soir-là, quand Mme Mild a fait son apparition à la fête. Toute seule, en plus. Une soirée mémorable, je peux te le dire…

— Pourquoi ?

— À cause de son mari ! Il est arrivé plus tard, et ça s'est terminé en bagarre.

— Entre qui et qui ?

— Entre Rikard Mild et Ivan Hedlund. Mais c'est surtout Ivan qui cognait. Un sacré spectacle ! Écoute, ça me fait drôle, car j'ai déjà raconté cette même histoire à un jeune homme qui est venu ici hier. On s'est mis à parler de la fête des Moissons et…

— Johan ?

— Je ne me souviens pas de son nom, mais il était beau mec. Bouclé, tu vois ?

Greta leva une main vers ses propres cheveux.

— Et tu lui as raconté ce que tu viens de me dire ?

— Je crois bien. Pourquoi ? Je n'aurais pas dû ?

47

Charlie reprit la route en direction de la presqu'île. Elle laissa sa voiture et monta jusqu'à la maison d'Ivan Hedlund. L'air sentait le lisier.

— Encore toi ? fit Ivan en ouvrant la porte.

Il portait un tee-shirt trop grand pour lui et un vieux jean. Charlie ne put s'empêcher de remarquer ses biceps saillants. Il n'avait pas l'air heureux de la voir.

— Cette fois, je suis venue pour autre chose. Je peux entrer ?

Ivan s'effaça. La maison sentait bizarre, un mélange de chien mouillé, d'étable et d'une puanteur spécifique que Charlie identifia pour l'avoir souvent respirée, petite, en se réveillant le matin à Lyckebo : l'odeur de la gueule de bois.

— Reste où tu es, ordonna Ivan sans conviction au chien qui s'était approché de Charlie et lui reniflait l'entrejambe. Arrête, Nima…

Il leva une main et frappa le chien, qui gémit et s'éloigna en ployant l'échine.

— Huit ans, mais impossible à éduquer, soupira Ivan.

Charlie ne dit rien. Le coup avait été soudain, et beaucoup trop fort.

— Alors, qu'est-ce qui t'amène ?

Ivan avait croisé les bras et n'avait manifestement pas l'intention de la laisser pénétrer au-delà de l'entrée.

— C'est au sujet d'une agression, expliqua Charlie en montrant sa carte.

— Police ? fit Ivan en haussant un sourcil. Pourquoi tu ne l'as pas dit l'autre fois ?

— Parce que l'autre fois, j'étais là à titre privé.

— Ai-je des raisons de m'inquiéter ?

— Je ne sais pas. Mon ami Johan, qui est venu ici avec moi jeudi, a été agressé.

— Désolé de l'apprendre. En quoi ça me concerne ?

— On a des raisons de penser que ce pourrait être lié à l'affaire sur laquelle on t'a interrogé jeudi. Francesca Mild. Johan a-t-il repris contact avec toi après notre visite ?

— Non. Suis-je soupçonné de quelque chose ?

— Nous interrogeons toutes les personnes avec lesquelles nous avons parlé de l'affaire. Tu n'es pas plus suspect qu'un autre.

Elle pensa qu'elle avait tort de prétendre agir dans le cadre de l'enquête, mais tant pis. Elle ne pouvait pas rester passive pendant que Johan luttait pour sa vie. Dans un angle de son champ de vision, elle vit un rectangle de tissu qui servait de rideau et, derrière, les épaisses bottes noires que portait Ivan la dernière fois qu'elle l'avait vu dans la porcherie. Son bleu de travail était pendu au-dessus, et le bas du pantalon était maculé… De quoi ? De sang ? Du sang des porcelets ?

Elle entendit un grésillement en provenance de la cuisine.

— Merde, ça déborde ! s'exclama Ivan. Attends une seconde.

Il disparut.

Charlie s'approcha de la tenture et vit que ce qu'il

y avait sur le pantalon n'était pas du sang, mais une poussière rougeâtre qu'elle reconnut pour l'avoir foulée encore la veille. De l'oxyde de fer, comme celui qui tapissait l'enceinte de la fonderie et qui, aux dires de Betty, détruisait aussi bien les poumons que l'âme de ceux qui s'y exposaient.

48

Sur le chemin du retour, Charlie s'arrêta sur le bord de la route pour appeler Olof. Comme il ne répondait pas, elle essaya le téléphone de Micke.

— J'espère que c'est important, déclara Micke sans la saluer.

— Ivan est allé récemment à Gea. La fonderie, précisa-t-elle comme elle n'obtenait aucune réaction.

— Je sais ce que c'est que Gea, putain ! D'où tiens-tu cette info ?

Charlie parla du pantalon.

— Et je crois que Johan est allé chez Ivan ce jour-là. Juste avant de se faire agresser.

— Pour quoi faire ?

Charlie relata sa conversation avec Greta à Amnegården, la bagarre entre Ivan Hedlund et Rikard Mild. Elle était certaine que Johan était allé voir Ivan dans la foulée.

— À quel sujet, cette bagarre ?

— Aucune idée, mais je suis quasiment certaine que Johan est allé voir Ivan et lui a posé des questions désagréables. Le coup d'après, Johan est sauvagement agressé, et il y a des traces de poussière de la fonderie sur les vêtements d'Ivan. Que vous faut-il de plus ?

— J'informe Olof, répondit Micke.

Il raccrocha.

Charlie se rendit directement à Gudhammar. Elle allait passer au crible la chambre de Francesca, car il y avait malgré tout une possibilité que le texte qu'elle devait envoyer à Jacob y soit encore.

Le crépuscule tombait sur la propriété, Charlie laissa la voiture à l'abri des arbres. En remontant vers la grande demeure, elle eut l'étrange impression de ne pas être seule. Quelqu'un marchait à ses côtés, la tenait par la main et lui murmurait de faire vite.

Les lions brillaient dans la pénombre, blanchâtres, gueule ouverte. La porte principale était restée ouverte depuis l'autre fois. Elle s'entrebâilla avec un grincement quand Charlie abaissa la grande poignée arrondie. La nuit était presque tombée, et elle dut s'aider du faisceau lumineux du portable pour s'orienter.

Elle monta jusqu'à la chambre de Francesca. Cette fois encore, elle crut la voir, allongée dans son lit, où les démons la lacéraient. Vite, elle s'avança vers le bureau et ouvrit les tiroirs. Ils ne contenaient rien. Quelqu'un les avait-il vidés ? Elle continua. La commode. La penderie. Que croyait-elle donc ? La police avait dû fouiller partout après sa disparition. À moins que ce ne fût quelqu'un d'autre. Peut-être avant l'arrivée de la police ? Il n'y avait rien à signaler dans cette chambre. Restait le lit. Charlie éclaira la courtepointe ajourée, tira dessus et étouffa un juron. Quelque chose – une créature ? – était née sur ce lit ou y avait peut-être trouvé la mort. Elle déplaça le matelas. Son pouls s'accéléra quand elle vit apparaître une forme claire. Ça ressemblait à un cahier d'écolier.

Elle le prit, l'ouvrit à la première page et l'éclaira avec son téléphone. *Failles temporelles*.

Un bruit sourd lui parvint au rez-de-chaussée.

Charlie se figea. Son cœur battait à tout rompre. Elle essaya de se calmer en pensant que ce devait être un courant d'air, ou un rat, ou un oiseau qui s'était cogné contre une vitre, mais au même instant elle entendit des pas. D'instinct, elle porta une main à l'endroit où se trouvait d'habitude son arme de service. Rapidement, elle se faufila sous le lit et éteignit son téléphone. Au prix d'un effort surhumain, elle réussit à contrôler sa respiration. La sensation qui lui vint en entendant les pas approcher lui rappela les jeux de cache-cache de son enfance, quand elle était recroquevillée dans un coin et que Betty faisait lentement le tour des pièces en s'interrogeant d'une voix artificielle. *Où est la petite fille ? Elle n'est pas là ? Elle a disparu ? Non, elle doit bien être quelque part... Car elle n'a tout de même pas pu s'échapper ? Charli-i-ne ?*

Ce n'était pas un jeu. Les pas s'immobilisèrent devant la chambre. Le sang de Charlie se figea. Qui était-ce ? Avait-elle été suivie ? Depuis quand ? Les pas se rapprochèrent. La personne venait d'entrer dans la chambre et de s'arrêter à un mètre d'elle. Elle cessa de respirer, pensa à la tête fracassée de Johan. Son tour était-il venu ?

Francesca

Pourquoi papa nous avait-il proposé d'aller nous promener ensemble ? Quel sens y avait-il à passer du temps avec sa sœur si c'était pour se faire insulter ? Je ne comprenais pas la logique. Quoi qu'il en soit, nous étions au bord du lac. Cécile s'est engagée sur le ponton. Je l'ai mise en garde en disant qu'il y avait des planches pourries.

— Je m'en fiche, a répondu Cécile.

Nous nous sommes assises. Maman n'aurait pas approuvé ce contact avec la surface froide du ponton. Elle avait toujours peur qu'on attrape une infection urinaire et qu'on ne puisse pas avoir d'enfant à cause de ça, comme si le fait de ne pas avoir d'enfant était la pire malédiction qui puisse arriver à une femme.

— Mon Dieu ! s'est exclamée Cécile en voyant la bouteille de vin que j'avais emportée, cachée sous le grand manteau de fourrure de maman. Ce n'est peut-être pas une bonne idée que tu boives.

— Pourquoi ?

— Bah, déjà que tu vas mal...

— C'est bien pour ça que j'ai besoin de boire.

Je lui ai tendu la bouteille. Elle a bu au goulot.

— Mets-y peu de dignité, ai-je dit. Elle m'a coûté cent balles.

— Ah.

Ça ne lui faisait apparemment ni chaud ni froid. Sans un regard vers la maison, elle a sorti un petit étui à cigarettes en argent et m'en a proposé une. J'ai hésité.

— Tu crois vraiment ? On va se faire tuer…

— Pas si on n'en fait pas une habitude.

— Je ne parlais pas des cigarettes…

Cécile a haussé les épaules.

— Qu'est-ce que tu veux qu'ils nous fassent ?

On a allumé les cigarettes.

— J'ai des pastilles à la menthe, ai-je dit. Tu connais l'odorat de maman.

— Elle m'a l'air moins en forme que d'habitude. Toute cette histoire l'affecte beaucoup, j'imagine.

— Ce n'est pas juste à cause de moi.

— Pardon ?

— C'est peut-être une totale surprise pour toi, mais je ne suis pas la seule personne à commettre des erreurs dans cette famille.

— Papa ?

— Ça, on le savait déjà.

— Maman ?

Cécile me regardait avec de grands yeux. J'ai hoché la tête.

— On peut dire qu'elle suit les traces de papa. En tout cas, pour ce qui est de bousiller les liens sacrés du mariage.

— Arrête, Fran ! Arrête avec tes accusations !

— C'est la vérité. Je l'ai vue de mes propres yeux, je…

— On ne peut pas se fier à ce que tu crois avoir vu. – La voix de ma sœur était glaciale. – Ce n'est pas la première fois que tu crois voir des choses qui n'existent que dans ton imagination. Papa et maman s'aiment. Ils ne causeraient jamais…

— Aveugle, ai-je dit.

— Quoi ?

— Ton prénom. Il signifie aveugle. J'ai vérifié.

— Je m'en fiche.

— Sais-tu que les chatons restent aveugles si on leur bande les yeux à un certain moment de leur développement ? Ils n'apprennent jamais à voir si…

— Tais-toi. Tu parles comme une cinglée, une débile mentale.

— Je ne le suis pas.

— Tu parles trop vite. Tout le monde le dit. On n'a pas le temps de te suivre.

— C'est peut-être les autres qui vont lentement.

Cécile a poussé un soupir et changé de sujet.

— Ton nom à toi, alors, il signifie quoi ?

— Libre. Francesca signifie libre.

— Que c'est joli, que tu as donc de la chance…

— Laisse tomber. Dis-moi plutôt comment tu vas. En vrai.

— Essaie pas de m'avoir. Ta sollicitude, tu peux te la garder. Ça ne marche pas avec moi. Parlons franchement. Que veux-tu ?

— Est-ce que tu as rompu avec Henrik ?

Cécile a tiré longuement sur sa cigarette et a avalé la fumée en contemplant le crépuscule sur le lac.

— Tu dois savoir une chose, Fran. Henrik n'est pas celui que tu crois. Il a aussi un côté drôle, intelligent, fantaisiste… et même profond. C'est la vérité.

— Alors tu n'as pas rompu avec lui ?

— Non, pourquoi l'aurais-je fait ?

— Paul était amoureux de Henrik.

Cécile a éclaté de rire. J'ai continué.

— Sérieusement. Ça ne m'étonnerait pas qu'ils aient eu une relation.

— Tu es devenue folle pour de bon, Fran ?

Elle paraissait inquiète, d'un coup.

Je lui ai parlé du rébus, des réflexions de Paul, des souvenirs qui m'étaient revenus.

— Tu dois lâcher tout ça, Francesca. Peu importe le sentiment que Paul pouvait avoir pour lui, je suis bien placée pour savoir que Henrik n'est pas homosexuel.

— Mais il est peut-être un assassin.

J'ai rapproché mon visage de celui de ma sœur. Elle a reculé.

— Arrête ! Sérieux, Fran ! Arrête de te comporter comme une putain de malade mentale !

Je l'ai tapée, une tape légère.

— Aïe !

Elle s'est frotté le bras de façon démonstrative. Il fallait toujours qu'elle en fasse des tonnes.

— Quand vas-tu arrêter de me frapper ? Quel âge as-tu ? On dirait une sale gamine. J'y crois pas !

Je l'ai tapée de nouveau.

— Mais merde à la fin ! a crié Cécile.

— Que se passe-t-il ? (Voix de maman depuis la terrasse.)

— Elle me tape dessus ! Francesca me frappe !

Cette habitude de cafter ne lui passerait donc jamais ? Laquelle de nous deux était une sale gamine, en réalité ?

Maman s'est mise à crier :

— Arrête, Francesca ! Arrête tout de suite !

— C'était pour rire !

— Arrête quand même !

Cécile continuait de se frotter le bras.

— Si tu n'arrêtes pas, elle va venir et elle ne sera pas contente, tu peux me croire.

Elle regardait la bouteille et les cigarettes.

— Tu te comportes vraiment comme une dingue, Francesca.

— Toi aussi, tu te comporterais peut-être un peu bizarrement si tu venais de perdre ton meilleur ami.

— J'ai perdu ma sœur, a répondu Cécile.

Quelque chose m'a picoté le nez, et j'ai répliqué :

— C'est ton choix. Parce que tu refuses de me croire. N'est-ce pas à ça que sert une sœur ? À vous croire sur parole ?

— Je t'ai crue la dernière fois. Nous t'avons tous crue.

— Non. C'est faux, vous ne m'avez pas crue.

— Je n'ai plus l'énergie de discuter avec toi. Je n'ai plus l'énergie, Fran. C'est la vérité.

On a regardé l'eau en silence.

— Tu te souviens du concours ? ai-je fini par lui demander.

— Quel concours ?

— Celle qui parviendrait à rester sous l'eau le plus longtemps.

— Comment pourrais-je l'oublier ?

— Je voulais t'aider. C'est vrai. Je voulais t'aider parce que tu n'arrêtais pas de remonter à la surface comme un bouchon.

— Ce n'est pas le sentiment que j'ai eu.

— Tu crois vraiment que je voulais te noyer ?

Cécile a gardé le silence un long moment avant de répondre.

— Je ne sais plus ce que je croyais. Ma mémoire est peut-être moins fiable que la tienne.

— Elle m'a l'air d'être assez sélective, en tout cas.

— Pourquoi parles-tu de ça maintenant ? Ça doit faire au moins dix ans…

— Neuf. C'était il y a un peu plus de neuf ans.

— Ah bon. Où veux-tu en venir ?

— Au fait que toi aussi, il t'arrive de ne pas dire toute la vérité. Tu n'as jamais admis devant papa et maman que tu savais que je n'avais aucune intention de te noyer. Tu ne leur as jamais dit que c'était un jeu.

— Ah ? Tu es sûre que ça l'était ?

La nuit tombait. Cécile et moi remontions vers la maison.

— Tu te souviens des œufs d'oiseau ? a-t-elle demandé à brûle-pourpoint.

— On pourrait peut-être arrêter de rameuter les temps anciens maintenant, tu ne crois pas ?

— Alors il n'y a que toi qui as le droit de te souvenir ?

C'était caractéristique. Que Cécile revienne à Gudhammar uniquement pour me rappeler des horreurs. Avait-elle oublié que j'étais déprimée ? Nous avions découvert des petits œufs de mouette au bord du lac au cours d'un été. Croyant qu'ils étaient abandonnés, nous les avions rapportés dans ma chambre pour les réchauffer dans l'espoir qu'ils se transforment en bébés oiseaux. Le seul problème était que j'étais trop impatiente. Je les ai gardés sous la lampe pendant un temps fou sans qu'il se passe quoi que ce soit. Alors j'ai voulu regarder, juste un petit peu, sous la coquille, pour voir, et puis… Je revoyais la bouillie sanglante sur mes couvertures ; la tache n'était jamais partie.

— Tu sais ce qu'on dit des enfants qui font mal aux animaux ? m'a interrogée Cécile.

— Non.

— Qu'ils ont le cerveau dérangé. Que ce sont des psychopathes.

— Je n'ai pas tué les oiseaux ! En tout cas, ce n'était pas mon intention. Je voulais juste les voir éclore.

— Tu aurais dû piger qu'ils allaient mourir. Les embryons d'oiseaux meurent si on casse leur coquille.

— Toi aussi, tu aurais dû le savoir, dans ce cas. Tu as un an de plus que moi, après tout, et tu étais présente. Tu l'as oublié ?

— Mais ce n'est pas moi qui les ai cassés. Je ne les ai même pas touchés.

49

Charlie ferma les yeux et attendit d'être tirée de sa cachette. Au même instant, la sonnerie d'un téléphone retentit. L'homme sortit de la chambre. Charlie l'entendit descendre l'escalier en courant puis… Silence. Combien de temps resta-t-elle sous le lit ? Une demi-heure ? Une heure ? Ça lui parut une éternité.

De nouveau à l'air libre, les jambes flageolantes, elle se précipita vers sa voiture, verrouilla les portières et rappela Olof.

— Alors, vous avez arrêté Ivan Hedlund ?

— Non, nous…

— Mais c'est pas possible, bordel !

— Ne jure pas ! Et laisse-moi parler.

— Ne me dis pas ce que je dois faire !

— Nous y sommes allés, mais il n'était pas chez lui.

— Peut-être parce que vous êtes arrivés trop tard et qu'il était déjà à mes trousses.

— Que dis-tu ?

— Je dis qu'il me cherchait, s'énerva Charlie.

Sans laisser à Olof le temps de demander des détails, elle lui cria qu'ils avaient intérêt à se magner le train et à le retrouver avant qu'il n'arrive encore un malheur.

Elle balança son portable sur le siège du passager. Son regard tomba sur le cahier qu'elle avait découvert sous le matelas de Francesca. Elle voulait le lire en paix. Elle quitta Gudhammar en vérifiant toutes les dix secondes dans le rétroviseur qu'elle n'était pas suivie.

Un quart d'heure plus tard, elle s'engageait sur le petit chemin de Lyckebo. Elle descendit de voiture et s'immobilisa, guettant un éventuel bruit de moteur en provenance de la route, mais elle n'entendit rien en dehors du croassement des corneilles et du bruissement du vent dans les arbres.

L'écriteau portant le nom de Lyckebo était presque complètement enfoncé dans la terre. Quand Charlie voulut le tirer un peu vers le haut, un morceau de bois pourri s'en détacha. Elle le laissa tomber et se dirigea vers la maison. Lorsqu'elle était venue cet été, pour la première fois depuis ses quatorze ans, elle avait eu les nerfs à vif, hantée par les images de cette nuit-là – Betty affaissée sur sa table de maquillage, avec les mouches qui bourdonnaient autour de son corps, et ses tentatives pathétiques pour la ranimer.

Elle reçut un SMS de Micke. Ivan était au poste, ils allaient démarrer l'interrogatoire. Elle le rappela en même temps qu'elle tâtonnait sous les palettes superposées qui tenaient lieu de perron. Elle récupéra la clé dans le pot cassé et l'introduisit dans la serrure. Micke ne répondit pas.

Il faisait sombre dans l'entrée. Elle activa de nouveau la fonction lampe de son téléphone. En entrant dans la cuisine, elle vit que quelqu'un était venu. Plusieurs bouteilles vides traînaient sur la table. Elles n'y étaient pas quand elle avait fermé la maison cet été. Elle se souvenait nettement d'avoir rangé les bouteilles devant la porte. Quelqu'un était entré. Quelqu'un était peut-être toujours là. Un long moment, elle guetta la moindre présence en silence. Rien, à part les craquements familiers de son enfance. Finalement, peut-être n'avait-elle pas rangé les bouteilles ? Peut-être avait-elle eu l'intention de le faire, avant d'oublier et de passer à autre chose.

Elle dénicha quelques veilleuses et les alluma. Puis elle ouvrit le cahier intitulé *Failles temporelles* et commença à lire. À chaque page, elle était absorbée un peu plus dans le monde de Francesca Mild.

Le docteur Molan dit que la mémoire humaine est infidèle et changeante. Elle peut s'évanouir, se laisser manipuler et falsifier. Si on ajoute à cela les médicaments, l'alcool et les drogues, il y a d'autant plus de raisons de s'en méfier, bien sûr. Conclusion : mes souvenirs de la soirée du bal ne sont pas nécessairement vrais. La rose jaune, les vêtements mouillés de la bande des roitelets... Tout cela peut être le fruit de l'ivresse, du rêve, de l'hallucination. Malgré tous mes efforts, dit le docteur Molan, je ne peux faire surgir les événements réels de l'oubli. Je ne peux pas remplir les blancs. C'est un processus complexe qui ne se laisse pas maîtriser par la volonté. Alors, au lieu de me torturer en essayant de mieux me souvenir, je devrais penser à autre chose, d'après lui. Je devrais juste tout oublier.

Je voudrais dire au docteur Molan que l'oubli est un processus complexe, qui ne se laisse pas maîtriser par la volonté.

Un autre passage lui fit comprendre une fois pour toutes que les visites nocturnes à Gudhammar avec Betty avaient réellement eu lieu : *Il y a eu quelques coups de heurtoir, de plus en plus insistants. Je me suis glissée dans la chambre d'amis et j'ai regardé par la fenêtre pour essayer de voir qui venait de s'attirer ainsi les foudres de mon père. J'ai vu, de dos, une silhouette qui s'éloignait. Une femme. Elle tenait une fillette par la main.*

L'écriture de Francesca était serrée, difficile à déchiffrer. La cohérence ne semblait pas être son principal souci. Au milieu d'une promenade en pleine nuit, à l'internat, elle insérait ainsi sans transition un poème que lui avait lu Paul.

Notre vie est un souffle, un songe, une rêverie
Une goutte qui chute dans le flux du temps
Elle s'irise et miroite, scintille un instant
Se rompt, tombe, se brise et le rêve est fini

Charlie entendit un déclic. Elle connaissait si bien la maison qu'elle l'identifia aussitôt. Quelqu'un venait d'entrer. D'un bond, elle se leva, saisit le premier couteau qui lui tomba sous la main dans le tiroir à couverts et traversa la cuisine en deux enjambées. Cette fois, elle ne se cacherait pas.

— Halte ! cria-t-elle à la silhouette qui se découpait vaguement en contre-jour. Pas un geste ! Avance, que je te voie.

— Je ne peux pas avancer si je ne peux pas bouger, dit une voix de fille.

Charlie baissa son couteau.

— Sara… Qu'est-ce que tu fais là ?

50

— Désolée pour le vin, dit Sara en montrant les bouteilles, mais il en restait tellement à la cave, et encore plus dans la réserve, alors…

— T'inquiète, répondit Charlie.

Elles étaient attablées l'une en face de l'autre dans la cuisine. Le visage blanc de Sara brillait à la lueur des veilleuses.

— Et désolée d'être venue dans ta maison.

— Ça ne fait rien. Mieux vaut qu'elle serve, je suppose.

— C'était bien d'avoir un endroit où être seule.

Charlie posa une main sur celle de Sara.

— Je comprends parfaitement, dit-elle.

— Papa est mort.

— Oui, j'ai appris ça. Je suis vraiment désolée.

— Je dois être psychopathe parce que je… Je ne sens rien, en fait.

— Tu es en état de choc. Tu as pu parler à quelqu'un ?

Sara fit non de la tête.

— Ma tante est chez moi. C'est la sœur de mon père. Mais je n'ai pas envie de lui parler, ni à elle ni à personne. T'aurais une clope ?

Charlie sortit son paquet et lui en donna une. Sara se pencha pour l'allumer à une veilleuse. Charlie fit de même.

Elles fumèrent en silence.

— Un jour, on est partis à Stockholm, reprit Sara. Papa et moi. Maman m'a amenée à la gare, où je devais le retrouver pour prendre le train. C'était à l'époque où j'habitais encore chez elle une semaine sur deux, avant qu'elle ne se casse. Papa est arrivé. Il ne marchait pas droit. Il avait d'énormes lunettes sur le nez, le genre qu'on achète dans les magasins de farces et attrapes, et il en avait une autre paire pour moi.

Sara sourit comme si c'était un beau souvenir.

— Maman lui a dit de se ressaisir. Elle a dit que je n'irais nulle part s'il se comportait mal. Elle m'a demandé si je voulais vraiment aller à Stockholm avec lui. Bien sûr que non, je ne voulais pas ! Il était ivre mort ! Mais j'avais peur de le blesser, alors j'ai dit oui. Ça a été un putain de voyage, je peux te le dire.

Sara secoua la tête.

— Mon père était un salopard d'ivrogne, mais je l'adorais. Je ne le lui ai pas dit depuis… Je ne sais pas quand je le lui ai dit la dernière fois, et maintenant c'est trop tard.

— Il le sait.

Charlie avait une boule dans la gorge. Elle se revoyait à genoux à côté du corps inerte de Betty, en train d'essayer de rendre de nouveau vivant ce qui ne l'était plus. *Je t'aime, maman. Je t'aime. Maman !*

— Je n'ai plus de courage, confia Sara. J'ai l'impression que c'est fini. Que ma vie est terminée.

Charlie aurait voulu lui dire que sa vie était loin d'être terminée. Elle n'avait que quatorze ans ! Mais ce n'était pas une question d'années, elle le savait très bien. Et le regard qui soutenait le sien à l'autre bout de la table n'était pas celui d'une jeune fille. C'était celui de quelqu'un qui en avait trop vu, du côté de l'obscurité.

Charlie reçut un message de Micke. « Tu me voulais quelque chose ? »

— Je dois passer un coup de fil, dit Charlie à Sara. J'en ai pour deux minutes.

Elle se leva et alla dans le séjour.

— Alors, il a avoué ? demanda-t-elle de but en blanc.

— Oui, il reconnaît être l'auteur de l'agression.

— Et quel est le mobile ?

— Johan l'a appelé en disant qu'il voulait lui parler. Ivan était à Gea pour récupérer un outil de soudage quelconque, Johan est passé et…

— Mais pourquoi ?

— Il dit qu'il voit rouge quand les gens l'approchent de trop près. Il a été maltraité enfant et… Johan lui a mis la pression, alors il l'a repoussé. Johan l'a frappé et voilà… Il dit qu'il n'avait pas d'arme sur lui. Johan a dû tomber et heurter quelque chose. Il a compris que c'était grave seulement longtemps après. Il était sous le choc, c'est pour ça qu'il n'a rien dit.

— Quel baratineur !

— Ce n'est pas la peine de me prendre de haut sous prétexte que je te répète ce qu'a dit Ivan. Je ne suis même pas obligé de t'en parler.

— Non, mais vous êtes tenus de résoudre cette affaire. Vous devez admettre que les deux sont liés et qu'il faut creuser la disparition de Francesca. Vous ne pouvez pas mettre un couvercle par-dessus et croire que ça va passer.

— Tu n'es pas mon chef. Ce n'est pas toi qui fixes mes priorités.

— Ivan Hedlund a déjà été impliqué dans une histoire de coups et blessures, rappela Charlie. Ce n'est pas la première fois.

— Je sais.

— De quoi était-il question avec Rikard Mild ?

— Un malentendu, si j'ai bien compris. Le père de Francesca s'était imaginé qu'Ivan avait une liaison avec sa femme, mais ce n'était pas le cas. Elle fricotait avec quelqu'un d'autre.

— Avec qui ?

— Aucune idée.

Francesca

Le lendemain, les parents nous ont dit qu'ils étaient invités à une réception chez le docteur Molan. Je les voyais d'ici, en train de siroter leur champagne hors de prix dans des coupes en cristal tout en évoquant sur un ton dégagé les difficultés d'adaptation de leur fille.

J'ai dit :

— Je croyais qu'on allait passer du temps en famille, maintenant que Cécile est enfin là.

Maman a répondu qu'ils ne s'absentaient que pour quelques heures et que je pouvais les appeler si jamais il y avait quoi que ce soit. J'avais le numéro de téléphone du docteur Molan, après tout.

— Peut-être pourrais-tu mettre ces quelques heures à profit pour combler le trou ? a-t-elle ajouté. Ça m'étonnerait que tu puisses creuser davantage, de toute façon. C'est déjà aussi profond qu'une tombe.

— Je ne crois pas, ai-je dit.

— Parfait, alors on est d'accord. À notre retour, le trou devra être rebouché.

— Je croyais que c'était le boulot d'Adam.

— Adam ne travaille plus pour nous, tu le sais très bien. À toi de résoudre le problème.

— OK, je vais le faire.

Intérieurement, je pensais : *Et puis quoi encore ! J'ai mieux à faire que reboucher une tombe.*

— On dirait qu'il va y avoir de l'orage, ai-je fait remarquer à Cécile après leur départ.

Debout à la fenêtre de la cuisine, je regardais les arbres au bord du lac se courber sous les bourrasques.

— Pas la peine d'exagérer, a répliqué Cécile. C'est juste un peu de vent.

Je me suis retournée vers elle.

— Quand vas-tu me rendre mon collier ?

Cécile avait caché la petite balance sous son chemisier. Elle croyait peut-être que j'allais oublier.

— On peut le partager ? Moi aussi, il me plaît.

— Il est à moi ! Hors de question que tu le rapportes à Adamsberg.

Cécile a soupiré.

— Évidemment, a-t-elle répondu.

Cécile est montée se coucher tôt. Dès qu'elle a refermé la porte de sa chambre, je suis allée chercher mon cahier et je me suis installée à la table de la cuisine. J'ai décrit la rage que m'inspirait ma sœur. Sa mesquinerie, elle qui avait toujours été la préférée, de ne même pas pouvoir me laisser ce collier qui m'avait été offert par notre mère. En écrivant cela, l'indignation m'a submergée au point que j'ai dû boire quelques gorgées au goulot du vin que je m'étais procuré la veille. Pas étonnant, ai-je pensé une demi-bouteille plus tard, que tant d'écrivains aient un problème de boisson quand on voit comment l'alcool rend les pensées fluides et la main légère. Peut-être mes textes finiraient-ils même par faire un roman ? Ou peut-être pas. L'alcool influençait aussi la jugeote, c'était clair.

Quelques gorgées supplémentaires et mon humeur a changé du tout au tout. Je me sentais furieuse et assoiffée de vengeance. Je pensais aux yeux méchants de Henrik Stiernberg, à son sourire goguenard, à la fausseté dont il avait fait preuve avec ses copains les roitelets pendant la cérémonie religieuse en mémoire de Paul. Comment pouvaient-ils faire semblant d'être en deuil alors qu'ils l'avaient tué ? Je voyais se dérouler leurs petites existences pathétiques, leurs brillantes carrières, leurs affaires florissantes à grands coups de cigares et de tapes dans le dos. Une chose est sûre, ai-je songé, la vérité ne sera peut-être jamais connue, mais ils ne pourront pas oublier. Tant que je vivrai, je resterai là, comme un rappel permanent de leur crime. J'ai pris mon verre de vin, je me suis assise près du téléphone et j'ai appelé l'un des foyers à Adamsberg. Je m'attendais à ce que ce soit un pauvre gosse de première année qui décroche, mais j'ai eu la surprise de reconnaître la voix de Henrik.

— C'est Francesca, ai-je annoncé.

— J'entends ça. Que veux-tu ?

— Que tu avoues.

— De quoi parles-tu ?

— Ne fais pas l'imbécile.

— Tu te racontes des histoires, Francesca.

Il m'implorait, comme s'il en avait sincèrement assez de mes accusations mensongères.

— Je sais des choses, ai-je dit. Sur toi. Et sur Paul.

Pendant quelques secondes, je n'ai entendu que le bruit de sa respiration dans l'écouteur. Puis :

— Il vaut peut-être mieux qu'on se voie. Tu es à Gudhammar ?

J'ai répondu que oui.

— J'arrive.

— Quoi, maintenant ?

— Oui, je crois qu'il vaut mieux qu'on démêle ça une bonne fois pour toutes. Si je dois continuer à sortir avec ta sœur alors…

Je me suis empêchée de répliquer que c'était précisément ce qu'il ne devait pas faire.

— Tu trouveras ton chemin ?

Henrik dit que oui. Cécile et lui étaient déjà passés à Gudhammar en voiture. Il serait là dans une heure et demie.

— Cécile dort. Juste pour ton information.

— Je passe te chercher et on va faire un tour.

— Je n'aime pas les tours en voiture. On n'a qu'à se retrouver au bord du lac, à côté du ponton. Laisse la voiture au portail, sinon tu risques de réveiller Cécile.

J'ai raccroché. Mon cœur cognait fort. J'étais étourdie, contente, en colère et… soulagée. Je me suis allongée par terre en pensant à Paul. Je voyais ses yeux noirs, j'entendais sa voix : *Si on bande les yeux d'un chaton pendant un certain temps, il n'apprendra jamais à voir.*

La fin approche, ai-je écrit dans mon cahier. Il ne restait plus beaucoup de pages, et mon écriture rétrécissait à mesure. Ce qui n'était au début qu'une tentative pour combler les failles de ma mémoire s'était transformé en ruminations aux allures de journal intime, avec des digressions qui auraient poussé Mlle Wilhelmsson à questionner tant la construction que le sens général de l'œuvre. *Où est le fil conducteur ? Qu'as-tu cherché à exprimer au juste, Francesca ?*

La vérité, ai-je pensé. C'est tout. Je veux juste exprimer la vérité.

Henrik Stiernberg, ai-je écrit. *Bientôt, son existence*

en tant que petit ami de ma sœur sera terminée, de même que son existence d'homme libre avec un peu de chance. Peut-être y a-t-il malgré tout une forme de justice divine ?

51

Quand Charlie revint à la maison, Susanne regardait un film.

— Charlie ! Tu as l'air à bout, dit-elle en la voyant.

— Je le suis.

— Alors ? Johan ?

— Toujours dans le coma.

— Ça va s'arranger, la rassura Susanne. Tu verras.

On entendait à sa voix qu'elle n'y croyait pas vraiment. Elles savaient l'une comme l'autre que ça ne s'arrangeait pas toujours. Quelquefois, ça se barrait en sucette. Dans les grandes largeurs et sans retour.

— Que dit la police ?

— C'est Ivan Hedlund qui l'a agressé.

— Ivan ? Pourquoi ?

— Ce n'est pas très clair.

— Quel putain de malade, tout de même ! Ici, on croit tout savoir sur tout le monde, et puis on découvre qu'on ignorait l'essentiel, y compris au sein de sa propre famille.

— Je connais ce sentiment, approuva Charlie.

— Tu as entendu, pour Svenka ?

Charlie opina.

— J'ai croisé Sara à Lyckebo.

— Qu'est-ce qu'elle foutait là-bas ?

— Ma maison lui sert de refuge.

— Comment va-t-elle ?

— Elle est en état de choc. J'ai envie de la ramener avec moi à Stockholm. Juste l'emmener. Qu'elle puisse laisser tout ça derrière elle.

— Tu crois que ça marcherait ? Partir à Stockholm et oublier ? N'empêche, elle serait bien chez toi…

Charlie pensa à Lilith. Le pauvre chat n'avait même pas survécu un mois sous sa garde. Était-elle capable de s'occuper d'un être vivant, quel qu'il soit, en dehors de sa propre personne ? Pas sûr.

— Je crois que je vais monter me coucher, dit-elle. Ça a été une journée horrible.

Dès qu'elle eut refermé la porte de la chambre de Nils, elle sortit le cahier de Francesca. Il lui restait beaucoup à lire.

Je les ai vus cette nuit, dans la maison du gardien. Maman et Adam. Ils jouaient à la bête à deux dos.

Charlie leva les yeux et fixa le vide en essayant de rassembler ses pensées. Adam avait eu une liaison avec la mère de Francesca. Voilà pourquoi il avait été viré de Gudhammar. Pourquoi n'en avait-il rien dit ?

Francesca parlait de son école, des foyers des élèves, des tournois d'aviron, de toutes les règles qu'on l'avait obligée à respecter. Charlie pensa aux traditions séculaires de l'entre-soi, à la camaraderie savamment cultivée qui permettait de se ménager des contacts fructueux pour l'avenir. Francesca n'avait aucune capacité ni aucun désir de s'adapter à ce moule. *Je suis un drôle d'oiseau. Je suis la cinquième roue, la treizième fée, celle qu'on n'invite pas.*

Puis, en parlant de Paul :

Deux erreurs ne se corrigent pas l'une l'autre, mais au moins, on est deux.

La seule certitude que j'ai, c'est qu'il ne s'est pas suicidé. Il n'aurait pas fait ça, pas de cette façon, pas sans moi.

Charlie pensa à l'image de Francesca qui ressortait de l'enquête préliminaire. La famille et l'entourage la dépeignaient sous les traits d'une menteuse, d'une fille qui avait un sens précaire de la réalité, d'une personnalité suicidaire dont les tendances destructrices se manifestaient, en gros, depuis la naissance. Étrange, songea Charlie, que personne n'ait mentionné ses dons manifestes. Dès les premières pages du cahier, Charlie avait été frappée par l'intelligence et la finesse d'analyse qui s'en dégageaient. Francesca lui faisait l'effet d'être bien plus mature que ses seize ans.

Elle tourna la dernière page. Son ventre se noua en découvrant la date notée en haut à droite : *Gudhammar, le 7 octobre 1989.*

Elle déglutit deux fois avant de commencer à lire. Venait d'abord une digression sur la météo. Le vent soufflait fort, Francesca croyait que la maison allait s'écrouler.

Je viens de dire à Cécile qu'on allait mourir seules toutes les deux. En revenant de leur cocktail, les parents vont devoir extraire leurs filles des décombres. Ce sera intéressant de voir leur réaction.

Cécile m'a dit d'arrêter, que j'avais vraiment le goût du drame et du morbide.

J'ai répondu que c'était mon tempérament, que je n'y pouvais rien.

Cécile a répliqué qu'elle n'avait pas l'énergie de discuter de mon tempérament, mais que je pouvais être tranquille : Gudhammar avait résisté aux intempéries pendant des siècles, alors ce n'était pas ce soir que la maison s'écroulerait.

Je n'ai pas eu la force de lui expliquer que tout s'écroule tôt ou tard. Rien ne dure éternellement.

Suivait le passage concernant l'amour secret de Paul. Les dernières lignes lui coupèrent le souffle.

Henrik Stiernberg. Bientôt, son existence en tant que petit ami de ma sœur sera terminée, de même que son existence d'homme libre avec un peu de chance. Peut-être y a-t-il, malgré tout, une forme de justice divine ? Charlie lâcha le cahier et fixa un point devant elle. La dernière nuit, Francesca avait eu rendez-vous avec Henrik Stiernberg. Celui qu'elle accusait d'avoir assassiné Paul Bergman. L'homme qui avait depuis épousé Cécile, la sœur de Francesca.

Le lendemain matin, Charlie appela le médecin responsable de Johan à Karolinska. Johan était encore dans un état critique. On ne pouvait prendre le risque de le réveiller.

Alors quand ?

Il ne pouvait malheureusement pas se prononcer là-dessus.

Charlie faillit demander : Mais vous allez essayer, n'est-ce pas ? Il va se réveiller ? Elle ne le fit pas. Elle connaissait la réponse. Les médecins n'étaient pas des dieux, ils ne pouvaient pas réaliser de miracles, malgré tout le désir qu'on en avait.

En descendant au rez-de-chaussée, elle vit que Susanne était toujours à la même place sur le canapé et qu'elle portait les mêmes vêtements que la veille.

— Bonjour, dit Susanne. Des nouvelles de l'hôpital ?

— Ils ne veulent pas le réveiller pour l'instant. C'est tout ce qu'ils ont le droit de me dire, j'imagine. Il faut que j'y aille, Susanne. Je crois qu'il faut que je rentre chez moi.

— Je comprends. Viens t'asseoir.

Susanne tapota le canapé. Quand Charlie fut assise, elle lui entoura les épaules.

— Tu vas y arriver, ne t'inquiète pas.

Charlie inclina la tête contre son épaule. Les cheveux de Susanne sentaient le nectar et le spray capillaire. Elles restèrent un long moment sans bouger, dans les bras l'une de l'autre.

52

Charlie quitta Gullspång avec la certitude que ce n'était pas la dernière fois. Elle reviendrait. Elle reviendrait, pour Susanne et les garçons, pour Sara Larsson, pour les prés, pour la forêt et le lac, pour Lyckebo.

Elle parcourut cent cinquante kilomètres avant de s'arrêter près d'un restoroute et d'appeler Henrik Stiernberg : *Votre correspondant est injoignable pour le moment*. Elle essaya le numéro de sa femme en s'attendant à tomber là aussi sur une boîte vocale, mais elle fut surprise d'entendre une voix au bout de trois sonneries.

— Cécile Stiernberg.

— Mon nom est Charlie Lager. Je t'appelle car j'aurais besoin de parler à ton mari.

Long silence. Charlie dut regarder l'écran pour vérifier que la communication n'avait pas été coupée.

— Pourquoi ne l'appelles-tu pas, dans ce cas ? finit par demander Cécile.

— C'est ce que je tente de faire, mais il ne répond pas.

— Il est en voyage. Il est très occupé. Puis-je t'aider ?

— J'aimerais te rencontrer. Rapidement, si possible.

— Bien. Je suppose que tu connais mon adresse, puisque tu as mon numéro ?

— Puis-je passer cet après-midi ?

— Oui, je suis chez moi.

53

Charlie était de retour à Stockholm. Elle n'avait jamais vraiment eu la sensation d'y habiter, et cette fois, la ville lui paraissait plus étrangère que jamais. Le genre d'endroit où il était possible de mourir seule dans son appartement sans que le moindre voisin s'en aperçoive. Le genre d'endroit où vivaient des gens qui ne faisaient l'objet d'aucun ragot, dont l'existence même était indifférente au reste du monde. Malgré la foule qui se pressait dans les rues, elle s'y sentait isolée d'une manière qui aurait été impensable à Gullspång.

Tu apprécies pourtant la solitude, Charlie.

Elle se rendit tout droit à Karolinska. Le parking le plus proche de l'entrée principale était complet. Elle finit par trouver à se garer du côté de l'unité pédiatrique Astrid Lindgren. En voyant la statue de l'écrivaine, elle se rappela le désir ardent que lui avaient inspiré, petite, Nangijala et Nangilima dans *Les Frères Cœur-de-lion*, jusqu'au jour où Betty avait tout gâché en déclarant que la mort n'était qu'un grand vide, un grand rien du tout. Cela lui avait fait peur de penser qu'il n'y aurait pas de vallées remplies de cerisiers en fleurs ; juste un trou noir qui se prolongeait à l'infini.

Qui te dit que ce sera noir ? avait rétorqué Betty. *Pose une main sur ton œil. Que vois-tu ?*

Charlie lui avait décrit ce qu'elle voyait avec l'autre œil.

Avec l'œil qui est derrière ta main, bêtasse !

Rien.

Pas même du noir ?

Non, rien.

Tu vois ? Ce sera comme ça. Comme avant la naissance. Un grand rien du tout.

Un homme décharné attendait devant l'entrée à côté d'un pied à perfusion. Il tirait sur une fine cigarette et avalait goulûment la fumée à chaque bouffée. Une infirmière vint le semoncer et lui indiqua le coin où on avait le droit de fumer. L'homme s'éloigna en traînant le pied de perf qui tressautait à chaque irrégularité de l'asphalte.

Johan était au huitième étage. Une infirmière accompagna Charlie jusque dans sa chambre.

— C'est un peu effrayant, toutes ces machines, la prévint-elle au moment d'ouvrir la porte. Mais c'est juste pour qu'on puisse suivre son évolution au plus près. Vas-y, tu peux y aller.

Charlie s'avança vers le lit. Johan avait les yeux fermés. Elle avait espéré qu'il aurait l'air plus vivant que la dernière fois, mais c'était le contraire. Il était livide et couvert d'hématomes. Ses lèvres décolorées ressemblaient à celles des morts.

— C'est moins pire que ça n'en a l'air, dit l'infirmière.

Elle arracha quelques feuilles de papier absorbant d'un distributeur et les tendit à Charlie comme si elle pleurait. Peut-être était-ce ce qu'on était censé faire en tant que petite amie d'un patient dont l'état était stationnaire.

— Comment ça ? demanda Charlie. Je veux dire, ça a l'air à peu près de ce que c'est, non ?

— Il est stabilisé, quoi qu'il en soit.

Charlie regarda la poitrine de Johan qui se soulevait mécaniquement à intervalles réguliers grâce à l'assistance respiratoire. Quel intérêt d'être stabilisé si l'on ne se réveille jamais pour respirer par soi-même ?

L'infirmière se pencha sur Johan. Elle lui toucha le front et ajusta son oreiller. Charlie vit qu'elle portait une petite croix en or autour du cou et regretta plus que tout de n'avoir pas à sa disposition une foi, une espérance quelconque, un Dieu à qui adresser ses prières. Elle était seule.

Une sonnerie retentit. Le bruit venait du couloir. L'infirmière s'excusa et quitta la chambre à pas rapides.

Charlie posa doucement une main sur le torse de Johan. Elle voulut lui dire quelque chose, murmurer des paroles calmes et encourageantes. Impossible.

54

En comparaison de la maison que découvrit Charlie dans une rue ombragée de l'élégante banlieue de Djursholm, même Gudhammar lui parut petit. La bâtisse se dressait au-dessus du monde, avec ses tours et ses tourelles. Le portail électronique équipé de caméras de surveillance était ouvert. Charlie remonta l'allée. Des ouvriers étaient au travail sur une construction dans le jardin. Voilà donc l'endroit où vivaient Cécile et Henrik Stiernberg.

Elle enfonça le bouton de la sonnette. Aucun son ne retentit de l'autre côté.

Une jeune femme vint lui ouvrir et la pria d'entrer. Elle s'exprimait avec un fort accent.

Charlie entra dans un vaste hall dominé par un lustre étincelant. Pas de manteaux ni de chaussures en vue. *Pas d'âme*, aurait dit Betty. *Une maison sans âme.*

— Vous êtes attendue dans le salon, annonça la jeune femme.

Charlie la suivit.

Cécile Stiernberg et une femme qui, à en juger par son âge et son apparence, pouvait être sa mère se tenaient assises aux deux extrémités d'un canapé de velours vert sombre. Leurs cheveux blonds étaient coupés à l'identique. Elles étaient toutes deux vêtues d'un pantalon élégant, d'un chemisier et d'escarpins à petit talon.

— Bonjour, dit Cécile en se levant. Voici maman.

La femme se leva et tendit la main à Charlie.

— Fredrika, se présenta-t-elle. Enchantée.

— Assieds-toi, l'invita Cécile en indiquant un fauteuil.

Son expression était grave.

Charlie s'assit. C'était une sensation très étrange que de se retrouver devant la sœur de Francesca, dont celle-ci parlait tant dans son cahier. Charlie repensa à l'épisode du lac. Les mains de Francesca sur la tête de Cécile. *Je ne sais plus ce que je voulais.*

Une fillette d'une dizaine d'années entra dans le salon. Elle portait une jupe et un chemisier, comme une femme adulte réduite à une taille d'enfant.

— Papa revient quand ? demanda-t-elle.

— Demain, répondit Cécile, je te l'ai déjà dit il y a cinq minutes.

— Maman, je voudrais te montrer…

— Pas maintenant, Beatrice. Nous devons parler un peu entre adultes.

Comme la fillette ne s'en allait pas sur-le-champ, Cécile cria quelques mots en français. La femme qui avait accueilli Charlie dans le hall apparut précipitamment, entraîna la petite par la main et referma la porte derrière elles.

Charlie ouvrit la bouche mais fut devancée par Fredrika.

— Je pensais que tu serais venue plus tôt, Charline.

Charlie se figea. Comment cette femme pouvait-elle l'appeler Charline ? Et que voulait-elle dire par « plus tôt » ?

— Si tant est que tu es bien la fille de ta mère. Concernant l'héritage, il ne…

— Pardon, mais de quoi parles-tu ?

Le parquet se mit à ondoyer devant elle. Elle avait à la fois chaud et froid, et crut qu'elle allait tomber.

— Je parle de Rikard. Ça fait un mois qu'il est mort, alors je commençais à trouver curieux de n'avoir aucune nouvelle de ta mère ni de toi.

— De quoi parles-tu ? répéta Charlie. Je ne comprends pas.

Mais elle comprenait, bien sûr. Lentement, elle venait de commencer à comprendre.

La nuit. L'allée. Le grand escalier. Le heurtoir, puis les poings de Betty tambourinant sur la double porte.

Disparaissez. Laissez-nous tranquilles.

— Tout va bien ? demanda Cécile en se levant. Tu n'as pas l'air dans ton assiette. Écoute, Charline, on ne va pas faire d'histoires. Maman l'a obligé à avouer la vérité au moment du divorce. Betty doit avoir le test de paternité quelque part et… Ne t'inquiète pas.

Sa mère quitta la pièce. Cécile se retourna.

— Comment te sens-tu ? reprit-elle.

Charlie ne sut que répondre. Les mots de Betty faisaient des ricochets dans son cerveau.

Ne te fie pas aux beaux parleurs. Ne te fie pas aux hommes. N'oublie pas que tous les hommes sont des ordures.

Mon père aussi ?

Surtout lui, ma chérie.

Qui est-ce ?

Un type de passage.

Mais qui était-ce ?

Il n'était personne, ma chérie. Il n'était rien.

— Charline ?

Cécile la dévisageait.

— Tu ne savais pas ?

Charlie secoua la tête. Ses genoux s'étaient mis à tressauter. Elle posa ses mains dessus pour les immobiliser. Le visage de Betty derrière le sien, dans le reflet du miroir de la coiffeuse. *On est assez belles maintenant ?*

— Mais pourquoi es-tu venue alors ? Que fais-tu là ?

Fredrika revint avec un verre d'eau glacée qu'elle posa sur la table de marbre devant Charlie avant de ressortir.

Cécile lui tendit le verre. Charlie le prit mais oublia de boire. Elle contemplait le visage pâle de la femme qui lui faisait face en essayant de discerner une ressemblance avec le sien. Il n'y en avait aucune. Cécile était la fille de sa mère.

Mais elle est ta sœur. Ensuite seulement, comme si la deuxième information était trop énorme pour être assimilée en même temps que la première. *Et Francesca est ta sœur aussi.* Les pensées de Charlie se télescopaient. Depuis combien de temps le savaient-elles ? Pourquoi ne l'avaient-elles pas contactée ?

Tout n'est que façade ici. Maman a proposé qu'on recouvre la tache au plafond d'un coup de peinture. Elle ne comprend pas que l'humidité persiste, même si on ne la voit pas, qu'elle persiste et progresse et se répand vers l'intérieur.

— J'ai quelque chose pour toi, dit Charlie.

Quelques gouttes d'eau éclaboussèrent le marbre quand elle reposa le verre sur la table. Elle sortit de son sac une copie du cahier de Francesca et le tendit à Cécile.

— Qu'est-ce que c'est ?

— La raison pour laquelle je suis là.

— Où vas-tu ? demanda Cécile en la voyant se lever et se diriger vers la porte.

— Appelle-moi quand tu auras fini. J'ai besoin de respirer un coup.

Dans le hall d'entrée, ce fut comme si la maison rétrécissait autour d'elle. Les murs se resserraient, le plafond se rapprochait. La jeune fille au pair, ou la gouvernante, ou peu importe le poste qu'elle occupait, lui apporta sa veste. Charlie la remercia et la lui prit des mains. Une fois à l'air libre, elle inspira profondément et se mit à fouiller son sac à la recherche d'un Xanax. Elle trouva un comprimé solitaire qui traînait dans une poche et l'avala.

— Tu fais quoi ?

Charlie se retourna. La fille de Cécile la dévisageait avec curiosité. Elle portait un bonnet avec un pompon qui avait l'air d'être en vraie fourrure et une veste bleu marine en tissu léger.

— Je vais faire un tour. Je reviens.

— Hier, j'ai vu un loup, annonça la fille.

— Ah bon, il y a des loups par ici ?

— Tout le monde dit que non, mais moi j'en ai vu un. Je l'ai vu de mes yeux vu. Il marchait sur le gravier. Là, ajouta-t-elle en désignant l'allée.

— Alors c'est possible qu'il y en ait, répondit Charlie. Si tu en as vu un.

— Oui, c'est exactement cc quc j'ai dit à maman.

55

Charlie suivit la route qui longeait le bord de l'eau en direction du centre de Djursholm. Elle était venue là à plusieurs reprises dans le cadre de son travail et avait été frappée par la dimension des maisons et des jardins. Ici, sous le soleil d'automne, les villas début de siècle paraissaient encore plus imposantes. Charlie regardait les façades rénovées, les pelouses méticuleusement entretenues, et se demanda à quoi ça pouvait ressembler de grandir dans un endroit pareil, d'être une enfant et de vivre ainsi, entre piscine, cocktails, grands dîners et employés de maison. Elle aurait pu être l'une d'elles. Elle aurait pu être une petite fille habillée en adulte, avec une *nanny*, deux langues maternelles et de belles manières. Elle aurait pu l'être, si l'homme qui était son père l'avait reconnue. Que serait-il arrivé s'il avait pris ses responsabilités ? Qu'aurait été sa vie ? Qui serait-elle devenue si elle avait été scolarisée en internat en tant que fille d'un homme important ? Au lieu d'être seulement la pauvre gosse de Betty Lager…

Aurait-elle été plus heureuse ?

Elle pensa aux notes de Francesca. *Je suis la cinquième roue, la treizième fée, celle qu'on n'invite pas.*

Pas sûr. Mais peut-être certaines choses auraient-elles

été plus faciles ? Tous les jours où Betty restait couchée dans le noir, l'interdiction absolue de laisser filtrer la moindre lumière, toutes les nuits où elle avait erré sans but pendant que les fêtes dégénéraient. Et durant toutes ces années, Rikard Mild avait été là, chaque été, à quelques kilomètres seulement de Lyckebo. Elle comprenait maintenant pourquoi elle devait être « belle ». Betty essayait de donner envie à Rikard Mild de s'occuper d'elle. Combien de fois étaient-elles allées ainsi toutes les deux jusqu'à Gudhammar ? Combien de fois Betty s'était-elle humiliée avant de renoncer à son projet ?

Pourquoi n'as-tu rien dit, Betty ? Pourquoi n'as-tu pas dit la vérité ?

Parce que ça ne t'aurait pas rendue plus heureuse. J'ai essayé, ma chérie. J'ai fait tout ce que j'ai pu. Mais il était... Il n'était malheureusement qu'un homme comme les autres.

Le Xanax ne suffisait absolument pas à amortir les émotions qui la traversaient, mélange lancinant de désarroi, de chagrin et d'autre chose qu'elle ne parvenait pas bien à identifier.

Elle était arrivée dans le centre de Djursholm : une rue bordée de petites boutiques. Ce n'était guère plus grand que le bourg de Gullspång, mais la ressemblance s'arrêtait là. Ici, aucun magasin n'était fermé, caillassé ou détruit. Elle passa devant la vitrine d'un fleuriste où s'étageaient des compositions d'automne raffinées, un dépôt-vente exposant des sacs à main de marque, une librairie qui proposait des classiques reliés. Cécile mettrait au moins une heure à lire le texte de Francesca. Jusqu'à quel point Cécile connaissait-elle son mari ? Était-il possible qu'elle sache déjà tout ?

Charlie traversa une petite place et entra dans un

café dont la carte avait tout pour ne pas laisser en rade ceux qui cherchaient à éviter le sucre, le gluten et le lactose. Elle commanda un grand *latte* et s'assit à la seule table libre. Le papier peint était vert et orné de rangées de… oui, de petites betteraves. La clientèle était exclusivement féminine. La plupart parlaient anglais. Charlie laissa leurs voix se transformer en vague murmure pendant que son esprit s'efforçait d'ordonner le récent afflux d'informations. Elle n'avait pas été le genre de gamine délaissée qui rêve de retrouver son papa. Elle avait bien assez à faire avec Betty. Et maintenant, ce père était mort.

Cinquante minutes plus tard, Charlie se leva et reprit le chemin de la villa.

Elle trouva Cécile assise à la même place, la copie du cahier de sa sœur sur les genoux. Elle était seule. Ni sa mère ni sa fille n'étaient visibles. Sur la table, devant elle, un verre à moitié plein de quelque chose qui ressemblait à du whisky.

— Je ne sais pas quoi dire, commença Cécile. Je ne sais pas, je suis… choquée.

— Je comprends.

Charlie essaya de décrypter son expression. Jouait-elle la comédie ? N'avait-elle réellement jamais soupçonné son mari ?

— Francesca voulait demander des comptes à Henrik, expliqua Charlie. Tu le sais, tu as lu le cahier comme moi. S'il y est allé, ça fait de lui la dernière personne à avoir vu Francesca en vie.

— Je ne comprends rien, dit Cécile. Et je ne vois pas ce que tu insinues. Mon mari ne ferait jamais… Il n'est pas comme ça, il ne ferait jamais…

— Il semble bien qu'il ait été la dernière personne à avoir vu Francesca en vie, répéta Charlie.

Cécile brandit le cahier.

— Où t'es-tu procuré ça ?

— Je suis de la police, répondit Charlie comme si cela constituait une explication suffisante.

Cécile la considéra d'un air sceptique.

— Qui a pris la décision de rouvrir l'enquête sans nous en informer ?

Elle n'était pas idiote. Voilà au moins une question réglée, pensa Charlie. À voix haute, elle répondit :

— C'est une longue histoire.

— Je l'imagine sans peine.

Cécile paraissait en colère, comme si Charlie était responsable du contenu du cahier. Elle jeta un regard vers la porte.

— Je crois qu'il vaut mieux que tu t'en ailles. Si c'est de l'argent que tu veux, on peut arranger ça. On avait prévu ta visite, de toute façon.

— De quoi parles-tu ? Je ne savais même pas qu'il était mon père.

— Tu en es sûre ?

Le ton de Cécile était agressif. Charlie hésita.

— Je ne vois pas où tu veux en venir, finit-elle par dire.

— Peut-être as-tu ressorti ce vieux cahier parce que tu voulais obtenir plus que ta part ?

Charlie se leva.

— Vous pouvez garder votre argent, répliqua-t-elle.

— Que veux-tu, Charline ? fit une voix dans son dos.

Charlie se retourna. Fredrika venait de se matérialiser dans l'encadrement de la porte.

— Je veux connaître la vérité, répondit Charlie. Je veux savoir ce qui est arrivé à Francesca et à Paul Bergman.

Fredrika inclina la tête sur le côté.

— Je ne vois vraiment pas de quoi tu parles, dit-elle.

— Laisse-nous, maman. Va-t'en, s'il te plaît !

Fredrika recula et sortit en refermant les doubles battants d'un geste sec. Cécile se leva.

— Je pense que tu devrais laisser tomber cette affaire et toutes les conclusions auxquelles tu crois être parvenue, déclara-t-elle. Notre famille a assez souffert. Cela ne fera de bien à personne de remuer ces histoires anciennes.

— Ça me fait du bien *à moi*, riposta Charlie en fixant sans ciller les yeux clairs de Cécile. Je ne suis pas du genre à passer un coup d'enduit sur les taches de moisissure.

— Très sincèrement, je me moque de savoir quel genre de personne tu es. Maintenant, si tu veux bien me communiquer un relevé d'identité bancaire, nous procéderons au virement de ta part d'héritage.

— Au risque de me répéter, dit Charlie, ce n'est pas pour ça que je suis là. J'ai besoin de parler à ton mari dès son retour.

— Je ne pense pas que cela l'intéresse de discuter avec toi.

— Dans ce cas, je peux lui envoyer un collègue.

Charlie s'engageait en terrain miné, elle le savait. Cécile n'avait qu'un coup de fil à passer pour apprendre qu'aucune enquête n'était en cours. Charlie s'attirerait des ennuis colossaux, mais dans l'immédiat, elle n'en avait rien à faire.

Cécile l'avait suivie dans le hall d'entrée.

— Nous parlons de ma sœur, dit-elle alors que Charlie était déjà presque dehors. Je l'aimais. Nous étions très différentes l'une de l'autre et nous nous disputions souvent, mais c'était ma sœur.

Et la mienne, pensa Charlie. Francesca est aussi ma sœur.

— Dis à ton mari de m'appeler dès son retour. Vous avez mon numéro.

56

C'était comme si elle s'était absentée pendant des mois. Charlie avait souvent cette impression en revenant dans son appartement, mais cette fois la sensation était plus forte que jamais. L'odeur ne lui disait rien, les meubles et les objets paraissaient aussi étrangers que s'ils avaient appartenu à une autre. Peut-être parce qu'elle n'était plus celle qu'elle avait cru être. Elle avait tenu pour acquis que son père était un type de passage, aussi inconscient qu'inconsistant, alors qu'il était… Oui, qu'était-il, au fait ?

Un petit homme sans cœur, déclara la voix de Betty à son oreille. *Et qu'est-ce qu'on en aurait fait, hein, Charlie, d'un homme pareil ? Rien du tout. On se débrouillait très bien sans lui.*

Henrik Stiernberg l'appela le lendemain. Sa manière de se présenter ne laissait aucun doute quant au milieu social auquel il appartenait.

— Ma femme a mentionné ta visite, dit-il. Une expérience peu agréable, si j'ai bien compris, alors je propose que nous réglions cette affaire rapidement.

— Quelle affaire ?

— Personne ne va te chercher de noises, Charline. Tu auras ta part, rassure-toi. Pas besoin de remuer les anciennes tragédies familiales.

— Je crois qu'il s'agit d'un malentendu, dit Charlie. Il vaut peut-être mieux qu'on se voie.

— J'ai des rendez-vous en ville qui vont s'enchaîner toute la journée.

— Parfait, alors on se verra entre deux rendez-vous. Tu me fais signe et j'arrive.

Elle raccrocha en pensant qu'elle n'entendrait plus parler de lui, mais vers dix-huit heures il la rappela et annonça qu'une demi-heure s'était dégagée dans son emploi du temps. Pouvait-elle être à *La Grenouille* dans vingt minutes ?

— Parfait, répondit Charlie.

Elle arriva en avance. Dix minutes plus tard, un homme bien habillé franchit le seuil du bar et regarda autour de lui.

— Henrik Stiernberg ?

Il lui serra la main. On les conduisit à une table.

— Tu bois quelque chose ?

— De l'eau, merci.

Il commanda deux eaux minérales et un whisky. Charlie décida de couper court aux politesses.

— As-tu lu le cahier de Francesca ? J'en ai laissé une copie à ta femme.

Henrik hocha la tête. On voyait qu'il avait été très beau – il l'était peut-être encore, en réalité, mais il dégageait un je-ne-sais-quoi d'antipathique qui le rendait presque repoussant. Peut-être était-elle sous l'influence des mots de Francesca à son sujet – son ton narquois, sa façon de bousculer Paul, son attitude dominatrice, son mépris.

— Dans ce cas, tu comprendras peut-être que tu es dans une situation délicate.

Il haussa les sourcils.

— Ah ? Pourquoi donc ?

— Entre ton histoire avec Paul, ce que Francesca a vu cette nuit-là, le suicide qui n'en était peut-être pas un et le fait que tu es le dernier à…

— Paul Bergman était très déprimé. Tout le monde te le confirmera.

— Aviez-vous une liaison ?

— Une liaison ? Certainement pas ! Mais à cet âge, il arrive bien entendu qu'on se livre à des expériences.

Il se pencha par-dessus la table.

— Je ne crois pas que tu puisses imaginer la portée d'une accusation de ce genre dans un établissement tel qu'Adamsberg. Et je ne suis pas homosexuel. Je…

— Ton inclinaison sexuelle ne m'intéresse pas, dit Charlie. Je veux savoir ce qui est arrivé à Paul et à Francesca.

— Sache que ce ton ne me plaît pas beaucoup, Charline.

Et moi, c'est toi qui ne me plais pas, songea Charlie.

Henrik garda le silence.

— Paul et moi… reprit-il à contrecœur, nous nous étions vus un peu. Il me plaisait et je lui plaisais mais… Je manquais terriblement d'assurance. Il fallait aussi que je pense à ma réputation. Paul était en colère contre moi. Il disait que je n'assumais pas mon identité, mais enfin ! Je ne savais pas moi-même qui j'étais.

— Et ensuite ?

— Le soir du bal, il a beaucoup trop bu. Il voulait absolument me parler. J'étais avec mes amis. Impossible de le faire taire. J'ai tout essayé. Mais il refusait d'entendre raison alors…

— Alors quoi ?

— C'était un accident.

— Qu'est-ce qui était un accident ?

— On s'est engueulés. Je lui ai dit qu'on allait régler ça tous les deux au bord du lac. Je ne voulais pas prendre le risque qu'un gouvernant ou une gouvernante nous voie. Alors on est descendus jusqu'au lac et là…

— Là quoi ?

— Il s'est mis à proférer des horreurs.

Henrik leva son verre vide à l'intention du serveur.

— Je ne me souviens pas de tout ce qu'il a dit mais, en substance, il allait détruire ma vie, il allait nous dénoncer à la terre entière, il allait…

— Que s'est-il passé ?

— Je voulais seulement lui faire peur. Je venais d'avoir dix-huit ans. J'avais ma vie devant moi, et voilà ce type qui prétendait tout foutre en l'air.

— Paul.

— Quoi ?

— Ce type qui t'aimait, il s'appelait Paul Bergman.

— Je le sais bien !

Le serveur déposa un deuxième whisky devant Henrik. Il but. Sa main tremblait.

— Alors, qu'as-tu fait ?

— Je voulais seulement lui faire peur, répéta Henrik. Je lui ai enfoncé la tête sous l'eau. Il agitait les bras, mais il n'avait aucune chance, j'étais beaucoup plus fort que lui, et j'étais furieux, hors de moi. Quand je l'ai soulevé, il… il ne respirait plus.

— C'est ce qui arrive quand on enfonce la tête de quelqu'un sous l'eau trop longtemps.

— Je n'avais aucune intention de le tuer !

— Mais c'est ce que tu as fait.

Charlie serrait les poings sous la table. Sa tête bourdonnait.

— Tes amis sont au courant ?

Henrik acquiesça. Ils avaient traîné le corps de Paul sur la rive. Lui-même était complètement sous le choc.

— Et personne n'a fait quoi que ce soit pour tenter de le sauver ?

— Pourquoi ? Il était déjà mort.

— Tu aurais pu dire la vérité.

— Ça n'aurait rien changé. À part détruire ma vie.

Étrange, pensa Charlie. L'idée ne semblait pas avoir effleuré Henrik que cela aurait pu changer quelque chose pour la famille de Paul.

— Et maintenant ? demanda Henrik.

— Il n'y a pas de prescription pour le meurtre. Alors il faudra s'en remettre à l'avis du procureur, j'imagine.

— J'étais jeune, je…

Henrik se gratta la tête. Pour la première fois depuis le début de leur entrevue, il semblait réellement malheureux. Les gens dénués d'empathie sont ainsi, songea Charlie. Ils s'inquiètent seulement en réalisant que leurs actes peuvent avoir des conséquences pour eux.

— Et Francesca ? l'interrogea-t-elle.

Henrik vida son verre.

— Quoi, Francesca ? Elle était folle. Elle a disparu.

— Je sais qu'elle a disparu. La question est juste de savoir où, pourquoi, comment.

Henrik abattit ses mains sur la table.

— Tu insinues que je… ?

— Ça t'étonne ? Francesca était au courant de votre secret, et tu es la dernière personne à l'avoir vue en vie.

— Ce n'est pas vrai.

— Tu n'as pas lu la dernière page du cahier ?

— Si.

— Tu veux me faire croire que tu n'es pas allé à Gudhammar ?

— Si, répondit Henrik. J'y suis allé mais…

— Mais ?

— Je ne l'ai pas vue. Francesca n'était pas là quand je suis arrivé.

Failles temporelles

— Parfois, la vie nous semble incompréhensible, injuste et terriblement douloureuse.

Pause oratoire. Le pasteur lève les yeux du texte qu'il a composé en mémoire de Paul. La bande des roitelets au complet incline la tête.

— Paul était bon camarade et un élève consciencieux, récite le pasteur. Il était plein de curiosité, toujours prêt à questionner et à analyser. Il était… original. À présent, je propose que nous chantions tous ensemble.

Et merde ! dis-je au livre de psaumes ouvert sur mes genoux. Mes larmes brouillent le texte du psaume 256 que nous sommes censés chanter à l'unisson.

La gouvernante du foyer est assise devant moi. Elle se retourne et me toise avec sévérité.

Je lui rends son regard. Elle qui veut toujours que tout le monde chante quand c'est le moment de chanter, pourquoi n'est-elle pas contente ? Je me lève, le livre tombe.

L'orgue se tait, je continue. Je ne connais pas la suite des paroles, mais je chante, sur les traces dans le sable, sur le seigneur et sur les ports cachés dans la nuit. Tous les regards sont tournés vers moi, tous ces élèves hypocrites, tous ces profs arrogants, toutes ces gouvernantes et gouvernants corrompus, le pasteur qui raconte ses salades, le directeur qui est un porc. Je sors du rang, je chante toujours, les genoux s'écartent pour me laisser passer comme les eaux de la mer devant Moïse, j'avance dans l'allée centrale.

Ma solitude a des rivages vers la lumière.

57

Dès qu'elle fut de nouveau dans la rue après avoir quitté Henrik Stiernberg, Charlie appela Anders. Il demanda aussitôt des nouvelles de Johan.

— Toujours pareil, répondit Charlie.

— Ils ont identifié l'auteur ?

— Je crois.

Elle lui dit ce qu'elle savait concernant Ivan Hedlund.

— Voilà au moins une histoire de réglée, décréta Anders.

— Elle ne l'est pas. On peut se voir ?

— Maintenant ?

— Oui.

— Je sors du boulot dans une demi-heure. On se retrouve où ?

— Je viens de quitter *La Grenouille* à l'instant.

— Qu'est-ce que tu fous là-bas ? Je croyais que tu évitais le quartier de Stureplan.

— Je n'évite rien, il y a juste certains endroits que j'apprécie plus que d'autres. Comment vas-tu, au fait ?

— Pas mieux qu'avant, mais on s'habitue.

— On a le fardeau qu'on peut porter.

C'était sorti tout seul, mais d'où ? Quelqu'un lui

avait dit ça après la mort de Betty ; un homme d'Église, sûrement. Ça ne l'avait pas consolée, ni sur le moment ni plus tard, pas plus que ça ne consolait sans doute Anders à présent. Parce que la plupart de ceux qui ont passé un moment sur Terre savent que ce n'est pas vrai et que le fardeau peut être bien plus lourd.

Anders changea de sujet.

— L'ADN de l'ex-petit ami s'est révélé être le bon. On le tient.

— Bien joué, le félicita Charlie.

J'aurais dû rester à Stockholm et m'occuper de cette affaire, pensa-t-elle. Johan ne serait pas à l'hôpital entre la vie et la mort, et j'aurais continué ma vie comme avant. Alors que maintenant…

Tout était changé.

— On se retrouve où, alors ? demanda Anders.

Charlie dépassa la sculpture du champignon géant. Un homme au regard résigné, emmitouflé dans un duvet, était assis devant le 7-Eleven. Son fardeau à lui dépassait clairement ses capacités.

— Charlie ? On se voit où ?

Charlie regarda autour d'elle.

— *The Bull and Bear Inn*, répondit-elle en même temps qu'elle déchiffrait l'enseigne.

— C'est quoi ?

— Un pub. Je t'attends.

Trois quarts d'heure plus tard, Anders faisait son entrée dans le pub écossais. Charlie le vit jeter un regard amusé aux serveurs en kilt, épaisses chaussettes jusqu'au genou et chaussures noires brillantes.

Elle lui fit signe depuis la table où elle s'était installée et montra les bières qu'elle avait commandées.

— J'ai choisi pour toi. Je ne savais pas si tu venais en voiture, mais je…

— Je viens d'emménager dans le pied-à-terre de mon père à deux pas d'ici, alors non, pas de voiture.

— C'est grave à ce point ?

— Je n'ai pas le courage d'en parler tout de suite. Comment ça se passe, de ton côté ? Tu as pu joindre la famille Mild ?

Charlie lui résuma le contenu du cahier de Francesca, sa visite chez Cécile et sa rencontre avec Henrik Stiernberg. Elle omit le détail de son lien de parenté avec les Mild. Elle ne voulait pas que la conversation reste scotchée là-dessus.

— Alors tu crois que Henrik Stiernberg les a tués tous les deux ?

— Paul oui, c'est sûr, même s'il affirme que c'était un accident.

— Et alors ? C'en était un ?

— Ça dépend si on admet qu'il est possible de noyer quelqu'un de façon accidentelle. Pour Francesca, il affirme qu'il ne l'a pas rencontrée le soir de sa disparition.

— Il ment peut-être.

— Oui, mais alors pourquoi aurait-il avoué pour Paul ?

— Tu n'as pas dit que Francesca l'avait déjà accusé de meurtre ?

— Si, mais personne ne l'a crue… Je ne comprends rien.

Charlie se tut un instant.

— Il faut que je rentre, annonça-t-elle soudain.

— Mais je viens d'arriver ! protesta Anders.

Elle vida son verre.

— Désolée. Je viens de penser à un truc.

En arrivant chez elle, Charlie ressortit le cahier de Francesca et le feuilleta rapidement jusqu'à la page qu'elle cherchait.

C'était un passage où Francesca décrivait l'effet calmant qu'avait sur elle le fait de s'épuiser physiquement en creusant un grand trou dans le jardin. *Il est profond comme une tombe.* Charlie feuilleta le cahier jusqu'aux dernières pages où Francesca digressait en imaginant cette scène absurde des parents buvant du champagne à un cocktail pendant que leurs filles agonisaient sous les décombres.

— *À notre retour, le trou devra être rebouché.*

— *Je croyais que c'était le boulot d'Adam.*

— *Adam ne travaille plus pour nous, tu le sais très bien. À toi de résoudre le problème.*

— *D'accord, je vais le faire, ai-je dit.* Intérieurement je pensais : *Et puis quoi encore. J'ai mieux à faire que reboucher une tombe.*

Charlie appela Olof.

— J'ai appris que tu étais retournée à Stockholm, dit-il. Es-tu passée voir Johan ? Comment va-t-il ?

— Son état est stationnaire. Je t'appelle pour te poser une question : sais-tu si tes anciens collègues ont ratissé la propriété de fond en comble après la disparition de Francesca ?

— Je suppose que oui.

— Il y a un cimetière pour animaux près du lac. Les filles Mild avaient un coin où elles enterraient leurs animaux domestiques.

— Je l'ignorais, mais je ne vois pas bien où tu veux en venir.

Charlie lui dit ce qu'elle avait lu dans le cahier de Francesca.

— Où as-tu trouvé ce cahier ?
— Peu importe.
Elle raccrocha.
Elle devait retourner à Gullspång.

58

Charlie s'étira. Elle avait conduit trois heures d'affilée. Laissant sa voiture à côté de la maison du gardien, elle remonta l'allée de Gudhammar. Le soleil d'automne illuminait la façade abîmée du manoir et faisait scintiller les eaux noires de Skagern, qu'on devinait entre les arbres. Elle suivit le sentier qui descendait au bord du lac. Parvenue au pied des bouleaux, elle s'arrêta. Pas de doute, c'était un lieu funéraire. Les petites croix de bois bricolées par des mains d'enfant et à demi enfouies sous les feuilles mortes lui évoquèrent *Simetierre* de Stephen King. Au premier regard, on ne voyait pas trace d'une cavité plus importante qui aurait été creusée à proximité. Elle se pencha et examina la terre en écartant les herbes hautes. Soudain, elle s'accroupit et tâtonna – il y avait bien un léger renflement à cet endroit. Charlie s'assit. Que devait-elle faire à présent ? Appeler Micke ou Olof serait peine perdue. Elle réfléchit, prit son téléphone et retrouva le numéro qu'elle avait composé deux jours plus tôt.

— Adam, dit-elle quand il décrocha. C'est Charlie Lager. J'aurais besoin de ton aide.

Elle avait cru qu'il s'énerverait, qu'il lui raccrocherait au nez. Elle eut la surprise de l'entendre répondre sur un ton calme.

— De quoi s'agit-il ?

Une demi-heure plus tard, il était sur place avec quelques bêches affûtées et une petite pelleteuse. Charlie vint à sa rencontre sur le terre-plein devant le manoir.

— C'est là-bas, indiqua-t-elle en montrant le lac.

Adam hocha la tête.

— Je me souviens de l'endroit où Francesca creusait, dit-il. On peut commencer à la machine, mais ensuite il faudra y aller à la bêche. Je veux dire, s'il y a quelque chose, on a peut-être intérêt à faire attention.

Charlie acquiesça en silence.

— Merci d'être venu si vite, dit-elle. Merci d'être venu tout court.

— Pas de quoi. Il est temps d'en avoir le cœur net. J'en ai assez d'être soupçonné.

— Ah bon ? C'est le sentiment que tu as ?

— Oui. Depuis que la police m'a interrogé la première fois, je sens une méfiance chez les gens, qui n'a jamais vraiment disparu. Mon frère était un vaurien, et j'ai fait moi-même quelques conneries dont je ne suis pas fier, mais jamais je n'irais causer du tort à une femme, ou à qui que ce soit d'ailleurs. Je les aimais bien, tu sais. Toutes les deux, Francesca et Fredrika. Je veux que cette histoire prenne fin.

Moi aussi, pensa Charlie.

— Une chance qu'on ait eu un automne doux, ajouta-t-il. La terre n'a pas eu l'occasion de geler.

Il démarra la machine, et Charlie ne put que constater la précision avec laquelle il la maniait. Une fois ôtée la couche de terreau superficielle, il tendit à Charlie une bêche et une paire de gants.

— C'est ça ou avoir des ampoules, expliqua-t-il.

Ils se mirent à l'œuvre. Charlie pensa qu'elle faisait

exactement les mêmes gestes que Francesca trois décennies plus tôt. Elle crut presque la voir, Francesca, attaquant à la bêche la terre meuble de toute son énergie. À l'époque, elle avait creusé au hasard, elle ne cherchait rien. Pour Charlie, c'était différent. Elle creusait pour la trouver. *Je creuse pour trouver ma sœur.*

— On dirait qu'il n'y a rien, déclara Adam après une demi-heure d'effort.

— Il faut continuer, insista Charlie.

Elle se trompait peut-être. Elle l'espérait. Si ce trou se révélait vide, songea-t-elle, elle lâcherait tout. Elle en resterait là, imaginerait Francesca dans un autre coin du monde, vivante, heureuse, loin de tout ce à quoi elle voulait, de toute évidence, ne plus être mêlée.

— J'ai trouvé quelque chose, annonça soudain Adam.

Il lui montra un fragment d'os. Charlie le contempla fixement.

— Ça peut venir d'un animal, dit Adam.

— On continue, répondit Charlie.

Son cœur avait bondi et ses mains tremblaient en empoignant de nouveau la bêche.

Quelques minutes plus tard, elle distingua un reflet, un bref scintillement au soleil. Elle se pencha, ramassa l'objet et le frotta pour le débarrasser des traces de terre. C'était une petite balance en or.

Le pendentif que Francesca avait reçu de sa mère.

— Qu'y a-t-il ? demanda Adam. Qu'as-tu trouvé ?

— Un bijou, murmura Charlie. Un bijou appartenant à Francesca.

— Tu es toute pâle. Ce n'est qu'un bijou, ça ne signifie pas que…

Charlie ne répondit pas. Elle savait ce que ça signifiait.

Le monde autour d'elle disparut. Elle était dans le

cahier de Francesca, au moment où Cécile prenait le collier et refusait de le lui rendre. Le rendez-vous prévu avec Henrik Stiernberg. *Je ne l'ai pas vue. Francesca n'était pas là quand je suis arrivé.*

Le cahier, encore, le dernier soir. *J'ai mieux à faire que reboucher une tombe.*

— Charlie ?

Adam avait posé une main sur son épaule.

— Attends, il faut que je réfléchisse.

— Alors je vais chercher mes cigarettes.

Charlie s'assit dans l'herbe sans une pensée pour l'humidité qui imprégna aussitôt ses vêtements. Elle ferma les yeux. Les images lui venaient comme des rushes : Francesca dévale l'escalier. Elle court vers le sentier. Une lampe s'allume au premier étage, à la fenêtre d'une chambre donnant sur le lac. Plan suivant : les doubles portes qui s'ouvrent et se referment. Puis : *Où vas-tu, Francesca ? Qu'est-ce que tu fabriques ?* Cécile qui court, rattrape sa sœur. Près du cimetière des animaux, elle l'agrippe par le bras, lui dit qu'il faut rentrer, qu'elle est folle. Francesca se dégage. Elle répond qu'elle sait tout. Elle sait tout et elle n'a pas l'intention de se taire. Cris, coups… Francesca perd l'équilibre. Ses mains cherchent désespérément à se retenir à quelque chose pour éviter la chute. Le bijou au cou de Cécile ! La chaîne en or se rompt, Francesca tombe en arrière. La balance de la justice la suit dans la tombe, une tombe profonde avec des pierres au fond. Un choc sourd, il n'en faut pas plus… C'est fini.

Cécile qui se laisse glisser dans le trou à la suite de sa sœur et qui penche son visage vers le sien. Pas un souffle, rien. Elle appuie l'index et le majeur contre son cou : pas de pouls. Panique. Hurlement. Un long cri résonne au-dessus du lac. C'est trop tard. Cécile qui escalade la paroi glissante, se hisse hors du trou, attrape la bêche et commence à recouvrir sa sœur de terre en pleurant.

Charlie rouvrit les yeux pour effacer les scènes qu'elle venait de voir. Peine perdue. Tout était limpide, aussi clair que si elle avait assisté, témoin silencieux, au déroulement des faits. Elle revit le visage pâle et nerveux de Cécile. *J'aimais ma sœur. Nous étions très différentes l'une de l'autre et nous nous disputions souvent, mais c'était ma sœur.* Que se passerait-il à présent ? Qui démêlerait tout ça ?

Pas moi, pensa Charlie. Moi, j'en ai terminé.

Elle aurait au moins dû ressentir du soulagement pour cette raison, mais il n'y avait rien en elle, aucune place pour autre chose que le chagrin. Elle aurait tant voulu apporter un dénouement heureux à cette histoire.

Notre vie est un souffle, un songe, une rêverie
Une goutte qui chute dans le flux du temps
Elle s'irise et miroite, scintille un instant
Se rompt, tombe et se brise et le rêve est fini

Charlie contempla la petite balance dans sa main. Elle la retourna, gratta avec l'ongle les entailles incrustées de terre au dos et lut les lettres qui y étaient gravées.

FRI – *libre*

Le Livre de Poche s'engage pour l'environnement en réduisant l'empreinte carbone de ses livres. Celle de cet exemplaire est de :
350 g éq. CO_2
Rendez-vous sur www.livredepoche-durable.fr

PAPIER À BASE DE FIBRES CERTIFIÉES

Composition réalisée par Soft Office

Achevé d'imprimer en mars 2021, en France par
Maury Imprimeur – 45330 Malesherbes
N° d'impression : 252622
Dépôt légal 1re publication : avril 2021
LIBRAIRIE GÉNÉRALE FRANÇAISE 21, rue du Montparnasse – 75298 Paris Cedex 06

12/8148/6